지금 이 순간

L'instant présent

Guillaume Musso

지금 이 순간

L'instant présent

Guillaume Musso

기욤 뮈소 장편소설

양영란 옮김

밝은세상

지금 이 순간

초판 1쇄 발행일 2015년 12월 2일 | **초판 8쇄 발행일** 2023년 7월 24일
지은이 기욤 뮈소 | **옮긴이** 양영란 | **펴낸이** 김석원
펴낸곳 도서출판 밝은세상 | **출판등록** 1990. 10. 5 (제 10 - 427호)
주 소 (10881) 경기도 파주시 문발로 119, 202호
전 화 031-955-8101 | **팩 스** 031-955-8110 | **메일** wsesang@hanmail.net
블로그 blog.naver.com/balgunsesang8101 | **인스타그램** www.instagram.com/wsesang

ISBN 978-89-8437-275-7 03860 | **값** 13,800원
잘못된 책은 구입한 곳에서 교환해 드립니다.

나의 아들에게.

나의 아버지에게.

사랑에는 날카로운 이빨이 있으며,
그 이빨에 물린 상처는 영원히 치유되지 않는다.

−스티븐 킹

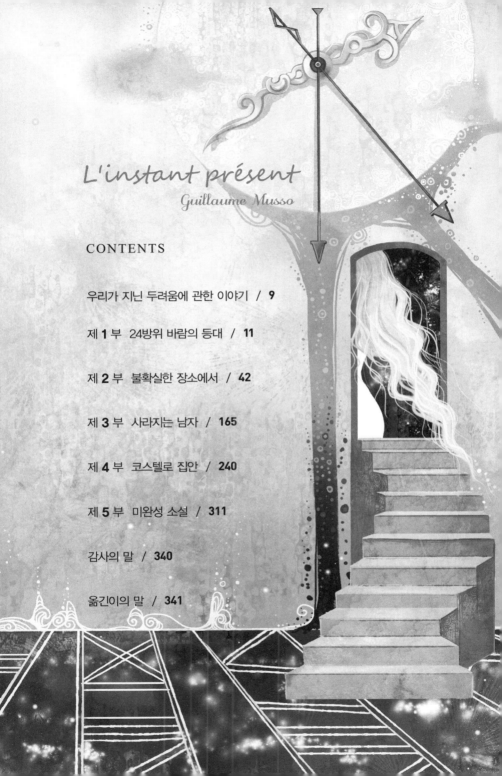

L'instant présent
Guillaume Musso

CONTENTS

우리가 지닌 두려움에 관한 이야기

삶은 결국 우리가 지닌 두려움에 관한 이야기이다. −파블로 데 산티스

1971

"겁내지 마, 아서. 아빠가 받아줄 테니까 어서 뛰어내려."

"정말이지, 아빠?"

다섯 살인 나는 두 다리를 허공에 대롱대롱 드리우고 형과 함께 사용하는 이층침대의 위쪽 매트리스에 앉아 있다. 아빠는 양 팔을 벌리고 미더운 눈길로 나를 바라보며 아래로 뛰어내리라고 재촉하고 있다.

"아서, 얼른 뛰어내리라니까!"

"아빠, 난 무서워."

"아빠가 잡아준다고 했잖아. 아빠를 믿지?"

"물론 믿지."

"자, 그러니까 어서 뛰어내려, 챔피언!"

여전히 나는 몇 초 동안 고개를 갸웃거린다. 그런 다음 얼굴 가득 미소를 지으며, 내가 세상에서 가장 사랑하는 남자의 목에 매달릴 심산

으로 허공을 향해 몸을 날린다.

마지막 순간, 내 아버지 프랑크 코스텔로는 계획적으로 한 걸음 뒤로 물러선다. 그 바람에 나는 무방비상태로 바닥에 내팽개쳐진다. 마룻바닥에 부딪친 턱과 머리가 얼얼하다. 나는 너무 아파 잠시 일어날 생각조차 하지 못한다. 머리가 빙빙 돌고, 광대뼈가 으스러진 느낌이다. 내가 울음을 터뜨리기 직전 아빠는 결정타를 날린다. 내가 평생 잊지 못한 말이다.

"아서, 인생에선 어느 누구도 믿어선 안 돼."

나는 잔뜩 겁에 질린 눈으로 아빠를 바라본다.

"설령 아빠라도 믿어선 안 돼!"

아빠는 서글픔과 분노가 반반씩 뒤섞인 미묘한 눈빛으로 아무도 믿어서는 안 된다는 말을 반복한다.

제 1 부
24방위 바람의 등대

등대

나는 과거가 우리에게 무엇을 마련해두고 있는지 궁금하다. —프랑수아즈 사강

1

보스턴, 1991년 봄

6월 들어 처음 맞이하는 토요일, 오전 10시쯤 아버지가 예고도 없이 내 아파트에 들이닥쳤다. 아버지는 엄마가 나를 위해 즐겨 만들어주었던 제노아 빵과 레몬 카놀리를 손에 들고 있었다.

"아서, 그동안 잘 지냈니? 모처럼 내가 너와 함께 주말을 보내려고 왔는데, 괜찮지?"

아버지는 에스프레소머신의 전원을 넣으며 말했다.

지난 성탄절 이후 아버지와 처음으로 대면하는 것이었다. 나는 주방 테이블에 몸을 기대고 토스터에 비친 내 모습을 멍하니 바라보았다. 덥수룩한 수염에 가려진 얼굴, 제멋대로 헝클어진 머리카락, 수면 부족과 애플 마티니를 남용한 탓에 생긴 다크 서클, 퀭해 보이는 두 눈을 보자니 저절로 한숨이 새어나왔다. 게다가 고교 시절에 구입해 색

이 바래 낡은 블루 오이스터 컬트 티셔츠에 바트 심슨(만화영화 〈심슨 가족〉의 주인공 : 옮긴이) 트렁크 차림이라니?

전날 저녁, 무려 48시간 동안 당직근무를 서고 난 다음 잔지 바에서 매사추세츠종합병원 간호사들 중 가장 섹시하면서도 그나마 성격이 좋은 베로니카와 취할 정도로 술을 마셨다. 내 아파트까지 따라와 함께 어울렸던 폴란드 출신의 베로니카는 두 시간 전 마리화나 봉지를 챙겨 들고 돌아갔다. 그 덕분에 우리는 직장 상사이자 매사추세츠종합병원의 거물급 인사 중 한 사람인 내 아버지와 마주치는 상황을 모면할 수 있었다.

"에스프레소 더블이다. 한 잔 마시면 정신이 번쩍 들 거야."

프랑크 코스텔로 박사가 내 앞에 에스프레소 한 잔을 내려놓으며 말했다. 아버지는 방 안을 환기시키기 위해 창문을 열었다. 방 안 가득 마리화나 냄새가 진동했지만 아버지는 아무 말도 하지 않았다. 나는 빵을 한 입 베어 물며 눈으로는 연신 아버지의 표정을 살폈다.

두 달 전, 쉰 번째 생일을 보낸 아버지는 머리를 뒤덮고 있는 백발과 이마에 깊게 파인 주름살 탓에 적어도 열다섯 살 정도는 더 늙어 보였다. 비록 늙어 보이긴 해도 아버지는 여전히 날렵한 몸매와 또렷한 이목구비, 폴 뉴먼처럼 파란 눈동자를 가진 매력적인 남자였다.

아버지는 평소 입고 다니는 유명 메이커 정장과 맞춤 구두 대신 허름한 카키색 캐주얼 바지에 트럭기사들이 주로 입고 다니는 나달나달한 스웨터에 두꺼운 가죽으로 재단한 워커를 신고 있었다.

"낚싯대와 미끼를 챙겨 왔다. 지금 당장 출발하면 정오가 되기 전에 등대에 도착할 수 있을 거야. 점심은 대충 샌드위치로 때우고, 오후에는 도미낚시를 할 생각이다. 도미를 많이 낚으면 돌아오는 길에 집에 들러 맛이 기가 막힌 생선요리를 해주마. 도미를 기름종이에 싸 굽고, 토마토와 마늘을 올리브유에 넣어 요리하면 그야말로 맛이 끝내주지."

아버지가 에스프레소를 마시며 말했다. 마치 아버지는 우리가 매일 만나 다정하게 지내는 부자 사이라도 되듯 스스럼없이 말했다. 다소 가식적인 느낌이 들긴 했지만 기분이 나쁘지는 않았다. 나는 커피를 홀짝이며 아버지가 무슨 꿍꿍이속으로 갑자기 나와 함께 주말을 보내기로 작정했는지 궁금하기 짝이 없었다.

최근 몇 년 동안 우리 부자는 그야말로 소원하게 지냈다. 얼마 안 있으면 스물다섯 번째 생일을 맞게 된 나는 2남 1녀 중 막내였다. 형과 누나는 할아버지 대에 세운 가업을 물려받았다. 가업이라고 해봐야 맨해튼에 있는 자그마한 광고대행사에 불과했지만 형과 누나는 회사를 알토란같이 키워 몇 주 후 대형 커뮤니케이션 그룹에 매각하기로 되어 있었다.

나는 형제들과 언제나 멀찌감치 거리를 유지하며 지냈다. 나도 가족의 일원이 분명했지만 마치 오래전 외국으로 떠나 아무런 소식도 없이 떠돌다가 추수감사절 같은 때에나 가끔 얼굴을 볼 수 있는 사람이나 마찬가지였다. 솔직히 말해 나는 기회가 있을 때마다 집에서 멀리 떠나고자 했다. 나는 보스턴에서 먼 곳인 노스캐롤라이나 주의 듀크대학 의예과에 진학했고, 버클리대에서 4년간 본과 과정을 마친 다음 시카고에서 1년 동안 인턴으로 일했다.

몇 달 전, 나는 보스턴으로 돌아와 응급의학과 레지던트 2년 차 생활을 시작했다. 매사추세츠종합병원에서 주당 80시간씩 일했지만 전혀 불만이 없었다. 오히려 일을 할 때마다 짜릿한 아드레날린이 분출될 만큼 만족했다.

나는 자주 긴급 상황이 발생하고, 잠시라도 정신을 집중하지 않으면 위험한 상황이 초래되는 응급실 근무가 마음에 들었다. 일을 하지 않는 시간에는 집 안에 틀어박혀 마리화나를 피우거나 베로니카처럼 전혀 의존적이거나 감상적이지 않은 여자들과 어울려 하룻밤을 보냈다.

　아버지는 내 자유분방한 생활방식을 못마땅하게 여겼지만 한 번도 대놓고 질책한 적이 없었다. 내가 질책할 틈을 주지 않았기 때문인지도 모른다. 열여덟 살 때 엄마가 돌아가시자마자 나는 지체 없이 집을 나왔다. 그 이후 줄곧 아버지와 적당한 거리를 유지하며 살아왔다. 의사가 되기 위한 일련의 과정을 이수할 때도 아버지에게 단 한 번 손을 벌리지 않았고, 모든 비용을 스스로 벌어 조달했다. 아버지 역시 우리를 이어주는 끈이 느슨해진 것에 대해 전혀 심각하게 생각하지 않았다. 아버지는 엄마가 돌아가시고 나서 얼마 안 돼 재혼했다. 매력적이고 똑똑한데다 괴팍한 남자를 다루는데 일가견이 있는 여자였다.

　나는 일 년에 두세 번쯤 아버지를 만나러 갔고, 우리 사이에 그 정도의 간격과 패턴을 유지하는 게 적당해보였다. 그런 아버지가 도깨비처럼 갑자기 내 삶에 불쑥 고개를 들이밀었다. 전례가 없는 일이었기에 나로서는 당황하지 않을 수 없었다.

　"너도 낚시를 가는 것에 대해 반대하지 않지?"

　내가 침묵하자 아버지는 조바심을 내며 물었다.

　"아무리 급해도 샤워하고 옷 갈아입을 시간은 주셔야죠."

　아버지는 그제야 만족스러운 미소를 머금고 담배를 한 개비 꺼내 은제 라이터로 불을 붙였다.

　내가 어릴 때부터 보아왔던 라이터였다.

"두경부암 때문에 담배를 끊은 줄 알았는데 아니었어요?"

아버지의 날카로운 눈길이 내 얼굴에 잠시 멎었다.

"픽업에 가서 기다리고 있을 테니까 서둘러 준비해 나와라."

아버지는 담배연기를 길게 내뿜으며 자리에서 일어섰다.

2

보스턴에서 코드 곶까지 가려면 차로 한 시간 반쯤 달려야 했다. 봄의 끝자락에 다다른 화창한 날이었다. 하늘은 맑았고, 강렬한 햇살이 차창을 향해 쏟아지며 만들어낸 황금빛 파편들이 눈부시게 반짝거렸다. 우리는 평소처럼 대화를 나누지 않았지만 차안 공기가 그리 무겁지는 않았다.

지난 날, 아버지는 주말만 되면 쉐보레 픽업을 몰고 다니며 하루 종일 음악을 듣는 걸 좋아했다. 프랭크 시나트라의 히트곡 모음, 딘 마틴의 라이브 공연실황 앨범, 에벌리 브라더스의 은퇴앨범 따위가 아버지가 즐겨 듣는 노래들이었다. 아버지가 타고 다니는 픽업 뒷좌석 창에는 1970년대에 상원의원 선거에 출마한 테드 케네디의 광고용 스티커가 붙어 있었다.

아버지는 유명하고 실력 있는 외과 의사였지만 평소에는 시골농부처럼 투박한 행색을 즐겨 했다. 수천만 달러가 넘는 주식을 보유하고 있는 자산가가 취할 태도로는 부적합해 보였다. 시골농부 같은 느낌을 풍기는 아버지의 촌스러운 행색에 속아 넘어간 사람들은 죄다 값비싼 대가를 치러야 했다.

시가모어 다리를 건넌 우리는 40킬로미터쯤 더 달린 다음 휴게소에 잠시 들러 로브스터 롤스, 감자튀김, 맥주 따위를 구입했다. 정오가 조금 지날 무렵 우리를 태운 픽업은 윈체스터 만 북안 끝까지 이어지는 자갈길로 접어들었다. 그 지역은 대양과 암석들로 둘러싸인 곳으로 언제나 바람이 심하게 불었다.

24방위 바람의 등대는 해변가 언덕 위에 자리 잡고 있었다. 팔각형 형태의 구조물로 높이가 10여 미터쯤 되었다. 흰색 페인트를 칠한 목재를 외벽에 붙이고, 뾰족 지붕에 점판암 기와를 이은 집이 등대와 맞붙어 있었다. 맑은 날에는 멋진 전망을 자랑하는 집이었지만 흐린 날이나 밤이 되면 그림엽서 같던 화사한 풍경은 갑자기 앨버트 핀컴 라이더(Albert Pinkham Ryder 1847-1917 미국 출신의 환상주의 화가 : 옮긴이)의 그림에 나오는 집처럼 암울하고 몽환적인 느낌으로 돌변했다.

절벽 위 등대와 집은 내 조부인 설리반 코스텔로가 1954년에 항공기술자의 미망인으로부터 사들인 이래 우리 가문의 소유가 되었다. 이전 소유주인 항공기술자는 1947년에 미국 정부가 부족한 세수를 채우기 위해 국가 소유 부실자산을 대대적으로 매각할 당시 등대와 집을 헐값에 낙찰 받았다고 했다. 그 당시 미국 정부가 경매시장에 내놓은 부동산은 수백 군데가 넘었다. 그곳에서 15킬로미터쯤 떨어진 랭포드 언덕에 첨단 시설과 현대화된 장비를 갖춘 등대가 들어선 이후 그 등대는 이용가치가 없는 시설로 전락하고 말았다.

설리반 할아버지는 등대와 집을 별장으로 사용하기 위해 대대적인 리모델링 작업에 착수했고, 공사가 한창이던 1954년 초가을에 갑자기 종적을 감추었다. 설리반 할아버지가 타고 다니던 쉐보레 벨에어는 집 앞 공터에 그대로 세워져 있었다. 차의 개폐식 덮개가 열려 있었고, 차 키는 그대로 꽂혀 있었다. 할아버지는 정오 무렵 평소와 다름없이 바닷가 바위 위에 앉아 점심식사를 했다. 경찰은 할아버지가 바닷물에 떨어져 익사했을 가능성이 크다는 결론을 내리고 수사를 종결했다. 할아버지의 시신은 끝내 발견되지 않았다. 경찰의 주장대로 할아버지가 만약 익사했다면 주변 어딘가에서 시신이 떠올랐어야 마땅했다.

내 할아버지 설리반 코스텔로는 매우 독창적이고 개성이 강한 사람으로 알려져 있었다. 나는 할아버지의 세례명과 항상 손목에 차고 다녔던 시계를 유산으로 물려받았다. 할아버지의 시계는 1950년대 초에 제작된 루이 카르티에 탱크 모델로 정사각형 모양에 푸른빛이 도는 강철 바늘이 부착되어 있는 제품이었다.

3

"음식이 든 봉투와 아이스박스를 들고 내려라. 날씨가 제법 쌀쌀하다만 햇볕이 내리쬐는 해변에서 넓게 펼쳐진 바다를 바라보며 식사를 하는 즐거움을 포기할 수야 없지."

차에서 내린 아버지는 차문을 쾅 소리가 나게 닫았다. 아버지는 오래 전에 엄마가 결혼기념일에 선물한 가죽 서류가방을 겨드랑이에 끼고 있었다.

등대의 집에서 10여 미터가량 떨어진 지점에 벽돌을 쌓아 만든 바비큐용 화덕이 설비돼 있었다. 나는 화덕 옆 애디론댁 사의 정원용 테이블이 비치돼 있는 곳으로 걸어가 아이스박스를 내려놓았다. 애디론댁 사의 테이블과 의자는 무려 20년 동안이나 소금기를 머금은 해풍과 변화무쌍한 날씨에 시달렸지만 아직 별 문제 없이 건재하다는 게 놀라울 따름이었다.

해가 중천에 떠있었지만 바닷가 공기는 여전히 쌀쌀했다. 나는 점퍼의 깃을 올리고 로브스터 롤스를 먹기 시작했다. 아버지가 주머니에서 스위스아미나이프를 꺼내 버드와이저 뚜껑을 따더니 향나무 의자에 털썩 주저앉았다.

"자, 우리들의 건강을 위해!"

아버지가 버드와이저 병 하나를 내게 건네주고 나서 건배를 요청했다. 나는 버드와이저를 받아들고 아버지 옆에 앉았다. 맥주를 한 모금 마신 아버지의 두 눈에 왠지 초조한 기색이 어려 있었다. 아버지는 음식을 먹는 둥 마는 둥 깨작거리다가 이내 포크를 내려놓더니 담배를 한 대 피워 물었다. 아버지의 얼굴에 긴장한 기색이 역력히 드러나 있었다.

그제야 함께 주말을 보내자며 나를 찾아온 아버지의 목적이 도미 낚시는 아닐 거라 짐작했다. 오후 내내 도미를 잡아 기름종이에 싸 이탈리아식 생선요리를 해먹자는 말은 결국 떡밥으로 여기면 될 듯했다.

"사실은 너에게 긴히 할 말이 있단다."

아버지가 서류가방에서 파일에 정리해둔 서류 뭉치를 꺼내며 입을 열었다. 서류 용지의 하단부에 지난 수십 년 동안 코스텔로 집안의 법률자문을 맡아온 웩슬러 앤 델라미코 로펌의 로고가 찍혀 있었다.

아버지가 담배연기를 길게 빨아들였다.

"난 떠나기에 앞서 주변정리를 할 생각이란다."

"떠나다니요?"

아버지의 아랫입술이 살짝 일그러졌다.

"돌아가시기 전에 주변정리를 하고 싶다는 뜻인가요?"

"바로 그거야. 내일 당장 죽지는 않겠지만 너도 알다시피 죽음이란 어느 날 갑자기 밀어닥치기 때문에 미리 유산을 정리해둘 생각이란다."

아버지는 가느다랗게 실눈을 뜨고 나와 눈이 마주치기를 기다렸다.

"미안하지만 광고대행사를 매각하더라도 너에게는 한 푼도 주지 않을 거야. 내가 가입한 각종 보험이나 부동산 중에서도 너에게 돌아갈 몫은 없단다."

나는 분노보다는 차라리 놀라움이 컸다.

"그런 말을 하려고 저를 여기까지 데려온 겁니까? 아버지도 아시다시피 저는 돈에는 관심이 없으니 괜한 헛수고를 한 셈이네요."

아버지는 내 말은 전혀 듣지 않은 사람처럼 서류가 놓여 있는 테이블 쪽으로 고개를 숙였다.

"네 형과 누나가 내 전 재산을 상속받을 수 있도록 이미 법적인 조치를 취해 두었다."

나는 화가 치밀어 두 주먹을 불끈 쥐었다. 아버지가 나에게 재산을 상속해주든 말든 상관없었다. 다만 아무것도 물려주지 않겠다는 사실을 알려주기 위해 나를 먼 곳으로 데려온 게 못마땅했다.

아버지는 또 다시 담배연기를 길게 들이마셨다.

"그 대신 네 몫으로 물려줄 재산이 있단다."

아버지는 구두로 담배꽁초를 밟아 끄고 나서 한동안 침묵했다.

"너에게 등대와 집을 물려줄 생각이란다."

아버지가 등대를 가리키며 말했다.

세찬 바람이 먼지를 일으키며 지나갔다. 아버지의 말에 충격을 받은 나는 한동안 아무 말 없이 가만히 앉아 있었다.

"제가 등대와 집을 물려받아서 뭐하게요?"

아버지는 입을 열려다가 별안간 발작적인 기침을 터뜨렸다. 나는 기침을 멈추고 숨을 헐떡이는 아버지를 바라보며 아무런 의심 없이 따라나선 걸 후회했다.

"너에겐 등대를 물려받지 않고 거부할 자유가 있어."

아버지가 겨우 숨을 고르고 나서 말했다.

"다만 등대를 물려받으려면 내가 제시하는 두 가지 조건을 받아들여야 해. 그 두 가지 조건은 협상의 여지도 없어."

나는 더 이상 참지 못하고 자리에서 벌떡 일어섰다.

"두 가지 조건이라는 게 뭐죠?"

"넌 절대로 등대와 집을 타인에게 양도해서는 안 돼. 등대는 영원히 우리 집안의 유산으로 남아야 한다는 뜻이야."

"두 번째 조건은 뭐죠?"

나는 자꾸만 치밀어 오르는 짜증을 다독이며 물었다.

아버지는 한참동안 눈꺼풀을 문지르다가 길게 한숨을 내쉬었다.

"날 따라오너라. 보여줄 게 있으니까."

아버지가 내 질문에 대한 대답 대신 의자에서 일어서며 말했다.

아버지는 나를 등대에 딸린 집으로 데려갔다. 한동안 방치해둔 탓에 집 안에서 곰팡내가 물씬 풍겼다. 벽면에는 온통 낚시, 그물, 니스 칠한 목재, 지역 예술가들의 투박한 그림 따위가 붙어 있었다. 벽난로의 맨틀피스 위에는 석유 등잔과 미니어처 범선이 들어있는 병이 놓여 있었다.

아버지는 복도로 통하는 문을 열었다. 복도는 길이가 10여 미터쯤 되었고, 등대와 집을 이어주는 통로였다. 아버지는 등대의 꼭대기를 향해 나 있는 계단 대신 지하로 내려갈 수 있게 되어 있는 목재 문을 들어올렸다.

"나를 따라 오너라!"

아버지가 서류가방에서 손전등을 꺼내며 말했다.

나는 아버지의 바로 뒤에서 몸을 잔뜩 웅송그린 채 삐걱거리는 소리가 울려 퍼지는 계단을 뒤따라 내려갔다.

계단을 다 내려간 아버지가 지하실 벽면을 더듬어 전등불을 켰다. 불이 켜지는 순간 천장이 낮고 벽면에 불그죽죽한 벽돌이 그대로 드러나 보이는 방이 시야에 들어왔다. 온갖 나무 상자들이 먼지와 거미줄을 잔뜩 뒤집어쓴 채 방 한구석에 방치돼 있었다. 마치 므두셀라(구약성서 창세기 편에 나오는 인물로 노아의 할아버지 : 옮긴이) 시대 이후 줄곧 먼지를 뒤집어쓰며 살아온 듯했다. 천장에는 낡은 배선들이 어지럽게 뒤엉켜 있었다.

어린 시절에 형과 함께 출입이 금지된 지하실에 숨어들었던 기억이 났다. 우리 형제는 아버지에게 엄한 벌을 받았기에 그 이후 다시는 지하실에 발을 들여놓지 않았다.

"아버지, 왜 저를 여기에 데려온 거죠?"

아버지는 대답 대신 주머니에서 하얀 분필을 꺼내더니 벽면에 커다란 십자가를 그렸다.

"내가 십자가를 그린 벽면 안쪽에 철제문이 하나 들어있단다."

"철제문이라고요?"

"30년 전 내가 벽돌로 문을 막아버렸지."

나는 무슨 말인지 언뜻 이해가 되지 않아 잔뜩 미간을 찌푸렸다.

"어디로 이어지는 문인데요?"

아버지는 내 질문에 대답하는 대신 또다시 발작적인 기침을 터뜨렸다.

"그게 바로 두 번째 조건이야. 넌 절대로 벽면 안쪽에 숨어 있는 문을 열어선 안 돼."

아버지가 가쁜 숨을 몰아쉬며 말했다.

나는 잠시 아버지가 치매를 앓기 시작한 건 아닌지 의심했다. 내가 다시 궁금한 사항을 물으려 하자 아버지는 나를 외면하고 서둘러 지하실 밖으로 걸어 나갔다.

유산

과거는 예측할 수 없다. —장 그로장

1

바닷가 공기는 피부를 얼얼하게 할 만큼 차가운 동시에 폐부 깊숙이 활력을 불어넣어 주었다. 아버지와 나는 다시 원래 있던 테이블로 돌아와 마주앉았다. 아버지가 오래도록 사용해 낡았지만 펜촉만큼은 여전히 반짝반짝 광이 나는 만년필을 내게 건넸다.

"자, 이제 내가 제시한 두 가지 조건이 뭔지 분명하게 알아들었지? 넌 내가 제시한 조건을 받아들이든 거부하든 마음대로 결정할 권리가 있어. 이제부터 5분간 시간을 줄 테니까 결정되면 서류에 사인해."

아버지가 버드와이저 병을 따며 말했다.

나는 오래도록 아버지를 바라보았다. 나는 이제껏 단 한 번도 아버지가 어떤 사람인지 제대로 파악하지 못했다. 아버지가 나에 대해 어떤 생각을 갖고 있는지에 대해서도 전혀 몰랐다. 다만 나는 지난 여러 해 동안 아버지를 사랑하기 위해 애써왔다.

내 앞에 앉아 있는 프랑크 코스텔로는 사실 내 친부가 아니었다. 그 문제에 대해 한 번도 터놓고 이야기한 적은 없지만 우린 둘 다 그 사실을 알고 있었다. 아버지는 당연히 내가 친아들이 아니라는 걸 알고 있었고, 나는 사춘기에 접어들 무렵 그 사실을 알게 되었다.

열네 번째 생일을 지낸 다음 날, 엄마는 나에게 1965년 겨울에 우리 집 주치의였던 캐나다 출신 남자와 바람을 피운 사실을 이야기했다. 그 남자의 이름은 아드리앙 랑글루아이고, 내가 태어난 지 얼마 되지 않아 퀘벡으로 돌아갔다고 했다.

나는 비교적 초연한 자세로 엄마가 털어놓은 말을 들었다. 엄마가 털어놓은 비밀 이야기를 듣고 나서야 나는 비로소 그동안 나를 괴롭혀온 의구심을 벗어던질 수 있었다. 그 이야기를 듣기 전 나는 이미 아버지가 혹시 내 친부가 아닐지도 모른다는 생각을 하고 있었다. 아버지는 미처 의식하지 않았는지 모르지만 나를 대할 때 사사건건 성마른 태도를 취했기 때문이다. 엄마의 고백을 듣고 나서야 나는 아버지가 그간 내게 보인 태도를 조금이나마 이해할 수 있게 되었다.

나는 지금껏 친부를 만나봐야겠다는 생각을 단 한 번도 한 적이 없었다. 나는 그저 엄마에게 전해들은 이야기를 머릿속 한 귀퉁이에 넣어두고 제풀에 잊힐 때까지 모르는 척 내버려두었다. 심정적으로도 나는 랑글루아가 아니라 코스텔로였기 때문이다.

"자, 이제 결정할 때가 되었다. 등대와 집을 유산으로 물려받고 싶니?"

나는 지체하지 않고 고개를 끄덕였다. 내 관심은 오직 한 가지, 한시바삐 보스턴으로 돌아가는 것밖에 없었다. 나는 만년필 뚜껑을 열고 서류 아래쪽에 서명을 하려다가 마지막으로 한 번 더 아버지와 대화를 나누고 싶은 충동을 느꼈다.

"아버지, 왜 저에게 이 등대와 집을 물려주려고 하죠?"

"네가 알고 있어야 할 사항은 이미 다 말해주었어!"

아버지는 급기야 역정을 내며 이야기를 끝내려 했다.

"아버지는 충분히 설명했다고 생각할지 모르지만 저는 아직 궁금한 게 많아요."

"난 널 보호하려는 거야!"

"어떤 위험으로부터 저를 보호한다는 거죠?"

아버지는 또 다시 담배에 불을 붙여 물었다.

"사실은 너에게 해줄 말이 한 가지 남아 있어. 이제껏 어느 누구에게도 털어놓지 않은 이야기란다. 좀 전까지 너에게 그 이야기를 털어놓아야 할지 말지 고민이 많았던 게 사실이다."

아버지가 침묵하는 사이 나는 담배를 한 대 피워물었다. 아버지에게 생각을 정리할 시간을 주어야 하니까.

"1958년 12월, 그러니까 네 할아버지 설리반 코스텔로가 실종된 지 4년 반쯤 지났을 때야. 나는 어느 날 갑자기 사라진 네 할아버지의 전화를 받았단다."

"그럼 실종 이후 아무도 할아버지의 소식을 듣지 못한 게 사실이 아니라는 말씀이세요?"

아버지는 담배를 한 모금 길게 빨더니 신경질적으로 꽁초를 집어던졌다.

"아버지는 뉴욕에 있고, 전화한 사실을 아무에게도 말해선 안 된다며 나에게 다음날 뉴욕공항 국제선 청사에 있는 카페로 나오라고 하더구나."

아버지는 열에 들뜬 표정으로 손을 깍지 끼었다.

"난 아버지를 만나러가기 위해 뉴욕행 기차를 탔단다. 그날은 크리스마스를 앞둔 토요일이었는데 교통이 마비될 정도로 폭설이 쏟아졌어. 눈이 얼마나 많이 내렸던지 비행기의 운항 자체가 취소되거나 이륙이 지연되기도 했지. 카페에 들어서 보니 아버지는 마티니 한 잔을 시켜놓고 앉아 있더구나. 언뜻 보기에도 무척이나 피곤해 보이는 얼굴에 피부색이 마치 방금 전 무덤에서 빠져나온 사람처럼 창백했지. 우리는 한동안 서로 얼싸안고 눈물을 흘렸어. 아마도 아버지가 우는 모습을 본 건 그때가 처음일 거야."

"할아버지는 왜 4년 반 동안이나 종적을 감추었는데요?"

"나 역시 그 이유가 가장 궁금했지만 아버지는 제대로 설명해주지 않았어. 내가 왜 그랬는지 물으면 한시바삐 비행기를 타야 한다며 대답을 회피했지. 아버지는 가족들 곁을 떠나는 것 말고는 달리 방법이 없었다면서 아직 몹시 곤란한 처지에 놓여있다고 하더구나. 내가 혹시라도 도울 방법이 없는지 물었더니 아버지 스스로 자초한 일이라 빠져나오는 방법도 스스로 찾아내야 한다고 했지."

나는 그야말로 황당한 이야기라는 생각이 들었다.

"할아버지는 어떻게 되었는데요?"

"아버지는 나에게 몇 가지 당부의 말을 남겼어. 첫째, 어느 누구에게도 아버지가 살아있다는 사실을 발설하지 말 것. 둘째, 24방위 바람의 등대를 절대 양도하지 말 것. 셋째, 지하실의 철문을 절대로 열어서는 안 되는 만큼 벽돌을 쌓아 당장 봉해버릴 것. 아버지는 내가 묻는 말에는 아무런 대답도 해주지 않았어. 내가 언제 아버지를 다시 만날 수 있는지 물었더니, 어쩌면 내일 당장 만나게 될 수도 있고, 영원히 만나지 못할 수도 있다고 하더구나. 아버지는 나에게 가장 역할을 해야 한다는 말과 함께 강한 사람이 되어야 한다고 말했어. 어디론가 떠나기 위해 자리에서 일어선 아버지는 방금 전 당부했던 말들을 반드시 실천해야 한다고 강조했지. 아버지가 간절한 눈길로 나를 바라보며 '프랑크, 누군가의 목숨이 걸린 문제야.' 라는 말을 마지막으로 남기고 비행기를 타야 한다며 사라졌어."

"그날 이후로는 할아버지를 만난 적이 없어요?"

나는 여전히 미심쩍어하며 물었다.

"그 후 단 한 번도 아버지를 만난 적이 없어. 다만 난 지금껏 그날 아버지와 약속한 세 가지 사항을 충실하게 지키며 살아왔지. 아버지를 만나고 온 즉시 등대로 직행해 지하실 철문을 벽돌로 쌓아 막아버렸어."

"그럼 지금껏 단 한 번도 그 철문을 열어본 적이 없다는 건가요?"

"그래, 난 아버지와의 약속을 지켜야 한다고 생각했으니까."

잠시 침묵이 흘렀다.

"저라면 지하실 안에 뭐가 들어있는지 궁금해 도저히 참을 수가 없었을 것 같은데요?"

아버지는 어깨를 추어올리며 고개를 휘휘 내저었다.

"난 네 할아버지와 그 철문을 열어보지 않겠다고 약속했어. 게다가 가뜩이나 바쁜데 괜히 골치 아픈 일에 휘말려들 필요를 느끼지 못했지."

"골치 아픈 일이라니요?"

"그거야 나도 모르지. 별안간 아버지가 종적을 감춘 사건과 그 지하실 철문이 연관돼 있는 것 같아 꺼림칙했거든. 아무튼 난 죽는 순간까지 아버지와의 약속을 지킬 거야."

난 잠시 생각에 잠겼다가 다시 입을 열었다.

"1954년 가을에 할아버지가 갑자기 사라졌을 때 등대를 샅샅이 뒤졌다고 했잖아요?"

"지하실 바닥부터 침대 꼭대기까지 샅샅이 뒤졌지. 네 할머니와 내가 먼저 뒤져보았고, 그다음에는 보안관이 면밀히 수색했지."

"그때도 지하실 철문을 열지 않았나요?"

"아니, 열었지만 특별히 이상한 게 없었어. 문 안에 넓이가 10제곱미터쯤 되는 빈 방이 있었던 걸로 기억해."

"혹시 비밀통로는 없었어요?"

"아무튼 그때는 전혀 이상한 점을 발견하지 못했어. 비밀통로가 있었다면 당연히 내 눈에 띄었겠지."

나로서는 도무지 납득할 수 없는 이야기여서 그저 머리만 긁적거렸다.

"1954년에 철문을 연 적이 있다면 그 이후 뭔가 변화가 있었다는 뜻이잖아요? 가령 고약한 쪽으로 상상을 하자면 누군가 사람을 죽이고 지하실 문 안에 시체를 유기한 게 아닐까요? 어쩌면 여러 구의 시체를 유기했을 수도 있잖아요."

"나도 가끔 어떤 비밀 이야기가 숨어 있는지 궁금했지만 열어볼 엄두가 나지 않았어. 괜히 긁어 부스럼을 만들게 될지도 모르니까."

"1958년에 아버지가 그 문을 막았으니 설령 끔찍한 살인사건이 있었더라도 이미 오래 전에 공소시효가 지났겠네요."

"내 생각에는 시체 유기보다 더 무시무시한 비밀이 숨겨져 있을 것 같아. 갑자기 종적을 감춘 아버지가 모처럼 만난 아들에게 철문을 절대로 열어서는 안 된다고 신신당부했다면 뭔가 엄청난 비밀이 숨겨져 있지 않을까?"

아버지가 생각만으로도 두렵다는 듯 하얗게 질린 목소리로 말했다.

2

갑자기 하늘이 시커멓게 변하며 천둥소리가 요란하게 들려왔다. 빗방울이 후드득 떨어지며 테이블 위에 놓인 서류에 튀었다. 나는 만년필을 쥐고 마지막 장 서명 란에 정식으로 사인했다.

"비가 와 도미 낚시는 포기해야겠구나. 네 아파트까지 태워줄 테니까 어서 차에 타라."

아버지가 자리에서 일어서며 말했다.

"이제부터 여기가 내 집이잖아요? 저는 잠시 여기 남아 있을래요."

내가 퉁명스럽게 말하자 아버지는 서류를 가방 속에 집어넣으며 씁쓸하게 웃었다.

"그래, 원한다면 그렇게 해라."

나는 아버지를 픽업까지 배웅했다. 운전석에 오른 아버지가 픽업의 시동을 걸었다. 나는 차창에 머리를 쿵쿵 찧고 나서 아버지를 노려보았다.

"아버지, 도대체 왜 저에게 이 등대를 물려주려는 거죠? 장남도 아니고 솔직히 말해 아버지와 그다지 살가운 사이도 아니잖아요? 왜 저에게 코스텔로 집안의 골치 아픈 과제를 떠안기려는 거죠?"

아버지는 어깨만 으쓱할 뿐 대답하지 않았다.

"아버지는 저에게 이 비밀스런 등대를 맡겨 형과 누나를 보호하려는 거죠? 형과 누나는 아버지의 친자식이니까."

"억지스러운 소리는 그만 해라! 솔직히 말하자면 한동안 애비를 배신한 네 엄마를 증오했고, 한때 너 역시 미워한 적이 있어. 너를 볼 때마다 네 엄마의 부정이 떠올라 미칠 것 같았으니까. 시간이 흐르는 동안 차츰 내 잘못을 깨닫게 되었고, 그때부터는 나 자신을 증오하게 되었지. 분명히 말하지만 넌 네 형이나 누나와 다름없는 내 자식이야."

아버지는 빗속에서 우뚝 솟아 있는 등대를 고갯짓으로 가리켰다.

"지난 30년 동안 저 등대에 얽힌 수수께끼가 한시도 내 머릿속을 떠나지 않았다. 이제 너에게 수수께끼를 풀어야 할 과제가 주어진 거야."

"지하실 철문을 열지 않고 어떻게 등대에 얽힌 수수께끼를 풀 수 있다는 거죠?"

"이제 등대는 네 소유니까 마음대로 하렴."

아버지는 그 말을 남기고 차를 출발시켰다. 픽업이 빗속으로 사라지는 동안 바닥에 깔린 자갈들 위로 굵은 빗방울이 요란한 소리를 내며 떨어지고 있었다.

3

나는 비를 피하기 위해 집 안으로 들어갔다. 주방으로 가 위스키나 보드카가 있는지 찾아보았지만 집 안에 남아 있는 알코올은 없었다. 벽장 안에 커피머신과 갈아놓은 원두가 조금 있을 뿐이었다.

나는 물을 끓이고, 원두 가루를 필터에 부어 커피를 내렸다. 커피라도 마시면 기분이 좀 나아질 것 같았다. 몇 분 만에 집안 가득 커피 향이 퍼졌다. 에스프레소 커피가 자꾸만 싱숭생숭해지려는 마음을 조금이나마 차분하게 가라앉혀 주었다.

나는 커피를 마시며 주방 카운터 뒤쪽 의자에 앉아 있었다. 한 시간쯤 지나 빗줄기가 두 배로 굵어질 무렵 나는 아버지가 남겨두고 간 서류들을 차분하게 살피기 시작했다. 여러 차례에 걸쳐 작성되었던 매매 계약서 사본들 덕분에 등대의 역사를 알 수 있었다.

등대는 1852년에 건립되었다. 처음에는 돌로 지은 작은 집에 돔 형태 지붕을 올리고, 그 안에 열두 개의 대형램프를 설치해 빛을 발산하게 했다. 열두 개의 램프는 곧 프레넬 창(오귀스탱 프레넬Augustin Fresnel이 1922년에 발명한 렌즈 : 옮긴이)으로 대체되었다. 19세기 말, 낙반과 화재 때문에 건물이 크게 훼손되었다. 1899년에 현재의 구조인 목재 타워와 부속 주택으로 개축되었다. 그 후 10년 뒤 현대적인 케로겐 등으로 대체했다가 1925년에 이르러 전기설비를 갖추게 되었다.

1947년, 미국정부는 등대가 더 이상 효용가치가 없다고 판단해 국유재산 경매를 통해 민간에게 팔아 넘겼다. 그 당시 경매 때 등대 외에도 여러 건의 군사 시설들이 일반인에게 낙찰되었다.

서류에 나온 대로라면 등대의 첫 번째 소유주는 마르코 호로비츠라는 사람으로 1906년 브루클린에서 태어나 1949년에 사망했다. 1920년 생인 그의 미망인 마사가 1954년에 내 할아버지인 설리반 코스텔로에게 등대를 팔아넘겼다.

마사가 살아있다면 올해 나이 일흔 한 살이겠군.

그렇다면 마사는 아직 살아있을 확률이 높았다. 서류에 마사의 당시 주소가 나와 있었다. 나는 주방 카운터에 굴러다니는 펜을 집어 들고 마사의 주소로 되어 있는 플로리다 주 탈라하스 프레스턴 드라이브 26번지에 밑줄을 그었다.

나는 주방 벽에 부착된 전화기를 집어 들고 전화안내번호를 눌렀다. 교환수는 플로리다 탈라하스에 마사 호로비츠라는 사람은 없고, 아비가엘 호로비츠라는 여자의 전화번호가 나와 있다고 알려주었다. 나는 교환수에게 아비가엘 호로비츠의 전화로 연결해달라고 부탁했다.

마침 아비가엘이 전화를 받았다. 나는 내 소개를 한 다음 전화를 건 이유를 설명했다. 그녀는 마사 호로비츠의 딸이라며 마사는 아직 생존해 있지만 1964년 이후 두 번 재혼했고, 지금은 캘리포니아에 살고 있다고 알려주었다.

"혹시 24방위 바람의 등대에 대해 기억하십니까?"

"기억하다마다요. 아버지가 사라졌을 때 난 열두 살이었죠."

마르코 호로비츠가 사라졌다고?

나는 서류를 다시 한 번 살펴보며 미간을 찌푸렸다.

"지금 저에게 있는 매매계약서에 따르면 마르코 호로비츠 씨는 1949년에 사망한 것으로 되어 있는데요?"

"아버지는 1949년에 사망신고가 되었지만 사실 그보다 2년 앞서 실종되었습니다."

"실종되다니요? 도대체 무슨 일이 있었는지 좀 더 자세히 말씀해주시겠습니까?"

"1947년 말이었어요, 아버지가 24방위 바람의 등대를 구입한 지 석 달쯤 되었을 때였습니다. 아버지는 등대가 있는 곳의 풍광이 마음에 든다며 별장으로 개조할 생각이었죠. 그 당시 우리 가족은 알바니에 살고 있었어요. 어느 토요일 날 아침, 아버지는 반스테이블 담당 보안관의 전화를 받았습니다. 24방위 바람의 등대 옆 나무 한 그루가 간밤에 벼락을 맞고 쓰러지며 전선을 건드렸고, 강한 폭우가 계속 쏟아지는 바람에 등대에 딸린 집의 점판암 지붕 일부가 파손되었다는 거였죠. 아버지는 피해상황을 확인하기 위해 즉시 24방위 바람의 등대로 달려갔어요. 그날 이후 아버지는 집으로 돌아오지 않았죠."

"24방위 바람의 등대를 살피러 갔다가 실종되었다는 뜻입니까?"

"이틀 후, 등대 앞에 세워둔 올즈모빌을 발견했지만 아버지의 흔적은 그 어디에도 없었어요. 경찰이 등대와 집은 물론 그 일대를 샅샅이 수색했지만 그 어떤 단서도 찾아내지 못했죠. 엄마와 저는 희망을 잃지 않고 기다렸지만 끝내 아버지를 만나지 못했습니다. 1949년 초에 판사가 아버지의 사망을 인정하고, 유산에 대한 상속을 개시해도 된다는 판정을 내렸죠."

아비가엘의 이야기를 듣는 동안 나는 충격을 금할 수 없었다. 등대에서 실종된 사람이 내 할아버지 말고도 한 명 더 있다는 사실을 처음 알게 되었으니까.

"그러니까 그 후 5년 뒤에 등대를 처분했군요?"

"엄마는 아버지가 실종된 장소라 등대에 대해 이야기하길 꺼려했어요. 변변한 수입이 없어 돈이 궁해지기 전까지 등대에 대해 전혀 관심을 두지 않았죠. 엄마는 뉴욕에 있는 부동산중개업자에게 등대를 팔아달라고 부탁했어요. 등대가 위치한 지역 사람들은 모두들 아버지의 실종 사실을 알고 있어 구입하길 꺼려해 외지인을 알아봐야 했죠. 그 지역 주민들 중에는 등대가 불행을 가져온다고 믿는 사람들이 적지 않았어요."

"그 후, 마르코 호로비츠 씨의 소식을 전혀 듣지 못했습니까?"

"딱 한 번 아버지와 관련해 이상한 말을 전해들은 적이 있어요."

"이상한 말이라면?"

나는 잠자코 아비가엘이 다음 말을 꺼내기를 기다렸다.

"혹시 1954년 9월에 뉴욕에서 벌어진 대형 열차사고를 기억하세요?"

"저도 그 사고에 대해 어렴풋이 기억하고 있습니다."

"그야말로 끔찍한 사고였죠. 리치몬드 힐 역과 자메이카 역 사이에서 일어난 사고였는데 말 그대로 지옥이나 다름없었어요. 마침 러시

아워라 승객들을 가득 태우고 전속력으로 달리던 열차가 역으로 들어서던 다른 기차와 정면충돌했으니까요. 그 사고로 죽은 승객이 90명이 넘었고, 부상을 당한 사람이 4백 명에 가까웠죠. 아마 사상 최악의 열차사고였을 거예요."

"그 열차사고가 마르코 호로비츠 씨의 실종과 무슨 연관이 있습니까?"

"사고 열차에 아버지의 직장 동료 한 분이 타고 있었어요. 그 분은 심각한 부상을 당했지만 다행히 목숨을 건졌죠. 비극적인 열차사고가 있고 나서 한참 지난 후 그분이 엄마를 찾아왔어요. 그분의 말로는 아버지가 열차에 함께 타고 있었는데 사고 당시 사망했다는 거였어요."

나는 아비가엘의 말을 재빨리 메모했다. 내 할아버지가 겪은 일과 너무나 흡사했기 때문이었다.

"사망한 승객들의 신원을 확인했지만 아버지는 없었어요. 그 당시 저는 사춘기였는데, 그분이 한 말 때문에 마음이 무척이나 심란했어요. 그 분은 아버지가 같은 열차에 타고 있었다는 걸 확신하는 눈치였거든요."

아비가엘과 통화를 마친 나는 마르코 호로비츠와 내 할아버지인 설리반 코스텔로에게 벌어진 일을 생각했다. 두 사람은 몇 년의 차이를 두고 실종되었다. 그들의 실종은 어느 모로 보나 등대와 밀접한 관련이 있어 보였다.

24방위 바람의 등대

태양은 거기 심연 속에서 죽어갔다. —빅토르 위고

1

피가 꽁꽁 얼어붙을 것만큼이나 추운 날씨였다. 나는 스웨터 소매로 유리창에 서려 있는 수증기를 닦았다. 오후 4시밖에 안 되었는데 벌써 어둠이 내려앉았고, 어두컴컴한 하늘에서는 계속 굵은 빗줄기가 쏟아져 내리고 있었다. 거센 바람을 이겨내지 못한 나무들이 허리가 크게 휘어지도록 한껏 몸을 눕혔고, 전선들이 제멋대로 요동치는가 하면 창문들이 금세 부서질 것처럼 덜커덩거렸다.

극심한 한기를 느낀 나는 벽난로에 불을 지피기 위해 잔가지들을 끌어 모았다. 잔가지에 불이 타올라 갈 때 장작을 올려놓았다. 다행히 곧 장작에 불이 옮겨 붙었고, 나는 잠시 몸을 덥힌 후 커피를 끓였다.

나는 그때까지 아비가엘 호로비츠가 들려준 이야기의 충격에서 벗어나지 못하고 있었다.

지금껏 알고 있던 대로 내 할아버지인 설리반 코스텔로는 메인 주

해변에서 익사했을까?

할아버지는 부인과 아이들을 팽개쳐두고 황망히 도망쳤다.

도대체 왜 그랬을까?

물론 누구나 가끔 충동적으로 행동할 수 있고, 처음 보는 여자에게 반할 수도 있다. 하지만 내가 들어온 대로라면 내 할아버지인 설리반 코스텔로는 절대로 그처럼 무책임하고 충동적인 일을 저지를 사람이 아니었다. 아일랜드 이민자 집안 출신인 할아버지는 악착같이 일해 아메리칸 드림을 이룬 입지전적인 인물이었다. 평생을 헌신한 끝에 안정적인 기반을 다진 남자가 갑자기 애써 이룬 삶의 결실을 헌신짝처럼 내던지고 사라진다는 건 도저히 납득할 수 없는 일이었기 때문이다.

혹시 할아버지에게는 아무에게도 고백할 수 없었던 비밀이 있지 않았을까? 할아버지는 1954년 가을부터 1958년 연말까지 무엇을 했을까? 할아버지는 아직 생존해 있을까?

나는 과연 이 모든 의문들에 대한 해답을 얻을 수 있을지 자신할 수 없었다.

2

나는 억수처럼 쏟아지는 비를 뚫고 창고로 갔다. 나는 창고에 있는 공구함에서 〈홈 디포 Home Depot〉라는 상표가 선명하게 보이는 해머를 찾아냈다. 구리와 베릴륨을 합금한 독일제 해머였다. 아버지가 최근 내가 혹시 필요로 할 공구라는 걸 미리 알고 구입해둔 듯했다.

나는 창고에서 해머와 금속 절단기, 드릴 따위를 챙겨들고 복도로 나왔다. 복잡하게 생각할 것 없이 지금이라도 당장 택시를 불러 타고 보스턴으로 돌아가 부동산중개인에게 등대를 임대할 사람을 알아보게 할 수도 있었다. 여름용 별장으로 활용할 수 있도록 손볼 경우 한 달에 수천 달러의 임대료를 받아 챙길 수 있을 만큼 경치가 빼어난 곳이었다.

정기적인 임대료를 받으며 편안하게 사는 인생도 그리 나쁘지는 않겠지? 아니야, 의사 일을 그만둘 경우 내 인생에서 남는 게 뭐가 있겠어?

갑작스레 내 나이 다섯 살 때의 한 장면이 떠올랐다. 그 당시, 나는 갈색머리를 쳐들고 아버지를 원망어린 눈길로 쳐다보고 있었다. 아버지는 2층 침대에서 뛰어내리면 받아주겠다고 약속해놓고 내가 마룻바닥에 그대로 나뒹굴게 했다.

'인생에선 어느 누구도 믿어선 안 돼. 설령 아빠라도 믿어선 안돼.'

결과적으로 나는 아버지가 쳐놓은 덫에 걸려든 셈이었다. 아버지는 금단의 문을 열고 들어갈 용기가 나지 않자 나에게 그 일을 떠맡긴 게 분명했다.

아버지는 할아버지와의 약속을 깨는 게 두려워 차마 시도하지 못한 일을 누군가가 대신해주길 바라는 거야.

아버지가 염두에 두고 있던 그 누군가가 바로 나라는 게 문제였다.

3

나는 이마에 송골송골 맺힌 땀방울을 닦았다. 지하실에서는 숨이 막힐 것처럼 뜨거운 열기가 감돌았다. 산소가 부족한 탓에 선박의 기계실 안처럼 숨 쉬기가 불편했다.

나는 해머를 머리 위로 치켜 올리고 벽면에 십자가로 표시해놓은 부분을 힘껏 내리쳤다. 벽돌의 파편과 먼지가 눈에 들어가지 않도록 실눈을 뜨고 연이어 세 번 타격을 가했다. 네 번째 타격을 가하기 위해 좀 더 높이 해머를 들어 올린 다음 힘껏 휘두른 결과는 참담했다. 해머가 천장을 가로지르는 파이프를 두 동강내고 말았다. 머리 위로 찬물이 폭포처럼 쏟아지고 나서야 나는 수도 밸브를 잠그고 가까스로 홍수를 막았다.

빌어먹을!

나는 머리부터 발끝까지 물을 흠뻑 뒤집어써 그야말로 물에 빠진 생쥐 꼴이 되었다. 집안으로 돌아가 옷을 갈아입는 게 정상이었지만 실내가 찜통처럼 더워 바지와 셔츠를 걷어 붙이고 작업을 계속했다. 지하실 문 뒤에 무엇이 숨어 있는지 궁금해 옷을 갈아입을 겨를이 없었다.

나는 분홍색 물방울무늬 팬티만 걸친 상태로 벽면을 깨는 일에 몰두했다. 아버지의 말이 귀에서 메아리쳤다.

"내 생각에는 저 문 뒤에 시체보다 더 무시무시한 뭔가가 숨겨져 있을 것 같아."

열 번도 넘게 해머질을 하고 나서야 벽면 뒤에 버티고 있는 비밀의 문이 조금씩 드러나기 시작했다. 15분쯤 해머질을 계속해 벽돌을 완전히 제거하자 비로소 문 전체가 시야에 들어왔다. 좁고 나지막한 문에는 녹이 잔뜩 슬어 있었다.

나는 온몸에서 뚝뚝 떨어지는 땀방울을 닦으며 문을 향해 다가갔다. 문에 부착된 동판 위에 원화창 모양으로 풍향도가 새겨져 있었다. 언젠가 본 적이 있어 기억을 더듬어본 결과 등대를 둘러싸고 있는 돌담에도 똑같은 풍향도가 그려져 있었던 게 기억났다. 고대인들에게 알려진 모든 바람을 집약적으로 표현해놓은 그림이었다.

풍향도에는 라틴어로 경고의 문구가 새겨져 있었다.

Postquam viginti quattuor venti flaverint, nihil jam erit.(24방위 바람이 지나가고 나면 아무 것도 남지 않으리라.)

24방위 바람의 등대라는 명칭이 붙은 건 풍향도 탓인 듯했다. 나는 극도로 마음이 심란해진 가운데 금단의 문을 열어보려고 힘을 썼지만 어찌나 완강하게 닫혀 있는지 꿈쩍도 하지 않았다. 안간힘을 다해 문을 밀어봤지만 요지부동이었다. 어쩔 수 없이 나는 창고에서 가져온 드릴을 사용해 잠금장치를 아예 해체해버렸다.

4

나는 심장이 두방망이질 치는 가운데 손전등을 켜고 철문을 밀었다. 손전등으로 통로 안을 비춰보았더니 아버지가 이야기한 그대로 너비가 10평방미터쯤 되고 벽면이 다듬어지지 않은 석재로 이루어진 방이 나타났다. 관자놀이로 피가 쏠리는 느낌이었다.

나는 손전등을 비춰 방안을 구석구석 살피며 조심스럽게 안으로 들어갔다. 얼핏 보기에는 그다지 시선을 끄는 게 없는 빈 공간일 뿐이었다. 바닥의 흙이 다져지지 않아 마치 비가 오고 난 뒤 질척한 땅을 밟고 있는 느낌이었다. 주의 깊게 사방 벽면을 살펴보았지만 역시나 관심을 끄는 부분을 발견하지 못했다.

괜한 헛고생을 한 건 아닐까? 아버지가 나를 떠보려고 이상한 이야기를 꾸며낸 거야. 뉴욕 공항에서 할아버지를 만났다는 말도 거짓일지도 몰라. 아니면 꿈을 꾼 것인지도 모르지. 만일 꿈이었다면 아버지는 왜 등대에 얽힌 전설을 꾸며냈을까?

내가 온갖 의문에 사로잡혀 있을 때 갑자기 강력하고 얼음장처럼 차가운 바람이 불어왔다. 현실에서는 한 번도 대한 적 없을 만큼 서늘한 바람이었다. 나는 깜짝 놀라며 손전등을 떨어뜨렸다. 몸을 굽혀 손전등을 집어 들려는 순간 내 등 뒤 문이 저절로 닫혔다.

어둠 속에 갇힌 나는 몸을 일으켜 문을 열어보려고 했지만 도저히 힘을 쓸 수가 없었다. 내 몸이 마치 얼음조각처럼 차갑게 굳어지며 말을 듣지 않았다. 귓가에서 피가 부글거리는 소리가 들려왔다.

나는 무력감을 느끼며 힘껏 고함을 질렀다. 얼마 안 있어 귀청을 찢어발길 것처럼 굉장한 힘으로 나를 빨아들이는 소리가 들려왔다. 나는 정신을 차리지 못하고 고함을 질렀고, 곧이어 바닥을 딛고 있던 두 다리의 힘이 모두 빠져 달아나는 느낌을 받았다.

제 **2** 부

불확실한 장소에서

1992년, 도시의 불빛

지옥으로 가는 길은 너무나 포장이 잘 되어 있어 아무런 관리가 필요 없다. ─루스 렌델

0

미르라 냄새, 니스를 칠한 나무에서 나는 냄새, 장뇌 향, 양초 타는 냄새가 뒤섞여 코로 스며든다. 누군가 망치로 내 머리를 내리치는 듯 심한 통증이 느껴진다.

나는 지금 딱딱하고 차가운 벽에 누워 눈을 뜨려 하지만 눈꺼풀이 마치 박음질이라도 해놓은 듯 닫혀 열리지 않는다. 딱딱한 돌에 닿아 있는 왼쪽 뺨이 짓눌려 몹시 일그러져 있다. 열이 나는 동시에 온몸이 덜덜 떨리며 딸꾹질이 멎지 않는다. 가슴에 극심한 통증이 느껴져 숨쉬기가 힘들다. 목구멍은 바짝 타들어가고, 입안에서 시멘트 맛이 난다. 몸을 뒤척이고 싶지만 마음대로 움직일 수 없다.

1

한동안 고요한 침묵이 계속되다가 이내 사람들이 몹시 흥분해 웅성

거리는 소리로 변해갔다. 사람들이 화가 나 외치는 소리가 들려왔다.

무엇에 대해 화가 났을까?

초인적인 노력을 거듭한 끝에 나는 비로소 눈을 반쯤 떴다. 두 눈이 쿡쿡 쑤시며 눈앞이 온통 희미했다. 나는 주변 상황을 살피기 위해 눈에 힘을 모았다.

희미한 조명이 비치는 가운데 가장 먼저 내 눈에 포착된 건 커다란 십자가와 수많은 양초들을 받치고 있는 촛대였다. 가까스로 몸을 일으켜 세우고 몇 발짝 비틀거리며 걸어보고 나서야 내가 와 있는 곳이 대규모 성당의 성가대석 한가운데라는 걸 알 수 있었다. 길이가 백여 미터쯤 되어 보이는 넓은 중앙 홀이 눈앞에 펼쳐져 있었고, 양 옆으로 문양이 새겨진 목재의자들이 줄지어 비치돼 있었다. 형형색색으로 치장한 수십 개의 스테인드글라스를 통해 빛이 넘실거리며 새어 들어왔다. 가장 높은 쪽 천장이 족히 30미터는 되어 보이는 고딕 양식 궁륭을 보고 있으려니 문득 현기증이 일었다.

내가 서 있는 성가대석 맞은편에 있는 대형 파이프오르간이 눈에 들어왔다. 그 기념비적 파이프오르간은 청색 계통의 다양한 뉘앙스를 보여주는 스테인드글라스 원화창 아래에서 풀무와 파이프들로 이루어진 속살을 숨김 없이 드러내 보이고 있었다.

"어서 경찰을 불러요!"

군중들 속에서 커다란 고함이 터져 나왔다. 성당을 둘러보려고 들른 관광객들, 무릎을 꿇고 한참 동안 경건하게 기도를 드리고 있던 신자들, 고해실 근처에서 서성거리던 사제들의 눈이 온통 내게로 쏠려 있었다.

나는 그제야 흠칫 놀라며 내 몸을 둘러보았다. 이제 보니 나는 몸에

변변히 걸친 게 없는 벌거숭이나 다름없었다. 분홍색 물방울무늬 팬티만 달랑 입고, 진흙투성이 스탠스미스 샌들을 신고 있는 내 모습을 본다면 누구나 깜짝 놀랄 게 틀림없었다.

빌어먹을! 내가 도대체 여기서 뭘 하고 있지?

내 손목에는 할아버지의 시계가 채워져 있었다. 눈앞이 빙빙 돌며 어질어질한 가운데 힐끗 시계를 보았다. 17시 12분이었다. 아버지와 나누었던 대화 내용, 열대지방처럼 후텁지근했던 금단의 방, 갑자기 닫혀 버린 철제문 따위가 머릿속에서 연속적으로 떠올랐다.

그 다음에는 무슨 일이 벌어졌는지 아무것도 기억나지 않았다. 두 다리에 힘이 빠진 나는 넘어지지 않기 위해 성서를 받치고 있는 탁자에 몸을 기대고 등줄기를 타고 흘러내리는 식은땀을 닦았다.

당장 여길 빠져나가야 해.

"경찰이다! 꼼짝 말고 손을 머리 위로 올려!"

성당 안으로 뛰어 들어온 두 명의 정복 경찰이 중앙 홀을 가로질러 달려오며 소리쳤다.

무슨 일인지 영문도 모르고 체포될 수는 없지 않은가?

나는 있는 힘을 다해 대리석 계단을 뛰어 내려가 성가대석을 벗어났다. 한 걸음씩 내달을 때마다 온몸의 뼈마디가 크리스털처럼 부서질 것 같아 가슴이 조마조마했다. 나는 꽃 장식, 연철로 만든 촛대, 기둥처럼 쌓아올린 기도서들을 차례로 쓰러뜨리며 측면에 늘어선 기도실을 따라 죽을힘을 다해 달렸다.

"당장 그 자리에 멈춰!"

경찰이 나를 추격해오며 소리쳤지만 나는 뒤돌아보지 않고 내처 달렸다. 10미터쯤 더 달려간 나는 가장 먼저 눈에 띄는 문을 밀었다.

가까스로 나는 성당 밖으로 벗어나는 데 성공했다. 돌계단을 몇 개 내려가자 성당 앞 광장이 나왔다.

2

거리를 오가는 차들이 울려대는 경적소리와 사이렌 소리 때문에 귀청이 찢어질 듯했다. 마치 기름을 바른 듯 미끈거리는 도로 위로 여러 줄기의 하얀 연기가 피어오르더니 이내 하늘 위로 흩어졌다. 헬리콥터 한 대가 굉음을 내며 하늘을 맴도는 중이었다. 마치 찜통 속에 들어앉은 것처럼 갑자기 뜨거운 공기가 밀어닥치며 숨이 막혔다. 순간적으로 방향 감각을 상실한 나는 몸의 균형을 잃지 않기 위해 정신을 집중했다.

기운을 차리고 다시 도망치려는 순간 경찰 한 명이 뒤쪽에서 나를 덮치며 목덜미를 움켜쥐었다. 얼마나 아픈지 입에서 저절로 비명이 터져 나왔다. 나는 경찰의 우악스런 손에 목덜미를 잡힌 가운데 순간적으로 몸을 돌리며 발차기를 시도했다. 내 기습적인 발길질이 경찰의 안면을 강타했다.

가까스로 경찰의 손아귀에서 벗어난 나는 다시 달리기 시작했다. 이번에는 여자경찰 한 명이 내 뒤를 추격해오고 있었다. 여경쯤은 쉽게 따돌릴 수 있을 거라 생각했지만 오산이었다. 다리에 힘이 풀려 한 걸음 내딛을 때마다 몸이 저절로 쓰러질 듯 휘청거렸다. 턱밑까지 차오른 숨을 헐떡이며 차들이 씽씽 내달리는 도로를 가로지르려 할 때 여경이 내 발을 걸어 길바닥에 쓰러뜨렸다. 내가 미처 몸을 일으킬 새도 없이 여경이 내 양손을 등 뒤로 돌려 수갑을 채웠다.

수갑의 금속성 압력이 내 손목을 파고들었다. 내 눈앞에서 수많은 이미지들이 파노라마처럼 스쳐 지나갔다. 콘크리트 숲 속에서 곡예운전을 하며 달리는 옐로우 캡, 바람에 나부끼는 성조기, 고층빌딩들 사이에 마치 함몰된 듯 푹 빠져 있는 성당, 속이 빈 원구를 들어 올리고 있는 청동 아틀라스 상 따위가 인도에 머리를 처박고 있는 내 눈에 잡힌 모습들이었다. 몸에 팬티만 걸친 우스꽝스런 모습으로 바닥에 쓰러져 있는 동안 장기가 타들어가는 느낌과 함께 시큼한 위액이 식도를 타고 역류했다.

나는 어떤 경로를 통해 뉴욕 5번가에 있는 세인트 파트리크 대성당까지 오게 되었을까?

3

20시, 유치장

나는 양손으로 얼굴을 감싼 채 두 개의 엄지손가락으로 관자놀이 근처를 꾹꾹 눌러 마사지하며 아스피린 세 알과 소염제 수액주사를 한 대만 맞을 수 있다면 얼마나 좋을지 상상했다.

경찰에 체포되자마자 곧장 제17구역 파출소로 잡혀왔다. 렉싱턴 가와 52번 가의 교차 지점에 위치한 요새 같은 건물이었다. 나는 파출소에 잡혀오자마자 노숙자, 불량배, 마약 거래자들이 우글거리는 유치장에 갇히는 신세가 되었다.

건물 지하에 위치한 유치장은 그야말로 완전 찜통이어서 가만히 앉아 있어도 온몸에 끈적끈적한 땀이 배었다. 에어컨은 물론이려니와 창문도 없어 바람 한 점 유입되지 않았다. 겨울에는 얼어 죽을 정도로 추워 몸을 덜덜 떨어야 하고, 여름에는 사우나에서처럼 비지땀을 쏟아야 할 것 같은 방이었다.

나는 벽면에 고정시켜놓은 긴 의자에 앉아 세 시간째 대기 중이었
다. 여전히 분홍색 물방울무늬 팬티만 걸치고 있어 유치장 동료들의
조롱거리가 되고 있었다.

이 악몽은 언제나 끝나려나?

"이 호모 같은 자식, 벌거숭이로 싸돌아다니는 게 그렇게 짜릿하고
좋았어?"

바로 옆에 앉은 노숙자가 이미 한 시간째 나를 조롱하고 있었다. 비
루먹은 강아지처럼 비쩍 말라빠진 그의 얼굴은 온통 불그죽죽한 반점
으로 뒤덮여 있었다. 그는 몹시 가려운 듯 등짝을 피가 나도록 박박 긁
어 대며 끈질기게 나를 도발했다. 나는 가끔 응급실에 실려 온 노숙자
들을 본 적이 있었다. 세상으로부터 외면 받아 심신이 피폐해진 그들
은 나약한 동시에 공격적인 성향을 보이는 경우가 많았다. 그들은 주
로 알코올중독, 저체온증, 정신분열 증세 따위로 응급실에 실려 오곤
했다.

"이봐, 호모! 홀라당 벗고 다니니까 좆을 빨아주는 새끼들이 넘쳐나
든?"

나는 그가 딱해 보이는 한편 겁이 나기도 했다. 내가 고개를 돌려 외
면하자 노숙자가 갑자기 자리에서 벌떡 일어서더니 내 팔을 꽉 잡았다.

"혹시 팬티 안에 술이라도 숨겨왔으면 냉큼 꺼내봐."

노숙자는 찜통처럼 푹푹 찌는 날씨인데도 땟국이 줄줄 흐르는 모직
외투를 입고 있었다.

"술은 없으니까 내 팔이나 당장 놔주시지."

내가 더 이상 참지 못하고 노려보자 그는 겁을 집어먹은 듯 눈을 아
래로 내리깔며 다시 의자에 앉았다.

"큼지막한 팬티에 술 한 병쯤은 넣어 왔어야지."

나는 그의 외투 주머니 밖으로 비죽 튀어나온 신문을 주시했다. 그는 벽을 바라보며 멍하니 앉아 있었다. 그가 입을 열지 않으면 좀이 쑤신다는 듯 수다를 늘어놓으려 할 때 나는 그의 호주머니에 들어 있는 신문을 슬그머니 빼내어 펼쳐보았다.

《뉴욕 타임스》지 1면에 다음과 같은 제목의 기사가 톱을 장식하고 있었다.

미 대통령 선거를 앞두고 열린 민주당 전당대회에서 빌 클린턴이 후보로 선정되었다. 새로운 미국을 향한 젊은 후보 빌 클린턴.

헤드라인 아래쪽에 힐러리와 딸 첼시의 포옹을 받으며 만면에 미소를 짓고 있는 빌 클린턴 대통령 후보가 환호를 보내는 지지자들 사이를 헤쳐 나가고 있는 사진이 게재되어 있었다. 1992년 7월 16일자 신문이었다.

나는 얼마나 놀랐는지 다시 한 번 얼굴을 손에 묻었다.

"말도 안 돼!"

아무리 머리를 쥐어짜도 어떻게 된 영문인지 알 길이 없었다. 내 머릿속에 남아있는 마지막 기억은 1991년 6월 초에 머물러 있었다. 내 눈 앞에 도무지 납득할 수 없는 일이 펼쳐져 있었고, 내 심장은 제멋대로 두방망이질치기 시작했다. 나는 마음을 진정시키기 위해 거듭 심호흡을 하며 머리를 굴렸다.

내가 심각한 기억상실증을 앓고 있다는 사실을 어떻게 설명해야 한단 말인가? 뇌 손상 때문일까? 아니면 트라우마? 아니면 약물 복용?

나는 비록 신경과 전문의는 아니지만 기억상실증의 경우 발병 원인에 대한 설명이 불가한 경우가 많다는 사실을 잘 알고 있었다. 아무튼 현재 나는 전행성 기억상실증을 앓는 중이었다. 등대 지하실에 있는 금단의 방에 발을 들여놓은 이후 벌어진 일들이 전혀 기억나지 않았다. 그날 이후, 나의 뇌기능에 문제가 발생한 게 틀림없었다.

무려 일 년 동안의 기억이 감쪽같이 사라지다니? 어쩜 이렇게 해괴한 일이 벌어질 수 있지? 나는 왜 기억상실증을 앓게 된 것일까? 왜 나에게 이런 일이 벌어졌을까?

나는 심각한 외상을 입은 환자들이 뇌에 문제가 생겨 새롭게 생성되는 기억을 전혀 저장시키지 못하는 경우를 더러 보았다. 그 경우 신경정신과 전문의들은 환자가 광기에 빠지지 않기 위한 방어기제로 기억을 뇌에 저장하지 않으려 하는데 발병 원인이 있다고 설명했다. 그런 환자들의 경우 며칠 지나지 않아 기억이 떠오르게 마련이었다. 그들과 달리 내 경우는 일 년이 넘도록 기억상실증이 지속되고 있다는 게 문제였다.

"아서 코스텔로?"

정복경찰이 유치장 문 앞에서 내 이름을 소리쳐 불렀다.

"네."

철창문을 연 경찰이 내 팔을 잡고 밖으로 끌어냈다. 경찰은 미로처럼 생긴 복도를 지나 취조실로 나를 데려갔다. 철제책상과 의자 세 개가 놓여 있었다.

나를 체포하려다가 발차기 공격을 당한 경찰이 취조실에 앉아 있었다. 오른쪽 눈썹 부근에 반창고를 붙인 그가 나를 무섭게 쏘아보았다. 나에게 발길질을 당한 게 아직도 분한 것 같은 표정이었다.

나는 그를 향해 눈을 찡긋해보였다. 그의 옆에 흑단 같은 검은 머리를 치켜 묶은 라틴 계통 여경이 서 있었다. 그녀가 나에게 낡은 바지와 회색 티셔츠를 내밀었다.

"당신의 풍기문란 행위에 대한 행정처분을 맡은 담당 경찰이에요. 허튼수작을 부릴 경우 가만두지 않을 테니까 고분고분 내 말을 따르는 게 좋을 거예요."

옷을 입은 나는 담당 경찰의 지시에 따라 나이와 주소, 직업 등을 밝혔다.

"당신은 엄숙하고 경건해야 할 성당에서 지나친 신체노출 행위를 했고, 경찰의 정지 명령에 불응했고, 폭력을 사용해 저항했어요. 당신이 저지른 모든 행위에 대해 인정합니까?"

"네, 인정합니다. 앞으로 조심하겠습니다."

"혹시 신경정신과 치료를 받은 적이 있습니까?"

나에게는 경찰의 질문에 대답하지 않고 묵비권을 행사할 권리와 변호사를 부를 권리가 있었기에 입을 꾹 다물었다.

"변호사 비용을 지불할 능력이 있습니까? 아니면 국선변호인을 부를까요?"

"보스턴 웩슬러 로펌의 제프리 변호사를 불러주세요."

여경은 나에게 서류에 서명하라고 한 다음 내가 내일 아침 판사 앞에 서게 될 거라고 알려주었다. 그녀는 부하직원을 불러 나를 머그샷 룸(mugshot room 경찰에 체포된 사람들을 대상으로 범인 식별용 얼굴 사진을 찍는 장소 : 옮긴이)으로 데려가게 한 다음 지문을 채취하고 증명사진을 찍었다.

여경이 나를 다시 유치장으로 데려가라는 지시를 내리기 전 나는 전화를 한 통 해도 좋다는 허락을 받아냈다.

4

나는 크게 기대할 게 없다고 판단했지만 아버지에게 전화를 걸어보기로 했다. 아버지가 어떤 반응을 보일지 몹시 궁금했다. 아무튼 현재의 곤혹스러운 상황에서 시급히 나를 빼내줄 사람은 아버지밖에 없었다.

나는 한때 아버지의 애인이었다가 요즘에는 비서로 일하는 폴린에게 전화를 걸었다.

"코스텔로 박사님은 지금 부인과 함께 이탈리아 코모 호수로 휴가를 떠났는데요."

"아버지가 휴가를 떠났다고요? 평생 휴가라고는 모르고 살아온 분인데 6천 킬로미터나 떨어진 이탈리아 코모 호수까지 갈 리 없잖아요."

"저 역시 믿을 수 없는 일이지만 요즘 코스텔로 박사님은 이전과 많이 달라졌어요."

폴린이 자신 없는 투로 말했다.

"폴린, 난 당신에게 아버지와 통화하려는 이유를 자세히 설명하고 있을 시간이 없어요. 당장 아버지와 통화해야 한단 말입니다."

폴린이 나지막이 한숨을 쉰 다음 나에게 잠깐 기다리라고 했다. 미처 일분도 되지 않아 잔뜩 목이 잠긴 아버지의 걸걸한 목소리가 들려왔다.

"아서, 어떻게 된 일이냐?"

"그간 잘 지내셨어요?"

"네가 혹시 잘못되기라도 했을까 봐 크게 걱정했다. 지난 일 년 동안 도대체 무얼 하며 지냈니?"

나는 아버지에게 내가 처한 상황을 압축해 설명하고 도움을 요청했다.

"나쁜 녀석! 일 년 동안 연락을 끊고 지내다가 불쑥 나타나 한다는 소리가 경찰서 유치장에 잡혀 있으니까 꺼내 달라고?"

아버지는 화를 참지 못하고 목청을 돋우었다. 마치 아버지의 목소리가 무덤 속에서 들려오는 듯 굵고 나직했다.

"사실은 저도 어떻게 된 영문인지 모르겠어요. 아버지와 함께 등대로 가 서류에 사인했던 날이 머릿속에 남아 있는 가장 최근의 기억이니까요."

"넌 내 말을 듣지 않고 기어이 지하실 방으로 들어가는 벽을 부수었더구나. 내가 그토록 금지했던 짓을 저지른 이유가 뭐냐?"

아버지의 말을 듣는 순간 참고 있던 분노가 폭발했다.

"아버지도 바란 일 아닌가요? 제가 금단의 방으로 들어가길 바라며 등대 창고에 새 공구까지 구비해놓은 사람이 누구죠?"

내 말에 아버지는 아무런 이의를 제기하지 않았다. 아버지는 내가 지하실 문을 열고 들어간 것에 대해 꾸짖고 있었지만 내심 그간 어떤 일을 겪었는지 알고 싶어 조바심을 치고 있다는 느낌이 들었다.

"넌 그 방에서 무얼 보았니?"

"제가 무얼 봤는지 궁금하면 당장 유치장에서 꺼내주세요."

아버지는 한참 동안 기침을 계속하다가 마침내 약속했다.

"제프리에게 당장 널 경찰서에서 꺼내주게 할 테니까 걱정 마."

"고마워요. 한 가지 궁금한 게 있는데 아버지가 저에게 등대에 대해 알고 있는 모든 걸 이야기해준 게 확실해요?"

"내가 너에게 감출 이야기가 뭐 있겠니? 내가 절대로 열어보지 말라고 신신당부한 말을 귓등으로 듣고 사고를 저지르다니? 차라리 비밀로 해두는 편이 백 배 나았지."

그 정도에서 어물쩍 넘어갈 내가 아니었다.

"저에게 할아버지에 대해 숨김 없이 이야기해준 게 분명하죠?"

"내가 뭘 숨겼다는 거냐? 난 빼놓지 않고 전부 이야기해주었다. 내 자식들 모두를 걸고 맹세할 수 있어."

내 마음 깊은 곳에서 허탈한 웃음이 터져 나왔다.

지난날, 아버지는 엄마를 한 번도 속인 적이 없다고 주장했지만 결국 거짓말이 아니었던가?

"아버지, 제발 대충 넘어가려 하지 말고 진실을 말해줘요!"

전화선 너머에서 마치 폐를 토해낼 듯 심한 기침소리가 들려왔다. 나는 그제야 아버지가 몹시 심각한 병을 앓고 있다는 느낌을 받았다.

폴린이 신속하게 아버지를 바꿔주었다. 그렇다면 아버지는 병원에서 재발한 폐암 치료를 받고 있을 가능성이 컸다. 이탈리아 코모 호수로 휴가를 떠났다는 비서의 말은 누군가 전화해 아버지를 찾을 경우에 대비해 사전에 미리 준비해둔 멘트일 것이다. 아버지는 투병중이라는 사실이 외부에 알려지지 않도록 철통방위를 펼치고 있고, 이번에도 용케 재앙을 피해갈 수 있을 것이라 확신하고 있는 게 분명했다.

"사실은 너에게 말하지 않은 사실이 한 가지 있단다. 어쩌면 넌 그 사실을 영영 모르는 편이 나을 수도 있어."

나는 아버지의 입에서 나올 다음 말이 무엇인지 궁금했다.

"네 할아버지는 아직 돌아가시지 않았어."

나는 도저히 그 말을 믿을 수 없었다.

"아버지, 지금 저랑 장난치는 건 아니죠?"

"난 지금 너와 장난칠 기분이 아니야."

"그럼 할아버지가 살아있다는 말이 분명한 사실이에요?"

아버지가 한숨을 푹 내쉬었다.

"네 할아버지 설리반 코스텔로는 분명 생존해 있어. 뉴욕 루스벨트 섬의 블랙웰정신병원을 찾아가면 네 할아버지를 만날 수 있을 거야."

나는 방금 전해들은 놀라운 이야기를 받아들이기 힘들었다. 내가 정신을 집중시키려고 할 때 누군가가 내 등을 툭툭 쳤다.

라틴 계통 여경이 어서 전화통화를 마치라는 뜻으로 눈에 힘을 주고 있었다. 나는 1분만 더 통화하겠다는 뜻으로 가볍게 손짓을 해보였다.

"할아버지가 생존해 있다는 사실을 언제 알았죠?"

"13년 전에 알았어."

"13년 전이라고요?"

다시 아버지의 한숨소리가 들려왔다.

"1979년 어느 날 저녁, 나는 맨해튼에서 거주지가 불명인 사람들을 등쳐먹는 어떤 협회로부터 전화를 받았어. 아버지가 중앙역에서 배회 중이라는 거야. 내가 부랴부랴 달려가 보니 아버지는 지금 어디에 있는지, 어느 시대에 살고 있는지조차 인식하지 못할 정도로 정신이 이상해져 있었어. 게다가 무척이나 거칠고 폭력적인 성향을 보였지."

"아버지가 할아버지를 정신병원에 입원시켰군요?"

"난들 아버지를 정신병원에 입원시키는 마음이 좋았는 줄 아니? 하지만 가만 놔두면 너무나 위험했기에 나로서는 어쩔 수 없는 선택이었어."

아버지가 역정을 내고 나서 말을 이었다.

"아버지가 사라진 지 24년 만이었지. 정신 줄을 놓은 것도 문제지만 대단히 폭력적인데다 통제 불가 상태라는 게 더욱 감당하기 힘들었지. 아버지는 심지어 웬 여자를 죽였다고 횡설수설하기도 했어. 아버지를 정신병원에 입원시키기로 한 건 나만의 독단적인 결정이 아니야. 여러 번 정신 감정을 받았고, 그때마다 피해망상증, 정신분열증, 노망 같은 검진 결과가 나왔어. 결국 정신병원에 입원시킬 수밖에 없었지."

"아버지는 왜 여태껏 그 이야기를 비밀에 부쳤죠? 저도 그 사실을 알고 있어야 할 권리가 있는 사람이잖아요. 결과적으로 아버지는 저에게서 할아버지를 빼앗아갔어요. 만약 그 사실을 알았더라면 할아버지를 자주 뵈러 갔을 텐데 아버지가 그 기회를 아예 봉쇄한 거예요."

"아서, 얼빠진 소리 좀 작작해라. 넌 네 할아버지를 직접 만났더라면 크게 실망했을 거야. 아마도 찾아간 걸 몹시 후회했겠지. 정신적으로 식물인간이 되다시피 한 분을 찾아가 뭘 어쩌겠다는 거냐? 마음만 안쓰러울 뿐이지!"

나는 아버지의 말을 순순히 받아들이고 싶지 않았다.

"그 사실을 또 누가 알고 있죠? 엄마? 누나? 형?"

"네 엄마에게만 말해주었다. 넌 도대체 무슨 생각을 하고 있는 거냐? 난 괜한 소문이 퍼지지 않도록 하기 위해 최선을 다했어. 나에게는 우리 가족을 보호할 책임이 있었고, 사업을 성공적으로 이끌고 싶었을 뿐이야."

"체면을 구기고 싶지 않았겠죠. 아버지에게는 언제나 체면이 가장 중요했으니까요."

"아서, 넌 언제나 골칫거리구나!"

나는 그 말에 뭐라 대꾸를 하고 싶었지만 아버지는 일방적으로 전화를 끊어버렸다.

5

다음날, 오전 9시

"아서, 판사 앞에 나설 때는 첫인상이 매우 중요해. 법정에서 주어진 기회는 오직 한번 뿐이야. 첫인상이 나쁘면 절대로 유리한 결과를 얻을 수 없어."

제프리 웩슬러가 법원 복도에서 대기하는 동안 내 넥타이를 반듯하게 고쳐주며 말했다. 제프리의 여비서가 재빠른 손놀림과 붓놀림으로 내 눈 아래 잡힌 다크 서클에 파운데이션을 덧칠해 화색이 돌게 만들었다. 판사 앞에 나서기 전에 어떤 전략으로 임할지 상의할 시간이라곤 고작 몇 분밖에 되지 않았다. 제프리 역시 내 아버지와 마찬가지로 본질보다는 겉모습에 치중하는 성향이 있었다.

"물론 첫인상으로 사람을 판단한다는 건 부당하지만 세상일이란 게 늘 그런 식이잖아. 법정에서 자네가 좋은 인상을 줄 수 있다면 반쯤 이기고 들어가는 거야. 나머지는 내가 다 알아서 할 테니까 걱정하지 마."

나는 어린 시절부터 제프리를 좋아하고 따랐다. 제프리는 유리한 판결을 얻어내기 위해 많은 일을 했다. 나에게 최신 정장을 한 벌 가져다주었고, 지갑과 신용카드, 운전면허증, 여권 따위를 빠짐없이 챙겨와 내 신분을 분명하게 확인할 수 있도록 조처했다. 게다가 어떻게 손을 썼는지 내가 가장 먼저 판사의 심의를 받을 수 있도록 해주었다.

법정에 나서는 건 평생 처음이었지만 판사의 심의는 미처 10분도 되지 않아 모두 끝났다. 판사는 아직 잠에서 깨지 않은 듯 졸린 눈으로 내가 어떤 잘못을 저질렀는지 기계적으로 열거했다. 그 다음에는 기소인과 변호인 측에 차례로 발언 기회를 주었다.

제프리는 듣는 사람을 헷갈리게 만드는 삼단논법을 구사해가며 기소인 측 주장이 사소한 오해에서 비롯된 만큼 나에 대한 기소 내용을 모두 취하해야 마땅하다는 논리를 폈다.

검사는 내가 벌거숭이로 돌아다닌 것에 대해서는 기소를 취하하기로 했지만 공권력에 대한 폭력 사용에 대해서는 끝까지 기소 의견을 굽히지 않았다. 검사는 보석금으로 2만 달러를 요청했고, 제프리는 5천 달러를 제시했다. 판사는 나에게 소송 날짜가 잡히면 다시 법정에 출두해야 한다고 선언한 다음 망치를 두드렸다.

6

법정심리가 끝나자마자 제프리는 나에게 보스턴으로 함께 돌아가자고 했다.

"난 가지 않을래요."

"내가 자넬 데려가지 않을 경우 프랑크가 두고두고 잔소리를 늘어놓을 거야."

"이 세상에서 아버지와 맞설 수 있는 유일한 사람이 바로 아저씨잖아요."

제프리는 체념한 듯 내 주머니에 50달러짜리 지폐 네 장을 넣어주고는 보스턴으로 돌아갔다.

마침내 나는 다시 자유를 얻었다. 법정에서 나와 주택가를 따라 몇 블록 정도 걸었다. 10시가 다 된 시각이었지만 아직 공기는 아침처럼 선선하고 상쾌했다. 도시의 왁자지껄한 소음이 마음을 안도하게 만들었다. 간밤에 전혀 잠을 이루지 못했지만 중압감을 내려놓은 탓인지 없던 힘이 불끈 솟는 느낌이었다. 관절은 더할 나위 없이 유연했고, 호흡에도 전혀 문제가 없었고, 거짓말처럼 두통도 말끔히 사라졌다. 다만 얼마나 오랫동안 굶었던지 배에서 꼬르륵 소리가 났다.

나는 던킨 도넛 매장으로 들어가 커피 한 잔과 도넛 하나를 먹은 다음 밖으로 나와 다시 달리기 시작했다. 파크 애비뉴, 매디슨 가, 5번가를 차례로 지나쳤다.

내가 마지막으로 뉴욕에 온 게 언제였더라?

동료의사의 총각 파티 때였다. 그때 우리는 360도로 천천히 회전하는 메리어트 마르키스 호텔의 스카이라운지에서 맨해튼의 야경을 감상하고, 다음날 아침 호텔의 헤르츠 영업 창구를 통해 차를 렌트해 애틀랜틱시티로 갔다.

타임스퀘어에 다다랐을 때 나는 매번 그랬듯 이번에도 속이 메스꺼웠다. 밤에는 휘황찬란한 네온사인에 가려 거리를 잠식해 들어가는 치부가 가려질지 모르겠으나 환한 대낮에는 타임스퀘어의 속살이 고스란히 드러났다. 핍 쇼(peep show)와 포르노상영관 근처에는 노숙자들, 마약중독자들, 피로에 지친 매춘부들이 득시글거렸다. 치아가 몽땅 빠진 남자가 'HIV 양성' 이라고 적힌 팻말을 목에 걸고 구걸을 하고 있었다. 뉴욕의 쿠르 데 미라클(la Cour des miracles 프랑스 대혁명 이전 구체제 하에서 불구자 걸인들이 구걸하던 파리의 일부 장소를 일컫는 표현으로 '기적의 정원' 이라는 뜻. 거짓으로 불구자 행세를 하며 동정심을 유발하던 자들이 밤이 되면 감쪽같이 자취를 감춘 것에서 유래 : 옮긴이)이라고나 해야 할까?

나는 브로드웨이를 가로질러 호텔 로비로 통하는 지하도로 들어갔다. 렌터카 창구 직원에게 부탁해 내 고객서류가 여전히 존재하는지 조회했다. 나는 괜한 시간낭비를 할 필요가 없다고 생각해 직원이 권하는 문짝 두 개짜리 마즈다 나바호를 렌트했다. 렌터카 대금을 결제한 나는 안도의 한숨을 내쉬었다. 내 신용카드가 아무런 문제없이 사용가능했기 때문이었다.

마즈다 나바호의 운전대를 잡은 나는 FDR드라이브를 통해 맨해튼을 빠져 나가 북쪽으로 계속 달렸다. 잃어버린 기억을 되찾으려면 마지막 기억이 남아 있는 곳으로 돌아가야 한다고 생각했다. 내 기억이 마지막으로 남아 있는 장소는 24방위 바람의 등대 지하실이었다.

코드 곶까지 달려가는 동안 나는 라디오채널을 수시로 돌려가며 뉴스와 음악을 들었다. 일 년 넘게 사라진 기억을 속성으로 메우기 위한 나름의 방편이었다. 내가 사라지기 전까지 무명 정치인에 가까웠던 빌 클린턴이 고작 일 년 만에 뉴스의 총아가 되었다는 걸 실감할 수 있었다. 라디오의 주파수를 수시로 바꾸어도 어디서든 노래가 흘러나오는 얼터너티브 록 밴드 〈너바나〉의 인기도 가늠할 수 있었다. 로드니 킹을 과잉 진압한 네 명의 경찰에 대해 무죄판결이 내려지는 바람에 로스앤젤레스 일대에서 대규모 폭동이 벌어졌다는 사실도 알게 되었다. 청취자의 신청곡인 〈리빙 온 마이 오운 Living On my Own〉을 틀길 주저하는 진행자의 태도를 통해 프레디 머큐리가 좌파 쪽으로 전향했다는 사실도 알게 되었다. 영화전문채널에서는 패널로 참석한 영화평론가들이 〈원초적 본능 Basic Instinct〉, 〈커미트먼트 The Commitments〉, 〈아이다호 My Own Private Idaho〉 등 전혀 들어보지도 못한 영화들을 거론하며 열띤 토론을 벌이고 있었다.

7

나는 오후 2시가 넘어서야 24방위 바람의 등대로 가는 자갈길로 접어들었다. 비로소 등대의 실루엣이 눈에 들어왔다. 뜨겁게 내리쬐는 여름 햇볕을 받은 등대가 바위들 한 가운데에 우뚝 솟아있었다.

나는 차에서 내리는 동안 두 손을 들어 올려 절벽 쪽으로부터 불어오는 바람과 흙먼지를 막았다. 곧 등대에 딸린 집으로 오르는 계단으로 접어들었다. 문이 잠긴 상태였지만 어깨로 힘껏 밀자 맥없이 열렸다.

지난 13개월 동안 전혀 달라진 게 없었다. 주방 개수대에는 내가 일년 전 커피를 마실 때 사용한 잔이 그대로 놓여 있었다. 벽난로에 남아 있는 재도 치우지 않아 아직 그대로 들어 있었다.

나는 복도 끝에서 지하실로 연결되는 뚜껑 문을 열고 삐걱거리는 계단을 내려갔다. 지하실로 들어서자마자 전등스위치를 켰다. 장방형 방은 일 년 전 그대로였다. 다만 실내가 습한 열기 대신 건조하고 쌀쌀한 공기로 채워져 있다는 점이 달랐다. 내가 방문을 열 때 사용한 해머와 금속절단기, 드릴 따위가 방치된 채 거미줄에 덮여 있었다.

내가 해머를 사용해 부수어버린 벽면 뒤쪽으로 연철로 만들어진 문제의 문이 보였다. 계단 위쪽 문을 닫는 걸 잊었는지 바람이 불 때마다 녹슨 경첩에 연결된 문이 삐걱거렸다.

나는 잃어버린 기억을 되찾아 현재 내가 처한 상황을 보다 확실하게 파악할 수 있길 바라며 금단의 방을 향해 다가갔다. 손바닥으로 철제문에 쌓인 먼지를 닦아내는 동안 새삼 동판에 새겨진 라틴어 글귀가 눈에 들어왔다.

Postquam viginti quattuor venti flaverint, nihil jam erit.(24방위 바람이 지나가고 나면 아무 것도 남지 않으리라.)

마치 그 글귀가 나를 비웃는 느낌이었다. 주변공기가 갑자기 싸늘해졌다. 아무리 생각해도 내게 그리 우호적이지 않은 방이었다. 나는 몸을 떨지 않으려고 애쓰며 감옥처럼 생긴 방안으로 들어갔다. 이번에는 손전등도 없어 방은 그야말로 완벽한 어둠 속에 잠겨 있었다.

문을 닫기 전, 나는 용기를 내기 위해 숨을 깊이 들이마셨다. 문손잡이 쪽으로 손을 내미는 순간 휙 하는 소리와 함께 바람이 지나가며 문이 요란하게 닫혔다. 나는 깜짝 놀라며 사지가 마비된 사람처럼 꼼짝도 하지 않고 서 있었지만 아무 일도 일어나지 않았다. 몸이 경련하거나 이빨이 딱딱거리며 맞부딪치는 소리도 들리지 않았다.

8

나는 아무 일도 벌어지지 않은 것에 대해 안심하는 한편 다소 낙담한 상태로 등대를 떠났다. 뭔가 놓쳤다는 기분을 떨쳐버릴 수가 없었다. 금단의 방이 내가 사라진 일 년 동안의 의문을 풀어줄 거라 기대했지만 섣부른 예단이었다. 그 의문에 대한 해답은 신경정신과 의사나 정신분석학자와의 상담을 통해 풀어야 할 것 같았다.

나는 렌트한 SUV차량에 올라 보스턴의 집을 향해 달리기 시작했다. 한 시간 반 동안 핸들을 잡고 달리는 가운데 몸이 자꾸만 앞으로 고꾸라지려고 했다. 피로가 몰려와 머리가 빙빙 돌았고, 눈꺼풀도 내 의지와 상관없이 자꾸만 아래로 내리덮였다. 한 마디로 내 몸은 기진맥진한 상태였고, 참기 힘들 만큼 배가 고팠다. 하루 종일 변변히 먹은 게 없다보니 위장이 음식을 달라고 아우성을 쳐대고 있었다.

나는 하노버스트리트에서 가장 먼저 눈에 띄는 빈자리에 차를 세웠다. 거기서부터 내가 사는 노스엔드까지 걸어갈 작정이었다.

지난 일 년 동안 비워둔 내 아파트는 과연 어떤 꼴을 하고 있을까? 내가 없는 동안 고양이는 어떻게 되었을까?

내 아파트에 가는 길에 있는 조스 푸드에 들러 파스타와 페스토 소스, 요거트, 설거지용 세제 따위를 샀다. 나는 재생지로 만든 두 개의 큼지막한 봉투를 들고 하노버 스트리트와 내 아파트가 위치한 언덕을 이어주는 계단으로 들어섰다. 계단은 등나무 꽃이 흐드러지게 피어 장관을 이루고 있었다.

나는 봉투 두 개를 들고 엘리베이터를 기다렸다. 오렌지 향을 풍기는 엘리베이터 안으로 들어선 나는 맨 꼭대기 층 버튼을 눌렀다. 엘리베이터 문이 닫히는 순간 아버지가 했던 말이 머릿속에 떠올랐다. 나는 무심코 손목시계에 눈길을 주었다.

오후 5시, 나는 어제 이 시각에 반쯤 벌거숭이로 세인트 파트리크 대성당에서 깨어났다. 바로 24시간 전에 벌어진 일이었다. 24라는 숫자가 기묘한 느낌을 불러 일으켰다. 24방위 바람의 등대, 24년 동안 지속된 설리반 할아버지의 실종……. 우연치고는 이상한 일이었지만 나는 생각에 몰두해 있을 틈이 없었다. 눈앞이 갑자기 흐려지기 시작하더니 열 손가락 끝에 짜릿한 통증이 일었다. 속이 메스껍고, 뱃속이 요동치며 팔다리가 심하게 떨려오더니 갑자기 몸이 통제하기 힘들 만큼 뻣뻣하게 굳어가기 시작했다. 마치 수천 볼트의 전류가 뇌를 관통해 몸 전체로 퍼져나가는 느낌이었다. 봉투를 쥐고 있던 손에서 저절로 힘이 풀려나갔고, 귀에서 엄청난 폭발음이 들리며 나는 또다시 시간에서 이탈했다.

1993년, 설리반

나는 그것들이 정말로 믿을 수 없는 거라면 모든 걸 다 믿을 수 있음을 명심하시오. —오스카 와일드

0

불덩어리처럼 뜨거운 비가 폭포수처럼 쏟아진다. 어찌나 세차게 쏟아지는지 마치 누군가가 망치로 내 머리에 못을 쾅쾅 박는 느낌이다. 물기를 잔뜩 머금은 수증기가 주변을 감싸고도는 가운데 내 눈꺼풀은 스테이플러로 박아놓은 듯 달라붙어 떨어질 줄 모른다. 코도 막힌 듯 질식할 것만 같다. 간신히 버티고 서 있긴 하지만 내 의지와는 상관없다. 나는 최면에 걸린 것과 다름없는 상태로 내 뜻대로 되는 게 아무것도 없다. 두 다리에 힘이 모두 빠져 달아나 곧 쓰러질 것 같은 느낌이 든다. 갑자기 고막을 찢을 듯 끔찍한 비명소리가 들려오는 순간 나는 깜짝 놀라 두 눈을 뜬다.

나는 지금 어떤 여자의 집 욕실에서 힘차게 쏟아지는 샤워기 물줄기 아래에 서 있다.

1

머리카락에 샴푸를 잔뜩 칠한 알몸의 여자가 턱이 빠지도록 악을 써댔다. 여자의 표정은 경악과 공포의 감정이 그대로 드러난 상태로 굳어버렸다. 나는 조금이나마 여자를 진정시킬 요량으로 그녀의 어깨에 손을 얹었다.

내가 뭔가 설명을 하기도 전에 여자의 주먹이 내 코를 향해 날아왔다. 여자치고는 제법 매운 주먹이었다. 정통으로 콧잔등을 얻어맞은 나는 잠시 균형을 잃고 비틀거리다가 두 손으로 얼굴을 가렸다. 내가 숨을 고르며 서 있는 동안 여자의 주먹이 다시 한 번 명치에 꽂혔다. 나는 몸의 중심을 잃고 비틀거리다가 급히 샤워 커튼을 잡으려고 손을 뻗었지만 바닥이 얼마나 미끄러운지 세면대 모서리에 머리를 부딪치며 그대로 나자빠졌다.

잔뜩 겁에 질린 여자는 샤워부스를 벗어나더니 수건을 손에 쥐고 총알처럼 욕실 밖으로 사라졌다. 바닥에 쓰러진 나는 그녀가 횡설수설하며 사람들에게 도움을 요청하는 소리를 들었다. 그녀가 급히 내뱉는 말이 뚝뚝 끊기는 분절음으로 내 귀에 전해졌다. 나는 여자의 말 가운데 '강간범', '우리 집 욕실에', '경찰을 불러주세요.' 라는 말 만큼은 뚜렷하게 알아들을 수 있었다.

나는 여전히 쓰러진 상태로 얼굴 위로 떨어져 내리는 물을 닦아내려고 허둥댔다. 코는 피투성이였고, 방금 마라톤을 완주한 사람처럼 숨을 고르게 쉴 수 없었다.

뇌가 고개를 들라고 명령했지만 나의 팔다리는 옴짝달싹도 하지 않았다. 나는 커다란 위험에 직면해 있었다. 세인트 파트리크 대성당 사건에서 얻은 교훈이 있다면 무슨 일이 있어도 유치장 신세는 지지 말아야 한다는 것이었다. 안간힘을 다해 몸을 일으킨 나는 두리번거리며 실내를 살핀 다음 유리창으로 다가가 내리닫이 창을 열었다. 욕실 창은 두 개의 건물 사이 작은 골목길에 면해 있었다. 멀찌감치 4차선 도로가 보였다. 곧게 뻗어 있지만 경사진 도로였다.

옐로우 캡, 갈색 벽돌과 주철로 이루어진 파사드, 지붕의 물탱크들……. 나는 또 다시 뉴욕에 와 있었다.

뉴욕 어디쯤일까?

지금은 언제일까?

사람들이 웅성거리는 소리가 점점 더 가까이에서 들려올 무렵 나는 창틀을 타고 넘어가 건물 밖에 설치된 철제계단 난간을 붙잡았다. 힘겹게 철제계단을 내려와 비로소 길을 딛고 선 나는 어디로 가야 할지 생각할 겨를도 없이 최대한 빠른 속도로 달리기 시작했다. 곧 교차로가 나왔고, 녹색 도로 표지판에 시선을 고정했다. 나는 지금 암스테르담 애비뉴와 109번 가가 교차하는 지점을 통과하는 중이었다. 그렇다면 맨해튼 북서쪽의 대학가에 해당되는 모닝사이드 하이츠 부근이 분명했다. 경찰의 사이렌 소리가 점점 가까이에서 들려왔다. 왼쪽으로 급히 방향을 틀어 대로를 벗어난 나는 키 작은 관목들이 가로수처럼 줄지어 서있는 좁은 인도로 들어섰다.

나는 두 건물 사이에 몸을 숨기고, 벽에 몸을 납작 붙이며 가쁜 숨을 몰아쉬었다. 셔츠 소매로 여전히 흘러내리는 코피를 닦았다. 양복은 흥건하게 젖어 있었다. 제프리가 가져다 준 양복이었다. 손목시계를 내려다보았다. 9시가 조금 안 된 시각이었다.

오늘은 과연 언제일까?

나는 정신을 집중해 기억을 더듬어 보았다. 내 마지막 기억은 보스턴의 아파트 엘리베이터에서 멎어 있었다. 바닥을 뒹구는 두 개의 쇼핑봉투, 금단의 방에서 처음 경험했던 경련이 또 다시 반복되었다는 게 떠올랐다.

하늘은 푸르고, 햇볕은 따사로웠다. 대기는 포근했지만 나는 이가 딱딱 부딪칠 만큼 극심한 한기를 느꼈다.

일단 갈아입을 옷이 필요해.

눈을 들어 주변을 둘러보았다. 아파트 베란다의 건조대에 널어놓은 빨래들이 눈에 띄었다. 언뜻 보기에 마음에 드는 스타일의 옷은 없었지만 한가롭게 취향을 따질 형편이 아니었다. 쓰레기 수거용 컨테이너 위로 껑충 뛰어오른 나는 파사드에 매달렸다가 베란다로 올라서 빨래를 널어놓은 건조대로 접근해갔다.

나는 재빨리 주변을 살피며 필요한 옷을 벗겨내 갈아입고 다시 컨테이너를 밟고 평지로 내려섰다. 면바지에 뉴욕 양키스팀 줄무늬 티셔츠를 걸치고. 진 점퍼를 입은 내 모습이 얼마나 우스꽝스러울지는 보지 않아도 알 수 있었다. 일단 사이즈가 맞지 않았다. 면바지는 발목 위에서 돌돌 말렸고, 진 점퍼는 지나치게 꽉 끼었지만 어쨌든 뽀송뽀송하게 마른 옷들이었다. 나는 주머니에서 지폐와 동전을 모두 꺼낸 다음 물에 젖은 정장을 쓰레기통에 던져버렸다.

다시 대로로 나온 나는 경찰의 눈에 띄지 않게 군중들 틈에 휩쓸려들었다. 현기증이 나고, 두통이 느껴질 만큼 배가 고팠다. 일단 음식을 먹어둘 필요가 있었다. 길 건너편에 있는 식당 간판이 눈에 들어왔다.

나는 식당으로 들어가기에 앞서 신문 자동판매기에 동전 두 개를 집어넣었다. 신문을 받아들고 상단에 찍힌 날짜를 살펴보았다.

1993년 9월 14일 화요일

2

"주문하신 계란과 토스트, 커피가 나왔습니다."

여종업원은 커피 잔과 음식이 담긴 접시를 호마이카 테이블에 내려놓으며 살짝 미소를 짓고 나서 이내 카운터로 돌아갔다. 나는 걸신들린 사람처럼 음식을 먹으며 《뉴욕 타임스》지를 읽어 내려갔다.

이츠하크 라빈과 야세르 아라파트 평화협정을 체결하다.
'용기 있는 도박'에 환영의 뜻을 표하는 클린턴 대통령!

빌 클린턴 대통령이 백악관 앞에서 만면에 미소를 지으며 양 팔을 활짝 벌리고 라빈과 아라파트를 맞이하는 사진이 실려 있었다. 클린턴의 양 옆에는 라빈 이스라엘 총리와 아라파트 팔레스타인 해방 기구(PLO) 의장이 서 있었다. 지구상에서 가장 적대적인 위치에 있는 두 사람이 한 자리에서 손을 맞잡는다는 건 나로서는 좀처럼 예상하지 못한 일이었다. 클린턴 대통령이 중재에 나서고 두 사람이 합의해 발표한 공동선언문은 적대적 대립관계에 놓여 있는 두 민족 사이에 평화가 깃들게 되리라는 희망을 갖게 만들었다.

나는 지금 현실세계에 있는 걸까? 아니면 여전히 4차원 세계에서 방황하고 있는 걸까?

나는 마지막 기억으로부터 14개월이 흐른 시점에 와 있었다. 도저히 합리적인 설명이 불가능한 일이었다. 지나치게 긴 시간이 풀리지 않는 미스터리로 남아 있었다.

지금 나에게 무슨 일이 벌어지고 있는 걸까?

손과 발이 떨리며 두려움이 밀어닥쳤다. 나는 무서운 괴물이 침대

밑에 숨어있다고 믿는 아이처럼 잔뜩 겁에 질렸다. 설명하기 힘든 일들이 벌어지고 있었고, 나는 내 의지와 상관없이 자꾸만 시간을 훌쩍 뛰어넘어 낯선 곳에 내팽개쳐지고 있었다.

나는 가끔 환자들에게 권유했듯이 마음을 진정시키기 위해 숨을 깊이 들이마셨다.

한시바삐 수수께끼를 풀어야 해. 비밀을 풀어볼 생각도 하지 않고 포기해서는 안 돼. 우선 누구에게 도움을 요청해야 할까?

일단 거짓말만 일삼는 아버지와 의논할 일이 아닌 건 분명했다. 내 머릿속에 문득 한 사람이 떠올랐다. 어쩌면 나에게 일어나고 있는 일들을 모두 겪었을지도 모르는 유일한 인물이었다. 그 사람은 바로 내 할아버지 설리반 코스텔로였다.

여종업원은 테이블을 돌아다니며 손님들의 커피 잔이 비었는지 일일이 확인했다. 나는 여종업원이 내 곁을 지나갈 때 두둑한 팁을 주기로 약속하고 뉴욕 시내 지도를 한 장만 구해달라고 요청했다. 커피를 몇 모금 마시며 아버지가 한 말을 곰곰이 되새겨 보았다.

"네 할아버지 설리반 코스텔로는 아직 생존해 있단다. 뉴욕 루스벨트 섬의 블랙웰정신병원에 가면 네 할아버지를 만날 수 있을 거야."

나는 여종업원이 구해준 지도를 살피다가 이스트 강 한가운데에 위치한 띠 모양 섬을 발견했다. 루스벨트 섬은 맨해튼과 퀸스 사이에 끼어 있는 자그마한 섬으로 길이가 3킬로미터에 폭이 약 2백 미터쯤 되었다. 나는 지금껏 단 한 번도 가본 적 없는 섬이었다. 언젠가 루스벨트 섬에 위치한 교도소가 등장하는 추리소설을 읽은 기억이 났다. 그 소설에 나오는 교도소는 이미 오래 전에 폐쇄되었을 가능성이 컸다.

인턴으로 일할 무렵 루스벨트 섬에 두세 개의 병원이 있다는 이야기를 어렴풋이 들은 기억이 있었다. 그 중 하나가 악명 높은 블랙웰정신병원이었다. 다섯 개의 파사드로 이루어진 독특한 건물의 형태 때문에 모두들 펜타곤이라 부르는 병원이었다. 아버지의 말이 사실이라면 내 할아버지 설리반 코스텔로는 펜타곤에 입원해 있다고 봐야 했다.

할아버지를 만나봐야겠다는 목표가 생기자 돌연 용기가 솟아났다.

당장 블랙웰정신병원으로 가는 거야. 병원 관계자들이 과연 나를 들여보내 줄까? 내가 할아버지의 손자라는 걸 증명할 수만 있다면 가능하겠지?

그때 불쑥 한 가지 의문이 떠올랐다.

내 지갑!

방금 전, 입고 있던 정장을 버릴 때 현금은 분명 챙겼지만 신분증이 들어있는 지갑은 챙기지 않은 게 생각났다. 몹시 당황한 나는 서둘러 돈을 지불하고 골목길로 되돌아갔다. 다행히 컨테이너는 그 자리에 그대로 있었다. 나는 정장 재킷과 바지를 샅샅이 뒤져보았지만 지갑을 찾지 못했다.

빌어먹을! 지갑이 사라졌어.

내가 지금 비합리적인 상황에 처해 있다고 해도 지갑이 옷 안에 들어있어야 마땅했다. 만약 누군가 지갑을 훔쳐갔다면 가장 먼저 현금을 챙겨 갔어야 마땅했지만 돈은 주머니에 그대로 들어 있었다.

어디에서 지갑을 잃어버렸을까?

나는 암스테르담 가 쪽으로 발걸음을 옮기며 머릿속으로 쉴 새 없이 생각을 거듭했다.

어쩌면 욕실에 지갑을 떨어뜨렸을 수도 있어.

나는 어쩔 수 없이 한 시간 전에 기를 쓰고 도망쳐 나온 아파트를 향해 걸어갔다. 다행히 경찰은 보이지 않았다. 나는 운을 시험해보기로 마음먹고 아파트 건물을 한 바퀴 돌았다. 내가 탈출한 비상계단은 다시 접혀 있었다.

나는 담을 타고 넘어 계단이 시작되는 곳으로 가 4층까지 걸어 올라갔다. 내가 깨뜨린 유리창은 골판지에 테이프를 붙여 임시로 막아놓았고, 유리조각은 깨끗이 치워져 있었다. 나는 임시로 막아놓은 골판지 사이로 손을 집어넣어 내리닫이 창을 위로 들어 올린 다음 욕실 안으로 넘어 들어갔다.

집안에서는 아무런 소리도 들려오지 않았다. 집주인 여자가 핏자국을 닦아내려고 급히 걸레질을 한 듯 걸레를 물에 담가 놓은 대야가 욕실 한구석에 놓여 있었다. 나는 욕실의 타일 바닥 위를 살금살금 걸었다. 욕실 구석구석을 살펴봤지만 지갑은 보이지 않았다. 크게 실망한 나는 몸을 한껏 숙여 욕실에 비치된 서랍장 밑바닥을 확인해보았지만 역시 지갑을 발견하지 못했다. 서랍장 안에는 각종 약, 화장품, 헤어드라이어, 파우치가 들어 있었다. 마지막으로 서랍장 뒤쪽 작은 틈새를 들여다보았다. 거기에 내 가죽 지갑이 끼어 있었다. 내가 세면대 근처에서 쓰러질 때 주머니에서 빠져나온 지갑이 서랍장 뒤 틈새로 떨어진 게 분명했다.

손을 틈새로 집어넣어 지갑을 손에 넣은 나는 가장 먼저 신분증이 들어있는지 확인하고 나서야 비로소 안도의 한숨을 내쉬었다. 지갑을 찾자마자 즉시 되돌아 나왔어야 마땅했지만 고요한 분위기에 적이 안심한 나는 태연하게 욕실을 걸어 나와 집안을 구석구석 살폈다.

3

생각대로 집안에 아무도 없는 게 분명했다. 작은 아파트는 정리가
잘 되어 있진 않았지만 집주인의 세심한 취향을 잘 반영하고 있었다.
자그마한 주방 카운터에는 시리얼 상자와 집주인 여자가 서둘러 집에
서 나가느라 미처 냉장고에 집어넣지 못한 요거트 한 병이 놓여 있었다.

나는 시리얼을 조금 집어 먹은 다음 요거트를 냉장고에 집어넣었다.

이 아파트와 나 사이에 어떤 인연이 있을까? 나는 왜 하필 이 아파
트에서 의식을 되찾게 되었을까?

거실에 비치된 두 개의 서가에는 책이 가득 꽂혀 있었다. 비디오테
이프를 꽂아둔 선반에는 〈사인필드〉, 〈트윈픽스 시리즈〉, 빔 벤자민더
스의 〈파리 텍사스〉, 스티븐 소더버그의 〈섹스, 거짓말 그리고 비디오
테이프〉, 마틴 스콜세지의 〈비열한 거리〉, 에토레 스콜라의 〈특별한
날〉, 루이 말의 〈사형대의 엘리베이터〉 같은 작가주의 영화가 보였다.
그 외에도 〈흡혈식물 대소동〉, 〈소피의 선택〉, 〈프랑스 중위의 여자〉,
〈아웃 오브 아프리카〉 등 메릴 스트립이 주연한 영화들이 다수 꽂혀
있었다. 거실 벽면에는 앤디 워홀, 키스 헤링, 장-미셸 바스키아의 유
명 작품들 복제본이 걸려 있었다. 앉은뱅이 탁자에는 박하향이 나는
담배 한 갑과 'I LOVE NY' 라는 글자가 새겨진 라이터 하나가 놓여
있었다.

나는 삐걱거리는 소파에 앉아 담배 한 대에 불을 붙였다. 첫 모금을
빨아들이는 순간 비명을 지르던 집 주인 여자의 얼굴이 떠올랐다. 그
녀는 너무나 깜짝 놀라 두려움에 떨었고, 그 사실로 미루어보아 우리
두 사람은 초면인 게 분명했다. 내가 마치 바람난 닥터 후 Dr. Who처
럼 느닷없이 그녀가 목욕하고 있는 샤워부스 안에 홀연히 등장했으니

깜짝 놀랄 만도 했다.

갑자기 고양이 울음소리가 들려와 고개를 돌렸다. 붉은 색 호피 무늬 털에 동그란 눈을 가진 고양이가 소파 팔걸이로 사뿐 뛰어 올라왔다. 녀석의 목에 걸린 메달에 새겨진 레밍턴이라는 이름이 눈에 들어왔다.

"야옹이, 안녕!"

내가 몸을 쓰다듬으려고 하자 녀석은 재빨리 옆으로 폴짝 뛰어 달아나더니 순식간에 자취를 감추어버렸다. 나는 아파트의 방을 살펴보기 위해 소파에서 일어났다. 바닥에 원목마루를 깐 방에는 철제 프레임 침대, 검은 옻칠을 한 모던한 디자인의 책상, 골동품으로 보이는 크리스털 샹들리에 등 서로 이질적인 느낌을 주는 가구들이 비치되어 있었다. 침대 옆에 놓인 탁자 위에는 최근에 제작된 뮤지컬 작품들의 상징적인 사진, 이를테면 〈오페라의 유령〉에 나오는 가면과 장미 한 송이, 〈캣츠〉에 등장하는 고양이 눈과 출연 배우들이 줄을 지어 정렬한 '코러스 라인'의 한 장면 따위를 소개하는 《플레이빌 Playbill》지와 귀퉁이가 접힌 소설책들이 눈에 띄었다. 존 어빙의 《오웬 미니를 위한 기도》, 토니 모리슨의 《빌러비드》, 그레고리 맥도날드의 《라파엘, 최후의 날》 등으로 나도 읽어본 유명 작품들이었다.

침실 벽면에는 우아한 이브닝드레스에서부터 노출이 심한 란제리에 이르기까지 다양한 옷차림을 한 집주인의 사진들이 덕지덕지 붙어 있었다. 칼라와 흑백이 뒤섞인 사진에 등장하는 집주인 여자의 각양각색 헤어스타일이 내 시선을 끌었다.

자연스럽게 풀어헤친 긴 머리, 꽈배기처럼 둘둘 말아 올려 쪽을 진 머리, 포니테일로 묶은 머리, 웨이브를 넣은 단발을 곱게 빗은 머리,

바람에 날려 어깨를 스치고 지나가는 긴 머리 등 옷차림만큼이나 다양한 헤어스타일이었다. 전문모델은 아닌 듯 보였지만 에이전트를 찾아다니며 보여줄 포트폴리오를 만들고 있는 게 분명했다.

책상 위에 핀으로 꽂아놓은 일과표도 눈에 띄었다. 일과표는 공연예술학교로 명성이 높은 줄리아드의 이름이 찍힌 종이에 적혀 있었다. 일과표 옆에 엘리자벳 에임스라는 이름의 학생증이 놓여 있었다. 엘리자벳은 현재 나이 스무 살에 연극학과 1학년에 재학 중이었다.

나는 서랍을 열고 눈에 띄는 문서와 사진을 닥치는 대로 훑어보았다. 엘리자벳이 데이빗이라는 남자에게 보낼 연애편지 초안, 그녀가 실오라기 한 올 걸치지 않은 알몸으로 찍은 폴라로이드 사진도 들어 있었다. 손에 닿을 만큼 가까운 거리에서 포즈를 취한 걸 보면 데이빗에게 보내려고 사진을 찍었지만 결국 보내지 않기로 결정한 듯했다. 이스트사이드에 위치한 술집 프랜틱에서 알바를 하기 위한 시간표도 들어 있었다. 코르크로 만든 게시판에서 나는 걱정스러울 정도로 적자 상태에 놓여 있는 은행 잔고 현황 서류를 비롯해 아파트 소유주가 보낸 월세 독촉장도 발견했다.

나는 자꾸만 벽에 붙여놓은 사진들에 시선이 갔다. 그 중에서도 특히 한 장의 사진이 내 눈을 잡아끌었다. 눈이 오는 날, 엘리자벳이 센트럴파크의 가로등 옆 벤치의 팔걸이에 걸터앉아 있는 사진이었다. 사진 속 그녀는 털모자를 쓰고 있었고, 지나치게 커보이는 외투에 양털부츠를 신고 있었다. 전혀 섹슈얼한 느낌을 풍기지 않았지만 그녀가 웃고 있는 유일한 사진이었다.

나는 엘리자벳의 아파트를 나오며 그 사진을 떼어 주머니에 집어넣었다.

4

두 시간 후, 나는 루스벨트 섬에 있는 블랙웰정신병원에 와 있었다.

"환자분과 함께 계시는 동안 저는 자리를 비켜드리죠. 환자분이 공격적으로 나올 이유는 없습니다만 정신질환자들의 경우 가끔 예상치 못한 돌출행동을 하는 경우가 있으니 각별히 주의할 필요가 있습니다. 의사선생님이니까 저보다 잘 알고 계실 겁니다."

남자 간호사가 말했다.

나는 엘리자벳의 아파트를 나와 택시를 타고 2번가와 60번가가 만나는 교차로까지 갔다. 거기서부터는 케이블카를 타고 이스트 강을 건너 루스벨트 섬의 중심부인 트램웨이 광장까지 왔다. 광장에서부터 섬 남쪽 하단에 위치한 펜타곤 건물까지는 도보로 이동했다.

블랙웰정신병원은 언제나 나쁜 평판이 따라다녔다. 19세기 중엽에 건립된 병원으로 초창기에는 주로 뉴욕 시에서 격리 결정을 내린 천연두 환자들을 수용했다. 그 후 백신의 보급과 함께 천연두가 근절되면서 정신병원으로 바뀌었다. 블랙웰정신병원 역시 여타의 정신병원들처럼 환자들에 대한 비인간적인 처우가 만연한 곳이었다. 블랙웰정신병원에서 자행되었던 환자들에 대한 폭력, 과다 수용, 비위생적인 식사 제공, 합법과 비합법의 경계를 오르내리는 실험적인 치료 등은 훗날 심각한 사회문제로 대두되기도 했다.

1960년대 직후 블랙웰정신병원에서 자행되어온 비인간적인 행위들을 고발하는 기사와 책들이 쏟아져 나왔고, 병원 운영진 가운데 몇몇은 법의 심판을 받기도 했다. 한바탕 회오리바람이 일듯 질타가 쏟아지자 환경이 다소 개선되긴 했지만 아직 과거의 부정적인 이미지를 모두 털어내기에는 역부족이었다.

내가 의학공부를 시작한 이래 블랙웰정신병원의 폐쇄가 임박했다는 소문이 끊임없이 나돌았지만 여전히 건재하고 있었다. 나는 블랙웰정신병원에서 내가 살 길을 찾게 되기를 소망했다.

"거듭 말씀드리지만 환자의 돌출행동에 대비해야 합니다. 유감스럽게도 현재 병실에 설치된 긴급호출 버튼이 고장났습니다. 긴급 사태가 발생할 경우 큰소리로 고함을 지르세요."

나는 차마 간호사의 얼굴을 똑바로 쳐다보기 민망했다. 그는 마치 만화책에 나오는 '두 얼굴의 사나이'처럼 얼굴에 심각한 화상을 입어 안면의 절반 정도가 완전히 일그러져 있는 상태였다.

"병원의 일손이 부족해 고함을 지른다고 해서 곧장 달려간다고 장담할 수는 없지만 적어도 망할 놈의 영감탱이가 두려움을 느껴 스스로 움츠러들게 만드는 효과는 있겠죠."

"당신은 내 할아버지에 대해 지나치게 함부로 이야기하는군요!"

"제 말이 지나쳤다면 용서하시기 바랍니다. 정신병원에서 오래 근무하다보면 저절로 시니컬한 사람이 되죠."

간호사가 어깨를 으쓱하며 투덜거렸다.

두 얼굴의 사나이는 병실 문을 열고 나를 안으로 들여보낸 다음 밖에서 문을 잠갔다. 매우 협소한 방으로 철제침대 하나와 찌그러진 플라스틱 의자 하나, 바닥에 고정시켜 놓은 테이블 하나가 방안에 비치되어 있는 가구의 전부였다. 침대에 누운 채 베개에 의지해 상체를 비스듬히 세우고 있는 노인의 자취가 내 눈에 들어왔다. 은빛 턱수염과 어깨까지 치렁치렁 내려오는 백발의 소유자인 노인의 모습에서는 왠지 신비한 분위기가 묻어났다. 노인은 내가 병실 안으로 들어선 걸 아는지 모르는지 꼼짝도 하지 않고 누워 유리처럼 흐릿한 눈으로 허공만 응시하고 있었다. 노인이 침대에 누워 있는 모습이 마치 몽상에 잠긴 조각상 같아 보였다. 한편으로는 향정신성 약에 찌든 간달프(J. R. R. 톨킨의 소설 《호빗》과 《반지의 제왕》 시리즈에 나오는 마법사) 같기도 했다.

"설리반 할아버지죠?"

나는 침대에 누워 꼼짝도 하지 않는 노인에게로 다가서며 조금 겁먹은 투로 인사를 건넸다.

"저는 아서 코스텔로입니다. 프랑크 코스텔로의 아들이자 할아버지의 손자이죠. 진작 인사를 드렸어야 마땅한데 늦게 와서 죄송합니다."

설리반 할아버지는 대리석처럼 누워 아무런 반응도 보이지 않았다. 여전히 내가 방안으로 들어선 걸 눈치 채지 못한 것 같기도 했다.

"변명 같지만 사실은 최근까지 할아버지가 생존해 계신다는 걸 몰랐습니다. 할아버지가 이 병원에 계신다는 걸 진작 알았더라면 더 일찍 찾아뵀을 텐데 정말이지 유감입니다."

나는 머릿속으로 아버지에게 얻은 정보를 종합해 할아버지의 나이를 계산해보았다. 내 계산이 맞다면 설리반 할아버지는 얼마 전 일흔 살이 되었다. 세월이 남긴 흔적과 무성하게 자란 은빛 턱수염 때문에 얼굴을 자세히 살펴보는 건 불가능했지만 설리반 할아버지는 여전히 이목구비가 또렷한 미남이었다. 앞으로 솟은 이마, 얼굴과 조화를 이룬 코, 강한 턱선 등으로 보자면 자존심과 의지가 무척이나 강한 사람 같았다. 30년 전, 설리반 할아버지의 얼굴이 어땠을지 나는 쉽게 상상할 수 있었다. 맞춤 정장에 풀을 먹여 깃을 빳빳하게 세운 셔츠를 입고, 커프스 버튼과 페도라 모자로 한껏 멋을 낸 젊은 날의 할아버지 모습이 눈에 선했다.

내가 가족 앨범에서 보았던 할아버지의 사진 하나가 머릿속에서 맴돌았다. 할아버지가 입에 시가를 물고, 매디슨 스퀘어 사무실 책상에 다리를 얹어놓고 있는 사진이었다.

나는 의자를 침대 옆으로 바짝 끌어당겨 앉으며 할아버지의 시선을 붙들기 위해 애썼다.

"제가 오늘 할아버지를 뵈러 온 건 도움을 청하기 위해서입니다."

할아버지는 여전히 눈썹 하나 꿈쩍하지 않았다.

"사실은 제가 아버지로부터 24방위 바람의 등대를 물려받았는데……."

나는 잠깐 동안 말을 멈추고 할아버지의 반응을 살폈지만 여전히 한곳에 멍한 시선을 던지고 있었다.

나는 한숨을 내뱉으며 애초에 병원을 찾은 것 자체가 잘못이라는 생각이 들었다. 설리반 할아버지와 나는 서로에게 이방인일 따름이었다. 할아버지는 무언증을 앓고 있는 게 분명했다. 생존해 있는 동안 할아버지가 과연 정신병원을 벗어날 수 있을지 의문이었다.

의자에서 일어선 나는 창가로 다가가 쇠창살 너머로 아스토리아 쪽으로 흘러가는 뭉게구름을 망연히 바라보았다. 바깥 날씨는 쾌청한데 병실은 알래스카처럼 추웠다. 라디에이터에서 물이 흐르는 소리가 들리긴 했지만 열기라고는 전혀 느껴지지 않았다.

나는 다시 할아버지가 누워 있는 침대 옆 의자에 앉아 마지막으로 한 번 더 대화를 시도해보기로 했다.

"할아버지는 실종된 지 4년 만에 갑자기 나타나 아버지에게 등대 지하에 있는 철제문을 막아버리라고 하셨다고요?"

할아버지는 장례식용 조각상처럼 양손을 깍지 껴 배 위에 올려놓은 채 여전히 꼼짝도 하지 않았다. 그러거나 말거나 나는 말을 계속했다.

"지하실에 내려가 벽돌을 부수고 문을 열고 들어가니까 거기에……."

그 순간, 설리반 할아버지는 야수처럼 재빨리 팔을 뻗어 내 멱살을 움켜쥐었다.

나는 어리벙벙한 신병처럼 긴장을 풀고 있다가 할아버지에게 당한 셈이었다. 할아버지가 무기력할 거라 판단하고 한껏 방심하고 있었는데, 예상외로 힘 좋은 손아귀가 내 목을 짓누르고 있었다.

나는 숨도 제대로 쉬지 못하는 가운데 할아버지를 뚫어지게 응시했다. 지하실 금단의 방에 대한 언급이 마치 전기 충격기처럼 할아버지를 자극한 게 분명했다. 그 이야기를 듣는 순간 할아버지의 두 눈은 신비한 광채를 발하며 무섭게 번득였다.

"멍청이 같은 놈, 왜 그런 짓을 했니?"

할아버지가 내 귀에 대고 호통을 쳤다.

내가 할아버지의 억센 손아귀에서 빠져나오려고 하자 내 멱살을 쥔 손에 한층 더 강한 힘이 가해졌다.

노인의 몸 어디에서 이런 무지막지한 힘이 솟아나오는 걸까?

할아버지의 손가락들이 점점 더 목을 조여 오며 내 기도를 막았다.

이 미치광이 영감이 나를 질식시키려는 건가?

"네 놈이 금단의 방에 들어갔단 말이지?"

나는 고개를 끄덕였다.

할아버지는 내 대답을 듣자마자 절망한 표정을 지었다. 갑자기 내 목을 짓누르던 할아버지의 완강한 손길이 거두어졌다. 손이 풀리고 나서도 나는 한참 동안 기침을 했다.

"하마터면 숨 막혀 죽을 뻔했잖아요. 예상은 했지만 역시 제정신이 아니군요!"

나는 분한 마음에 의자를 박차고 일어나 소리를 빽 질렀다.

"제정신이 아니니까 정신병원에 있지. 아무튼 넌 이제 지독한 수렁에 빠진 거야."

일 분도 넘게 우리는 도자기 속의 개와 고양이처럼 서로를 노려보았다. 그 사이 설리반 할아버지의 인상이 확연히 달라져 있었다. 할아버지는 방금 전 긴 악몽에서 깨어난 사람처럼 침착하고 진지한 태도로 변해 있었다. 오랜 여행을 마치고 집으로 돌아온 여행자 같기도 했다. 할아버지는 아이처럼 초롱초롱하고 영민한 눈길로 머리부터 발끝까지 내 모습을 살폈다.

"네 녀석 이름이 뭐라고 했지?"

"아서 설리반 코스텔로."

할아버지의 얼굴에 흐뭇한 미소가 번져나가며 두 뺨에 보조개가 살짝 파였다.

"네 손목에 차고 있는 시계 주인이 누군지는 알고 있지?"

"할아버지 시계잖아요. 원하신다면 돌려드리죠."

할아버지가 오른손을 내 어깨에 올려놓았다.

"난 시계 따위는 필요 없으니까 돌려줄 필요 없어. 앞으로 그 시계가 대단히 유용하게 쓰일 일이 있을 테니까 명심해."

할아버지는 침대에서 몸을 일으키더니 소리가 나도록 손가락 관절마디를 꺾었다.

"아서, 네가 금단의 방을 열었고, 앞으로 과연 무슨 일이 벌어질지 이야기해달라는 말이지?"

"궁금한 게 정말 많은데 대답해주실 거죠?"

"올해가 몇 년이지?"

"잘 아시면서 그건 왜 물으시죠?"

"그래, 잠시 널 시험해 봤을 뿐이야. 너도 알고 있다시피 오늘은 1993년 9월 14일이야."

할아버지는 잠시 생각에 잠겼다가 다시 나에게 질문공세를 폈다.

"무슨 일을 하니?"

"의사로 일하고 있어요."

"근무하는 병원은 어디야?"

"매사추세츠종합병원에서 일해요."

할아버지는 눈빛으로 형언하기 힘들 만큼 강렬한 광채를 발하며 잠시 생각에 잠겼다.

"혹시 담배 가진 것 있니?"

"병실에서는 금연 아닌가요?"

나는 손가락으로 천장에 부착된 연기탐지기를 가리키며 말했다.

"이 감옥에서 제대로 작동되는 기기는 아무것도 없어."

나는 엘리자벳 에임스의 집에서 슬쩍 집어온 라이터와 박하 향 담배를 꺼냈다.

"사내놈이 계집아이처럼 박하 향 담배를 피우는 거냐? 럭키 스트라이크 같은 담배는 없어?"

할아버지는 내가 미처 대답할 틈도 없이 담배 한 개비를 빼어 물고 불을 붙였다.

"아서, 네가 금단의 방에 들어선 게 언제였지?"

할아버지는 다시 진지한 태도로 돌아와 물었다.

"1991년 6월이었어요."

"그러니까 넌 두 번째 시간여행을 하는 중이구나. 네가 깨어난 게 정확히 언제였니?"

"오늘 아침 9시에 깨어났어요. 방금 전, 저에게 두 번째 시간여행이라고 말씀하신 게 무슨 뜻이죠?"

"네 녀석이 궁금해 하는 이야기를 다 들려주마. 단, 그 전에 네가 나에게 해줘야 할 일이 있어."

"어떤 일을 해드리면 되는데요?"

"오늘 당장 나를 이 쥐새끼가 득실거리는 소굴에서 빠져나가게 해줘."

나는 고개를 절레절레 저었다.

"그 일은 가능하지도 않을뿐더러 바람직하지도 않아요. 할아버지의 상태로 보건대 병원에서 빠져나가는 건 옳지 않아요."

할아버지는 입가에 조소를 머금으며 집게손가락으로 내 가슴을 쿡 찔렀다.

"내가 여기서 나가게 해달라는 건 나를 위해서가 아니라 네 녀석을 위해서야. 우리에게는 남은 시간이 그리 많지 않아."

할아버지는 바투 다가서며 내 귀에 대고 나지막한 소리로 내가 앞으로 취해야 할 행동지침을 말해주었다. 내가 반문하려 할 때마다 할아버지는 목청을 돋우어 잠자코 있으라고 호통을 쳤다.

할아버지가 말을 마치기 무섭게 천장에 부착된 연기탐지기에서 요란한 경보음이 울려 퍼지기 시작했다. 잠시 후, 두 얼굴의 사나이가 헐레벌떡 병실로 뛰어 들어왔다. 그가 테이블 위에 놓인 담배꽁초와 담뱃갑을 발견하고는 벌컥 화를 냈다.

"면회는 끝났으니 당장 나가주시죠!"

5

나는 병원에서 쫓겨나는 즉시 맨해튼으로 돌아왔다. 머릿속이 부글부글 끓고, 가슴이 답답했다.

설리반 할아버지는 나름 치밀하게 정신병원 탈출계획을 수립했지만 과연 나에게 작전을 차질 없이 수행할 능력이 있는지 자신할 수 없었다. 적어도 나 혼자 힘으로는 도저히 불가능해 보이는 작전이었다. 일단 보스턴으로 돌아가 도와줄 사람을 찾아보는 게 순서일 듯했다.

현금인출기에서 돈을 빼내려 했지만 휴면카드라는 문자가 떴다. 지난 2년 동안 단 한 번도 카드를 사용하지 않은 탓에 휴면카드로 처리된 게 분명했다. 내 수중에 남아 있는 돈이라고는 고작 75달러가 전부였다. 보스턴 행 열차의 편도티켓을 사고 나면 단 한 푼도 남지 않게 된다는 뜻이었다.

나는 펜 스테이션으로 가 보스턴 행 편도티켓을 구입했다. 대합실의 전광판을 보니 보스턴 행 열차는 두 시간마다 한 번씩 운행되고 있었고, 가장 먼저 출발하는 열차는 13시 03분에 있었다. 시계를 보니 13시 정각이었다. 나는 부리나케 플랫폼으로 뛰어가 출발 직전인 열차에 올라탔다.

보스턴 행 열차 안에서 나는 금단의 방에 들어선 저주를 풀고 이전의 삶을 찾을 수 있는 방법이 무엇인지 고민했다. 역시 설리반 할아버지에게 도움을 요청하는 것 말고는 마땅한 해결책이 없어보였다. 설리반 할아버지의 도움이 필요한 건 분명했지만 환자를 병원에서 탈출하도록 돕는 게 과연 바람직한 일인지 의문이 가시지 않았다. 나는 설리반 할아버지가 정확하게 어떤 정신질환을 앓고 있는지 알지 못했다. 병실에서 잠깐 동안 만나보았을 뿐이지만 설리반 할아버지는 폭력적인 성향을 쉽게 드러내는 환자가 분명했고, 괜히 무고한 사람에게 피해를 입힐 경우 심각한 문제가 발생할 수도 있었다. 나에게는 위험한 환자를 병원에서 탈출시켜 무고한 사람에게 피해를 입힐 권리가 없었다. 다만 설리반 할아버지를 탈출시키지 않고는 저주를 풀 방법이 없다는 게 문제였다.

6
보스턴 남역, 16시 40분

열차에서 내리자마자 나는 은행을 향해 달려갔다. 나에게 주어진 시간은 그리 많지 않았다. 은행 마감시간인 17시까지 도착할 수 있을지 자신할 수 없었다. 17시 이후에 문을 여는 은행은 없었다.

내 주거래 은행이 입주해있는 건물은 퍼네일 홀과 같은 길에 면해 있었다. 나는 정신없이 달려갔지만 경비원이 방금 전에 잠가버린 유리회전문에 막혀 그 자리에 멈춰 섰다. 유리회전문을 세 번이나 두들기자 경비원이 화가 잔뜩 난 눈길로 나를 쏘아보았다.

나는 손가락으로 내 손목시계의 숫자판을 가리켰다. 정확히 16시 59분이었다. 경비원은 고개를 저으며 비웃음이 담긴 표정으로 벽에 걸린 디지털시계를 가리켰다. 17시 01분이었다.

나는 땅이 꺼져라 한숨을 내쉬며 주먹으로 유리회전문을 쳐댔다. 얼굴이 붉으락푸르락 해진 경비원이 문밖으로 뛰쳐나와야 할지 말지 망설이다가 신중하게 처신하기로 결정한 듯 은행 안으로 사라졌다.

행운의 여신이 도왔는지 경비원의 보고를 받고 내 눈앞에 나타난 은행 관계자는 다름 아닌 피터 레인지였다. 피터는 우리 가족의 예금을 관리해주는 담당 직원이었다. 한눈에 나를 알아본 피터가 반색을 하며 다가와 문을 열어주었다.

"아서, 지난 2년간 어딜 다녀온 거야?"

"사실은 유럽 여행을 다녀왔어요. 은행 문을 닫을 시간이 지난 건 알지만 급한 일이라 도움이 필요해요."

"내가 힘닿는 데까지 도울 테니까 어서 안으로 들어와."

피터가 친절하고 싹싹하게 나오는 건 순전히 우량 고객인 아버지 덕분이었다. 나는 피터를 따라 그의 집무실로 들어갔다.

"신용카드를 2년 동안 사용하지 않았더니 휴면카드가 되었더군요. 혹시 내 통장에 잔고가 얼마나 남았는지 조회할 수 있을까요?"

"당연히 알아봐줄 수 있지. 잠깐만 기다려."

피터는 컴퓨터 키보드를 몇 번 두드리더니 금세 내 통장의 거래 내역서를 출력해주었다. 내가 부재한 지난 2년 동안 금융거래가 계속되었다는 걸 알 수 있었다. 집세, 보험금, 학자금 대출 상환 등이 메트로놈만큼이나 정확하게 빠져나간 게 거래 내역서에 자세히 기록돼 있었다. 병원에서 급여 지급을 중단했고, 어머니가 돌아가시기 전 내게 남긴 5만 달러에서 겨우 9천 달러만이 남아있었다.

"계좌에 남아있는 돈을 모두 인출할 수 있을까요?"

"오늘은 업무 마감을 했기 때문에 남은 돈을 인출하려면 내일 다시 와야 할 거야. 그리고 자네 계좌에 천 달러 정도는 남겨 두어야 해."

"저는 오늘 저녁에 보스턴을 떠나야 해요. 당장 돈이 필요해요."

피터는 내 말을 유심히 듣더니 30분 후 8천 달러를 구해 내 손에 쥐어주었다.

"고인의 명복을 비네."

피터는 마치 내 어머니가 지난주에 돌아가시기라도 한 것처럼 조문

인사까지 덧붙였다.

나는 은행을 나와 택시를 잡아타고 사우스 돌체스터로 갔다.

7

매사추세츠종합병원 응급의학과 소속 인턴들은 한 달에 세 번씩 특별 순회 진료에 나서곤 했다. 의료설비와 물품을 갖춘 구급차를 앞세우고 보스턴에서 가장 낙후된 동네를 찾아가 무료 의료서비스를 제공하는 활동이었다. 휴머니즘에 입각한 봉사활동으로 적극적으로 권장해야 마땅한 일이었지만 실제로는 예기치 않은 수난을 당하고 악몽으로 끝나버리기 일쑤였다. 나도 여러 번 순회 진료에 참가했다가 낭패를 겪은 적이 있었다. 갱단이 비즈니스에 방해가 된다며 협박을 가하기도 했고, 총을 겨누고 의료지원 물품이나 장비를 털어가기도 했다. 구급차 기사들은 순회 진료를 나갈 때마다 고통을 겪자 노동조합을 통해 활동을 당장 중단하겠다고 선언했다. 보스턴 시 당국은 미련이 남은 듯 지원자들에 한해 의료서비스 활동을 지속해 나가기로 결정했고, 그 덕분에 나는 구급차를 여러 번 운전해봤다.

나는 순회 진료를 나갈 때 차를 렌트해주는 피츠패트릭스 카센터에 발을 들여놓았다. 원래는 장례식차, 통근버스, 구급차 등 주로 병원에서 쓰이는 차를 정비해주는 카센터였다. 피츠패트릭스 카센터에는 휘발유 냄새, 타이어 냄새, 엔진 오일 냄새 따위가 흠씬 배어 있었다. 내가 카센터 안으로 발을 들여놓자마자 무섭게 생긴 흰색 불테리어 한 마리가 재빨리 달려오더니 맹렬한 기세로 짖어댔다. 나는 갑자기 튀어나와 짖어대는 녀석 때문에 잔뜩 겁에 질렸다. 녀석도 내가 겁을 집어먹고 있다는 걸 눈치 챈 듯 더욱 기세를 올려 짖어댔다. 등줄기가 오싹해지도록 무서웠지만 애써 태연한 척하며 카센터 책임자에게로 다가갔다.

"안녕하세요, 대니."

"안녕, 아서! 사색이 된 걸 보니 조리아 녀석 때문에 단단히 겁을 집어먹었군 그래. 알고 보면 굉장히 유순한 녀석이니까 너무 겁먹을 필요 없어."

190센티나 되는 큰 키에 지방덩어리 배를 앞세운 대니 피츠패트릭이 기름때가 덕지덕지 묻은 오버롤 작업복 바지 차림으로 흰 이를 드러내며 웃었다. 내가 보기에도 대니 피츠패트릭이 조리아보다 더 무섭게 생기긴 했다. 사람들은 그를 자바 더 헛(Jabba the Hutt 영화 〈스타워즈〉에 등장하는 뚱뚱하고 흉측한 인물 : 옮긴이)이라고 불렀지만 그의 면전에서도 그렇게 부를 용기를 가진 사람은 없었다.

"콘래드가 오늘 저녁에 순회 진료를 나갈 때 사용할 구급차를 렌트해오라고 해서 들렀어요."

나는 매일이다시피 만난 사람에게 건네듯 무덤덤한 투로 대니에게 말했다.

"난 병원 측으로부터 아무런 협조요청도 받지 못했어."

"콘래드가 팩스로 협조요청 서류를 보낼 거예요. 오늘밤에 매타판과 록스베리 지역 복지시설로 순회 진료를 나가기로 결정되었거든요. 이송이 필요한 환자가 한두 명 있을 것 같은데 구급차가 필요해요."

"포드 E시리즈가 한 대 있으니까 문제없어."

대니가 턱을 길게 내밀어 카센터 주차장에 세워놓은 구급차를 가리키며 말했다.

나는 대니가 턱으로 가리킨 차량이 세워져 있는 쪽으로 걸어갔다.

"이 차 정도면 충분해요. 대니, 콘래드가 보낸 팩스를 받으면 대신 서명해줘요. 전에도 여러 번 그랬잖아요."

대니가 지방 덩어리 뱃살을 들이대며 차량을 향해 걸어가는 내 앞길을 막아섰다.

"잠깐! 콘래드가 팩스를 보낼 거라고 했어? 자네, 머리가 어떻게 된 거 아냐? 콘래드는 이미 육 개월 전에 병원 일을 그만 뒀잖아?"

내심 소스라치게 놀란 나는 애써 태연한 표정을 지으며 눈살을 찌푸렸다.

"콘래드가 그만둔 사실을 깜빡 했어요. 사실 지난 2년 동안 순회 진료를 나가지 않았거든요. 2년 전, 협조요청 서류 담당이 콘래드였기 때문에 잠시 착각한 거예요. 지금은 콘래드가 하던 일을 다른 누군가가 대신하고 있겠죠. 아무튼 순회 진료가 아니면 제가 구급차를 어디다 쓰겠어요? 여자를 만나러갈 때 구급차를 타고 가는 사람 봤어요? 협조요청 팩스가 도착하면 저 대신 사인이나 잘 해줘요."

"하긴 그런가?"

대니는 머리를 벅벅 긁으며 고개를 갸웃거렸다.

생각할 시간을 주지 말고 일을 끝내야 해.

그 순간 신문에서 본 기사가 불쑥 떠올랐다.

"토요일에 레드삭스가 양키즈와 한 판 붙는데 우리 집에서 함께 야구중계를 보지 않을래요? 베로니카도 온다고 했어요. 외과병동에서 일하는 빨간 머리 간호사 있잖아요. 아마 올리비아와 파트리시아도 올 거예요. 평소에는 사납지만 술만 마시면 고분고분지는 여자들이죠. 무슨 말인지 아시죠?"

나는 말을 하는 동안 베로니카에게 미안한 생각이 들어 마음속으로

나마 사과했다. 중요한 일이라 어쩔 수 없다고 변명하면서…….

"나야 당연히 오케이지."

대니가 구급차 키를 내밀며 환영의 뜻을 표했다.

차에 오른 나는 얼굴 가득 미소를 지으며 핸들을 잡았다.

나는 돌체스터를 가로질러 뉴욕으로 갈 작정이었다. 수 킬로미터에 걸쳐 붉은 사암으로 지은 낮은 건물들과 산업지대, 그래피티로 뒤덮인 담장들이 펼쳐졌다. 내가 좋아하는 보스턴의 모습이었다. 인종 전시장을 방불케 할 만큼 다양한 인종의 사람들, 철책을 두른 농구장, 예전 모습을 그대로 간직한 자그마한 상점들이 눈앞을 스쳐 지나갔다.

빨간 신호등에서 잠깐 멈춰 섰을 때 라디오를 켜자 R.E.M.이 부르는 노래가 흘러나왔다. 처음 듣는 노래였지만 금세 후렴구를 따라 부를 수 있을 만큼 멜로디가 쉽고 호소력이 있었다. 앞으로 일이 어떻게 전개될지 생각해보면 기분이 착 가라앉았다. 해야 할 일이 태산처럼 쌓여 있었지만 그나마 조금씩 내 계획대로 되어간다는 느낌이 들어 다행이었다.

신호등이 한참 동안 바뀌지 않는 가운데 라디오에서 새 노래가 흘러나왔다. 조바심이 나기 시작한 나는 주변을 둘러보았다. 왼쪽 표지판에 빨간색 페인트로 Z자를 세 개 휘갈겨 쓴 낙서가 보였다. 누군가 포레스트 힐스 묘지로 가는 방향 표지판을 감추기 위해 일부러 낙서를 한 듯했다.

페인트로 낙서를 한다고 묘지의 우울한 이미지를 지워버릴 수 있을까?

나는 포레스트 힐스 묘지에 대해 잘 알고 있었다. 바로 그곳에 내 어머니와 할머니가 묻혀 있었다. 신호등이 녹색으로 바뀌었고, 뒤차가 클랙슨을 눌러댔지만 나는 꼼짝도 하지 않고 그 자리에 멈춰 서 있었다.

'고인의 명복을 비네.'

그 순간, 은행직원 피터가 했던 말이 떠오르며 내 가슴을 때렸다. 피터가 했던 말은 어머니의 죽음이 아니라 아버지의 사망을 두고 한 말이었다는 걸 깨달았기 때문이다.

8

전체 면적이 1백 헥타르가 넘는 포레스트 힐스 묘지는 죽은 자들을 위해 조성된 공간이라기보다는 영국식 공원에 가까운 곳이었다. 묘지 주차장에 차를 세운 나는 대리석으로 만든 분수와 우아한 조각상들이 자리 잡은 구불구불한 오솔길을 지나 묘지를 향해 걸어갔다. 잔뜩 날씨가 흐린데다 간간이 비를 뿌렸던 1984년 여름의 어머니 장례식 이후 한 번도 묘지를 찾은 적이 없었다. 그 사이 묘지는 무척이나 많이 변모해 있었다. 구릉지대의 반대쪽 경사면에 다다른 나는 고딕 양식 건물처럼 생긴 뾰족한 바위를 알아보았다. 바위는 구릉 아래의 잔잔한 호수를 담담하게 내려다보고 있었다.

나는 이내 돌담이 둘러쳐진 숲길을 따라 걸었다. 오후 6시였고, 해가 뉘엿뉘엿 지는 가운데 묘지 주변 일대가 온통 그윽한 노을빛에 물들어 있었다. 울창하게 우거진 나무와 식물군 사이로 조용히 걷고 있는 몇몇 방문객의 모습이 보였다. 그들은 키 작은 관목들과 흐드러지게 핀 꽃들을 살짝 건드리며 부는 바람을 맞으며 느긋하게 산책을 하고 있었다.

나는 수령이 수백 년쯤 되어 보이는 아름드리나무들이 그늘을 만들어주는 곳을 지나 묘비들 가운데에 난 자갈길을 따라 걸었다. 이마에 땀이 묻어날 때쯤 아버지의 묘비가 내 눈에 들어왔다.

프랑크 코스텔로 1942년 1월 2일~1993년 9월 6일
나는 지금의 당신이었으며, 당신은 지금의 내가 될 것이다.

아버지는 지난주에 돌아가셨고, 묘지에 매장된 지 기껏해야 사나흘
밖에 지나지 않았다는 걸 알 수 있었다. 내 마음이 아픈 이유는 아버지
를 위해서라기보다 우리가 함께 하지 못한 많은 시간들 때문이었다.
나는 행복한 추억을 떠올려보려고 했지만 아무것도 기억나지 않아 더
욱 마음이 서글펐다.

나는 지금껏 아버지의 사랑을 기대하며 살아왔다. 아버지가 나를
등대로 데려갔던 토요일 아침의 기억이 눈에 선했다. 아버지는 내 아
파트에 들어서자마자 마음에도 없는 연극을 하며 나를 등대로 이끌었
다. 도미를 잡아 맛난 요리를 해먹으며 모처럼 부자지간에 화기애애
한 주말을 보내길 기대했던 나는 제대로 뒤통수를 얻어맞은 셈이었
다. 아버지는 나를 함정으로 끌어들이기 위해, 등대로 끌고 가기 위해,
내 감정을 이용했다. 나는 아무것도 모르고 아버지의 노림수에 말려
든 멍청이였다.

일 년 전, 아버지와 나는 전화로 마지막 대화를 나눈 셈이었다. 아버
지가 나에게 마지막으로 한 말이 떠올랐다.

'아서, 넌 언제나 골칫거리구나!'

아버지의 그 마지막 말은 우리 두 사람 사이를 압축적으로 요약해
주기에 충분한 표현이었다.

나는 뺨을 타고 흘러내리는 눈물을 닦으며 언젠가 나도 자식을 갖

게 될지 궁금했다. 지금 내가 처한 상황을 고려해볼 때 전혀 가망 없는 일이긴 했지만 어린 아들과 캐치볼을 하거나 수업을 마친 아이를 데리러 가는 내 모습을 상상해보았다. 전혀 구체적인 이미지가 그려지지 않았다. 내 머릿속에는 온통 암울한 생각이 가득 들어차 있었고, 누군가에게 나누어줄 사랑이 비집고 들어설 틈이 없었다.

나는 대리석으로 만든 묘지석으로 다가갔다. 묘비명을 읽는 순간 나도 모르게 슬며시 미소가 떠올랐다.

아버지, 난 무슨 일이 있어도 아버지처럼 되지 않을 거예요. 아버지가 지독한 수렁에 빠뜨린 내 인생에 대해 생각해보았다면 적어도 그런 말은 하지 말아야죠.

바람결에 아버지의 웃음소리에 이어 완고한 목소리가 들려왔다.

"아서, 내가 너에게 누구도 믿어선 안 된다고 했던 말 기억하지? 설령 아버지라도 믿어선 안 된다고 그토록 강조했는데 넌 내 말을 새겨듣지 않아 혼란을 자처한 거야."

아버지는 분명 나에게 아무도 믿어서는 안 된다고 말해주었고, 그 말이 결코 틀리지 않았다는 걸 인정한다. 묘지에 묻힌 빌어먹을 영감탱이보다는 늘 내가 더 똑똑하다고 자부해온 나는 금단의 문을 열고 들어섰다가 큰 낭패를 당했다.

난 갑자기 화가 치밀어 허공에 대고 소리쳤다.

"난 언제나 아버지의 도움 없이 살아왔어요. 이번에도 아버지의 도움을 받지 않고 위기에서 벗어날 테니까 두고 봐요."

나는 양팔을 크게 벌리고 얼굴 가득 저녁햇살을 받아 들였다. 그런 다음 도전장이라도 내밀 듯 무덤 속 아버지를 향해 일갈했다.

"자, 보세요. 난 엄연히 살아 있는데 아버지는 땅에 묻혔잖아요. 아버지는 이제 나에게 아무런 영향력도 미치지 못하는 무기력한 존재일 뿐이라고요."

하지만 언제나 승리는 아버지의 몫이었다.

"아서, 그 말이 확실하니?"

9

23시 58분

나는 자정이 다 되어갈 무렵 뉴욕에 도착했다. 뉴욕으로 오는 도중 몸에 맞는 옷을 사 입기 위해 보일스톤 가에 있는 갭 매장에 들러 면바지와 진 점퍼를 샀고, 점퍼 아래에 받쳐 입을 흰색 셔츠도 구입했다. 수중에 가진 돈이 별로 없었고, 외모에 신경쓸 만큼 한가한 입장이 아니었지만 괜한 허영심 때문에 옷을 구입한 건 아니었다. 내 작전을 계획대로 추진하려면 일단 그럴 듯하게 차려 입는 게 선결과제였다.

나는 구급차를 이스트빌리지 3번가와 2번가 사이 골목길에 주차한 다음 세인트 마크스 광장을 향해 걸어갔다.

세인트 마크스 광장은 청소 상태가 불량하고, 언제나 범죄로 바람 잘 날 없는 곳이었다. 퇴폐적 수준의 소란 때문에 마치 동네 전체가 감전이라도 된 듯했다. 인도엔 각종 쓰레기들이 나뒹굴었고, 허름한 건물들은 불법 거주자들의 차지가 되었다. 빛바랜 브라운스톤 건물의 계단에는 두 눈을 감고 꼼짝도 하지 않는 무기력한 사람들 일색이었다.

길을 따라 늘어서 있는 가로수 아래에는 마약을 몸에 주입할 때 사용한 일회용 주사기들과 콘돔이 여기저기 나뒹굴었다. 외설적인 그래피티들이 음반 상점이나 문신가게 진열장을 뒤덮고 있었다. 동네를 장악한 마약거래상들은 사람들이 버젓이 보는 앞에서 크랙, 헤로인,

해시시 등 온갖 종류의 마약을 팔았다. 이 지역을 생활기반으로 하는 펑크족, 여피, 딩크족들이 귀가 길에 혹은 클럽에 가서 놀기 전에 마약을 구입해주는 주요고객들이었다. 그야말로 뉴욕은 상상하는 모든 일이 가능한 도시라고 해도 과언이 아니었다. 마음만 먹으면 마약도 쉽게 구입할 수 있는 곳이라니…….

0시 16분

나는 세인트 마크스 광장과 A대로가 만나는 모퉁이 지점에 위치한 플랜틱 클럽 앞에서 걸음을 멈추었다. 나는 그 클럽에서 엘리자벳 에임스를 만나볼 생각이었다. 클럽 안에서는 밴 모리슨의 곡이 흐르고 있었고, 사람들이 발 디딜 틈 없이 들어차 찜통 같은 열기를 뿜어내고 있었다.

비좁은 무대에서는 사람들이 서로 어깨를 부딪쳐가며 몸을 흔들어 댔고, 잠시 땀에 젖은 머리카락을 식히며 술을 들이켜는 족속들도 보였다. 한 뼘도 안 되는 미니핫팬츠, 가슴골이 훤히 드러나 보이는 조끼, 챙 넓은 카우보이모자를 쓴 댄서들이 손님들에게 연신 술병을 건넸다. 댄서들은 번갈아가며 카운터 위로 뛰어올라 섹시댄스를 추며 손님들의 흥을 돋우었다. 플랜틱 클럽에서 바텐더로 일하려면 마가리타나 다이키리 칵테일 제조 기술보다는 95 C컵 브라를 착용하고 있는 게 훨씬 유리할 듯했다.

나는 사람들을 밀쳐가며 어렵사리 빨간 머리 여자가 맡고 있는 카운터 앞으로 다가가 잭 다니엘을 한 잔 주문했다. 가슴에 새긴 문신이 인상적인 여자였다. 그녀는 여자 바텐더들 중 외모가 가장 섹시할뿐더러 나이도 많이 들어보였다. 정수리까지 올려 묶은 여자의 동그란

머리채를 보자 툴루즈 로트렉의 〈물랭 루주에 도착한 심술궂은 여자〉
가 떠올랐다.

"안녕하세요, 혹시 엘리자벳이 클럽에 출근했나요?"

"반대쪽 카운터로 가면 리자를 만날 수 있을 거예요. 한데 당신은
리자와 놀기에는 너무 순둥이처럼 보여."

눈을 가느다랗게 뜨고 반대편 카운터를 살피던 나는 마침내 엘리자
벳을 발견했다.

"엘리자벳, 여기!"

나는 짐짓 친한 척을 하며 엘리자벳을 향해 손을 흔들었다. 오늘 아
침 우리가 서로 얼굴을 마주친 적은 있었지만 불과 몇 초밖에 안 돼 그
녀가 나를 알아볼 가능성은 희박했다. 엘리자벳은 느닷없이 샤워부스
에 나타난 나를 향해 제법 매서운 주먹을 한 방 먹였고, 나는 그 즉시
두 손으로 얼굴을 가렸다. 그녀가 내 얼굴을 기억하기에는 너무 짧은
시간이었다.

엘리자벳이 잔뜩 눈살을 찌푸리며 내가 있는 곳을 향해 걸어왔다.

설마 내 얼굴을 기억하는 건 아니겠지?

"나를 알아요?"

"당신이 바로 줄리아드에 다니는 엘리자벳 에임스죠?"

엘리자벳은 학교 이름을 듣는 순간 그나마 조금 안심이 된다는 듯
찌푸렸던 인상을 폈다. 그녀는 클럽의 바텐더 신분에서 갑자기 명성
이 자자한 공연예술학교의 학생 신분으로 돌아갔다. 그녀에게는 그다
지 기분 나쁜 일이 아닐 듯했다.

"우리가 언젠가 만난 적이 있나요? 난 당신을 만나본 기억이 전혀
없어요."

나는 최대한 해맑은 미소를 지으며 고개를 저었다.

"누군가가 여기 가면 당신을 만날 수 있을 거라고 해서 찾아왔습니다."

"누군가라면, 혹시 데이빗?"

나는 그녀의 책상서랍에서 발견한 연애편지의 상대방 이름이 데이빗이었다는 걸 기억해냈다.

"데이빗 말로는 당신이 연기력이 매우 뛰어난 배우라고 하더군요. 사실은 당신에게 제안할 배역이 있어 찾아왔습니다."

"엉뚱한 수작을 부릴 생각이라면 당장 돌아가는 게 좋을 거예요."

나는 그녀가 내 말에 강한 호기심을 느끼면서도 일단 경계심을 풀지 않고 있다는 걸 알 수 있었다.

얼마나 속으며 살아왔으면 경계심부터 드러낼까?

"절대로 농담이 아닙니다."

"지금은 손님이 많아 일을 해야 돼요. 당신이 나에게 맡기려는 배역이 뭔지 어서 말해 봐요."

"아주 특별한 배역이라고 할 수 있죠."

"포르노영화는 사절이니까 괜히 헛물켜지 말고 돌아가요."

엘리자벳이 한숨 쉬듯 내뱉었다.

"오해하지 말아요. 간호사 역이니까."

"환자들과 잠자리를 같이 하는 간호사?"

클럽 안이 너무나 소란스러워 의사를 제대로 전달하기 위해서는 고함을 질러야 했다.

"아니요!"

"그럼 의사랑 잠자리를 하는 간호사?"

"당신은 왜 사람 말을 들어보지도 않고 의심부터 하죠? 편집증이 심한 편이군요."

"난 당신 같은 남자들이 원하는 게 뭔지 잘 알거든요."

나는 몹시 화난 표정을 지으며 고개를 저었다.

"내가 당신에게 뭘 원한다고 생각하죠?"

"미안해요. 사실은 오늘 굉장히 힘든 하루를 보냈어요. 아침부터 어떤 미친놈이 샤워를 하는 욕실에까지 쳐들어와 수작을 부리려는 걸 겨우 내쫓았거든요. 우울한 이야기는 그만 두고 클럽에 왔으니 신나게 놀다가 돌아가요."

말을 마친 엘리자벳이 망설이지 않고 몸을 돌리더니 원래 있던 카운터를 향해 걸어갔다.

나는 재빨리 뒤쫓아 가려고 했지만 그녀는 어느새 남자들에게 둘러싸여 테킬라 잔을 돌리고 있었다.

심술궂게 생긴 빨간 머리 여자가 내게로 다가와 윙크를 보냈다.

"당신 같은 순둥이는 리자와 어울리지 않는다고 했잖아."

"오해하지 말아요. 난 엘리자벳에게 작업을 걸려던 게 아니었으니까."

"남자라면 누구나 리자에게 작업을 걸고 싶어 하지 않을까요?"

나는 담배를 한 개비 꺼내 물었다. 빨간 머리 여자가 내 담배에 불을 붙여주었다.

"혹시 데이빗이 누군지 알아요? 리자와 사귀는 남자인가요?"

"그림을 그리는 남자인데 리자와 만나는 사이 맞아요."

데이빗에 대한 이야기가 나오자 빨간 머리 여자는 왠지 회의와 환멸 사이를 오가는 표정을 지었다.

"리자는 그놈한테 중독됐고, 그놈은 헤로인에 중독되었죠."

문득 리자의 적자투성이 은행계좌가 떠올랐다.

"데이빗이 리자의 돈을 다 가져가고 있죠?"

"당신이 그걸 어떻게 알았죠?"

나는 담배연기를 한 모금 길게 빨아들이는 척하며 그 질문을 회피했다. 엘리자벳이 있는 곳으로 가 다시 한 번 말을 붙여보려고 했지만 그녀의 카운터 주변에는 좀 전보다 더 많은 남자들이 몰려들어 있었다.

빨간 머리 여자가 한 가지 팁을 알려 주었다.

"리자는 일이 끝나려면 아직 한 시간 더 남았어요. 조용한 곳에서 이야기를 나누려거든 다마토에 가서 기다려요."

"다마토라고요?"

"24시간 문을 여는 피자집인데 10번가와 스튀브샌트 가가 교차하는 지점에 있어요."

"내가 거기서 기다리면 책임지고 리자를 보내주겠다는 거예요?"

빨간 머리 여자는 손사래를 치며 나를 내몰았다.

"내가 알아서 할 테니까 거기서 기다리라고 했잖아!"

1시 36분

1931년 이래로 세상은 많이 바뀌었습니다.

하지만 다마토의 피자는 늘 한결 같습니다.

계산대 위에 걸어놓은 액자에 적힌 문구가 인상적이었다. 다마토는 뉴욕을 통틀어 몇 집 남아 있지 않은 장작 화덕 피자집으로 오랜 전통을 자랑하는 집답게 늘 변하지 않는 맛으로 유명했다.

빨강과 흰색이 교차하는 체크무늬 식탁보, 선술집에서나 볼 수 있는 흔들의자, 손 볼 생각을 하지 않는 전등갓이 인상적인 자그마한 식당이었지만 손님을 맞아주는 분위기는 훈훈했다. 다마토의 문을 여는 순간 토마토와 바질 향이 코끝으로 스며들며 식욕을 자극했다. 한 시간 남짓 테이블에 앉아 발폴리첼라(valpolicella 이탈리아의 베네치아 지역에서 생산되는 와인의 한 종류 : 옮긴이)를 곁들여가며 맛깔스러운 피자를 맛보았다. 식당이 아주 작았으므로 교도소 철창만큼이나 무뚝뚝한 주인여자는 식사를 마친 손님들이 어서 테이블을 양보하고 일어서주길 바라는 눈치였다.

나는 테이블에 눌러 앉아 있기 위해 맥주를 추가로 주문했다. 주문한 맥주가 나왔을 때 리자가 식당 안으로 들어섰다. 리자는 이 집의 단골인 듯 여주인에게 반갑게 인사를 건넨 다음 두 명의 요리사에게도 손을 흔들어 아는 체를 했다.

테이블에 앉으려던 리자는 그제야 나를 발견하고 눈을 동그랗게 떴다.

"당신, 여기서 뭐하는 거예요? 혹시 나를 스토킹 하는 건 아니죠?"

"오히려 당신이 나를 스토킹 하는 건 아닌지 의심스러운데요? 난 벌써 한 시간째 이 집에 있었거든요."

"당신은 자신이 굉장히 똑똑하다고 생각하나 봐요? 내가 그런 말에 속을 줄 알아요?"

리자는 징 박은 앵글부츠에 짧은 진 반바지를 입고 있었고, 위에는 브로치를 단 스펜서재킷을 걸치고 있었다. 손에는 손가락을 절반만 덮는 레이스 장갑을 착용하고 있었고, 손목에는 가느다란 고무 팔찌를 여러 개 겹쳐 끼고 있었고, 목에는 염주 목걸이 초커를 메고 있었다. 귀에는 십자가 모양 귀고리까지 달고 있어 마치 마리폴(Maripol 스타일리스트, 영화 제작자, 패션 디자이너 등 다양한 분야에서 활동하는 예술가로 특히 그레이스 존스, 데보라 해리, 마돈나 등과의 작업으로 유명 : 옮긴이) 시대의 마돈나와 복사본 같았다.

리자는 루트 비어 한 잔과 허브로 향을 더한 얇은 조각 피자를 주문했다. 나는 그녀가 입을 열 때까지 잠자코 기다렸다.

"난 아직 당신 이름조차 몰라요."

"아서 코스텔로입니다. 매사추세츠종합병원 응급의학과에서 일하는 의사죠."

"나에게 간호사 역할을 제안한 건 허접한 농담이었죠?"

"아뇨, 더할 나위 없이 진지한 제안이었습니다. 내 제안을 받아들일 수 있는지 어서 대답해주세요."

"영화인가요? 아니면 연극?"

"연극입니다. 그 대신 딱 한 번만 공연하죠."

"대본은 누가 썼죠?"

"대본을 쓴 사람은 없습니다. 대본 없이 즉흥적으로 연기를 해야 하거든요. 주어지는 상황에 맞춰 임기응변식으로 대처해나가야 한다는 뜻입니다."

"지금 장난하는 거예요? 그런 연기라면 사양하겠어요."

"줄리아드의 과목에 즉흥 연기도 포함되어 있지 않나요?"

리자는 고개를 저었다.

"난 멋진 텍스트가 있는 걸 좋아하죠. 작가의 혼이 담긴 대사를 좋아한다는 뜻입니다. 배우가 즉흥적으로 연기하게 되면 결국 내용이 시시해질 수밖에 없어요."

"물론 그 지적은 일리가 있습니다만 언제나 그런 건 아니죠. 영화사에 길이 남을 명작들 가운데서도 즉흥 연기가 빛을 발한 예는 많지 않나요? 가령 〈택시 드라이버〉에서 로버트 드니로가 거울을 바라보며 독백하는 장면이나 〈크레이머 대 크레이머〉에서 가슴 찢어지는 아이스크림 장면 같은 경우 즉흥 연기가 영화를 더욱 빛나게 했잖아요. 더스틴 호프만이 아들에게 '빌리, 만일 네가 그 숟가락을 입으로 가져가면……' 이라고 경고하는 장면 말입니다."

"'……너에게 아주 힘든 문제가 생길 수도 있어.' 라고 했죠. 〈크레이머 대 크레이머〉의 대사를 줄줄이 외우다시피 하지만 그 장면은 즉흥연기가 아니지 않나요?"

리자는 내 눈을 똑바로 쳐다보며 영화의 대사를 읊조렸다. 그녀의 검은 눈에 강렬한 광채가 떠올라 있었다.

"그 장면은 바로 더스틴 호프만의 즉흥연기였어요."

"저도 그 장면을 인상적으로 봤는데 더스틴 호프만은 역시 명배우네요."

리자가 어깨를 으쓱하며 말을 이었다.

"그나저나 어느 극장에서 연극을 올릴 거죠?"

"인생극장에서요. '이 세상은 무대이고, 모든 여자와 남자는 배우일 뿐이다. 그들은……'"

"'……인생이라는 무대에 등장했다가 퇴장한다. 어떤 이는 일생 동안 7막에 걸쳐 여러 역을 연기한다.' 라고 한 셰익스피어의 말은 나도 알고 있어요. 자, 이제 더 이상 말을 빙빙 돌리지 말고, 당신의 계획이 뭔지 말해 봐요."

"난 할아버지를 정신병원에서 도망시키려는 계획을 갖고 있어요."

리자는 기가 막힌다는 듯 하늘을 향해 두 눈을 치켜떴지만 내 말을 끊지는 않았다.

"당신은 내일 아침 7시 정각에 간호사 복장을 하고 나와 함께 블랙웰정신병원에 잠입하게 될 겁니다. 할아버지는 갑자기 심장에 이상이 생긴 것처럼 행동할 테고요. 우리는 할아버지를 들것에 실어 구급차에 태우고, 재빨리 병원을 벗어나야 합니다. 당신은 그 일이 무사히 끝나게 될 경우 집으로 돌아가면 됩니다. 당신이 간호사 연기를 해줄 경우 적당한 사례비를 드리겠습니다."

리자는 잠시 생각에 잠겨 있다가 루트 비어를 한 모금 들이켠 다음 깔깔대며 웃기 시작했다.

"당신, 머리가 살짝 이상해진 건 아니죠? 혹시 향정신성 약이라도 들이켰어요?"

나는 진지한 표정으로 리자를 응시했다.

"난 지금 더 없이 진지하니까 그런 농담은 하지마세요."

리자는 웃음을 거두고 제멋대로 엉켜 있는 금빛 머리카락을 걷어 올리더니 고무줄로 질끈 묶었다.

"당신 할아버지가 블랙웰정신병원에 수용돼 있다는 말이죠?"

나는 고개를 끄덕였다.

"할아버지 성함은 설리반 코스텔로입니다. 내 말이 의심스러우면 블랙웰정신병원에 전화를 걸어 확인해보세요."

"당신은 왜 할아버지를 정신병원에서 빼내려고 하죠?"

"할아버지는 정신병원에 갇혀 있어서는 안 되는 분이니까."

"당신 할아버지가 정신이상자도 아닌데 병원에 갇혀 있다고 생각하는군요?"

"바로 그겁니다. 난 할아버지가 정신이상자라고 생각한 적이 없어요."

"왜 하필 나에게 도움을 요청하는 거죠? 우린 서로 잘 알지도 못하는 사이잖아요. 당신 친구 중에 혹시 배우 일을 하는 사람이 있지 않을까요?"

"안타깝게도 내 친구 중에 배우 일을 하는 사람은 없습니다."

"미안하지만 난 당신 일을 도울 수 없어요. 아무리 생각해봐도 정말이지 정신 나간 짓으로 보여요."

리자가 피자를 한 입 깨물며 야무지게 말했다.

나는 8천 달러가 들어있는 봉투를 내밀었다.

"내 전 재산입니다. 제발 나를 도와주세요."

리자는 봉투를 열고 한참 동안이나 50달러짜리 지폐 뭉치를 바라보았다. 그녀의 눈동자가 초롱초롱 빛났다. 나는 그 돈이 그녀에게 산소 호흡기 같은 의미로 받아들여지고 있다는 느낌이 들었다. 여러 달 동안 밀린 집세와 텅 빈 은행잔고 때문에 숨쉬기조차 버거운 그녀의 고통을 어느 정도 해결해줄 수 있는 돈이었다.

리자는 적어도 며칠 동안 너저분한 바에서 술에 취한 남자들의 비위를 맞추는 일을 하지 않아도 될 테니까. 고양이 레밍턴과 함께 소파에 몸을 비스듬히 기대고 앉아 샘 셰퍼드의 희곡이나 존 어빙의 소설을 읽을 여유를 갖게 될 테니까.

리자는 한참 동안 망설이다가 미심쩍은 눈으로 나를 바라보았다. 나라는 사람의 정체가 뭔지, 혹시 선량해 보이는 얼굴 뒤에 악마의 모습을 감추고 있는 건 아닌지 유심히 탐색해보는 눈빛이었다.

리자는 이제 겨우 스무 살이었다. 아직 어린 만큼 허세도 있고, 자부심도 있고, 자주 길을 잃고 방황하곤 했다. 내 머릿속에서는 순간적으로 지금보다 나이를 더 먹은 리자, 나와 친밀해진 리자, 지금과는 또다른 문제로 고민하는 리자의 모습이 겹쳐 그려졌다. 그 이미지는 곧 희미해지더니 이내 사라졌다.

"너무 위험한 일이라 할 수 없어요."

리자가 봉투를 내가 앉은 쪽으로 밀어놓으며 단호하게 말했다.

"은행을 터는 것도 아닌데 뭐가 위험하다는 거죠?"

"일이 잘못될 경우 경찰에 잡혀갈 수도 있어요."

"마약중독자와 인생을 함께 하는 것보다 위험하진 않겠죠."

나도 모르게 그 말이 불쑥 튀어나왔다.

"당신이 무슨 권리로 내 사생활에 대해 이러쿵저러쿵 떠들어 대는 거죠?"

"애인이 마약을 구입할 돈을 조달하기 위해 빚을 진다는 게 과연 옳습니까?"

"잘 알지도 못하면서 함부로 넘겨 짚지 말아요. 데이빗은 그림을 그리기 위해 가끔 약을 필요로 할 뿐이니까."

"내가 의사 입장에서 말하자면 당신 애인에게 시급히 필요한 일이 뭔지 알아요. 당장 약을 끊는 겁니다. 궁금한 게 한 가지 있는데, 당신은 왜 그 사람에게 그토록 집착하죠?"

리자는 울음을 터뜨리기 일보직전이었다. 그녀의 아래턱이 부들부들 떨리는 것으로 보아 더 이상 절제하기 힘들어보였다.

"엿이나 먹고 당장 꺼지시지!"

리자가 내 얼굴을 향해 루트 비어 잔을 던지며 발악하듯 소리쳤다. 그녀는 의자를 넘어뜨리며 자리에서 일어서더니 그대로 식당을 나갔다.

이제 내 계획은 점점 더 실패 쪽으로 기울어가고 있었다.

2시 21분

리자를 만나는 사이 누군가가 구급차의 사이드미러를 박살내고 사라졌다. 얼핏 보아도 누군가 차를 부수려고 한 짓이 분명했다. 의료기기를 훔치거나 운이 좋을 경우 처방전 없이도 살 수 있는 의약품들을 슬쩍 하려고 차에 접근했다가 실패하자 애꿎은 사이드미러를 부수고 사라진 것일 수도 있었다. 그나마 사이드미러 말고는 망가진 곳이 없어 다행이었다. 이 동네에서는 종종 벌어지는 일이었다.

나는 구급차에 올라 그래머시, 머레이 힐, 미드타운을 차례로 거슬러 올라가며 이스트빌리지를 벗어났다. 차로 루스벨트 섬까지 가기 위해서는 퀸스를 도는 우회로를 달리다가 길을 유턴해 루스벨트 섬 대교로 올라서는 길로 접어들어야만 했다. 차를 타고 섬으로 들어가는 유일한 길이었다. 나는 새벽 3시 무렵 다리 입구에 도착했다.

해협을 가로질러 루스벨트 섬으로 진입한 나는 병원 인근 노천 주차장에 구급차를 세웠다. 뉴욕의 스카이라인을 마주보는 위치였다. 라디오에서는 재즈의 고전들이 흘러나오고 있었고, 나는 구급차의 차창을 내렸다.

나는 스탠 게츠의 색소폰 연주를 들으며 담배에 불을 붙였다. 여전히 맨해튼에 있는 건 맞지만 중심가와는 멀리 떨어진 곳이었다. 뉴욕이라는 거대도시가 만들어내는 온갖 진동과 소음, 불빛들로부터 겨우 몇 십 미터밖에 떨어져있지 않았지만 마치 대단히 멀리에 있는 것처럼 여겨졌다. 가깝고도 먼 곳.

나는 담배꽁초를 길바닥에 던진 다음 의자에 등을 기대고 두 눈을 감았다. 편하지 않은 잠자리였지만 몇 시간 만이라도 눈을 붙일 요량이었다.

10

똑, 똑!

나는 누군가 차문을 두드리는 소리에 흠칫 놀라며 잠에서 깨어났다. 가느다란 새벽 햇살이 얼굴 위로 떨어지고 있었다. 마침내 나는 차창을 두드리는 리자의 얼굴을 발견했다.

즉시 손목시계를 보니, 6시 55분이었다.

빌어먹을!

나는 구급차 문을 열었다.

"내 제안을 받아들일 생각이 없다더니 웬일로 여기에 올 결심을 하게 되었죠?"

"당신 말 대로 돈이 급해요. 대금은 선불이에요."

나는 안쪽 주머니를 더듬어 봉투를 꺼내 그녀에게 건네주었다. 정신없이 잠이 들었던 나 자신에게 화가 났다.

"죄송합니다만 리허설은 없어요."

나는 사이렌과 회전경보등 그리고 구급차 지붕에 고정된 조명등을 켜며 말했다.

"역시 즉흥연기 주창자답네요. 아무리 그래도 배우가 입을 의상 정도는 제공해야 마땅한 것 아닌가요?"

"필요한 물품을 뒤쪽 상자에 실어 두었습니다. 상자 안에 들어 있는 의사 가운과 청진기를 주시겠습니까?"

나는 블랙웰정신병원 8층에서 모든 일이 예정대로 착착 진행되고 있기만 바라며 가속페달을 힘껏 밟았다. 설리반 할아버지가 계획대로 일을 진행하고 있다면 지금쯤 심근경색으로 쓰러진 환자 연기를 하고 있어야 했다. 아침 회진을 시작한 간호사가 병실 문을 열고 들어가 심근경색 발작으로 왼쪽 가슴을 양손으로 움켜쥐고 고통스러워하는 할아버지를 발견하게 될 것이다.

설리반 할아버지는 나에게 작전 계획을 말하며 간호사가 회진을 돌 시간에 맞춰 진땀을 흘리는 것처럼 꾸미기 위해 얼굴에 물을 뿌리고, 체온을 높이기 위해 팔굽혀 펴기를 수십 차례 진행하겠다고 했었다. 할아버지가 차질 없이 연기를 펼칠 경우 이번 계획의 성공 가능성은 높았다. 할아버지가 심근경색으로 고통스러워하는 모습을 발견한 간호사가 급히 구급차를 부를 테고, 내가 그 시간에 맞춰 병원 안으로 진입하면 일은 간단하게 마무리될 것이다.

"구급차가 도착했습니다!"

나는 사이렌 볼륨을 있는 대로 올리고 병원주차장으로 들어서며 소리쳤다.

나는 구급차를 병원입구에 세우고 재빨리 환자이송용 카트를 펼친 다음 리자와 함께 쏜살 같이 병원 로비로 들어섰다.

"환자가 어디 있죠? 8층에 심근경색 환자가 있다는 연락을 받고 왔는데요."

나는 엘리베이터를 향해 뛰어가며 소리쳤다.

우리는 서둘러 엘리베이터에 올라 8층 버튼을 눌렀다. 나는 엘리베이터가 위로 올라가는 동안 의료장비를 점검했다. 진찰 가방, 심장제세동기, 혈액 순환 관련 행랑이 차질 없이 준비돼 있었다.

나는 불안감을 달래기 위해 숨을 깊이 들이마신 다음 분위기 전환을 위해 리자에게 농담을 건넸다.

"하얀 가운이 아주 잘 어울리는데요."

리자가 눈을 부라리며 주먹 쥔 손으로 가운데손가락을 세워보였다.

엘리베이터가 멈춰 서며 문이 요란스럽게 열렸다.

"할아버지의 병실은 복도 끝에 있어요."

812호실로 들이닥친 나는 침대에 누워있는 설리반 할아버지와 병상을 지키고 있는 간호사를 발견했다. 할아버지는 땀에 흠뻑 젖은 얼굴로 자못 긴장된 표정을 짓고 있었고, 오른손을 가슴에 얹고 있었다.

"환자를 어서 구급차로 옮겨야 해요."

나는 의료장비들을 침상에 내려놓으며 흰 가운을 입은 여자 간호사를 향해 말했다.

"당신들은 누구죠?"

간호사가 얼빠진 사람처럼 더듬거리며 물었다.

내가 입을 열기도 전에 리자가 선수를 쳤다.

"나는 하이예스, 이쪽은 닥터 에디슨입니다."

나는 할아버지를 상대로 신속하게 청진기를 대고 맥박과 혈압 측정, 심전도 검사를 위한 전극 부착 등을 시작했다.

"이봐요, 당신은 지금 환자가 심근경색을 일으킨 게 안 보여요? 환자를 당장 마운트 시나이 병원으로 옮겨야만 해요."

리자가 여전히 정신을 못 차리고 있는 간호사를 향해 일갈했다.

우리는 설리반 할아버지를 환자이송용 카트로 옮겨 실었다. 카트를 밀며 복도를 달리는 동안 나는 할아버지의 얼굴에 산소 호흡기를 부착했다. 여자 간호사가 여전히 엉거주춤한 자세로 뒤따라와 우리가 탄 엘리베이터에 함께 올랐다.

리자가 고함을 질러대며 연기에 열중했다.

"닥터 에디슨, 정맥에 주사기를 꽂고 아스피린을 투입하세요."

엘리베이터 문이 활짝 열렸다. 우리는 4단 기어 속도로 병원 로비를 빠져나와 구급차를 향해 달렸다.

우리는 설리반 할아버지를 구급차에 옮겨 싣는데 성공했다. 산소 호흡기를 얼굴에 부착한 설리반 할아버지가 만족스럽다는 듯 엄지손가락을 치켜드는 여유를 과시했다. 할아버지가 나에게 '잘 했어, 내 손자.' 라며 엄지손가락을 치켜세운 듯해 한순간 마음이 뿌듯했다.

얼굴에 미소를 지으며 몸을 돌리는 순간 나는 두 눈을 휘둥그레 뜨지 않을 수 없었다.

11

병원경비원이 인정사정 볼 것 없다는 듯 내 복부를 향해 곤봉을 휘둘렀다. 기습공격을 받은 나는 몸이 두 조각으로 꺾이는 느낌이 들며 숨을 쉴 수 없었다. 가슴 부위에 두 번째 타격이 가해졌고, 나는 정신이 가물가물해지며 바닥에 쓰러졌다.

구급차 옆구리에 적힌 보스턴 시립 매사추세츠종합병원이라는 표시가 방금 나를 쓰러뜨린 경비원의 주의를 끈 게 분명했다. 내 등 뒤에서 두 얼굴의 사나이, 그러니까 화상 입은 간호사의 목소리가 들려왔다.

"그레그, 구급차에 또 다른 사람이 타고 있어!"

그 말이 떨어지기 무섭게 경비원이 구급차의 앞을 가로막기 위해 달려갔다. 그 순간 구급차가 쏜살 같이 앞으로 달리기 시작했다. 두 남자는 구급차를 정지시키기 위해 50미터쯤 기를 쓰고 뒤쫓아 갔지만 끝내 숨을 헐떡이며 멈춰 섰다. 8기통 엔진을 탑재한 차량을 추격한다는 건 애초부터 불가능한 일이었다.

두 남자는 분이 풀리지 않는다는 듯 씩씩거리며 내가 쓰러진 곳으로 달려왔다. 그들이 나에게 분풀이를 해댈 거라는 직감이 왔다.

"어쩐지 당신을 처음 보는 순간부터 예감이 좋지 않았어."

두 얼굴의 사나이가 험악하게 인상을 써대며 내 옆구리를 발로 걸어찼다.

"진정해. 일단 경찰이 올 때까지 놈을 독방에 가둬두어야 해."

두 남자는 내 가운을 벗기더니 셔츠 자락을 잡고 나를 일으켜 세운 다음 병원 안으로 끌고 들어갔다. 나는 다시 엘리베이터에 몸을 싣는 신세가 되었다. 건장한 두 남자가 한시도 눈을 떼지 않고 나를 감시하고 있었다.

나는 곧 그들이 말한 독방의 정체를 알게 되었다. 독방은 사면에 쿠션을 댄 아주 작은 방이었다. 그들은 나를 매몰차게 독방 안으로 밀어 넣었다.

나는 관 속에 갇힌 사람처럼 밀실공포증에 사로잡히지 않기 위해 안간힘을 써야 하는 신세가 되었다.

그나마 설리반 할아버지와의 약속을 지켜 다행이었다.

아주 사소한 실수가 있었지만 결국 성공적인 탈출 작전이었어.

15분쯤 지났을 때, 내가 갇힌 독방을 향해 다가오는 발자국소리가 들려왔다. 잠시 후 경비원의 우렁찬 목소리가 내 귀에 또렷하게 들렸다.

"환자를 탈출시킨 놈을 잡아 독방에 가두어 두었습니다, 경위님."

"수고했어, 그레그. 내가 경찰서로 데려가 조사해보지."

그들이 문을 여는 동안 달착지근한 오렌지 꽃향기가 방 안 가득 퍼지며 심하게 속이 울렁거렸다. 그와 동시에 맥박이 요동치며 머릿속이 쪼개질 듯 아팠다. 산소가 부족한 듯 두 눈이 쑤셨고, 바닥이 허물어지며 내 몸이 텅 빈 허공으로 추락하는 느낌이 들었다. 이제는 제법 익숙해진 현상이었다.

문이 삐걱거리며 열리는 소리가 들렸지만 나는 이미 그 방에 없었다. 나는 두 얼굴의 사나이가 놀라 외치는 소리를 마지막으로 들었다.

"분명 여기에 가둬두었는데 어디로 사라졌지?"

1994년, 리자

사랑이란 지도와 나침반 없이 떠나는 모험이며, 신중해지는 순간 길을 잃는다. ―로맹 가리

0

라디오 혹은 텔레비전 소리가 어디선가 아득하게 들려온다. 짙푸른 안개의 장막이 눈앞을 가로막아 선다. 불쾌하지만 이제는 익숙해진 현상이다. 눈꺼풀이 무거운 납덩이를 얹어놓은 듯 퉁퉁 부어오른 느낌이 든다. 호흡 곤란과 함께 견디기 힘든 피로감이 몸을 무기력증에 빠뜨린다.

나는 나무로 된 바닥에 누운 채 두 눈을 뜬다. 바닥에서는 진한 왁스 냄새가 나고, 주변은 어둡다. 라디에이터의 온도를 한동안 최대한도로 올려놓은 듯 실내공기가 무척이나 덥다.

나는 걱정스러운 마음을 안고 몸을 일으킨다. 관절에서 우두둑거리는 소리가 나는 바람에 혹시 뼈가 부러진 건 아닌지 초조해하며 눈꺼풀을 문지른 다음 주변을 둘러본다.

나는 어둠에 잠긴 아파트 안에 있다. 예술가의 작업실처럼 정돈되

지 않은 방안이다. 여러 개의 이젤과 그리다 만 추상화 몇 점이 보이고, 바닥에는 스프레이와 물감들이 널려 있다. 시멘트 블록으로 만든 낮은 테이블에는 먹다 남은 피자가 놓여 있다.

1

선반 위에 놓인 알람시계가 새벽 3시를 가리키고 있었다. 나는 한쪽 벽면 전체를 차지하고 있는 유리벽으로 다가갔다. 높이로 보아 내가 있는 아파트는 4층이나 5층쯤 되는 듯했다. 거리에는 불빛이 환했고, 전쟁 전에 유행한 붉은 벽돌 건물들과 바깥쪽으로 돌출해 있는 계단에 아치형 지붕을 씌운 캐스트 아이언 빌딩이 주류를 이루고 있었다. 큰길 쪽을 자세히 살피다보니 몇 개의 화랑이 눈에 띄었다. 그 중 한 화랑의 간판에 환하게 불이 들어와 있었고, 머서 가 18번지라는 주소가 뚜렷하게 보였다. 그렇다면 지금 내가 있는 곳은 소호였다.

텔레비전이 켜져 있었고, 낮은 소리로 CNN뉴스가 흘러나오고 있었다. 나는 소파 위에 나뒹굴고 있는 리모컨을 발견했다. 방안을 한 바퀴 휘둘러본 다음 사람이 없다는 걸 확인한 나는 리모컨을 손에 쥐고 볼륨을 크게 키웠다.

나는 텔레비전 앞으로 바짝 다가가 '뉴스특보'라고 적힌 빨간 띠가 화면을 장식하는 가운데 최근 남아프리카공화국의 대통령에 선출된 넬슨 만델라가 프레토리아에 운집해 있는 수많은 군중들 앞에서 선서를 하는 장면을 지켜보았다.

"우리의 상처를 보듬어야 할 순간이 되었습니다. 우리를 갈라놓았던 심연을 좁혀가야 할 순간이 왔습니다. 우리 앞에 위대한 건설의 시간이 다가오고 있습니다."

텔레비전 화면 아래쪽에 날짜도 또렷하게 적혀 있었다. 1994년 5월 10일이었다. 내가 기억하는 마지막 날은 1993년 9월의 어느 날인 만큼 이번에는 팔 개월을 건너 뛴 셈이었다.

텔레비전을 끄려는 순간 어디선가 규칙적인 소리가 계속 들려왔다. 귀를 기울여 들어보니 물결이 찰싹이는 소리와 샤워기에서 물이 쏟아지는 소리가 합쳐져 나는 소리 같았다. 집주인이 목욕을 하고 있는 듯했다.

나는 복도로 나와 침실과 욕실로 보이는 문 앞에 섰다. 문에 바스(Bath) 라고 적힌 문패가 붙어 있었고, 살짝 열린 문틈으로 수증기와 향긋한 비누향이 흘러나오고 있었다.

2

나는 열린 문틈으로 안을 들여다보았다. 스무 개쯤 되는 크고 작은 양초들이 불을 밝히고 있었고, 욕실 타일 바닥에서부터 시작된 핏자국이 욕조까지 길게 이어져 있었다.

나는 두 다리를 후들거리며 물이 막 넘치기 시작한 욕조를 향해 다가갔다. 실오라기 하나 걸치지 않은 여자가 피가 진하게 배어난 욕조의 물속에 누워있었다. 힘없이 축 늘어진 몸, 꼭 감고 있는 두 눈, 욕조 가장자리에 기대어져 있는 머리에 이어 양 손목에 나 있는 상처 자국이 보였다. 칼로 양 손목을 그은 여자가 물이 콧구멍까지 차오른 욕조에 누워 있었고, 풀어 헤쳐진 머리카락이 얼굴을 절반 이상 덮고 있었다.

빌어먹을!

나는 여자를 물 밖으로 꺼내 바닥에 눕힌 다음 맥박을 확인하기 위해 손가락을 경동맥 위에 올려 놓았다. 미약하지만 아직 맥박이 뛰고 있었다.

맥박이 희미한 걸 보면 이미 많은 출혈이 있었던 거야.

심장이 두방망이질을 치는 가운데 무릎을 꿇고 앉아 여자의 귀에 대고 말을 걸어보았지만 아무런 대답도 듣지 못했다. 글래스고 혼수계수(Glasgow Coma Scale 또는 GCS는 환자의 의식 상태를 표시하는 지표로 1974년 글래스고대학 신경외과 교수진이 처음으로 창안. 환자의 눈, 언어, 운동 능력 등을 완전한 의식 상태인 15점에서 의식불명 상태인 3점까지 점수화 한 것 : 옮긴이) 8 또는 9쯤 될 것 같았다. 그렇다면 이미 의식이 많이 손상되었을 가능성이 컸다.

욕실 바닥에는 짐 빔과 퍼 로즈 술병이 각각 하나씩 굴러다녔다. 쓰레기통 옆에서 플라스틱 약 상자 두 개를 발견한 나는 실눈을 뜨고 상자 표면에 적힌 상표를 확인했다. 하나는 루네스타(최면성 수면제)였고, 다른 하나는 로라제팜(벤자민조디아제핀 성분의 진정제)이었다.

맙소사!

약병은 텅 비어 있었고, 여자가 다량의 약을 삼켰다는 걸 알 수 있었다. 그 정도의 약을 버번위스키에 혼합해 마셨을 경우 생명에 치명타가 될 수 있었다.

나는 혈액 집중을 막기 위해 여자의 두 팔을 위로 치켜 올려주었다. 여자의 호흡은 아주 느렸고, 혈압도 지극히 낮았다. 동공이 크게 확대되었고, 손끝과 발끝에서는 청색증 증세가 보였다.

나는 상황을 정리하기 위해 재빨리 머리를 굴렸다. 과다출혈에 수면제와 진정제를 버번위스키와 함께 복용했을 경우 촌각을 다툴 만큼 목숨이 위험하다는 결론이 내려졌다. 조만간 심각한 호흡 장애와 심장 기능 정지 현상이 초래될 수도 있었다.

나는 거실로 달려가 전화기를 들고 911의 구급차를 부른 다음 주방 찬장에서 찾아낸 깨끗한 행주 두 개와 옷장에서 발견한 스카프 두 개를 여자의 손목에 묶어 압박붕대 대용품으로 사용했다.

가능한 응급조치를 끝내고 여자의 얼굴을 덮고 있는 머리카락을 쓸어 올렸다. 비로소 여자의 얼굴을 확인한 나는 한참 동안 넋을 잃고 멍하니 서 있었다.

그 여자는 다름 아닌 리자 에임스였다.

3

911구급대원들은 자살을 시도한 환자들에게 취하는 일련의 의료조치들을 신속하게 실행했다. 양 팔에 정맥주사 카눌라 삽입, 보조 호흡 장치를 포함한 튜브 주입, 심전도 검사기 파라미터 지정, 심전도 검사, 플루마제닐 주입 등으로 이어지는 조치들이었다.

나는 경험상 환자에게 어떤 조치를 취해야 하는지 잘 알고 있었고, 그들을 돕고 싶었지만 그럴 권한이 없었다. 구급대원들은 나만큼이나 환자에게 어떤 조치를 시급하게 취해야 하는지 잘 알고 있었다.

나는 침실에서 리자가 착용하고 있던 원피스와 하이힐 그리고 인조 가죽으로 된 핸드백을 발견했다. 핸드백 안에는 리자의 신분증, 아파트 열쇠, 20달러짜리 지폐 두 장 그리고 신용카드가 들어있었다. 나는 누가 보기 전에 재빨리 아파트 열쇠와 지폐를 꺼내 주머니에 넣고 나서 구조대원들에게 핸드백을 넘겨주었다.

"출혈이 심해 서두르지 않을 경우 환자의 생명이 위독해질 수도 있어."

응급조치를 끝낸 구급대원들이 리자를 들것으로 옮겼다. 나는 길거리까지 그들을 따라 나왔다.

"어느 병원으로 가실 겁니까?"

"벨뷰병원으로 갑니다."

간호사가 구급차의 문을 닫으며 대답했다.

나는 시끄러운 소리를 듣고 밖으로 나온 이웃집 할머니와 함께 구급차가 멀어져가는 모습을 지켜보았다.

"이 아파트의 주인이 누구죠?"

나는 이미 집주인이 누군지 짐작하고 있었지만 시치미를 떼고 물었다.

"데이빗 포크스라는 화가가 세 들어 살던 아파트인데 며칠 전 약물 과다복용으로 죽었어요. 아가씨마저 자살을 시도하다니 정말이지 끔찍한 일이네요."

나는 주머니를 뒤져 박하 향이 나는 담배와 라이터를 꺼냈다.

"할머니는 리자를 잘 아세요?"

내가 담배에 불을 붙이며 물었다.

"계단에서 자주 마주치긴 했지만 잘 알지는 못해요. 그 아가씨는 늘 이 아파트에 처박혀 살다시피 했어요. 마주칠 때마다 늘 반갑게 인사하며 친절하게 말을 걸곤 했었는데 자살을 시도하다니, 정말이지 끔찍한 일이에요. 데이빗 같은 녀석에게는 그야말로 아까운 아가씨였죠. 얼마나 사는 게 힘들었으면 꽃다운 나이에 세상을 버릴 생각을 했을까요?"

할머니는 그렇게 말한 다음 땅이 꺼져라 한숨을 내쉬었다.

나는 지나가는 택시를 불러 세웠다. 택시가 내 앞에서 멈춰 섰고, 나는 여전히 실내복 끈을 여미는 할머니를 바라보고 있었다.

"누군가 나를 몇 해만 더 살 수 있게 해준다면 뭐든 다 할 수 있을 텐데, 스스로 목숨을 끊다니……."

4

새벽 5시

리자의 아파트 문을 밀고 들어서자마자 호피 무늬 고양이 레밍턴이 내가 구세주라도 되는 양 반갑게 맞이했다. 녀석이 내 다리 사이로 파고들며 털을 비벼댔다.

"그동안 잘 지냈어? 하긴 주인도 없는데 잘 지냈을 리 없지."

나는 녀석의 머리를 쓰다듬으며 혼잣말을 했다.

고양이 사료가 어디 있는지 찾아보니 주방 수납장 안에 들어있었다. 나는 레밍턴에게 사료 한 그릇과 물을 주었다. 커피를 한 잔 마시고 싶었지만 커피를 넣어두는 통이 텅 비어있었다. 냉장고에 들어 있는 우유도 이미 유효기간이 지나 있었다.

주방 카운터 위에 이미 날짜가 지난 신문들이 어지러이 널려 있었다. 나는 문득 눈에 들어온 《유에스에이 투데이》지 기사를 보는 순간 호기심이 일었다. 유명 인사들의 사망 기사였다. 4월 5일에 커트 코베인이 자살로 생을 마감했고, 5월 1일에 유명 카레이서 알톤 세나가 사고로 목숨을 잃었다.

그룹 〈너바나〉가 주방 카운터에 놓여있는 《뉴스위크》지의 표지를 장식하고 있었다. 의문문 형식의 큼지막한 제목이 〈너바나〉의 사진을 가로질러 인쇄되어 있었다.

자살 : 사람들은 왜 스스로를 죽이는가?

나는 《뉴스위크》지를 내려놓고, 내가 리자의 아파트를 방문한 이유를 떠올렸다.

설리반 할아버지는 어디에 계실까?

나는 자그마한 단서라도 찾아내기 위해 두 개의 방을 분주히 오갔다.

8개월 전, 블랙웰정신병원에서 탈출한 설리반 할아버지에게 무슨 일이 일어났을까? 리자는 할아버지를 어디로 데려갔을까? 그동안 두 사람은 서로 연락을 주고받으며 지냈을까?

내가 생각하기에 두 사람이 서로 연락을 주고받으며 지냈을 것 같지는 않았다. 설리반 할아버지는 당장 머무를 집이나 신분증도 없었을 테고, 도움을 청할 만한 친구도 없었을 것이다. 그렇다면 다시 블랙웰정신병원에 강제로 끌려갔을 가능성을 배제할 수 없었다. 어쩌면 이미 돌아가셨을 수도 있었다. 나는 자유를 찾기 위해 탈주계획을 세울 정도로 영민하고 두뇌회전이 빨랐던 할아버지를 떠올리며 우울한 생각을 지워버리기 위해 애썼다.

리자의 아파트를 구석구석 살펴보았지만 끝내 설리반 할아버지와 관련된 단서를 찾아내지 못했다. 내가 아파트를 나서려 하자 레밍턴이 필사적으로 두 다리 사이로 파고들더니 리자의 방으로 뛰어갔다. 녀석을 뒤따라가던 나는 양탄자에 발이 걸려 마룻바닥에 쿵 소리를 내며 넘어졌다. 다시 몸을 일으키다가 내 시선을 잡아끄는 물건을 발견했다. 은으로 된 줄에 매달려있는 카메오 메달이 탁자용 스탠드의 갓에 걸쳐져 있었다. 내가 리자의 아파트에 처음 왔을 당시에는 분명 보지 못했던 메달이었다. 나는 동그란 카메오 메달을 손에 쥐고 섬세한 솜씨로 조각된 젊은 여인의 옆얼굴을 유심히 관찰했다. 자개로 처리된 여인의 옆얼굴이 푸른 빛깔의 마노와 뚜렷한 대조를 이루고 있었다. 나는 카메오 메달을 뒤집어 보았다. 필기체로 새긴 문장이 눈에 들어왔다.

이본에게
우리에게는 두 개의 삶이 있음을 기억하라.
코너, 1901년 1월 12일

그 순간, 내 심장이 빠른 속도로 뛰기 시작했다. 코너와 이본은 내 증조부모의 이름이었다.

리자는 어떻게 이 보석을 손에 넣게 되었을까? 당연히 설리반 할아버지가 주었을 거야.

나는 리자의 아파트에 있는 서랍을 죄다 열어보고 나서 옷장과 벽장도 모두 뒤졌다. 리자가 들고 다니던 가방을 찾기 위해서였다. 데이빗의 작업실에 리자의 핸드백이 있었지만 가방은 없었다. 오래지 않아 나는 콤팩트, 화장품 일체가 들어 있는 파우치, 열쇠꾸러미, 칫솔, 안경, 껌, 볼펜, 아스피린, 전화번호가 적힌 수첩 등을 넣어둔 가죽 가방을 찾아냈다.

나는 두근거리는 마음을 달래며 전화번호목록을 훑어보았다. C로 시작되는 이름이 전혀 없었지만 S자로 시작되는 이름 중 필기체로 흘려 쓴 설리반이라는 이름이 나와 있었고, 212로 시작하는 전화번호가 기록되어 있었다.

나는 가방에 들어있던 펜으로 그 번호를 팔뚝에 옮겨 적은 다음 주방으로 갔다. 주방 벽에 부착되어 있는 전화기를 들고 번호를 눌렀다. 신호음이 십여 차례 울렸지만 아무도 전화를 받지 않았고, 메시지를 남기라는 응답기 소리로도 이어지지 않았다.

빌어먹을!

나는 어두운 새벽의 정적 속에서 전자레인지에 붙어 있는 액정화면

속 초록색 글자를 노려보았다. 어느새 5시 34분이었다.

그때 갑자기 전화벨이 울리는 바람에 소스라치게 놀랐다.

"여보세요?"

"참 편리한 시스템이군. 수신번호 자동 발신 장치 말이야."

"설리반 할아버지?"

"난 이번 여름이나 되어야 네 녀석을 볼 수 있을 거라 생각했는데 벌써 돌아왔구나!"

"할아버지, 지금 어디에 계시죠?"

"멍청한 녀석, 그걸 질문이라고 하고 있어? 내가 어디에 있는지 몰라서 묻는 거야? 내 집에 있지, 어디 있겠니?"

5

나는 택시를 타고 설리반 할아버지가 알려준 주소지로 부리나케 달려갔다. 워싱턴스퀘어 뒤쪽에 위치한 골목이었다. 골목입구를 막아놓은 철책 문에 '맥두걸 앨리는 과거에 인근 공원 주변에 사는 부르주아들의 마구간과 부속건물들이 있던 곳'이라는 설명이 적힌 표지판이 붙어 있었다.

어느새 날이 밝아 오고 있었고, 낮게 깔린 안개가 가로등의 발목을 휘감고 있었다. 문을 밀고 들어선 나는 정면을 황토색과 붉은 갈색으로 칠한 3층집 앞에서 걸음을 멈추고, 포효하는 사자 형상으로 장식한 노커를 잡고 문을 두드렸다.

"아서, 어서 오너라."

설리반 할아버지가 문틈으로 머리를 내밀며 나를 반갑게 맞아주었다.

나는 집안으로 들어서자마자 머리부터 발끝까지 할아버지의 자취를 찬찬히 살폈다. 팔 개월 전과는 천양지차로 달라진 모습이었다. 할아버지는 단정하게 자른 머리카락을 조화롭게 빗질하고, 턱수염도 말끔하게 면도한데다 목폴라 위에 우아한 코르덴 조끼를 걸쳐 입고 있었다. 블랙웰정신병원에서 본 무기력하고 늙은 환자는 어디론가 사라지고 적어도 열 살은 젊어 보이는 젠틀맨 파머가 내 눈 앞에 서 있어 그저 어리둥절할 따름이었다.

"온몸이 피투성이구나! 무슨 일 있었니?"

설리반 할아버지가 걱정스러운 표정으로 물었다.

나는 일단 대답을 하지 않고 할아버지를 따라 따뜻하고 안락한 거실로 갔다. 꿀 빛깔 마룻바닥, 체스터필드 소파, 당구대 등이 놓여 있는 거실은 마치 영국식 펍에 온 것 같은 느낌을 주었다.

거실 구석에 마호가니 목재로 꾸민 바에는 크리스털 잔들과 다양한 종류의 위스키 병이 놓여 있었고, 벽면에는 대형거울이 걸려 있었다. 한쪽 벽면 전체를 차지하고 있는 서가에는 가죽 장정 책들이 빼곡하게 꽂혀 있었고, 상아를 박아 넣은 목재 장식장 위에는 빈티지 전축과 오래된 재즈 음반들이 놓여있었다. 내가 좋아하는 재즈 연주자들의 음반도 다수 눈에 띄었다. 셀로니어스 멍크, 존 콜트란, 마일스 데이비스, 프랭크 모간 등…….

"날씨가 추우니까 벽난로 가까이 오너라."

할아버지가 장작불이 활활 타오르는 벽난로 앞에서 두 손을 비비며 말했다.

"오늘은 몇 시에 돌아왔니?"

"새벽 3시에 돌아왔어요."

"깨어난 장소는?"

"소호에 있는 로프트에서 눈을 떴어요."

나는 할아버지에게 리자가 자살을 시도했다는 이야기와 그녀를 살려내기 위해 911구급대를 불러 조처한 이야기를 해주었다.

할아버지는 큰 충격을 받은 듯 수심이 가득한 얼굴로 허공을 바라보더니 주머니에서 럭키 스트라이크 담배를 한 갑 꺼냈다. 내 아버지 프랑크 코스텔로가 돌아가시기 전까지 피우던 담배였다. 아마 아버지의 때 이른 죽음과 절대로 무관하지 않은 담배일 것이다. 할아버지는 나에게도 담배를 한 대 권하며 불을 붙였다.

"리자는 분명 살아날 거야."

할아버지가 맹수 가죽으로 만든 의자에 앉으며 말했다.

"피가 여기저기 묻어 보기 흉한데 일단 샤워부터 해라."

"샤워를 하기 전에 알고 싶은 게 있어요. 이 집 주인이 할아버지 맞아요?"

"내 집이라고 했잖아."

"도저히 믿어지지가 않아서 그래요. 정신병원을 탈출한 할아버지가 무슨 돈이 있어 이 집을 샀는지 이해가 안 될 수밖에요. 할아버지는 돈도, 은행계좌도, 신분증도 없었잖아요?"

"난 이 아파트를 1954년에 샀어. 말하자면 이 집은 내 비밀스런 아지트였지. 내가 일을 마치고 와 음악을 듣거나 쉬는 곳, 가끔 한 잔 하고 싶을 때 들르는 곳."

내가 장난스러운 표정으로 할아버지의 말을 이었다.

"할머니 몰래 애인을 만나는 곳이기도 했겠네요."

나는 담배 연기 사이로 할아버지의 얼굴에 미소가 번지는 모습을 지켜보았다.

"멍청한 녀석인 줄 알았더니 제법 눈치가 빠르구나. 비밀을 유지하기 위해 차명계좌와 장기 대출 시스템을 이용해 이 집을 마련했지. 요컨대 이 집을 구입하는데 들어간 돈을 댄 사람은 나였지만 문서상 소유주는 내 동업자였던 레이 맥밀란으로 되어 있었어."

"할아버지가 병원에서 도망쳐 나온 뒤에 그 분이 이 집을 돌려주었다는 말이죠?"

"제법 말귀를 빨리 알아듣는구나."

나는 할아버지의 말을 듣고 좀 더 많은 걸 알게 되었다. 1950년대 중반, 할아버지의 사망이 인정된 후 재산상속이 이루어졌지만 이 아파트는 차명으로 되어 있었으므로 상속 대상에서 자연스럽게 제외되었을 것이다.

"생활비는 어떻게 마련하시죠?"

할아버지는 내 질문을 미리 예상했다는 듯 자리에서 일어났다. 서가로 간 할아버지가 나무 선반을 누르자 거짓말처럼 금고가 나타났다. 할아버지가 톱니 모양 자물쇠를 이쪽저쪽으로 몇 번 돌려 철제금고를 열었다. 철제금고 안에 든 금괴 세 개가 찬란하게 빛을 발했다.

"내가 너를 위해 한 가지 충고를 해주마. 무슨 일이 있더라도 갈증이 날 때를 대비해 배 한 개 정도는 남겨두어야 해. 인생은 위기의 연속이야. 언젠가 찾아올 위기를 생각해 대비책을 세워두어야 낭패를 당하지 않는 법이지."

"이 금괴들은 어디에서 난 거죠?"

내가 번쩍이는 금괴에서 눈을 떼지 못하며 물었다.

내 질문을 받은 할아버지의 두 눈이 초롱초롱 빛났다.

"1950년대 초, 세금 문제 때문에 내 중요한 고객 가운데 한 사람이 늘 금괴로 비용을 지불했어. 그가 어머니한테 물려받은 금괴였지. 난 그가 돈 대신 지불한 금괴 네 개를 이 철제금고에 은밀히 보관해두었지. 정신병원에서 탈출했을 때 금괴 한 개를 팔아 생활비를 마련했어. 생활비가 기절할 만큼 많이 올라 깜짝 놀랐지만 사는 데 전혀 문제가 없었어."

"그러니까 이 집에서 팔 개월째 살아오셨군요?"

"그럴 수밖에 없었으니까."

"날이면 날마다 무얼 하며 지내세요?"

할아버지는 재떨이에 담배꽁초를 비벼 껐다.

"목이 빠져라 네 녀석이 나타나기만 기다리며 지내왔어."

"특별히 저를 기다린 이유가 뭐죠?"

"너를 당혹스럽게 만드는 일들이 왜 벌어지고 있는지 궁금하지 않니? 넌 지금 잔뜩 겁에 질려 있을 거야. 사실은 네가 상상하는 것보다 훨씬 더 고약한 일이 벌어지고 있어. 나쁜 소식을 알려줄 수밖에 없는 할아비 마음을 이해해주길 바란다."

얼굴에서 장난기를 거둔 할아버지가 나를 뚫어지게 바라보며 진지하게 말했다.

나는 할아버지를 향해 도전적인 눈길을 보냈다.

"도대체 왜 저에게 그런 몹쓸 일이 벌어지고 있는 거죠?"

"그 이야기를 하자면 매우 복잡할뿐더러 네가 쉽게 받아들이기 어려울 거야. 일단 2층으로 올라가 샤워부터 하고 새 옷으로 갈아입고 오면 네가 궁금해 하는 이야기를 들려주마."

"제가 갈아입을 옷이 있어요?"

"2층에 올라가면 방이 두 개 있단다. 첫 번째 방은 내가 잠을 자는 침실이고, 넌 비어 있는 두 번째 방을 사용하면 돼. 그 방 옷장에 너에게 필요한 물건이 전부 들어 있을 거야. 네 놈 사이즈를 몰라 어림짐작으로 옷을 사두었어."

할아버지는 어리둥절해하는 나를 바라보며 한 마디 덧붙였다.

"벌써 여러 달째 네 녀석이 나타나길 기다렸다고 했잖아."

6

모처럼 샤워를 하니 기분이 좋았다. 사흘째 몸을 씻지 못했으니 그럴 만도 했다. 아니, 어쩌면 사흘이 아니라 3년일 수도 있었다. 나에게는 이제 시간 개념이 소용없었다. 도저히 이해할 수 없는 일이 눈앞에서 벌어지고 있었고, 내 머리는 아무런 소득도 없는 공전을 거듭하고 있었다. 이제 더는 논리적인 생각을 할 수 없는 멍청이가 되어 버린 느낌이었다.

30분 후, 아래층으로 내려가 다시 할아버지와 마주앉았다. 나는 새 폴로셔츠에 도니골 트위드로 만든 조끼를 갖춰 입고 있었고, 라벤더 향과 레몬 향이 어우러진 오드콜로뉴를 몸에 뿌려 말할 수 없이 기분이 상쾌했다.

"네 몸에서 좋은 냄새가 나는 것 같구나."

할아버지가 김이 모락모락 피어오르는 커피를 잔에 따라주고 나서 단풍나무 시럽을 곁들인 팬케이크와 갓 짠 오렌지주스를 내왔다. 몹시 배가 고팠던 나는 팬케이크 세 개를 단숨에 먹어치웠다.

"매번 깨어날 때마다 무서울 정도로 식욕이 동한다는 걸 나도 알고 있지. 아무리 배가 고파도 급히 먹다가 체하면 안 되니까 천천히 먹어라."

할아버지는 여섯 살짜리 꼬마에게 하듯 점잖게 잔소리를 했다.

나는 사춘기 소년처럼 커피를 벌컥벌컥 마시고 나서 소리가 나도록 잔을 내려놓았다.

"할아버지, 이제 이야기를 들려주시죠."

배가 든든해진 나는 할아버지가 들려주기로 약속한 이야기를 해달라고 재촉했다.

할아버지는 천천히 고개를 끄덕이더니 의자에 자리를 잡고 앉아 길게 숨을 들이마셨다.

"지금 네 주변에서 벌어지고 있는 일들을 이해하려면 우선 40년 전인 1954년으로 거슬러 올라가야 한단다. 그 당시 나는 착수하는 일마다 크게 성공해 그야말로 승승장구하고 있을 때였어. 6년 전 차린 광고대행사는 가파른 성장을 거듭했고, 고객들이 줄지어 몰려들었지. 우리 광고대행사는 트렌드를 선두에서 이끄는 블루칩으로 알려졌고, 미처 고객들을 다 받아들일 수 없을 만큼 일이 쌓여 있었어. 내가 서른두 살이 되던 해였는데 적어도 하루에 열여섯 시간씩 일에 매달려야 했지. 난 헌신적인 아내와 귀여운 자식, 좋은 집, 최고급 자동차를 갖추고 살았으니 겉으로 보자면 부족한 게 전혀 없는 남자였지. 딱 한 가지만 빼고는 내 스스로 생각해도 모든 걸 다 손에 넣었다고 자부할 수 있을 정도였으니까. 아쉽게도 나에게는 성공의 기쁨을 함께 나눌 사람이 없었어. 영혼을 교감할 소울 메이트가 없었다는 뜻이야."

할아버지는 이야기를 하던 중 갑자기 신경이 예민해진 듯 벌떡 일어서더니 주철로 만든 화덕으로 가 커피를 한 잔 따랐다. 화덕의 가장자리에 몸을 기댄 할아버지가 다시 이야기를 시작했다.

"아무것도 부족할 게 없었던 나에게 시련이 찾아온 셈이지. 난 그제야 인생의 본질적인 가치를 놓치고 살아왔다는 걸 깨닫기 시작한 거야. 그전까지만 해도 나는 진정으로 사랑하는 여자와 자식이 얼마나 중요한지 깨닫지 못했었지. 나는 날이 갈수록 외로워졌고, 집에서 멀리 도망칠 수 있다면 그 어떤 희생이라도 치를 결심이었어. 주중에는 이 집, 그러니까 비밀 아지트를 찾았고, 주말에는 헐값에 사들인 등대로 달려갔지. 바로 24방위 바람의 등대 말이야."

할아버지는 커피 한 모금을 마시고 나서 엄숙한 표정으로 말을 이었다.

"내 인생은 1954년 9월 18일에 완전히 바뀌었어. 그날, 나는 하루 종일 등대 타워의 물새는 곳을 막느라 지쳐 일찍 잠자리에 들기로 마음먹었지. 밤 10시쯤 되었을 때 밖에서 바람이 거세게 불었어. 날씨가 심술을 부릴 때면 으레 그러하듯 전기도 나가고 전화선도 고장 나고 하잖아. 나는 맥주 한 병을 손에 들고 샌드위치를 먹으며 라디오에서 흘러나오는 야구 중계방송을 듣고 있었어. 그런데 갑자기 방송이 중단되더니 방금 전 뉴욕에서 재앙에 가까운 철도사고가 벌어졌다는 속보를 내보내는 거야. 나는 라디오 볼륨을 올렸고, 그 바람에 지하실에서 들려온 소리를 제대로 듣지 못했어. 난 그 집에 혼자 있다고 믿고 있었는데 웬 피투성이 남자가 갑자기 나타나 거실 한가운데에서 털썩 쓰러지는 거야."

"남자라면 혹시 호로비츠였나요? 등대의 최초 소유자?"

할아버지가 나를 힐끗 쳐다보았다. 난 그 눈길에서 경악과 감탄이 뒤섞인 감정을 읽었다.

"넌 제법 영리한 녀석이구나. 네 말 대로 그 남자가 바로 호로비츠였어. 난 호로비츠의 미망인이 넘겨준 등기서류에서 그 남자의 사진을 본 적이 있었지. 내가 본 사진에서보다 늙긴 했어도 그가 호로비츠라는 사실을 금세 알 수 있었어. 난 몸을 구부리고 호로비츠를 살펴보

앉지. 그의 몸은 온통 상처투성이였어. 배와 가슴에 방금 전쟁터에서 총을 맞은 사람처럼 큰 구멍이 뚫려있었지. 나는 직감적으로 그가 죽을 운명이라는 걸 알 수 있었어. 그가 숨을 거두기 직전 안간힘을 다해 내게 매달리더니 밑도 끝도 없이 말하길 '그 문을 절대로 열어서는 안 됩니다.' 라는 거야."

할아버지는 심각한 표정으로 참나무 테이블로 다가와 내 앞에 마주 앉았다.

"큰 충격을 받은 나는 호로비츠가 숨을 거둔 후에도 한참 동안 그의 곁에 무릎을 꿇고 가만히 앉아 있었어. 마치 몸의 기능이 전부 마비된 사람처럼 말이야. 방금 내 눈 앞에서 벌어진 일들에 대해 합리적인 설명이 불가능했어. 마침 전화도 불통이어서 내가 취할 수 있는 가장 합리적인 결정이라면 차를 타고 반스테이블경찰서로 달려가 방금 전에 겪은 일들을 죄다 털어놓는 것이었지."

"할아버지는 그렇게 하지 않으셨군요."

"나는 뭔가 아귀가 맞지 않는다는 생각을 지울 수가 없었어. 초저녁에 집안으로 들어올 수 있는 유일한 출입문을 잠근 기억이 났고, 창문도 다 막혀 있었는데 호로비츠가 도대체 어디로 들어왔는지 납득할 수 없는 거야. 나는 의문을 해소하기 위해 호로비츠가 흘린 핏자국을 따라 지하실로 내려갔어. 헤모글로빈 자국이 철제문까지 이어져 있었지. 그날 저녁에는 그 정도만 확인하고 다시 거실로 돌아왔어. 공연한 짓을 해서는 안 된다는 생각이 가까스로 호기심을 밀어낸 거야."

나는 잠시 할아버지의 말을 중단시켰다.

"왜 경찰을 부르지 않았죠?"

"난 그 당시 경찰들이 얼마나 억지스러운지 잘 알고 있었어. 아마 경찰을 불렀더라면 내가 호로비츠를 죽였다고 결론 내렸을 거야."

"적어도 수사는 하지 않았을까요?"

"수사? 넌 그 당시 경찰을 몰라서 그런 소리를 하는 거야. 《노란 방의 비밀(《오페라의 유령》으로 유명한 가스통 르루의 추리소설 : 옮긴이)》에 버금갈 만한 사건이었지. 집안으로 들어올 수 있는 통로가 안에서부터 완전히 차단된 집에서 시체가 발견되었으니까. 설상가상으로 난 전과 기록이 있었어. 조세법 위반으로 유죄판결을 받은 적이 있었고, 비록 열여덟 살 때이지만 술집에서 싸움을 벌여 상대에게 상해를 입힌 기록이 있었지."

"그 다음에는 어떻게 하셨어요?"

할아버지는 잠시 아무 말도 하지 않고 손가락 관절을 뚝뚝 소리 나게 꺾었다.

"호로비츠는 공식 문서상으로는 이미 몇 년 전에 죽은 사람이었지. 난 폭풍이 잠잠해지기를 기다렸다가 밖으로 나가 호로비츠를 매장하기로 마음먹었어."

7

나에게는 너무나 충격적인 이야기였지만 잔뜩 긴장했던 할아버지의 얼굴은 마치 그 순간을 다시 살고 있는 사람처럼 활기를 띠고 있었다.

"난 다음 날 오전 내내 호로비츠를 매장하느라 시간을 다 보냈어. 다시 등대로 돌아간 나는 간밤에 벌어진 일을 낱낱이 알아내고 싶은 호기심이 일었지. 지하실로 내려갔더니 바깥 공기는 쌀쌀하고 건조했는데 축축한 느낌이 드는 거야. 나는 철제문을 열고 안쪽을 들여다보았어. 과거에도 이미 수십 번 들락거렸던 곳으로 연장 같은 걸 쌓아두는 창고로 사용하고 있었거든. 한때는 그 공간을 와인저장고로 만들 생각도 했어. 문 안으로 들어가 몇 발짝 옮겼는데, 어찌나 열기가 대단한지 마치 사우나에 들어와 있는 것 같은 느낌이 드는 거야. 기분이 찜찜해 방을 나서려는데 갑자기 세찬 바람이 불어오며 문이 저절로 닫혔어. 그 다음부터는 너도 아는 이야기 그대로야. 두 다리가 천근만근 무거워지더니 숨을 쉬기가 어려웠고, 바닥모를 낭떠러지로 끝없이 추락하는 느낌이 들었지."

할아버지는 잠시 말을 멈추더니 한숨을 내쉬었다.

"난 미트패킹 지역의 어떤 건물 지붕에 있는 물탱크 옆에서 깨어났어. 나는 왜 뉴욕에 와 있는지 도무지 알 수 없었지. 게다가 비가 억수처럼 쏟아지고 있었고, 날씨가 어찌나 추운지 저절로 이빨이 부딪칠 만큼 몸이 덜덜 떨려왔어. 한동안 추위에 떨다보니 몸의 근육이 뻣뻣하게 굳어버린 데다 극심한 피로감이 몰려오더군. 나는 방금 전 마라톤 완주를 끝낸 사람처럼 숨을 헐떡거리며 비상계단을 이용해 길거리로 내려와 가장 먼저 눈에 띈 술집으로 들어갔어. 술집 카운터 뒤에 설치된 흑백텔레비전에서 마침 그날의 뉴스가 흘러나오는데 날짜가 1955년 12월로 돼 있는 거야. 로자 파크스(Rosa Parks 1913–2005 미국의 흑인 재단사로 버스에서 백인에게 자리를 양보하지 않고 앉아 있었다는 이유로 경찰에 연행되었다. 그 일을 계기로 마틴 루터 킹 목사는 문제의 버스 타지 않기 운동을 개시했다. 381일 동안 계속된 버스 타지 않기 운동 끝에 미 대법원은 버스에서의 흑백차별이 헌법에 위배된다고 판결했다. 그후 로자 파크스는 인종차별 반대 운동의 상징적인 인물로 자리매김하게 되었다 : 옮긴이) 사건이 한창 화제를 불러 모으던 때였어."

"그렇다면 일 년 넘게 시간여행을 한 셈이군요."

할아버지가 고개를 끄덕였다.

"난 몸에서 맥이 쭉 빠져나가며 크게 당황했어. 어떻게 된 영문인지 알고 싶어 하루 종일 맨해튼 시내를 방황하며 돌아다녔지. 심지어 심리 상담을 받아보려고 신경정신과를 찾아가기도 했어. 난 내가 미쳤다고 확신했지. 그러다가 24시간 후에 또 다시 증발하게 되었어. 눈을 뜨니 택시 뒷좌석에 누워 있더군. 내 옆에 앉은 여자승객은 나를 발견하자마자 기절할 듯 놀라며 비명을 질러댔어. 그 여자는 1956년 10월 날짜가 찍힌 신문을 읽고 있던 중이었지."

"몇 년 동안이나 그런 일이 반복되었죠?"

나는 마침내 입술을 근질근질하게 만들던 질문을 쏟아냈다.

"무려 24년 동안이나 그런 일이 반복되었지."

할아버지는 나를 똑바로 바라보며 그렇게 대답했다.

8

설리반 할아버지는 또다시 의자에서 일어나 방안을 이리저리 거닐었다.

"이제 네가 알고 싶어 하던 진실을 다 말했단다. 금단의 문을 열고 안으로 들어서는 바람에 넌 지옥 같은 미로 속에 빠져든 거야. 넌 24일 동안 네 인생의 24년을 살게 될 거야."

"그러니까 내가 사는 하루가 1년이라는 말씀이세요?"

"넌 24년을 시간의 미로 속에서 보내게 된 거야."

나는 머릿속에서 요동치는 감정의 격랑을 감당하기 어려웠다.

"할아버지는 이미 그런 일을 겪었단 말이죠?"

"1955년부터 1979년까지 난 시간의 미로 속에 있었어. 스물네 번이나 시간여행을 한 셈이지. 그게 바로 등대의 저주란다. 이제 네가 저주의 대상이 된 거야. 2015년까지 계속될 시간여행이 이제 막 시작된 셈이지."

"그럴 리 없어요."

할아버지는 긴 한숨을 내쉬고 나서 1분 넘게 말이 없었다. 제법 높이 솟은 아침 해가 원목으로 꾸며진 주방 위로 넉넉한 햇살을 뿌렸다. 할아버지는 거의 기계적으로 테이블로 다가가더니 천장의 전등을 껐다.

"난 이상한 일이 거듭되는 동안 조금씩 등대의 저주를 깨닫게 되었어. 정말 기만적이라 할 수 있는 게 뭔지 아니? 누군가가 시간의 미로 속을 헤매는 동안 그 지하공간이 다른 사람에게는 전혀 폐해를 끼치지 않는다는 거야. 나도 그 이유를 모르니까 왜 그런지 따지지는 마. 호로비츠가 시간의 미로 속에서 헤매고 있는 바람에 나는 한동안 아무런 일도 겪지 않고 그 방을 들락거릴 수 있었던 거야."

"할아버지가 미로 속에서 시간여행을 겪은 24년 동안 아무도 폐해를 입지 않은 것도 그런 이유 때문인가요?"

"지금은 네가 시간의 미로 속에 갇힌 주인공이 되었으니 다른 사람에게는 똑같은 일이 벌어지지 않을 거야."

할아버지는 담배 한 개비를 꺼내 테이블에 대고 톡톡 치며 한 마디 덧붙였다.

"그 빌어먹을 등대가 베푸는 최소한의 관용이랄까?"

라이터에서 올라온 파란 불꽃이 할아버지의 눈앞에서 너울거리며 담배 끝을 태웠다.

"시간의 미로 속에서 헤매는 동안 나는 내 가족들을 보호하기 위해 나름 최선의 노력을 다했지. 내가 네 번째 깨어났을 때 프랑크를 케네디공항까지 오게 한 것도 가족들을 보호하기 위한 나름의 방편이었지. 아마 너도 프랑크로부터 그 이야기를 들어 알고 있을 거야. 그 당시 내가 케네디공항으로 온 프랑크에게 금단의 문을 철저히 봉하라고 이야기했지."

"그 이후로 할아버지는 어떻게 되었죠?"

할아버지는 언젠가 그 질문이 나올 거라 예상한 듯했지만 대답해줄 의향이 없다는 듯 의자에서 일어나 햇볕이 잘 드는 테라스로 통하는 문을 열었다.

할아버지는 테라스의 미나리아재비 꽃들과 제라늄들 가운데에서 담배 한 개비를 다 피울 때까지 아무 말도 없었다.

"스물네 번의 여행을 마치고 나면 어떻게 되죠?"

할아버지는 꽃을 심어놓은 화단을 향해 들고 있던 담배꽁초를 집어 던졌다.

"그 이야기는 다음 기회에 해주마. 지금 네 녀석에게 가장 시급한 일은 리자가 어떻게 되었는지 알아봐야 하는 것 같은데 여기서 마냥 시간을 보내려고?"

나도 굳이 질문에 대한 답을 듣겠다고 고집을 부리지 않았다. 아마도 할아버지가 내게 말해주고 싶지 않은 이유와 내가 대답을 듣고 싶지 않은 이유가 일치할지도 모른다는 생각이 들었다.

"리자는 벨뷰병원으로 실려 갔어요. 할아버지도 같이 가실래요?"

"너 먼저 출발해라. 난 곧 뒤따라 갈 테니까."

9
리자가 구급차에 실려 간 벨뷰병원은 할아버지 집에서 도보로 그리 멀지 않은 거리에 있었다. 나는 플랫아이언빌딩까지 걸어간 다음 이스트 강 쪽으로 비스듬하게 방향을 틀었다. 할아버지의 집을 나온 지 30분도 안 돼 뉴욕에서 가장 유서 깊은 벨뷰병원의 기념비적인 정문 앞에 도착했다.

환자 방문 시간은 11시부터 시작되었지만 나는 응급실에서 일하는 의사답게 병원 출입문을 지키는 안전요원들을 따돌리는 방법을 잘 알고 있었다. 안내데스크를 찾아간 나는 리자의 친오빠 행세를 하며 황당하고 충격적인 일을 당해 넋이 나간 사람처럼 행동했다. 안내데스크에서는 그다지 까다롭게 따지지 않고 나를 2층으로 올려 보내 주었다.

2층으로 올라간 나는 방금 전 교대한 당직 의사를 찾아다니느라 병원 복도를 이리저리 헤매고 다녔다. 겨우 당직 의사를 찾아낸 나는 MGH(매사추세츠 종합병원의 약자 : 옮긴이)에서 일하는 의사라고 나 자신을 소개했다. 이야기를 나누는 동안 우리는 동갑내기이고, 둘 다 시카고의 노스웨스턴 메모리얼병원에서 함께 연수를 받은 적이 있다는 걸 알게 되었다. 당직 의사는 리자의 병실로 나를 데려가더니 환자의 상태에 대해 지극히 신중한 입장을 취했다.

"우리는 환자에게 집중치료시스템을 가동하고 있어. 손목의 상처를 봉합한 다음 보조호흡장치를 달았지. 자네도 추후 치료가 어떤 과정으로 진행될지 잘 알 거야. 플루마제닐을 투약해 벤조디아제핀의 효력을 최소화시키는 치료가 진행 중이지만 알코올 섭취량이 많고 출혈이 심해 결과를 낙관할 수 없는 단계야. 아마 빠른 의식회복을 기대하긴 어려울 거야. 앞으로 30시간 동안 내가 당직근무를 서야 하니까 궁금한 게 있으면 언제든지 찾아와 물어봐."

나는 그에게 고맙다고 인사한 다음 리자가 있는 병실 문을 열었다.

병실 안은 블라인드를 뚫고 들어온 은은한 햇빛 속에 잠겨 있었고, 리자는 에메랄드빛 시트 바깥으로 얼굴만 겨우 내밀고 누워 있었다. 산소 호흡기가 그녀의 창백한 얼굴을 덮고 있었고, 여전히 보라색 기운이 감도는 두 입술에 머리카락이 엉겨 붙어 있었다.

나는 의사라는 직업 탓에 리자의 양팔에 꽂힌 주사액, 전극 위치, 침대 발치께에 걸어놓은 검진표 따위를 두루 살펴보았다. 그런 다음 의자를 끌어당겨 그녀 가까이에 앉았다. 이상하게도 나는 내가 반드시 있어야 할 자리에 와 있다는 느낌이 들었다. 의사이기도 하면서 리자의 수호천사이기도 한 나의 자리……. 리자의 병실은 내게 포근한 보금자리이자 정신을 되찾는데 필요한 보호막이 되어주고 있었다.

사실 나는 심신이 지쳐 기진맥진한 상태였다. 나는 등대의 저주에 대해 무방비상태였고, 대항할 방법이 없다는 사실이 나를 더욱 깊은 절망에 빠뜨렸다. 설리반 할아버지가 들려준 이야기가 내가 겪고 있는 몹쓸 일에 대한 유일한 설명이라 할 수 있었다. 할아버지는 내가 현재 겪고 있는 일련의 상황들을 일상의 언어로 설명해주었다. 할아버지가 들려준 이야기는 아무리 생각해도 비이성적이었지만 나에게는 이의를 제기할 근거가 없었다. 내 머리는 비이성적인 할아버지의 이야기를 절대로 믿어선 안 된다고 속삭이고 있었지만 내 직관은 주변에서 벌어지고 있는 현상들을 고려할 때 믿을 수밖에 없다는 주장을 폈다.

나는 의학을 공부했고, 내가 이제껏 살아오면서 내린 모든 결정의 근거를 합리성에 두고 있었다. 나는 신을 믿은 적이 없었고, 궤변론자들의 얼토당토않은 주장이나 영성 운운하는 감언이설을 철저하게 배격해왔다. 그런 내가 지금 황당한 저주의 포로, 사춘기 시절 텔레비전에서 보던 판타지 드라마들, 가령 〈아우터 리미츠(국내에서는 제3의 눈이라는 제목으로 소개되기도 한 캐나다 드라마 : 옮긴이)〉, 〈닥터 후 Doctor Who〉, 〈테일스 프롬 더 크립트 Tales from the Crypt〉, 〈크립쇼 Creepshow〉 등에 나오는 주인공이 되어 있는 격이었다.

의사들의 회진, 간호사들의 방문, 홀터 모니터(Holter monitor 심박수와 심박동 같은 심장 활동을 측정하기 위한 소형 배터리 이용 의료기기 : 옮긴이)와 인공호흡기에서 흘러나오는 규칙적인 소리 등이 반복되는 가운데 하루가 다 지나갔다.

나는 저녁에 병원이름이 하단부에 적힌 종이를 구해 리자에게 보낼 편지를 썼다. 내가 다 쓴 편지를 봉투에 넣으려고 할 때 설리반 할아버지가 병실로 들어섰다.

"금세 뒤따라오신다더니 많이 늦으셨네요?"

설리반 할아버지는 내 질문은 들은 척도 하지 않고 리자의 예후를 살폈다.

"이제 네 녀석에게 작별인사를 해야 할 시간이 다가오는 것 같구나."

나는 잠시 영문을 몰라 어리둥절해하다가 이내 깊은 한숨을 내쉬었다.

"제가 곧 할아버지가 지켜보는 앞에서 빌어먹을 시간여행을 떠날 거라는 뜻이죠?"

할아버지가 고개를 끄덕였다.

"난 시간여행을 떠나기 직전의 모든 감각을 지금도 생생하게 기억하고 있어. 맥박이 빨라지고, 주위에서 오렌지 꽃향기가 나기 시작하고, 심장이 찢어질 듯 고통이 밀려오지. 시간여행을 떠날 때마다 매번 똑같은 느낌을 받았어."

"언제 다시 할아버지를 뵐 수 있을까요?"

나는 두려움과 슬픔을 억누르며 물었다.

"대체로 일 년 후가 되겠지만 8개월이 될 수도 있고, 15개월이 될 수도 있어. 내 의지대로 돌아올 날짜를 정할 수는 없으니까 언제가 될지는 아무도 모르지. 정말이지 나도 언제 돌아온다는 약속을 정할 수 없다는 사실이 가장 힘들었어."

"할아버지는 여행을 통제하기 위해 여러 가지 시도를 하지 않았나요? 가령 특정 날짜나 인물을 집중적으로 생각한다거나……."

"그런 이야기는 공상과학소설에나 나올 뿐이야. 현실에서는 일이 그런 식으로 진행되지 않지. 그나저나 내 전화번호는 잘 적어 두었지?"

나는 할아버지에게 팔뚝에 적어둔 열 개의 숫자를 보여주었다.

"다시 돌아올 경우 최대한 빨리 할아비에게 전화해라."

할아버지가 주머니에서 럭키 스트라이크 담배를 꺼내려 했다.

"할아버지, 병실에서 담배를 피우면 안 돼요. 지금은 1954년이 아니라고요!"

내가 병실에서는 담배를 피우면 안 된다고 말하자 잔뜩 화가 난 할아버지가 담배 한 개비를 귀에 끼우며 물었다.

"궁금한 게 한 가지 있는데 넌 내 전화번호를 어떻게 찾아냈니?"

나는 리자의 아파트에서 발견한 카메오 메달과 은줄을 재킷 주머니에서 꺼냈다.

설리반 할아버지가 빙그레 웃었다.

"내가 태어나던 날, 네 증조할아버지가 할머니에게 준 선물이란다. 난 그 카메오를 비밀의 정원에서 되찾았고, 리자에게 선물로 주었지."

"증조부모는 서로를 깊이 사랑하셨나 봐요?"

"한 마디로 두 분은 서로를 극진히 사랑했어. 그거야말로 엄청난 축복이 아닐 수 없지."

할아버지가 수줍게 말했다.

나는 더 이상 분위기를 가라앉히고 싶지 않아 카메오 메달의 뒷면을 보며 슬쩍 화제를 바꾸었다.

"여기에 새겨진 '우리에게는 두 개의 삶이 있음을 기억하라.' 라는 말은 무슨 뜻이죠?"

"중국의 오래된 격언이야. 인간에게는 두 번의 삶이 주어지는데, 하나의 삶만 있다고 깨닫는 순간 두 번째 삶이 시작된다는 뜻이야."

나는 고개를 끄덕였다.

"리자에게 줄 편지를 한 통 썼어요. 할아버지가 전해주시겠어요?"

나는 할아버지에게 봉투를 내밀며 말했다.

"당연히 전해주어야지. 그런데 뭐라고 썼는지 나에게도 살짝 귀띔해줄 수 있니?"

할아버지가 창가 쪽으로 몇 발짝 걸어가며 말했다.

그 질문에 답하려고 입을 여는 순간 온몸에서 경련이 일었다. 손가락 끝에 찌릿찌릿한 느낌이 오는 바람에 순간적으로 카메오 메달을 떨어뜨렸고, 몸이 격렬하게 떨려왔다.

나는 시야가 점점 흐려지는 가운데 설리반 할아버지가 내가 건넨 편지봉투를 보란 듯이 찢는 광경을 목격했다.

"아니, 지금 뭐하시는 거예요? 망할 놈의 영감탱이!"

나는 할아버지가 편지를 잘게 찢어발기는 걸 저지하기 위해 의자에서 일어나려 했지만 몸이 말을 듣지 않았다. 다시 의자에서 몸을 일으키려는 순간 몸이 점점 더 깊은 늪 속으로 빠져드는 것 같은 느낌이 들며 두 다리의 힘이 완전히 풀렸다.

"아서, 내년에 보자."

설리반 할아버지가 담배를 피워 물며 말했다.

머리 위로 커다란 흡입 소리가 들리며 고막이 찢어지는 것 같은 느낌이 밀려왔다.

나는 또 다시 시간의 늪으로 사라졌다.

1995년, 심장 대신 수류탄

……무엇보다 폭력적인 건 흘러가는 시간이 아니라 감정과 정서가 흔적도 없이 사라지는 것이라
생각했다. 그런 것들은 마치 아예 존재하지도 않았던 것처럼 사라져버리니 말이다. ─로랑스 타르디외

0

사이렌의 짧고 공격적인 울림, 압축공기를 이용한 송풍기의 작동으로 규칙적으로 끊어지는 움직임, 철이 끽끽거리는 소리, 귀청을 찢을 것 같은 철도 소리…….

내 몸은 딱딱하지만 진동이 있는 바닥에 누워 있다. 낡은 선풍기가 돌아가며 불러일으키는 역하고 미지근한 바람의 느낌이 전해진다. 이가 덜덜 떨리고, 머리는 멍하고, 기관지는 꽉 막혀 있다. 얼굴은 열기로 확확 달아오르고, 머리카락은 땀 범벅이 되어 있다. 극심한 갈증이 일어 미칠 지경이다. 몸 안 장기들이 불에 덴 듯 화끈거린다.

이제는 어느 정도 익숙해질 때도 되었는데 여전히 두 눈이 건조하고, 눈꺼풀이 자석처럼 딱 달라붙어 있다. 마치 모래에 강력접착제를 들이부은 듯 찰싹 달라붙어있는 눈꺼풀을 떼어내려면 무진장 애를 써야 할 듯하다. 잠시 후, 겨우 눈꺼풀이 떨어졌지만 여전히 시야가 흐릿

하다. 가장 먼저 내 눈에 들어온 건 바닥에서 천장까지 이어진 봉이다. 나는 쇠로 된 봉을 붙잡고 녹초가 된 몸을 일으켜 세운다.

차츰 시야가 또렷해지며 긴 의자에 듬성듬성 앉아 있는 몇몇 사람들이 눈에 들어온다.

나는 지금 뉴욕의 지하철 안에 있다.

1

"넌 어디서 빌어먹던 놈인데 갑자기 나타나 내 구역을 침범하는 거야?"

내가 타고 있는 지하철 좌석을 둘러보니 쭈그러지듯 앉아 있는 노숙자 한 명과 플라스틱 컵에 든 음료수를 빨대로 쪽쪽 빨아대고 있는 흑인 한 명, 라티노 한 명, 백인 한 명이 전부였다. 반다나 스냅백, 금니, 스웨트 후드 티, 목에 두른 육중한 목걸이, 투팍(2PAC 미국 출신 래퍼이자 시인이고 배우인 Tupac Shakur의 예명 : 옮긴이)의 사진이 프린트된 셔츠, 쉴 새 없이 부르는 힙합 그룹의 노래 등, 옷차림이나 몸에 걸치고 있는 액세서리들로 미루어볼 때 건달들은 일종의 움직이는 캐리커처라 할 수 있었다.

"야, 이 손목시계 좀 봐. 돈 좀 줬겠는 걸, 안 그래?"

건달들이 눈 깜짝할 사이에 내 옆으로 몰려들었다. 여전히 쇠 봉을 잡고 겨우 몸을 지탱하고 있던 나는 순간적으로 소름이 끼치며 뒷목이 뻣뻣해졌다. 그로그(grog럼주와 물을 섞어 만든 칵테일 : 옮긴이)를 한 잔 마시고 침대에 누워 잠이나 푹 자고 싶은 마음이 간절했다.

"재킷하고 지갑은 내가 접수할게!"

라티노가 기습적으로 나의 뺨을 갈기며 말했다.

아직 정신이 몽롱한 상태였지만 난 가만히 당하고 있을 수만은 없어

놈의 따귀를 때리기 위해 팔을 휘둘렀다. 내 손이 미처 놈의 뺨에 닿기도 전에 강력한 주먹이 날아들며 내 옆구리를 가격한데 이어 위력적인 니킥이 내 명치를 향해 날아들며 가뜩이나 불안정한 호흡을 아예 멈춰버리게 만들었다. 나는 숨을 제대로 쉬지 못하는 가운데 바닥으로 쓰러졌고, 곧이어 구둣발이 내 목을 짓밟았다. 몸을 일으키려고 버둥거리는 내 몸 위로 거친 발길질이 한동안 계속 날아들었다. 마침내 발길질을 멈춘 건달들이 모욕적인 욕설을 내뱉으며 내 얼굴에 침을 뱉었다. 저항할 힘을 잃은 나는 고통과 치욕을 고스란히 감수할 수밖에 없었다.

잭나이프의 칼날이 슬며시 내 목에 닿았다. 끓어오르는 분노로 오장육부가 터질 것 같았지만 나는 놈이 하는 대로 내버려두는 수밖에 없었다. 결국 나는 지갑과 돈, 여권, 허리벨트, 재킷 그리고 할아버지에게서 물려받은 손목시계까지 몽땅 털려버렸다.

불과 5분 사이에 벌어진 일이었다. 열차가 역으로 들어서자마자 건달들은 나를 노숙자와 함께 내버려두고 밖으로 사라졌다. 노숙자는 내가 죽도록 매를 맞고 가진 물건을 몽땅 털린 것에 대해 전혀 관심이 없다는 듯 나를 멍하니 쳐다보고 있었다.

나는 바닥에 널브러진 채 무더운 여름날 강아지처럼 숨을 헐떡거렸다. 몸 구석구석이 쑤시고 결렸고, 생각을 정리하기 힘들 만큼 분통이 터지며 눈물이 하염없이 흘러내렸다. 눈 가장자리가 찢어져 피투성이가 되었고, 입술은 참혹하게 터져버렸으며, 눈두덩은 시퍼렇게 멍든 데다 퉁퉁 부어올라 있었다.

나는 지하철을 타고 한 정거장을 지날 때쯤에야 자리에서 일어나 보조의자에 앉을 만큼 기운을 회복했다. 열차 위쪽에 부착된 지하철 노선표를 힐끔 보았다. 나는 지금 블루 라인, 다시 말해 퀸스와 맨해튼

북부 지역을 연결하는 노선인 A선 열차를 타고 달리는 중이었다. 건 달들은 125번가 역에서 내렸고, 열차는 방금 전 116번 가 역을 지나쳤고, 나는 대성당 공원로 역에서 하차했다.

플랫폼에는 사람들이 거의 없었다. 승강장 입구의 자동 개폐문을 훌쩍 뛰어넘어 계단을 올라가보니 110번 가였다. 리자의 아파트에서 겨우 몇 블록쯤 떨어진 곳이었다. 비록 우연한 일이었지만 내게는 그나마 행운이 아닐 수 없었다.

새벽이 되기에는 아직 이른 시간이라 사방이 어두컴컴했다. 신문배달원이 자동판매기에 신문을 채워 넣고 있었다. 나는 그에게로 다가가 몇 시인지 물었다. 새벽 6시.

나는 일간지에 찍힌 날짜를 확인했다. 1995년 11월 5일이었다.

텔아비브에서 평화 시위 도중 살해당한 이츠하크 라빈 총리

나는 재빨리 신문기사 내용을 훑어보았다. 라빈 이스라엘 총리가 오슬로 협정에 반대하는 극우파 열성 당원이 쏜 총탄을 맞고 사망했다는 기사였다. 라빈 총리는 총을 맞고 쓰러진 즉시 병원으로 이송되었지만 몇 시간 만에 숨을 거두었다. 신문기사는 클린턴 대통령이 공을 들여온 중동평화가 매우 회의적인 방향으로 진행될 것이라는 내용을 담고 있었다.

오래 지속되기엔 어쩐지 지나치게 로맨틱한 협정 같았어.

2

우편함에서 입주자들의 이름을 확인한 나는 리자가 사는 아파트의 초인종을 눌렀다. 문을 연 리자는 전과 달리 반가운 표정으로 나를 맞았다. 의식이 돌아오지 않은 상태로 병상에 누워 있던 그녀를 보고 떠났는데 활기찬 모습의 그녀와 재회했다.

리자는 우아한 각선미가 고스란히 드러나는 남자 셔츠와 짧은 트렁크 차림이었고, 손에 칫솔을 들고 있었다.

"당신을 다시 보게 되다니, 정말이지 근사한 일이야."

리자는 마치 오랜 연인 사이라도 되듯 나를 반갑게 맞아주었다.

아파트 안으로 들어서자 향긋한 커피 향이 콧속으로 스며들었다.

"어머! 얼굴이 온통 피투성이야. 누구한테 맞은 거야?"

리자가 걱정스러운 표정을 지으며 흉하게 부어 오른 내 얼굴을 살폈다.

"지하철에서 건달들을 만나 실컷 얻어터지고 나서 가진 걸 몽땅 털렸어."

"이리 와봐. 내가 상처를 치료해줄 테니까."

나는 리자를 따라 욕실로 갔다. 레밍턴이 어느새 다가와 내 다리 사이로 파고들며 얼굴을 비벼댔다.

리자는 알코올에 적신 탈지면으로 이마를 따라 길게 흘러내린 핏자국을 닦아주었다. 그녀가 상처를 치료해주는 동안 나는 그녀의 체취를 맘껏 흡입하는 행운을 누렸다. 그녀의 금발이 만들어내는 수천 가지 뉘앙스를 감상하기도 했고, 팔을 움직일 때마다 셔츠 안에서 오르내리는 가슴의 움직임을 훔쳐보며 황홀감을 맛보기도 했다.

"설리반 할아버지가 말하길 당신은 국경없는 의사회의 일원으로 르완다로 떠났다던데? 나도 CNN을 통해 르완다 내전 상황이 얼마나 참혹한지 보았기에 당신 걱정을 많이 했는데 무사히 돌아와 다행이야."

나는 얼토당토않은 말에 미간을 찌푸렸지만 어떻게 된 영문인지 알기도 전에 그녀의 말을 중도에서 자를 수는 없었다.

"르완다에서는 언제 돌아온 거야?"

"간밤에 돌아왔어."

"돌아오자마자 나를 보러오다니, 정말 고마워. 당신이 나를 살려준 것도 고맙고, 내게 쓴 편지도 고마워."

리자가 탈지면을 쓰레기통에 던져 넣으며 말했다.

나는 놀라움을 감출 수 없었다.

"설리반 할아버지가 내 편지를 당신한테 전해주었어?"

"물론이야. 사실은 그 편지가 큰 도움이 됐어. 내가 그 편지를 얼마나 자주 꺼내 읽었는지 모를 거야."

리자가 맑은 눈동자로 나를 바라보며 말했다. 그녀의 입가에 아직 치약 자국이 남아 있었다. 그녀의 얼굴이 마치 광채를 뿜어내듯 반짝였다. 그 순간, 나는 그녀의 도톰한 입술에 키스하는 모습을 상상했다.

"사실 난 오늘 바쁜 하루를 보내야 해."

리자가 외출 준비를 하기 위해 방으로 들어가며 말했다.

"줄리아드에서 수업을 들은 다음 사진 촬영을 해야 하고, 캘빈 클라인 오디션에도 가봐야 해. 당신만 괜찮다면 저녁에는 다시 만날 수 있어, 어때?"

"나도 좋아."

나는 리자의 반쯤 열린 방문을 통해 본의 아니게 매력적인 알몸을 감상할 수 있었다. 그녀는 조신한 스타일은 아닌 게 분명했다.

"오늘 저녁에 내가 무얼 먹고 싶은지 알아? 꿀을 넣고 졸인 오리가 슴살 요리를 먹고 싶어!"

핸드백을 어깨에 둘러메고, 머리에 털모자를 눌러쓰고 나온 리자가 침을 삼키며 말을 이었다.

"당신이 나를 위해 요리를 해준다면 정말 좋을 텐데! 우리 여덟 시쯤 볼까?"

리자는 목도리를 두르면서도 계속 말을 멈추지 않았다.

"좋아."

"집 열쇠를 놓아두고 갈게. 외출하기 전에 잊지 않고 고양이 밥을 챙겨주면 당신이 더없이 사랑스러울 거야."

"당연히 챙겨 줘야지."

"그럼 저녁에 봐!"

리자가 손 키스를 날리며 쾌활하게 말했다.

잠시 후, 그녀는 계단으로 사라졌다.

나는 아파트에 혼자 남았다. 리자의 예기치 않은 환대 덕분에 건달들에게 당한 치욕이 그나마 조금은 상쇄되었다. 나는 극과 극인 상황이 연속적으로 벌어진 것에 대해 어리둥절해하면서도 기분이 좋아졌다. 지하철의 우중충한 폭력세계에서 불과 몇 분 만에 예측불허 아가씨의 밝고 따스한 세계로 건너온 셈이었다.

나는 벽장을 열고 고양이 사료를 꺼냈다.

"레밍턴, 혹시 리자가 만나는 남자 있니?"

녀석은 내 물음에 그저 '야옹'으로 답했을 뿐이었다. 나는 녀석이 답한 '야옹'을 어떻게 해석해야 할지 알 수 없었다.

라디오를 켜고 커피를 내려 마신 나는 문득 호기심이 일어 아파트를 둘러보았다. 리자의 침실에 일 년 전 내가 쓴 편지가 있었다. 코르크 게시판에 압정으로 고정시켜놓은 그 편지는 네 조각으로 찢겼다가

스카치테이프로 다시 붙인 흔적이 그대로 남아 있었다.

벨뷰병원, 1994년 5월 10일

리자

우리가 서로를 잘 알지 못하는 사이라는 건 분명하지만 인생이라는 우연이 우리를 두 번이나 같은 길에서 만나게 해주었습니다.

우리가 처음 만난 날 당신은 바에서 나에게 욕설을 늘어놓은 후 루트 비어 잔을 던졌죠. 그로부터 몇 시간 후 당신은 내 할아버지를 병원에서 도피시키는 일을 도와주었습니다. 당신은 돈 때문에 그 일을 돕게 되었다고 말했지만 나는 내 이야기를 경청하고 마음의 변화를 일으켜 나를 도운 거라 믿습니다.

두 번째 만남은 바로 지난밤에 일어났습니다. 당신은 내게 매우 끔찍한 모습을 보여 주었습니다. 칼로 양 손목을 긋고, 치사량이 넘는 약을 위스키와 함께 삼키고, 욕조에서 피를 흘리며 죽어가고 있었죠.

당신의 계획을 실패로 돌아가게 만든 것에 대해 사과의 말을 들을 생각은 하지 마세요. 당신이 극단적인 선택을 하기까지 내가 미처 알지 못하는 불행이 개입돼 있을 거라 상상하기란 그리 어려운 일이 아니지만 난 결코 사과하지 않겠습니다.

난 당신에게 자살을 해서는 안 된다는 설교를 할 생각은 없습니다. 우리는 모두 마음 한구석에 수류탄을 품고 살아가고 있습니다. 누군가는 죽을 때까지 수류탄의 안전핀을 뽑지 못하지만 어느 누군가는 기어이 목숨을 앗아갈 수도 있는 위험을 자초합니다. 삶을 송두리째 파괴할 수류탄의 안전핀을 두 눈 딱 감고 뽑아버리는 것이죠.

나는 병원에서 일하는 동안 매일이다시피 혼신의 힘을 다해 질병과 사투를 벌이는 환자들을 대한 적이 있습니다. 환자들 대부분이 제발 며칠만 더 살 수 있길 간절히 바라고 기도하더군요. 환자들은 저마다 병마와 사투를 벌여야 할 이유를 가지고 있었고, 마음에 담아둔 날까지 반드시 살아야겠다는 집념을 가지고 있었습니다. 가령 손자가 태어날 때까지 반드시 살아야겠다, 이듬 해 봄에 벚꽃이 피는 걸 보고 죽고 싶다, 사랑하지만 본의 아니게 상처를 준 사람과 마지막으로 화해를 한 다음 떠나고 싶다 등등, 저마다 살고자 하는 이유들이 있었습니다. 살고 싶다는 확고한 의지 덕분에 더러는 의사의 시한부 진단을 뛰어넘어 삶을 되찾은 사람도 있었습니다. 그 반면 최선을 다해 병마와 싸웠지만 끝내 인생을 마무리해야 할 운명에 처한 사람이 대부분이었습니다.

사랑의 감정이 때로 사람의 목숨을 앗아가기도 한다는 사실을 잘 알고 있습니다. 사랑의 감정이 간혹 얼마나 무서운 살인무기가 될 수 있는지 잘 알고 있습니다. 스스로 삶에 종지부를 찍으려는 사람을 가만히 지켜보고 있을 수 없는 이유는 생의 가치가 얼마나 소중한지 잘 알고 있기 때문입니다. 앞길이 꽉 막히고 깊은 늪에 빠져 허우적거리고 있다고 하더라도 생의 소중한 가치를 결코 폄하해서는 안 됩니다.

부디 몸조리 잘 하시길 빕니다. 당신에게 주어진 삶을 단단히 붙잡길 바랍니다.

당신 자신에게 인생의 바퀴는 생각보다 굉장히 빨리 굴러간다는 사실을 알려주기 바랍니다. 우리의 삶은 가뜩이나 짧기에 굳이 서둘러 끝낼 이유가 없다는 말입니다.

아서

3

11시가 되어갈 무렵 나는 설리반 할아버지의 집 앞에 도착했다. 리자의 집에서 샤워를 하고, 원기를 회복하기 위해 시리얼을 우유에 타 반통이나 먹어치우고, 걸치고 다닐 만한 외투를 찾기 위해 옷장을 뒤지느라 시간을 많이 지체했다. 그나마 내 몸에 맞는 옷이라고는 산딸기 색 페인트 통에 빠진 미슐린 타이어처럼 내 바지 색깔과 명백히 언밸런스를 이루는 진분홍색 파카뿐이었다.

주머니에 남아 있는 돈이라고는 단돈 1달러밖에 없어 지하철 1호선에 무임승차하는 위험을 감수하기도 했다. 지하철을 타고 모닝사이드 하이츠 역에서 내려 크리스토퍼 가의 셰리턴스퀘어에 이르는 여정이 길게 이어졌다.

"할아버지, 문 좀 열어주세요!"

나는 사자 머리 장식이 달린 노커를 두드려대며 소리쳤다.

이웃집 여자가 창가에 나와 나를 힐난하는 눈빛으로 바라볼 뿐 집 안에서는 전혀 인기척이 나지 않았다.

"이제 그만 하시죠! 너무 소란스럽잖아요."

"죄송합니다, 할아버지를 뵈러 왔는데 문을 열어주지 않는군요."

"그 집 할아버지는 한 시간쯤 전에 외출했어요. 아침마다 공원으로 산책을 나가는 것 같더군요."

나는 이웃집 여자에게 고맙다고 인사한 다음 워싱턴스퀘어를 향해 걸어갔다. 대리석 아치와 분수, 주철로 된 벤치 주변을 둘러보았지만 할아버지의 모습은 그 어디에도 보이지 않았다. 관목덤불이 빼곡하게 들어찬 공원 뒤편으로 가보니 무스탕 재킷으로 몸을 감싸고, 머리에 트위드 천으로 된 모자를 눌러쓴 할아버지가 동양 출신 대학생 남자와 체스를 두고 있는 중이었다.

"이번 판으로 끝낼 테니 잠시 기다려라."

눈을 돌리지 않고도 내가 온 사실을 알아 챈 할아버지가 말했다.

갑자기 심술기가 발동한 나는 체스 판을 바닥에 내동댕이쳐버렸다. 동양 출신 대학생이 체스 판 위에 놓여 있던 지폐 두 장을 재빨리 챙겨 들고 자취를 감추었다.

"네 녀석 때문에 5달러를 잃었잖아."

할아버지가 아쉬운 듯 한숨을 내쉬며 나를 노려보았다.

"사람이 왔으면 한 번 쳐다보기라도 해야지 계속 체스를 두고 계시니까 공연히 심술이 나잖아요."

난 할아버지 옆에 슬며시 앉으며 불퉁거렸다.

할아버지가 빙그레 미소를 지었다.

"네 놈이 입은 그 파카가 정말 잘 어울려 보여."

나는 할아버지를 향해 가운데손가락을 들어보였다.

"나도 네 놈을 다시 보게 되어 좋구나."

할아버지가 염소수염을 긁적이며 말했다.

"새벽 5시에 지하철에서 깨어났는데 건달들에게 걸려 죽도록 얻어터진데다가 몸에 지니고 있던 소지품을 몽땅 털렸어요."

"기어이 내 시계를 잃어버렸구나."

"손자가 죽도록 얻어맞았다는데 위로는 못해줄 망정 시계 이야기만 하기 있어요?"

"그래, 몸은 좀 괜찮니?"

할아버지는 그제야 여기저기 멍들고 부풀어 오른 내 얼굴을 가엾다는 듯 바라보았다.

브레첼 수레를 끄는 노점상이 지나가자 할아버지가 손을 높이 들어 올려 커피 두 잔을 주문했다.

"일진이 좋지 않은 여행도 있지."

할아버지가 커피 한잔을 내밀며 말했다.

"네가 어디에서 깨어나게 될지는 아무도 몰라. 언제나 서프라이즈의 연속이지. 어느 날에는 지하철 안에서 깨어나기도 하고, 다른 날에는 제인 러셀의 침대에서 깨어날 수도 있어."

"제인 러셀이라면 지금쯤 여든 살 먹은 할머니가 돼 있을 텐데요."

"난 제인 러셀이 여전히 예쁠 거라 철석같이 믿고 있지."

나는 너무나 기가 막혀 그저 어깨를 으쓱했다.

"그거야 어떻게 생각하든 할아버지 자유겠죠. 저는 그런 이야기 말고 내 질문에 대한 대답을 듣고 싶어요."

"네 질문이 뭐였지?"

"가장 첫 번째 질문을 말하죠. 여행이 지속된 24년 동안 할아버지는 무얼 하셨죠? 1954년부터 1978년 사이에 무슨 일이 있었는지 이야기해 줘요."

4

설리반 할아버지는 몹시 추운 듯 양 손을 호호 불며 미간을 찌푸렸다.

"지난번에 어느 대목에서 내 이야기가 중단되었더라?"

"1956년에서 중단됐어요. 할아버지가 택시 뒷좌석에 탄 웬 여자 옆에서 깨어났다고 했었죠."

고개를 끄덕인 할아버지는 조끼 안주머니에 들어있던 지갑을 뒤적거리더니 누렇게 빛바랜 사진 한 장을 꺼내 나에게 보여주었다.

"사진의 주인공 이름은 사라 스튜어트야. 그 사진을 찍을 당시 스물여섯 살이었지. 사라는 의과대학 공부를 마치고 세계보건기구 뉴욕 사무실에서 감염병전문가로 일하고 있었어."

사라 스튜어트는 흰 가운을 입고 실험실 같아 보이는 곳에서 포즈를 취하고 앉아 있었다. 베로니카 레이크처럼 어깨까지 치렁치렁하게 흘러내린 머리카락과 뾰족한 콧날, 총명한 눈망울이 인상적인 여자였다. 비록 사진으로 보았지만 대단히 매력적이고 지적인 여자가 분명했다.

"우린 서로 첫눈에 반했단다. 나는 한 마디로 사라에게 단단히 매료되었지. 육체적으로나 정신적으로 모두 완벽하게 아름다운 여자였으니까. 그때껏 단 한 번도 느껴보지 못한 감정이 나를 온통 사로잡았단다. 난 사라를 1956년에 처음 만났고, 1957년에 다시 만났고, 세 번째 만난 1958년에 내가 처한 상황을 솔직하게 털어놓았지."

할아버지는 귀에 꽂아둔 담배를 꺼내더니 라이터로 불을 붙였다.

"운명이란 얼마나 잔인한지, 마침내 평생 찾아 헤매던 반쪽을 만났는데 마음 놓고 사랑할 수 있는 처지가 아니었지. 세상에 그런 비극이 또 어디 있겠니?"

"결국 그 분과 어떻게 되었는데요?"

"그래도 무려 20년 동안이나 우리 앞에 가로놓인 장애요인을 극복하고 끝까지 사랑했어."

할아버지가 담배연기를 길게 내뿜고 나서 말을 이었다.

"1965년에 사라는 딸아이를 낳았어. 안나라는 아이였지."

워싱턴스퀘어의 하늘 위로 침묵의 천사가 지나갔다. 할아버지가 두 눈을 반짝이며 내 어깨 너머로 미끄럼을 타며 놀고 있는 아이들을 한

동안 바라보았다.

침묵이 계속되자 내가 먼저 입을 열었다.

"일 년에 겨우 한 번밖에 만날 수 없는 분과 어떻게 사랑을 지속해 갈 수 있었죠?"

"물론 쉬운 일이 아니었지. 마치 지옥에 떨어진 것처럼 고통스럽기도 했어. 사라, 나 그리고 안나도 마찬가지였어. 내게는 고통스러운 동시에 너무나 간절한 사랑이었지. 평생 처음으로 사랑의 마법에 단단히 걸려든 셈이었지. 사라는 내가 늘 꿈꾸던 여자였으니까. 오랫동안 찾아 헤맸지만 좀처럼 만날 수 없었던 이상형 여자……."

나는 여전히 미심쩍어하며 머리를 긁적였다.

"사라는 어떻게 그런 상황을 받아들일 수 있었죠?"

"사라는 자유분방하고, 독립적인 삶을 추구하고, 투사적인 면모를 갖춘 여자였어. 당연히 일도 열심히 하는 여자였지. 요컨대 남편한테 얽매여 살 생각이 전혀 없는 여성해방주의자였어. 사라는 나와 함께 하지 못하는 시간을 적극적인 사회활동으로 채웠지."

할아버지는 담배 한 개비를 다 피우고 나서 새 담배에 불을 붙였다.

"사라는 여의사 스무 명 정도가 모여 만든 조직인 웨이브 컬렉티브 (Wave Collective)의 일원으로 활동했어. 웨이브 컬렉티브는 1960년대에 비밀리에 임신중절수술을 해준 단체로 유명하지. 난 사라의 입장에 찬성하며 박수를 보냈어. 그때만 해도 사회분위기가 지금과 전혀 달랐고, 수많은 여자들이 원치 않은 임신 때문에 큰 고통을 겪고 있을 때였지."

할아버지는 또 다시 내 어깨 너머로 공원에서 놀고 있는 아이들을 바라보며 담배연기를 길게 들이마셨다. 어느새 할아버지의 눈가가 촉촉해져 있었다.

"눈 깜짝할 사이에 24년이란 세월이 지나갔어. 반세기가 단 24일로 집약되었지. 아무튼 내 인생에서 가장 힘들고도 기쁜 시기였어. 일 년에 단 하루뿐이었지만 난 사라를 만날 수 있다는 것만으로도 행복했으니까. 내게 주어진 가혹한 운명이 원망스러울 때마다 사라와 안나를 생각하며 용기를 내곤 했었지."

"왜 전부 과거형으로 말씀하시죠? 사라와 안나는 결국 어떻게 되었죠?"

나는 할아버지의 표정이 갑자기 참담하게 일그러지는 모습을 똑똑히 지켜보았다.

"사라와 안나는 죽었어."

서글픈 감정이 북받친 듯 할아버지의 목소리가 떨려나왔다.

5

갑자기 바람이 불어오며 공원의 작은 광장에 먼지 구름이 일었다. 공원을 관리하는 정원사들이 방금 전 한곳에 쓸어 모았던 낙엽들이 다시 사방으로 흩어져 날렸다. 바닥에 나뒹구는 체스판과 말들을 모아들고 공원을 가로질러 걸어가는 설리반 할아버지의 뒷모습이 너무나 쓸쓸해 보였다.

"할아버지, 저도 같이 가요!"

나는 멀찌감치 떨어져 할아버지를 뒤따라갔다. 집으로 갈 거라 예상했는데 할아버지는 엉뚱하게도 아메리카스 대로를 건너 그리니치 빌리지의 코넬리아 가로 접어들었다. 잎이 모두 떨어진 가로수들이 길게 늘어선 건물들과 나란히 서 있는 좁은 길이었다. 설리반 할아버지는 블리커 가 사거리에 있는 코넬리아 오이스터 식당의 문을 밀고

안으로 들어갔다. 뉴잉글랜드 지방에는 아직도 흔하지만 맨해튼에서는 매우 드물게 보는 해산물 전문식당이었다

나는 할아버지를 따라 식당 안으로 들어갔다. 할아버지는 카운터 앞 등받이 없는 의자에 앉아 나에게 옆에 와서 앉으라는 손짓을 보냈다.

"괜한 이야기를 꺼내 할아버지 기분을 망쳤나 봐요."

"네 잘못이 아니야. 안타깝지만 이미 지난 일이니까 괜찮아."

할아버지는 메뉴판을 열심히 살피더니 생굴과 푸이유-퓌세 백포도주 한 병을 주문했다.

종업원이 능숙한 솜씨로 백포도주를 한 잔 따라 건네주었다. 단숨에 잔을 비운 할아버지가 한잔 더 달라고 요청했다.

나는 할아버지가 새로 따른 술을 한 모금 들이켤 때까지 기다렸다가 물었다.

"24년 후, 저에게 무슨 일이 일어날까요?"

할아버지는 체념한 표정으로 나를 물끄러미 바라보았다.

"가장 기쁘면서도 고약한 일이 일어날 거야."

생굴이 담긴 접시가 우리 앞에 놓였다. 할아버지는 레몬즙을 생굴에 뿌린 다음 한 개를 집어 들고 입안에 넣으며 말을 이었다.

"기쁜 일은 시간이 정상적으로 흘러간다는 점이지. 시간의 미로 속에서 헤매다가 돌아와 보니 일 년이 훌쩍 지나 있는 경우는 더 이상 없을 테니까. 넌 예전처럼 이 세상에서 네 자리를 굳건히 지키며 살아갈 수 있게 된다는 뜻이야."

할아버지가 다시 굴 하나를 집어 들며 말했다.

"고약한 일은 뭐죠?"

"혹시 등대 지하실 금속판에 새겨져 있던 글귀를 기억하니?"

"라틴어로 된 글귀 말인가요?"

할아버지가 고개를 끄덕였다.

"24방위 바람이 지나가고 나면 아무것도 남지 않으리라(Postquam viginti quattuor venti flaverint, nihil jam erit)."

할아버지가 나지막하게 글귀를 암송했다.

"그 말에 숨은 뜻이 있나요?"

"등대의 진정한 저주라 할 수 있지. 말 그대로 24년이란 세월이 네 머릿속에서만 존재했던 것처럼 아무런 실체도 남지 않게 된다는 뜻이니까. 네가 24년 동안 만난 사람들 가운데 어느 누구도 널 기억하지 못하게 되고, 그 기간 동안 이룬 일들이 모두 없었던 게 되어버린다는 뜻이야."

내가 말뜻을 제대로 이해하지 못하겠다는 표정을 짓자 할아버지가 한 마디 덧붙였다.

"난 24번째 여행이 끝난 1978년에 깨어났어. 지리적으로는 원래의 출발점으로 돌아왔지. 등대 지하실에 있는 금단의 방에서 깨어났으니까."

"그 금단의 방이 전과 달리 봉해져 있었다는 점이 달랐겠군요?"

할아버지가 고개를 끄덕였다.

"나는 한참 시간이 흐른 다음에야 내가 어디에 있는지 알게 되었단다. 내가 줄곧 그 자리에 머물러 있었다고 착각이 되기도 했어. 다행히 연장들도 있어 삽을 들고 바닥을 파기 시작했지. 아마 열 시간쯤 땅을 팠을 거야. 난 비로소 등대에 있는 금단의 방에서 빠져나올 수 있었어. 밖으로 나오자마자 몸을 씻고 가장 가까운 이웃의 자전거를 빌려 타고 본 역으로 가 뉴욕 행 기차에 올랐어."

할아버지는 포크를 내려놓고 다시 한동안 말이 없었다. 지난 기억을 되살리는 게 무척이나 고통스러워 보였다.

"그 무렵 세계보건기구의 뉴욕 사무실이 터틀 베이 지역 유엔본부 청사 근처에 있었지. 저녁 7시 무렵이었고, 나는 그 건물에서 나올 사라를 기다리고 있었어. 사라는 우리가 만날 때마다 늘 그랬듯 내게로 달려와 품에 안긴 대신 전혀 모르는 사람 보듯 나를 힐끔 쳐다보고 나서 그냥 지나치는 거야."

할아버지의 시선이 흐릿해지며 목소리가 불안하게 떨려왔다.

"나는 사라와 어떻게든 대화를 나누어보려고 빠른 걸음으로 뒤따라 갔어. 내가 계속 말을 걸자 사라는 나를 한 번 쏘아보고 나서 가던 길을 계속 가는 거야. 사라의 눈을 보니 절대로 거짓말을 하는 것 같지는 않았어. 난 지푸라기라도 잡는 심정으로 안나 이야기를 비롯해 우리 두 사람이 여러 해 동안 겪은 일들을 상기시키려고 갖은 노력을 다해 봤지만 결국 실패했어. 자꾸만 뒤따라가며 말을 붙이자 사라는 내가 불쌍해 보였는지 길에 멈춰 서서 진정으로 원하는 게 뭔지 물었어. 나를 정신이상자로 대하는 눈치였지."

설리반 할아버지는 주먹을 꽉 쥔 한 손을 테이블 위에 올려놓았다.

"사라가 지갑에 들어있던 사진들을 보여주었어. 흑인 남편과 아이들 사진들이었지. 열 살쯤 된 혼혈쌍둥이 사내 녀석들이었어. 어안이 벙벙해진 나는 분노와 슬픔이 교차하는 가운데 크게 절망할 수밖에 없었어."

설리반 할아버지가 갑자기 내 어깨를 잡고 마구 흔들어대더니 큰 소리로 고함을 질렀다.

"나는 도저히 그 사실을 받아들일 수 없었어. 난 사라에게 눈앞에 벌어진 일들이 모두 가짜라는 걸 설득시키려고 했지. 그러자 사라는 잔뜩 겁을 집어먹고 달아났어. 난 사라가 도망치지 못하게 팔을 꽉 붙들며 제발 내 말을 들어보라고 사정했어. 내가 안나가 너무나 보고 싶다고 말하자 사라는 소리를 지르며 발버둥쳤어. 사라는 나에게서 벗어나기 위해 있는 힘껏 달려 길을 건너고 있었어. 그때 반대 방향에서 달려오던 차가 사라를 그대로 들이받았어. 사라는 그 자리에서 즉사했지. 나 때문에 목숨을 잃은 거나 다름없었어."

설리반 할아버지는 어느새 펑펑 눈물을 쏟고 있었다. 할아버지의 두 뺨을 타고 흘러내린 눈물이 굴 껍질로 굴러 떨어졌다.

"그 다음부터는 내가 무슨 짓을 했는지 전혀 기억나지 않아. 내가 그토록 사랑한 여자를 죽음으로 내몰았다는 자책감 때문에 미치다시피 했으니까. 겨우 의식을 되찾고 보니 향정신성 약물에 절어 블랙웰 정신병원에 끌려와 있더구나."

난 할아버지에게 차가운 물을 내밀었지만 거부하고 연거푸 포도주잔만 기울였다. 술잔을 비운 할아버지가 내 팔을 잡았다.

"네가 시간여행을 하는 동안 발생한 일들은 모래성처럼 부서져 종적이 남지 않게 될 거야. 파도에 휩쓸려갈 운명을 타고난 모래성일 따름이지."

"리자에게 쓴 편지를 찢은 것도 그런 이유 때문이었군요?"

할아버지가 순순히 인정했다.

"잠시 고민하다가 편지를 리자에게 전해주기로 마음먹었어. 죽기로 결심했던 리자가 편지를 읽으면 생각이 바뀔 수도 있다는 생각을 한 거야. 잠시 마음이 약해지는 바람에 그런 일이 생겼지만 앞으로는 절대 그럴 일이 없을 거야."

할아버지가 손을 떨며 내 두 눈을 똑바로 바라보았다.

"너에게 대단히 불행한 일이 벌어진 거야. 넌 이미 지옥 같은 소용돌이 속으로 휘말려들었으니까. 넌 내가 저지른 실수를 되풀이하지 말아야 해. 다른 사람까지 너의 불행 속으로 끌어들여서는 안 된다는 뜻이야."

"역사란 늘 똑같은 일이 반복되지 않아요."

내가 화가 치밀어 내뱉은 그 말은 그저 내 자신을 위로하기 위한 말이었다.

"안타까운 일이지만 넌 등대의 저주를 비켜갈 수 없는 운명이야. 넌 주어진 운명을 바꾸기 위해 힘겨운 싸움을 벌이겠지만 전혀 승산이 없다는 걸 알아야 해. 누군지도 모르는 상대와 싸워야 하니까."

할아버지는 자리에서 일어나 모자를 눌러쓰더니 냉정한 어조로 말했다.

6

19시

억수처럼 많은 비가 쏟아지고 있었다. 나는 저녁식사를 준비하기 위해 구입한 식료품을 양손에 들고 암스테르담 대로를 가로질렀다. 비를 피하기 위해 파카를 머리 위까지 뒤집어쓴 나는 비로소 109번 가에 있는 리자의 아파트 건물로 들어섰다.

꼭대기 층까지 계단을 걸어 올라가 이제는 제법 익숙해진 아파트 안으로 들어서자 고양이가 반색을 하며 다가왔다.

"안녕, 레밍턴."

나는 현관의 스탠드를 켜고 주방으로 갔다. 리자가 집으로 돌아오려면 아직 한 시간이 남아 있었다. 그 정도면 저녁식사를 준비하기에 충분할 듯했다.

설리반 할아버지의 고백은 내게 큰 충격을 가져다주었다. 할아버지와 함께 집으로 가 옷을 갈아입고 얼마간의 용돈을 받아낸 나는 알파벳 시티(Alphabet City 뉴욕의 로어 이스트사이드와 이스트빌리지에 걸쳐 있는 지역 : 옮긴이)의 여권 위조 전문가를 찾아가 한 시간 가량 시간을 보냈다. 여권을 만드는데 필요한 사진을 찍고 나서 울적한 마음을 달래기 위해 맨해튼 거리를 어슬렁거렸다. 설리반 할아버지의 말이 사실이라면 미래에 대한 희망이라고는 전혀 없었다. 등대의 저주가 나의 미래를 좌지우지 하게 된다는 뜻이니까.

나는 더 이상 침울해지지 않기 위해 리자와의 약속을 떠올렸다. 소호의 책방에서 요리책을 두 권 사고, 딘 앤 델루카(Dean & DeLuca)에 가서 리자의 집 냉장고를 채워줄 식료품들을 구입했다.

"레밍턴, 너에게 줄 깜짝 선물이 있단다."

나는 쇼핑 봉투에서 고양이에게 줄 생선테린을 꺼내 그릇에 덜어주었다. 그런 다음 쇼핑 봉투에 들어 있는 식료품들을 모두 꺼내 식탁 위에 가지런히 배열해놓았다. 파인애플 통조림 두 통, 바닐라스틱 하나, 통 계피 한 쪽, 라임 두 개, 별 모양 붓순나무 열매, 오리 가슴살 한 덩이, 감자, 꿀 한 병, 염교, 마늘, 파슬리 등……

내가 사온 음식 재료들을 보자 갑자기 겁이 덜컥 났다. 평소 나는 전자레인지에 넣고 잠깐 돌리면 먹을 수 있는 가공식품과 진공 포장 샐러드만 가까이 접해온 사람이었다. 평생 제대로 된 요리라고는 단 한 번도 해본 적이 없었다.

나는 첫 번째 요리책을 뒤적이다가 '감자를 곁들인 사를라(거위와 오리 요리로 유명한 프랑스 페리고르 지방의 도시 : 옮긴이)식 오리 가슴살 요리'를 만드는 방법을 찾아냈다. 두 번째 요리책에 나와 있는 '파인애플 카르파치오'를 만드는 방법도 따라해 보기로 했다.

한 시간 동안 최선을 다해 저녁식사 준비를 하며 라디오를 켜고 오클라호마시티에서 발생한 테러 사건, 무죄 판결을 받은 O. J. 심슨 재판, 빌 클린턴 정부의 국민보건체제 개혁 실패에 대한 뉴스를 들었다. 라디오 채널을 이리저리 돌리며 최신 유행하는 팝 음악을 듣기도 했다. 〈왓에버 Whatever〉를 부른 오아시스는 내가 전혀 모르는 그룹이었지만 노래가 마음에 들었다. 내가 좋아하는 뮤지션들이 발표한 새 곡들도 들었다. 그 중에서 브루스 스프링스틴의 〈스트리츠 오브 필라델피아〉, 핑크 플로이드의 〈하이 호프스〉가 가장 마음에 들었다.

"어머! 냄새 죽이는데!"

리자가 문을 열고 들어서며 활짝 웃었다. 그녀는 레밍턴의 머리를 쓰다듬어 준 다음 주방으로 와 비에 흠뻑 젖은 머플러와 외투를 벗어 의자에 걸쳐놓았다.

내가 꿀로 졸인 오리 가슴살 요리를 준비하는 동안 리자는 얼굴에 하나 가득 미소를 머금고 눈을 반짝이며 쾌활한 목소리로 하루 종일 있었던 일에 대해 이야기했다. 그녀가 나를 마치 오래 전부터 인생을 함께 해온 사람처럼 대해주는 게 눈물 나도록 고마웠다. 설리반 할아버지가 나에 대해 어떤 이야기를 해주었는지 모르지만 점수를 따게 해준 것만은 분명해보였다.

리자의 친근한 태도와 경쾌한 말솜씨, 유쾌한 웃음은 무척이나 전염성이 강했다. 그녀와 함께 한 지 겨우 몇 분 만에 나는 모든 시름을 잊고 즐거운 기분이 되었다.

햇살이 춤을 추듯 사뿐사뿐 욕실로 사라졌던 리자가 수건으로 머리에 묻어 있는 물을 털어내며 주방으로 돌아왔다.

"비디오클럽에서 테이프를 하나 빌려왔어."

리자가 가방에서 VHS테이프를 꺼내며 말했다.

"〈네 번의 결혼식과 한 번의 장례식〉인데 당신과 함께 보고 싶어. 굉장히 유쾌한 영화라던데 저녁을 먹으면서 보는 것도 그리 나쁘지 않을 거야."

리자는 머리카락을 말리는 동안 눈빛을 반짝이며 나를 바라보았고, 나 역시 그녀의 시선을 피하지 않았다. 어둑어둑한 방 안에서 우리 두 사람의 눈빛이 맞부딪쳤다.

리자가 한달음에 내게로 다가오더니 입술을 내 뺨에 가져다댔다. 나는 손을 들어 올려 그녀의 얼굴에 그림자를 드리우고 있는 머리카락을 쓸어 올려주었다. 다음 순간 우리는 누가 먼저랄 것도 없이 키스했다.

리자가 서둘러 내 허리벨트를 푸는 동안 내 손은 그녀가 입고 있는 셔츠 단추를 풀어헤치고 있었다. 그녀의 매끄러운 피부가 내 손끝에 와 닿는 순간 문득 온몸에 소름이 돋았다.

"어서 이리 와."

우리가 소파에서 서로의 몸을 끌어안고 사랑을 나누는 동안 꿀에 졸인 오리 가슴살 요리가 근사한 냄새를 풍기며 익어가고 있었다.

7

나는 벌써 45분째 곁에서 쌔근쌔근 잠들어 있는 리자의 고른 숨소리에 귀를 기울이고 있었다. 나도 그녀처럼 편안한 잠을 청하려고 이리저리 몸을 뒤척여봤지만 소용없었다.

디지털 알람 라디오의 시계가 6시 32분을 가리키고 있었고, 나는 여전히 리자와 함께 있었다.

내가 아직 여기 있다니!

전날 나는 5시 45분에 지하철 안에서 깨어났다. 이미 한 시간 전에 나에게 부여된 24시간이 지난 셈이었다. 나는 침대에서 빠져나와 바지를 입은 다음 리자의 어깨까지 이불을 끌어올려주고는 살금살금 조심스럽게 침실을 빠져나왔다.

레밍턴이 문 뒤에서 나를 기다리고 있었다. 주방의 냉기가 뼛속까지 스며들었다. 나는 전자레인지에 부착된 시계를 통해 다시 한 번 시간을 확인하며 커피를 끓였다. 아직 밖에서는 비가 세차게 내리고 있었고, 굵은 빗줄기가 유리창을 가려 바깥 풍경이 제대로 보이지 않았다.

나는 창을 열고 낮게 드리워진 우중충한 새벽하늘을 하염없이 바라보았다. 110번 가와 암스테르담 대로가 만나는 교차로에서 핫도그를 파는 노점상이 쏟아지는 빗속에서 수레를 끌고 있었다. 그 순간 시야가 흐릿해지며 아무것도 보이지 않았다. 그저 짙은 반점들이 눈앞에서 둥둥 떠다닐 뿐이었다.

어렸을 때 엄마가 만들어주던 과자처럼 달콤하면서 싱그러운 오렌지 꽃향기가 코로 스며들며 심장이 두방망이질을 치기 시작했고, 감전이라도 된 것처럼 몸에서 찌릿찌릿한 전율이 일었다. 내 손에 들려 있던 커피 잔이 바닥으로 떨어지며 산산조각 났고, 레밍턴이 소스라치게 놀라며 신경질적으로 야옹 소리를 토했다.

마침내 내 몸이 뻣뻣하게 굳어졌다. 마치 몸이 온통 불에 타는 것 같은 느낌이 들었다.

차라리 불에 타 녹아내리라지.

제 **3** 부

사라지는 남자

1996년, 공원의 셰익스피어

경험이란 당신에게 일어난 일을 일컫는 게 아니라
어떤 일이 일어났을 때 당신이 대처한 행동을 일컫는 것이다. —올더스 헉슬리

0

끈적끈적하고 숨이 막힐 것 같은 냄새가 내 코를 자극한다. 음식을
익히거나 튀기고, 설거지를 할 때 나는 역한 냄새이다. 나는 상의를 벗
은 채 빛이 쏟아져 들어오는 실내의 미지근한 바닥에 누워 있다. 땀이
목과 겨드랑이를 타고 줄줄 흘러내리고 있다. 밝은 빛 때문인지 마치
누군가가 몇 센티미터밖에 떨어지지 않은 곳에서 양파를 다지기라도
하는 것처럼 눈이 아리다.

나는 손을 휘저어 얼굴 주변으로 윙윙거리며 몰려드는 파리들의 접
근을 차단한다. 이제야 감이 잡힌다. 눈두덩이 퉁퉁 부어 있고, 몸이
마비된 것처럼 뻣뻣하다. 관절이 제대로 움직여지지 않고, 머리를 콕
콕 쑤셔대는 두통이 계속되고 있다. 마치 두 다리가 잘려나간 듯 불쾌
한 기분이 드는 증상이 노래의 후렴구처럼 매번 깨어날 때마다 반복
적으로 나타난다.

비로소 눈을 뜬 나는 때가 덕지덕지 낀 타일 바닥에 누워 있다는 사실을 알아챈다. 내가 힘겹게 몸을 일으키는 동안 부식되어가는 채소의 역한 냄새가 코를 찌른다.

나는 해가 쨍쨍 내리쬐는 직사각형 방 안에 혼자 누워 있다.

1

나는 팔뚝으로 얼굴에 송골송골 맺힌 땀방울을 닦았다. 내 주위에는 가스레인지와 개수통이 여섯 개나 달린 거대한 개수대, 큼지막한 튀김용 솥, 도마, 각종 전기 오븐, 로스팅기, 컨베이어 등이 비치되어 있었다. 벽에는 여러 개의 스테인리스 선반이 설비돼 있었고, 천장에는 엄청나게 큰 후드들이 설치돼 있었다.

학교나 공장, 기업의 구내식당처럼 공동취사를 하는 곳의 주방이 분명했다.

빌어먹을! 하필이면 이리 지저분한 곳에 누워 있다니!

선반에 놓인 베크라이트로 된 구식 알람시계가 오후 1시를 가리키고 있었다. 나는 가장 가까운 창가로 다가가 환기를 시킬 겸 창문을 열고 바깥 풍경을 내다보았다. 적어도 이번에 깨어난 곳은 맨해튼 시내가 아니었다. 끝도 없이 이어지는 헛간, 창고, 공장 굴뚝들이 내 눈에 들어왔다.

나는 대도시 주변 산업지대에 와 있는 게 분명했다. 그제야 멀리 맨해튼의 고층건물들이 보였다. 두 눈을 가느다랗게 뜨고 살펴보니 엠파이어스테이트 빌딩, 크라이슬러 빌딩의 첨탑, 퀸스보로다리 위를 지나는 케이블카가 시야에 들어왔다.

나는 현재 위치가 어디쯤인지 잠시 생각했다. 브롱크스의 헌츠 포인트반도, 그러니까 과일, 채소, 육류 등 신선식품 도매시장이 자리 잡은 곳이 분명했다.

나는 창문에서 몸을 돌려 유일한 출입문 쪽으로 걸어갔다. 아연 도금을 한 강철 방화문은 단단히 잠긴 상태였다.

"밖에 아무도 없어요?"

아무런 대답이 없었다.

화재 발생시 로프를 잡아당기시오.

화재 경보장치 위에 새겨진 문구를 보자 나름 괜찮은 아이디어가 떠올랐다. 나는 화재경보기의 버튼을 눌렀지만 아무런 반응이 없었다. 사이렌 소리도 울리지 않았고, 조명 신호도 켜지지 않았다.

나는 다시 창가로 다가가 바깥을 내다보았다. 내가 있는 곳의 높이는 어림잡아 20미터 정도 돼 보였다. 무턱대고 뛰어내렸다가는 목뼈가 부러지기 십상이었다.

창문을 열어 환기를 시켰지만 방안의 열기는 여전히 식지 않았다. 바깥 공기도 오염된 듯 진한 화학약품 냄새가 바람을 타고 안으로 들어왔다. 브롱크스 강의 서쪽으로는 울타리를 쳐놓은 나대지와 항구의 하역장이 수 킬로미터에 걸쳐 이어져 있었다. 대형 화물차와 세미 트레일러 몇 대가 고속도로를 들락거릴 뿐 대체로 차량이 한산한 지역이었다.

내가 있는 건물 주변은 온통 텅 빈 주차장과 셔터 내려진 창문들뿐이었다.

아마도 주말인 모양이야. 운도 지지리 없군.

"밖에 누구 없어요?"

나는 고래고래 악을 써봤지만 소용없었다. 아무도 내가 목청껏 질러대는 소리를 들을 수 없고, 이곳에 갇혀 있는 나를 발견할 수 없으리란 걸 순순히 인정할 수밖에 없었다.

나는 좋은 생각이 없을지 머리를 쥐어짰다. 벽면에 비키니 차림 모델이 등장하는 달력이 압핀으로 고정되어 있었다. 1996년 8월 달력이었다. 카메라는 해변의 바에서 관능적인 포즈를 취하며 속을 파낸 파인애플에 담긴 칵테일을 홀짝거리는 모델 아가씨의 자태를 포착하고 있었다. 지금이 8월이라면 이번 여행은 9개월이 넘게 걸린 셈이었다.

나는 방 안에 배치된 가구들을 살펴보았다. 쟁반과 접시들이 차곡차곡 쌓여있는 선반, 무거운 짐을 나를 때 사용하는 카트, 복합적인 잠금장치를 이용해 닫아 놓은 대형 스테인리스 장이 눈에 들어왔다.

나는 한 시간 가량 이 감옥 같은 방에서 탈출하기 위한 방도를 찾아내기 위해 머리를 쥐어짰다. 건물 천장에 혹시 탈출구가 있을지 찾아보기도 했고, 환풍기를 해체해보기도 했고, 쓰레기 처리를 위해 설치한 파이프들도 자세히 뜯어보았다. 국자와 집게를 이용해 다시 한 번 출입문의 잠금장치를 풀어보려고 했지만 결국 모두 실패했다.

얼마나 기운을 쏟았는지 입안이 바싹 말라 냉장고를 뒤져 추잉검향이 나는 소다수와 유통기한이 지난 치즈케이크를 찾아냈다. 치즈케이크가 상했는지 확인해보기 위해 코를 벌름거리며 냄새를 맡았다. 얼마나 배가 고픈지 냄새가 좋지 않은 치즈케이크 한 조각을 떼어내 입안으로 날름 집어넣었다.

벽면에 텔레비전 한 대가 비치돼 있었고, 리모컨은 찬 기운이 도는 카트 위에 놓여 있었다. 텔레비전을 켜자 스포츠 관련 영상들이 이어져

나오고 있었다. 무심코 텔레비전 화면을 지켜보던 내 눈에 칼 루이스, 마이클 존슨, 앤드리 애거시 같은 스포츠 스타들의 모습이 들어왔다.

나는 치즈케이크를 먹으며 스포츠 뉴스를 보았다.

"이상으로 7월 19일부터 8월 4일까지 애틀랜타에서 거행된 제 26회 하계올림픽 대회의 하이라이트를 모두 마치겠습니다. 애틀랜타올림픽 경기는 오늘 저녁 폐막식과 더불어 성대한 막을 내리게 됩니다. NBC에서는 1백주년 기념 스타디움에서 거행되는 폐막식을 생방송으로 중계할 예정입니다."

날짜를 들은 나는 깜짝 놀랐다. 그러니까 오늘은 1996년 8월 4일이었고, 내 서른 번째 생일이었다. 1991년 6월에 시간여행을 시작한 뒤 어느덧 5년이란 시간이 흘렀다는 뜻이었다. 아버지가 24방위 바람의 등대를 유산으로 주겠다며 나를 데려갔던 그날 아침으로부터 불과 닷새 만에 5년이 흐른 셈이었다.

나는 거울에 비친 내 모습을 바라보았다. 악몽 같은 시간여행이 시작된 이후 불과 닷새 만에 얼굴이 못 알아볼 만큼 핼쑥해진데다 피로감이 역력했다. 밤새 흥청망청 술판을 벌인 사람처럼 동공이 확 풀려 있었고, 주머니처럼 축 늘어진 눈 밑에 자글자글 잔주름이 잡혀 있었다. 그나마 아직은 지렁이가 기어간 자국처럼 깊게 파인 주름은 없었고, 대체로 젊음을 유지하고 있었지만 표정이 딱딱하게 굳어진데다 볼이 움푹 함몰돼 있었다. 눈빛은 훨씬 깊고 우울해졌고, 금빛 머리카락은 점점 흰색으로 바뀌어가고 있었다. 가장 충격적인 사실은 내 얼굴에서 어린 시절 모습이 완전히 자취를 감춘 것이었다. 장난기를 담은 눈빛, 천진난만한 표정, 복스러운 미소 등 내 어린 시절의 트레이드 마크가 어디론가 증발해버리고 없었다.

생일 축하한다, 아서.

2

15시, 16시, 17시……자정, 새벽 1시, 2시, 3시, 4시…….

극심한 피로감이 밀려와 심신이 지쳐버린 나는 우리에 갇힌 사자처럼 초조하게 방 안을 오갔다. 감옥 같은 방에서 벗어나기 위해 가능한 모든 수단을 동원해보았지만 허사였다. 내 힘으로는 도저히 강철로 된 출입문을 열 수 없었다.

이번에는 생각다 못해 스테인리스 캐비닛을 공략하기 시작했다. 캐비닛을 바닥에 눕히고 다섯 개의 잠금장치를 이리저리 돌려보았다. 인내심을 갖고 백 개도 넘는 비밀번호 조합을 만들어 잠금장치를 열어보려고 했지만 역시 실패했다. 다섯 개나 되는 잠금장치를 열 수 있는 비밀번호 조합이 적어도 수천 개는 필요할 듯했다.

지칠 대로 지쳐 손잡이가 팔꿈치 모양으로 굽은 주걱, 튀김용 집게, 칼갈이 숫돌 따위로 잠금장치를 부수려고 했지만 그마저도 뜻대로 되지 않았다.

"빌어먹을!"

나는 고함을 지르며 들고 있던 주걱을 내던진 다음 두 주먹으로 강철 문을 마구 두들겼다.

그야말로 최악의 상황이 아닐 수 없었다. 나에게 주어진 24시간은 일 년이 집약된 시간이었다.

피 같은 시간을 감옥 같은 주방에 갇혀 무기력하게 보내야 하다니?

얼마나 분통하던지 나도 모르게 눈물이 솟았다. 내 눈물은 점차 통곡으로 변해갔다. 감당하기 힘든 절망감이 가슴을 무겁게 짓눌렀다.

나는 혼자였고, 두려움의 늪에 빠져 허우적대고 있었다. 등대의 저주가 나를 야금야금 질식시켜가고 있는 중이었다. 지난 다섯 번의 시간여행을 하는 동안 나름 가슴을 옥죄는 곤경에서 벗어날 방법을 모색해봤지만 전혀 실마리를 찾지 못했다. 어떻게 하면 이 절망적인 시간여행을 멈출 수 있을지 막연한 상황이었고, 그저 주어진 여건에 따라 수동적으로 대응하고 있을 뿐이었다.

나는 다시 창가 쪽으로 걸어갔다. 내가 갇혀 있는 주방에서 길바닥까지 적어도 20미터 높이는 될 듯했다. 뛰어내릴 경우 즉각 목숨이 끊어질 수도 있는 높이였다.

이 지긋지긋한 절망, 긴장과 초조, 질식할 것 같은 무력감에서 벗어나려면 차라리 뛰어내리는 게 낫지 않을까? 저주받은 내 삶과 영원히 작별을 고하는 게 차라리 속편하지 않을까?

나는 문제의 토요일에 아버지가 나와 헤어지며 털어놓은 말이 떠올랐다.

"지난 30년 동안 저 등대에 얽힌 수수께끼가 한시도 내 머릿속을 떠나지 않았단다. 이제 너에게 수수께끼를 풀어야 할 과제가 주어진 거야."

나는 눈물을 닦았다. 나에게 언제나 거짓말을 해온 아버지의 말에서 위안을 찾아야한다는 건 그야말로 비극적인 일이었지만 달리 방법이 없었다.

나는 철제 캐비닛이 있는 곳으로 가 기름찌꺼기를 긁어내는 끌을 집어 들었다. 펄펄 끓어오르는 분노를 긍정의 에너지로 바꾸기 위해 끌을 들어 올리고 악착같이 캐비닛을 공략했다. 30분쯤 지나자 첫 번째 잠금장치가 떨어져 나갔다. 잠금장치가 떨어져나간 곳에는 쇠를 갈 때 사용하는 줄을 들이밀었다. 몇 차례에 걸쳐 반복적으로 줄을 갈아대며 손잡이를 잡아당기자 나머지 잠금장치도 제거되었다.

마침내 철제 캐비닛 문을 여는데 성공했지만 안에 들어있는 내용물을 확인한 나는 실망을 금할 수 없었다. 캐비닛 안에는 대형 행주, 앞치마, 요리사용 조끼, 티셔츠 따위가 잔뜩 쌓여있었다.

잔뜩 실망해 한참 동안 얼빠진 상태로 있다가 한 가지 괜찮은 생각이 떠올랐다. 나는 폴로셔츠와 요리사 유니폼을 챙겨 입고, 낡은 캐터필러 워커를 찾아 신었다. 그런 다음 캐비닛에 잔뜩 들어 있는 옷들을 이용해 로프를 만들었다. 비로소 만족스러운 길이와 강도가 되었다는 느낌이 들 때 로프를 창문의 바람구멍에 단단히 묶었다. 건물 벽을 타고 아래로 내려갈 작정이었다.

나는 차마 아래쪽을 내려다보지도 못하고 사시나무 떨 듯 몸을 떨었다. 별안간 현기증이 나고, 구토가 일었지만 바닥은 쳐다보지도 않고 발바닥을 건물 벽면에 밀착시키고 양다리를 굽혔다. 그런 다음 천천히 아래쪽을 향해 내려갔다. 5미터, 10미터, 15미터…….

빌어먹을! 내 귀에 옷을 이어 만든 로프가 찢어지는 소리가 들려왔다. 내 몸무게 정도는 충분히 버텨줄 거라 생각했는데 섣부른 예단이었다. 그나마 바닥으로부터 5,6미터 전까지 다다랐을 때 완전히 끊어지고 말았다. 나는 공처럼 몸을 동그랗게 말며 아스팔트 바닥으로 떨어졌다. 그나마 그리 높지 않은 곳에서 로프가 끊어져 다행이었다.

몸을 일으킨 나는 대형트럭들이 드나드는 산업지대의 길을 걸었다. 고속도로 진입로 근처에서 히치하이킹을 할 생각이었다. 20분쯤 고속도로변에 서서 손을 흔들고 있을 때 차 한 대가 내 앞에 멈춰 섰다. 어마어마하게 큰 화물차에는 두 명의 흑인이 타고 있었다. 그들은 스페니쉬 할렘에서 청과물 상점을 하고 있다고 했다. 선량한 인상의 두 형제는 카오디오의 볼륨을 있는 대로 키우고 레게음악을 들었다. 나는 그들이 권하는 마리화나를 거절하고, 물과 과일주스를 받아마셨다. 맨해튼 북쪽에 다다르자 그들은 모닝사이드 쪽으로 우회해 나를 109번 가와 암스테르담 대로가 만나는 모퉁이에 내려주었다. 아침 7시 무렵이었다.

3

"여기가 어디라고 함부로 얼굴을 들이미는 거야? 당장 꺼져! 난 너 같은 놈을 다시는 보고 싶지 않아!"

리자는 거칠게 욕설을 퍼붓더니 내 눈앞에서 쾅 소리가 나게 문을 닫았다.

설레는 가슴을 안고 리자를 찾아왔지만 보기 좋게 문전박대를 당한 셈이었다. 우리의 만남은 불과 10초도 되지 않아 끝났다. 문에 귀를 가져다 대보니 아파트 안에서 분명 남자 목소리가 들려왔다. 절망의 화살이 가슴을 관통하고 지나갔다.

도대체 리자에게 뭘 기대했는데?

나는 기죽지 않고 적어도 일 분 동안 손가락을 초인종에서 떼지 않았다. 마침내 문이 열렸고, 아침햇살처럼 밝고 환한 얼굴의 리자가 눈앞에 서 있었다. 리자가 입고 있는 하늘색 잠옷이 내 가슴을 두근거리게 만들었다. 전과 달리 뱅 스타일로 자른 앞머리가 이마를 덮고 있었다. 길이가 긴 부분은 웨이브 없는 생머리였다. 터키석 빛깔에서 어느새 짙은 바다색으로 바뀐 그녀의 두 눈이 경멸과 적의를 담아 나를 쏘아보았다. 상의를 걸치지 않은 남자가 반쯤 열린 문 사이로 밖을 내다보았다.

"귀에 말뚝이라도 박았어? 리자가 좀 전에 꺼지라고 했으면 조용히 사라져야지. 왜 아침부터 소란을 피우는 거야?"

덩치 좋은 남자가 거만한 태도로 나를 째려보며 일갈했다. 그는 요리사 복장을 한 내 모습이 우스꽝스러워 보이는 듯 입가에 조소를 머금고 있었다. 이제 보니 모델처럼 잘 생긴 얼굴에 적어도 나보다 머리 두 개 정도는 커보였다. 그는 남성미를 한껏 자랑하고 싶다는 듯 팬티 한 장만 달랑 걸치고 있었고, 근육질 상체에 초콜릿 복근이 뚜렷하게 새겨져 있었다.

"당신은 끼어들 자격이 없으니까 냉큼 꺼지시지."

나는 겁먹지 않고 응수했다.

내가 그를 밀치고 안으로 들어가려 하자 그가 내 목을 움켜쥐더니 계단 쪽으로 밀쳐버린 다음 문을 쾅 소리가 나게 닫았다.

빌어먹을! 어째 하는 일마다 이런 꼴이지?

나는 계단에 주저앉으며 낙담했다. 남자가 나를 밀칠 때 손목을 겹질린 듯 통증이 느껴졌다. 계단 난간에 기대 손목을 마사지하고 있을 때 레밍턴이 밖으로 달려 나와 내 품을 향해 달려들었다.

"레밍턴, 잘 지냈어? 네가 유일한 내 친구구나!"

고양이가 쓰다듬어 달라는 듯 머리를 들이미는 순간 한 가지 좋은 생각이 떠올랐다.

"리자, 내가 레밍턴을 데리고 있어. 고양이를 찾고 싶으면 당장 밖으로 나와야 할 거야."

내가 아파트 안까지 들릴 정도로 크게 소리쳤다.

문에 귀를 갖다 대자 리자가 남자와 이야기를 나누는 소리가 어렴풋이 들려왔다. 그 몇 마디 말은 내게 상당히 고무적으로 받아들여졌다.

"그러게 고양이를 잘 보고 있으라고 했잖아!"

리자가 조각남을 질책했다.

"갑자기 밖으로 뛰어나가는 바람에 놓치고 말았어."

남자가 웅얼거리는 소리로 변명을 늘어놓았다.

"리자, 레밍턴을 데려가려거든 보디가드 녀석을 떼어놓고 나와."

나는 계단을 내려가며 한 마디 덧붙였다.

미처 일 분도 안 돼 리자가 아파트 건물 입구로 나왔다. 찢어진 진바지에 낡은 에어맥스 운동화, 몸에 꼭 끼는 스웨터를 걸치고 있었다.

"레밍턴을 이리 내!"

"물론 돌려줄 테지만 그 전에 나와 이야기 좀 해."

"당신은 대화를 나눌 가치도 없는 사람이야. 일 년 전, 메모 한 장 남겨두지 않고 해가 뜨기도 전에 줄행랑을 친 사람이 이제 와서 뭘 어쩌자는 거야? 그 후, 당신은 전화 한 통 없었어."

"그래, 당신 말대로지만 내게도 그럴 만한 이유가 있었어."

리자는 그 이유가 궁금하지 않은 듯 묻지도 않았다.

"그날 밤, 당신과 수많은 이야기를 나누었어. 당신이 내 목숨을 구해준 게 고마웠고, 호감을 느끼기도 해 은밀한 이야기까지 스스럼없이 다 털어놓았지. 그 이유는 오직 한 가지, 당신을 전적으로 신뢰했기 때문이야. 당신은 보통 남자들과 다를 거라 믿었어."

"그래, 어떤 의미에서 나는 아주 달라."

"알고 보니 당신은 다른 남자들보다도 훨씬 더 질이 안 좋은 인간쓰레기더군. 당신은 내가 남자라면 무조건 달려가 안기는 헤픈 여자라고 생각했어?"

"그렇게 생각하지는 않았지만 적어도 남자가 끊일 새 없이 지내는 것 같긴 하더군.”

“이른 새벽에 말 한 마디 없이 떠난 사람이 누구지? 내가 그런 당신을 믿고 끝까지 기다려주길 바랐어?”

단단히 화가 난 리자가 내 따귀를 갈기려 하는 순간 가까스로 손을 들어 막아냈다. 그 틈에 레밍턴이 인도로 폴짝 뛰어내렸다. 녀석을 붙잡아 품에 안은 리자가 집으로 곧장 돌아가려는 듯 찬바람이 일 정도로 몸을 돌렸다.

“리자! 제발 잠깐만 내 말을 들어줘!”

나는 리자를 뒤따라가며 말했다.

“당신 이야긴 더 이상 듣고 싶지 않아. 설리반 할아버지가 벌써 다 이야기해줬으니까.”

나는 겨우 그녀를 따라잡았다.

“설리반 할아버지가 당신한테 무슨 이야기를 했는데?”

“당신은 이미 결혼한 몸에 자식도 있다며? 게다가 여자만 보면 침을 질질 흘리며 집적대는 버릇이 있다고 하더군. 그러니까 더 이상 봉변을 당하지 않으려거든 당장 내 눈 앞에서 꺼져 버려!”

고약한 영감탱이 같으니…….

나는 리자가 아파트 건물 안으로 들어가지 못하도록 앞을 가로막았다.

“당장 비키지 못해!”

“맹세컨대 설리반 할아버지의 말은 죄다 거짓이야.”

“설리반 할아버지가 왜 나에게 거짓말을 하겠어?”

“설리반 할아버지는 미쳤으니까.”

리자는 한심하다는 듯 나를 쳐다보며 완강하게 고개를 저었다.

“난 설리반 할아버지보다 당신 말을 신뢰할 수 없어. 난 여전히 설리반 할아버지와 연락을 주고받으며 지내고 있으니까. 일주일에 적어도 두 번씩 설리반 할아버지를 만나지. 그 분이 지극히 정상적인 사람이라는 건 내가 장담할 수 있어."

"리자, 내가 왜 당신 곁을 떠나야만 했는지 이야기하자면 아주 길어."

"그럴지도 모르지만 난 당신이 주절주절 늘어놓는 변명을 들어주고 싶은 마음이 없어."

4

맥두걸 가, 오전 9시

"아서, 어서 오너라."

설리반 할아버지는 양 팔을 벌려 나를 끌어안으려 했지만 난 그럴 기분이 아니었다. 할아버지의 애정 표현을 매몰차게 거절한 나는 제대로 인사도 하지 않고 뚱한 표정을 지었다.

"아서, 무슨 일 있니? 표정을 보아하니 나와 관련해 뭔가 안 좋은 이야기를 들었구나."

설리반 할아버지가 한숨을 쉬며 말했다.

난 아무런 대답도 하지 않고 욕실로 들어가 우스꽝스러운 요리사 옷을 벗어던졌다. 몸에서 지독한 땀 냄새와 채소 썩은 냄새가 났다. 나는 우선 서둘러 샤워를 해야겠다고 생각하고 욕실로 들어갔다.

뜨거운 물줄기 아래에서 브롱크스의 주방에서 묻혀온 역한 냄새를 없애기 위해 바디샴푸를 듬뿍 묻혀 몸을 씻었다. 목욕을 마친 다음 설리반 할아버지가 애용하는 오드콜로뉴를 몸에 뿌렸다. 오드콜로뉴에서 풍기는 라벤더 향이 마음에 들었다.

나는 욕실을 나와 방으로 들어가 면바지와 반소매 셔츠 그리고 린

넨 재킷을 입었다. 서랍장 위에 할아버지가 나를 위해 놓아둔 50달러짜리 지폐 네 장이 있었다.

돈을 주머니에 챙겨 넣은 나는 지체 없이 아래층으로 내려갔다. 빈티지 전축에서 빌 에반스의 노래가 흘러나오고 있었다. 미셸 르그랑이 작곡한 〈유 머스트 빌리브 인 스프링스〉였다.

설리반 할아버지는 입에 시가를 물고 노트북 컴퓨터 앞에 앉아 있었다. 자그마한 돋보기를 콧잔등에 걸치고 주식 정보를 전하고 있는 화면을 골똘히 들여다보고 있는 중이었다.

"CD롬을 보고 계신 거예요?"

"촌스럽긴, CD롬이라니? 온라인 주식거래 웹사이트를 보고 있는 거야."

"온라인 주식거래 웹사이트?"

"말 그대로 인터넷을 통해 주식 관련 정보서비스를 제공해주는 사이트라는 뜻이야. 인터넷이 집집마다 보급된 덕분에 이제는 집에 가만히 앉아서도 증권거래소에 주문을 낼 수 있게 되었지."

"인터넷은 또 뭔데요?"

할아버지는 기가 막힌 듯 혀를 끌끌 찼다.

"일흔 다섯 살이나 먹은 노인네가 새파랗게 젊은 손자한테 인터넷이 뭔지 설명해줘야 하는 일이 생길 줄 누가 알았겠니?"

"내가 사라진 5년 동안 새롭게 개발된 테크놀로지인가 본데 너무 비아냥거리지 말아요."

"인터넷이 뭔지 원리를 설명하려면 내가 가진 지식이 부족해 안될 것 같구나. 그냥 간단히 말하자면 정보의 바다라고 이해하면 돼. 사람들은 인터넷에서 원하는 정보를 뭐든 얻을 수 있지."

"할아버지는 언제부터 주식거래를 했죠?"

"난 이미 1950년대 초에 주식거래로 큰돈을 번 경험이 있단다."

할아버지는 여러 가지 그래프들이 가지런히 정렬되어 있는 노트북 화면을 나에게 보여주었다.

"너도 알다시피 요즘은 기술 관련 회사 주식들이 순항 중이야. 난 주식거래를 시작한 지 일 년 만에 원금을 두 배로 불렸지. 돈 벌기가 이렇게 쉬운지 예전에는 미처 몰랐어."

나는 의자 위에 재킷을 걸쳐놓고, 주방으로 가 커피머신에 들어 있는 커피를 한 잔 따른 다음 흥분된 감정을 가라앉히기 위해 브랜디를 조금 섞어 마셨다.

"할아버지는 은행계좌도 없을 텐데 어떻게 주식을 사고 팔 수 있죠?"

할아버지는 어깨를 으쓱했다.

"차명계좌를 만들면 돼. 어린 아이 장난만큼이나 쉬운 일이지. 사실은 리자의 계좌를 빌려 사용하고 있어. 그 대신 리자에게 일정 비율의 수수료를 지급해주고 있으니까 서로에게 도움이 되는 일이라고 할 수 있지."

나는 하마터면 들고 있던 커피 잔을 집어던질 뻔했다.

"할아버지, 도대체 왜 리자에게 말도 안 되는 거짓말을 늘어놓았죠?"

"거짓말이 진실보다 가치 있는 경우도 있으니까. 그런 얼토당토않은 거짓말을 해서라도 너와 리자를 떼어놓고 싶었다."

설리반 할아버지는 자리에서 일어나더니 홈바로 걸어가 코냑을 한 잔 따랐다.

"난 앞으로도 리자 앞에서 계속 너를 비열한 놈으로 만들 테니까 그리 알아."

"도대체 왜 그래야 하죠?"

"넌 더 이상 리자를 만나선 안 돼. 여자가 필요하면 차라리 내 금고에서 5백 달러쯤 꺼내 콜걸을 불러. 아니면 나이트클럽에 가 원 나이트 스탠드를 할 상대를 찾아보든지……."

"할아버지, 그러다가 제 주먹에 한 대 맞으면 어쩌려고 그래요?"

설리반 할아버지는 잔에 따라놓은 코냑을 단숨에 들이켰다.

"내가 바라는 건 오로지 너와 리자의 행복이야."

"새빨간 거짓말을 퍼뜨려 낭패를 보게 만드는 게 저의 행복을 위한 일이란 말이죠? 제 문제는 알아서 해결할 테니까 제발 행복을 위한다는 명분을 앞세워 괜한 짓은 하지 말아 주세요."

설리반 할아버지는 완고하게 고개를 저었다.

"현재 네가 겪고 있는 모든 일들을 내가 먼저 경험했다는 사실을 잊어서는 안 돼."

"저보다 먼저 똑같은 일을 겪은 만큼 할아버지가 저를 많이 도와줄 거라 기대했는데 실망이 커요."

"리자를 만나지 못하게 방해하는 게 내 입장에서는 너를 돕는 거야. 넌 리자에게 상처를 줄 수밖에 없고, 너 또한 큰 상처를 받게 될 테니까."

할아버지가 내 어깨에 손을 올려놓으며 심각하게 말했다.

"난 사라를 죽음으로 몰아넣었고, 10년 넘게 정신병원 신세를 졌어. 너도 나와 똑같은 전철을 밟고 싶니?"

"할아버지의 마음은 이해하지만 제가 뭘 선택하기에 앞서 일일이 끼어들어 훼방을 놓지는 말아주세요. 게다가 제가 이 꼴이 된 게 다 누구 때문이죠? 할아버지가 금단의 문을 여는 바람에 이렇게 된 거 아닌가요?"

할아버지는 단단히 화가 치미는 듯 눈을 부라렸다.

"네 녀석이 실수를 저질러놓고 모든 걸 내 탓으로 돌리진 마라."

"난 혼자서 조용히 살고 있었어요. 어느 날 아버지가 나를 찾아오지 않았다면 등대의 비밀이 존재한다는 사실조차 몰랐을 거예요. 할아버지가 사라와 살기 위해 가족을 버리고 떠난 이후 아버지는 몹시 치사한 남자가 되어버렸죠. 굳이 진실을 밝히자면 그렇다는 거예요."

설리반 할아버지가 갑자기 내 멱살을 움켜쥐었다. 고령이었지만 여전히 황소처럼 힘이 셌다.

"입 밖으로 나온다고 다 말은 아니니까 조심해라."

"할아버지가 이 집에서 재즈음악을 듣고, 위스키를 마시고, 시가를 피우고, 노트북컴퓨터 앞에 앉아 주식거래를 할 수 있게 된 게 다 누구 덕이죠? 오로지 제 덕분에 이런 호사를 누리고 있다는 사실을 잊지 마세요. 제가 할아버지를 블랙웰정신병원에서 빼내지 않았다면 이런 일이 가능했을까요? 할아버지의 아들도, 친구들도, 형과 누나도 하지 못한 일을 제가 했단 말입니다."

난 할아버지를 코너로 몰아붙이며 대들었다.

"이제 다시는 할아버지를 보러오지 않을 거예요."

난 재킷을 걸쳐 입으며 선언했다.

"리자에게 더 이상 엉뚱한 소리를 하지 마세요. 리자와 다시 시작할 생각이니까."

나는 출입문을 향해 걸어가며 마지막으로 대못을 박았다.

"할아버지가 끝내 제 말을 들어주지 않을 경우 블랙웰정신병원에 알려 다시 데려가게 만들 테니까 그리 알아요."

5

"리자, 집 안에 있으면 어서 문 열어!"

택시가 나를 리자가 사는 암스테르담 대로의 아파트 건물 앞에 내려주었다. 1분 넘게 문을 두드렸지만 아무런 인기척이 나지 않았다. 가끔 고양이 녀석이 내는 야옹 소리만 들릴 뿐이었다.

벌써 정오가 다 되어가고 있었다.

더위가 한창인 8월 첫 번째 일요일에 도대체 어딜 간 거야?

줄리아드 스쿨이나 이스트빌리지에 있는 클럽에 가지 않은 건 확실했다.

나는 하는 수 없이 아파트 계단을 내려왔다. 나를 데려다준 인도 출신 택시기사가 포드 크라운 택시를 골목에 세워두고 간단한 점심식사를 하는 중이었다. 은행나무 그늘 아래에 세워둔 택시의 보닛에 기대선 그가 피타 빵을 한 입 크게 베어 물고 있었다.

풀이 죽은 나는 좋은 방법이 없을까, 혹시 자그마한 실마리라도 잡을 수 있을까 하는 기대감을 품고 사방을 두리번거렸다.

그래, 우편물함.

아파트 입주자용 우편물함 속에는 생각대로 여러 장의 광고전단지가 들어있었다. 내가 아침에 이 아파트에 도착했을 때만 해도 분명 보지 못했던 광고전단지였다. 더구나 광고전단지를 돌리는 사람이 눈에 잘 띄도록 안으로 완전히 집어넣지 않고 밖으로 드러나게 꽂아둔 상태였다.

나는 광고전단지 한 장을 꺼냈다. 셰익스피어의 대머리와 콧수염, 염소처럼 뾰족하게 기른 턱수염 등을 특징적으로 잡아 그린 그림이 눈에 들어왔다. 그림 아래에 짧은 글귀가 적혀 있었다.

제34회 셰익스피어 페스티벌을 맞아 줄리아드 공연예술학교 졸업반 학생들이 특별공연을 엽니다.

제목 : 한 여름 밤의 꿈
일시 : 8월 4일 일요일 13시 30분
장소 : 들라코르트극장 강당
무료 공연

나는 비로소 리자가 가 있는 곳이 어딘지 알게 되었다. 샌드위치를 다 먹은 택시기사에게 광고전단지를 내밀고 셰익스피어의 〈한 여름 밤의 꿈〉을 공연하는 장소로 가자고 했다. 그는 지체 없이 시동을 걸었다. 오후가 되면서 숨이 턱턱 막힐 만큼 날씨가 더웠다. 작렬하는 태양 아래 그대로 노출돼 있는 맨해튼의 인도에는 오가는 사람들이 거의 보이지 않았고, 차도의 교통상황 또한 더할 나위 없이 원활했다.

택시는 미처 10분도 되지 않아 센트럴파크 웨스트에 다다랐고, 자연사박물관까지 내처 달렸다. 터번을 두른 인도 출신 택시기사는 79번 가 부근에서 나를 내려주며 강당의 위치를 자세히 알려주었다. 나는 택시비를 지불하고 감사인사를 한 다음 길을 건너 센트럴파크 안으로 들어섰다.

〈한여름 밤의 꿈〉 공연을 알리는 플래카드가 곳곳에 걸려 있었다. 고교시절에 직접 〈한 여름 밤의 꿈〉 공연에 배우로 참가한 적이 있었다. 택시기사가 가르쳐 준대로 걷다 보니 벨베데르캐슬에서 얼마 떨어지지 않은 나무숲 한가운데에 자리 잡은 야외극장이 나타났다.

나는 강당을 찾기 위해 주변을 둘러보았다. 공원에는 관광객들, 연극애호가, 아이스크림과 소다수를 파는 노점상, 신나게 이리저리 뛰며 노는 아이들로 북적거렸다.

나는 금세 공연배우들 틈에 섞여 있는 리자를 발견했다. 야외에 설치해놓은 대형 천막이 출연배우들을 위해 마련한 공동 분장실인 듯했다. 아침에 나를 패대기쳤던 복근남도 와 있었다. 그는 팬티만 달랑 걸치고 있던 아침과 달리 정장 차림이었다.

요정들의 여왕 티타니아 역을 맡은 리자는 휘황찬란한 광채를 뿜어내는 티아라와 환상적인 드레스를 입고 우아한 자태를 뽐내고 있었다. 리자에게 너무나 잘 어울리는 배역이었다.

리자가 나를 발견하고 깜짝 놀란 표정을 지었다. 이미 예상하고 있었지만 그다지 반가워하는 기색이 아니었다. 초콜릿 복근을 자랑하는 남자가 또다시 우리 사이에 끼어들고 싶은 듯 눈에 쌍심지를 켜고 다가왔다. 이번만큼은 나도 호락호락 당하고 싶지 않았다. 나는 기습적으로 달려들며 그의 사타구니를 무릎으로 가격했다. 급소 부위에 미처 예상치 못한 공격을 받은 그는 마치 못이라도 박힌 듯 그 자리에 옴짝달싹도 하지 못하고 멈춰 섰다. 동료 배우가 피습을 당하자 테제, 에게, 리장드르 등이 한꺼번에 나에게 달려들 태세를 취했다.

요정의 여왕이 그들을 제지하며 앞으로 나섰다.

"아서, 당신 정말 왜 그래? 왜 사사건건 내 일을 망치려 드는 거야?"

리자의 목소리에 짙은 원망이 배어 있었다.

"리자, 제발 부탁인데 잠시만이라도 내 이야기를 들어줘."

"보다시피 난 지금 셰익스피어 연극공연을 앞두고 있어. 대사도 점검해봐야 하고 분장도 해야 돼. 몇 분 후에는 무대에 올라가야 한단 말이야. 지난 육 개월 동안 잠을 설쳐가며 연습해온 작품이야. 나에게는 더없이 중요한 공연이란 뜻이야."

"나에게 딱 10분만 시간을 내줘. 당신이 내 말을 듣고 나서도 앞으로 만나고 싶지 않다고 할 경우 다시는 찾아오지 않을게. 당신이 원할 경우 오늘 이후 나를 만나지 않아도 된다는 뜻이야."

"좋아, 딱 10분이야?"

잠시 망설이던 리자는 마지못해 내 말을 받아들였다.

우리는 이야기를 나누기 위해 비교적 한적한 곳으로 걸어갔다. 리자는 땅에 끌리는 긴 드레스를 입은 데다 등에 천사의 날개까지 달고 있어 멀리까지 갈 수도 없었다. 우리는 대형 천막에서 10여 미터쯤 떨어진 벤치에 앉았다. 우리 옆 벤치에 앉은 여섯 살짜리 꼬마가 천사 분장을 한 그녀를 발견하고 황홀한 표정을 지으며 이탈리아제 아이스크림을 열심히 핥아댔다. 아이 엄마는 존 르 카레의 소설을 읽느라 여념이 없었다.

"자, 나에게 말하고 싶은 게 뭔지 어서 털어놔 봐."

리자가 새침한 표정으로 말했다.

"당신은 내가 하는 말을 믿지 못하겠지만 모두가 분명한 사실이라는 걸 미리 밝혀둘게. 지난 5년간 나에게 상상하기조차 힘든 일이 밀어닥쳤어."

"상상하기조차 힘든 일이 뭔지 어서 말해 보라니까."

나는 무호흡 잠수라도 하려는 사람처럼 숨을 깊이 들이마신 다음 10분 간에 걸쳐 지난 5년 동안 나에게 벌어진 일을 이야기했다. 토요일 아침 아버지의 방문, 등대, 지하실에 있는 금단의 문, 세인트 파트릭 대성당, 그녀의 집 샤워부스, 그녀의 전 애인이자 예술가의 작업실에서 깨어나 자살을 시도한 그녀를 구한 일, 설리반 할아버지의 비극, 24방위 바람의 등대가 내린 저주 등에 대해 짧은 시간이지만 비교적 상세하게 설명했다.

기나긴 설명을 끝낸 나는 걱정스런 표정으로 리자의 반응을 살폈다.

"그러니까 당신이 새벽에 도망치듯 사라진 다음 내게 연락 한 번 하지 않았던 이유가 일 년에 딱 하루밖에 살지 못하기 때문이라는 거야?"

리자가 전혀 감정이 담겨 있지 않은 무미건조한 표정으로 되물었다.

"그렇다니까. 난 당신을 어제 봤는데 일 년이 지나 있는 식이지."

"그럼 당신은 연중 24시간 이외에는 어디에 머물고 있지?"

"연중 24시간을 빼면 나는 그 어디에도 존재하지 않아."

"당신이 증발해버릴 때면 어떤 일이 일어나지?"

리자가 빈정거리는 투로 물었다.

"혹시 〈스타 트랙(Star Trek미국의 NBC 방송국에서 제작한 인기 SF드라마. 가상 우주에서 일어나는 여러 사건을 다룬다 : 옮긴이)〉에서와 같은 현상이 벌어지는 거야?"

"난 그저 시간의 늪 속으로 증발할 뿐이야. 전지전능한 슈퍼 히어로의 힘이 작용하는 것도 아니고, 데이빗 카퍼필드가 매직 쇼를 하는 것도 아니야."

리자가 어이없다는 듯 피식 웃었다.

"당신은 나와 함께 설리반 할아버지를 블랙웰정신병원에서 탈출시켰어. 내가 보기에 정신병원에 수용되어야 할 사람은 설리반 할아버지가 아니라 바로 당신이야."

리자는 여전히 빈정거리는 투로 말을 쏟아내고 있었지만 목소리에 분명 호기심이 담겨 있었고, 적이 걱정스러워 하는 마음도 읽혔다.

"그럼 당신은 이제 곧 시간의 늪 속으로 사라지겠네? 내가 혹시 그 모습을 확인할 수 있을까?"

"그럴지도 모르지."

벌써 몇 초 전부터 팔다리가 쿡쿡 쑤시는 증상이 시작되고 있었다. 눈앞에서 검은 반점이 보이며 오렌지 꽃향기가 코끝을 자극했다. 나는 온힘을 다해 정신을 집중하려고 애썼다. 적어도 아직은 시간여행을 떠나서는 안 된다고 생각했다. 난 좀 더 버텨야만 했다.

리자는 깊은 상념에 빠진 얼굴로 내 앞에 서 있었다. 그녀의 눈동자에는 여전히 해소되지 않은 의문과 미심쩍은 동요가 어려 있었다. 상식적으로 생각하자면 말이 안 되는 이야기라 즉시 공연을 앞두고 있는 동료들 곁으로 돌아가야 마땅했지만 그녀는 여전히 심각하게 갈등하며 그 자리에 서 있었다.

"당신한테 할 말이 있어."

리자가 마침내 입을 열었다.

하필이면 바로 그때 내 몸이 심하게 요동치기 시작했다. 전혀 통제할 수 없을 만큼 심한 경련이 일었다. 나는 혹시라도 누군가가 내가 시간의 늪 속으로 사라지는 광경을 목격할 경우 그에게 미칠 파장이 우려스러워 재빨리 주변을 살펴보았지만 나에게 딱히 관심을 보이는 사람은 눈에 띄지 않았다. 다만 빨강머리 꼬마만이 눈을 동그랗게 뜨고 나를 주시하고 있었다.

"리자, 어서 말해. 무슨 말이 하고 싶은 거야?"

리자는 눈앞에서 벌어지고 있는 황당한 모습에 놀라 온몸이 얼어붙은 듯 아무 말이 없었다.

내 귀에서 윙윙거리는 소리가 점점 더 크게 들리기 시작했다. 그런 다음 몸을 깊숙이 빨아들이는 느낌과 함께 이미 여러 번 겪어봤지만 도저히 익숙해지지 않는 느낌, 즉 몸이 해체되는 느낌을 받았다.

"아서!"

리자가 다급하게 소리쳤지만 내 몸은 이미 사라진 뒤였다.

나는 비로소 내 '정신'만큼은 몸이 사라지기 전에 있었던 장소에서 1,2초가량 더 머문다는 사실을 알게 되었다.

그 1,2초 사이에 나는 천사 드레스를 입은 리자가 정신을 잃고 잔디밭에 쓰러지는 모습을 목도했다. 우리 옆 벤치에 앉아 있던 빨강머리 꼬마가 손에 들고 있던 아이스크림을 떨어뜨린 것도 잊고 자기 엄마의 팔을 잡고 흔들어댔다.

"엄마도 봤어? 요정들의 여왕이 자기 애인을 사라지게 했어!"

1997년, 아주 특별한 하루

그러니 내 마음에서 멀리 떨어진 어디로 도망칠 수 있단 말인가?
내 자신으로부터 도망쳐 어디로 달아날 수 있단 말인가? —아우구스티누스 성자

0

나는 지난번보다는 비교적 럭셔리한 분위기에서 눈을 뜬다. 빵 냄새가 콧속으로 스며든다. 나는 흙으로 구운 시골풍 타일 바닥에 코를 박고 엎드려 있다. 관절의 통증도 덜 하고, 두통도 예전에 비해 훨씬 가벼우며, 숨소리도 고르다.

밀가루를 반죽하는 기계, 빵을 만드는 틀, 발효 숙성기가 보이고, 다양한 비엔나 풍 빵들이 구워지고 있는 오븐이 눈에 띈다. 황마로 짠 포대들과 오 크루아상 쇼(Au croissant chaud : 1974년에 세워진 프렌치 베이커리)라고 인쇄된 포장봉투들이 보인다.

나는 재킷과 바지에 묻은 밀가루를 털어낸다. 내가 깨어난 곳은 전통 방식으로 빵을 굽는 베이커리이다.

1

위층에서 사람들이 이야기하는 소리와 움직이는 소리가 들려왔다. 나는 서둘러 크루아상과 초콜릿 빵을 봉투에 가득 담은 다음 돌계단을 통해 거리로 나왔다.

리틀 이태리와 놀리타의 경계 지역인 포석이 깔린 막다른 골목길로 보워리 가와 수직으로 만나는 곳이었다. 여명이 밝아오면서 은빛 달이 빌딩들 사이로 자취를 감추고 있었다. 어느 상점의 진열장에 걸려 있는 시계를 보니 6시 25분이었다.

나는 시간여행에서 돌아왔을 때 취할 행동수칙을 미리 정해두었다. 신문 자동판매기에 동전을 집어넣고 《뉴욕 타임스》지 1면 기사를 펼쳤다. 1997년 8월 31일 자 신문이었다.

지난 번 시간여행으로부터 무려 13개월이나 지나 있었다. 아무리 예정된 일이라 하더라도 이런 식의 시간여행은 매번 받아들이기 힘든 고통으로 다가왔다. 24시간이 지날 때마다 나이를 한 살씩 더 먹는다니 아무리 생각해도 억울하기 그지없는 일이었다. 다이애나 왕세자비의 사진이 신문의 1면 톱을 장식하고 있었다.

다이애나 왕세자비 파리에서 교통사고로 사망!

나는 택시를 잡아타고 가면서 기사를 읽었다.

다이애나 왕세자비가 지난밤 자정이 조금 지난 시각 파리의 센 강변 터널에서 자동차사고로 사망했다. 프랑스의 몇몇 라디오 방송은 다이애나 왕세자비가 어디를 가든 파파라치들의 극성스런 추적에 시달려온 점을 고려할 때 충분히 예측 가능한 사고였다고 보도하면서 분노를 금하지 못하는 영국 왕실 대변인들의 반응을 전했다.

암스테르담 대로변의 건물 앞에 도착한 나는 리자와 약속한 말을 반드시 지키기로 결심했다. 만일 이번에도 리자가 나를 만나지 않겠다고 할 경우 더는 고집을 부리지 않을 생각이었다.

나는 우편함에 리자의 이름이 여전히 부착되어 있는지 확인한 다음 계단을 올라가 단호한 태도로 초인종을 눌렀다. 문을 향해 다가오는 발자국 소리가 들려왔고, 누군가가 문에 부착해놓은 작은 렌즈를 통해 나를 살펴보고 있다는 걸 직감했다. 삐걱거리는 소리와 함께 문이 열리는 순간 나는 이미 초콜릿 복근남이 내지르는 주먹이든 야구방망이 세례든 다 받아들일 준비가 되어 있었다.

문을 연 사람은 리자였다. 그녀는 잠시 무표정한 얼굴로 나를 쳐다보았다. 나는 빵이 든 봉투를 흔들어 보이며 밝게 웃었다.

"당신이 크루아상을 좋아하는지, 초콜릿 빵을 좋아하는지 몰라 둘 다 챙겨왔어."

리자는 한동안 나를 물끄러미 쳐다보다가 내 목을 끌어안았다. 나에게 매달리다시피 몸을 밀착시킨 그녀는 제자리에서 훌쩍 뛰어오르며 두 다리로 내 허리를 조였다. 빵 봉투를 떨어뜨린 나는 그녀의 허벅지를 움켜쥔 다음 발을 사용해 쾅 소리가 나도록 문을 닫았다.

2

나는 리자의 배에 얼굴을 밀착시켰다. 아파트에 도착한 지 한 시간이 지나 있었고, 격정의 시간을 보내고 나서 가쁜 숨결을 고르는 동안 그녀가 내 목덜미와 머리카락을 부드럽게 쓰다듬어 주고 있었다.

"기억 나? 지난번 우리가 이야기를 나눴을 때 말이야. 그러니까 당신이 사라지기 직전……."

"당신이 나에게 뭔가 말하려다가 시간이 없어 하지 못했잖아."

"아서, 당신이 세인트 파트리크 대성당에서 깨어났던 날 나도 그곳에 있었던 것 같아."

나는 소스라치게 놀라며 벌떡 자리에서 일어나 앉았다.

"정말이야?"

리자는 가슴 위까지 시트를 끌어올렸다.

"그 날이 아마 1992년 7월 16일이었을 거야."

"그래, 맞아."

나는 리자의 말에 고개를 끄덕였다.

"그 당시는 내가 뉴욕에 온 지 얼마 되지 않았을 때야. 모트 가에 비좁은 아파트를 얻어 살 때였지. 그날 늦은 오후 산책이나 할 겸 함께 세 들어 사는 친구와 5번가로 갔어. 그 친구는 독실한 가톨릭 신자라 함께 세인트 파트리크 대성당을 둘러볼 계획이었어."

리자는 몸을 굽혀 마룻바닥에 놓인 생수병을 집어 들었다.

"그 무렵 종교에 도무지 관심이 없던 나는 세인트 파트리크 대성당 앞에 빅토리아 시크릿 매장이 있다는 걸 알고 있었어. 내가 란제리를 고르는 동안 내 친구는 대성당을 둘러보고 오겠다는 거야. 나는 그러라고 한 다음 계속 아이쇼핑을 했어. 잠시 다녀오겠다며 간 친구가 한참 시간이 지났는데도 돌아오지 않아 나도 어쩔 수 없이 대성당으로 갔어. 대성당의 성가대석 근처에 사람들이 몰려 있었어. 내가 대성당 중앙통로를 거슬러 올라가려는 순간 두 명의 경찰이 나타나더니 분홍색 물방울무늬 팬티만 입은 남자를 잡겠다며 추격전을 벌이고 있는 거야. 난 그때 그 남자가 바로 당신이었다고 확신해!"

나는 리자의 고백을 듣는 동안 넋이 빠져 달아나다시피 했다.

"정말 신기하지 않아?"

리자가 활짝 미소를 지으며 물었다.

"당신이 일 년에 단 하루 돌아오는 시간에 나와 우연히 마주치다니? 어떻게 그런 일이 있을 수 있지? 아무리 생각해봐도 너무나 신기한 일이라 당신에게 이야기를 들려주고 싶어 그동안 얼마나 조바심을 쳤는지 몰라."

"우연치고는 정말 신기한 일이야."

"그러니까 우연이 아닌 거야. 내가 나름 그 의미를 분석해본 결과를 말해줄 테니까 잘 들어봐. 나도 당신이 들려준 신기한 등대 이야기의 한 부분이라는 생각이 들어. 그러니까 등대가 우리 두 사람을 만나게 해주었다는 뜻이야. 등대의 저주가 설리반 할아버지와 사라를 만나게 해준 것처럼 당신과 나를 만나게 해주었다고 생각해."

리자는 자신의 생각에 한껏 고무돼 있었다. 그 반면 나는 혹시 리자에게 무슨 좋지 않은 일이라도 생길까봐 두려움이 일었다.

"설리반 할아버지가 두 사람의 비극적인 결말에 대해서도 이야기했어?"

"물론 들었어. 그렇게 되기 전에 우린 반드시 등대의 저주를 풀어야 해!"

리자가 눈빛을 빛내며 말했다.

설리반 할아버지가 나에게 거듭 경고를 가한 게 어쩌면 괜한 기우는 아니었을 거라는 생각이 들었다.

리자가 몸을 가리고 있던 시트를 활짝 열어젖혔다. 내 눈이 아무것도 걸치지 않은 그녀의 알몸으로 향했다. 그녀는 여전히 침대에 누운 자세 그대로 손을 뻗어 내 가슴을 쓰다듬으며 내 몸을 끌어당겼다. 그녀의 입술이 내 가슴과 목덜미에 찌릿한 자취를 남기며 부드러운 탐험을 계속했다. 그녀의 손가락들이 내 몸의 척추가 그리는 곡선을 타고 아래로 미끄러져 내려가며 옆구리와 엉덩이를 부드럽게 어루만졌다. 나는 다시 그녀의 황홀한 초대에 이끌려 몸을 일으켜 세웠다. 그녀의 몸으로 들어서는 순간만큼은 설리반 할아버지의 경고가 머리에 들어오지 않았다.

3

우리 둘 다 드러내놓고 말하지는 않았지만 적어도 한 가지 사항에 대해 암묵적인 합의를 했다고 느꼈다. 지금 이 순간을 살자는 것……. 불확실한 미래에 대해 걱정하느라 지금 이 순간의 행복을 내팽개치지 말자는 것……. 지금 이 순간, 우리에게 모든 걱정과 우려는 시간 낭비였다. 우린 가장 가치 있고 즐거운 일, 즉 사랑하는 일에 모든 시간을 할애했다. 우린 서로의 몸에 매달려 잠시도 떠나지 않았다.

9시

우린 아침식사로 우유를 넣은 커피와 〈오 크루아상 쇼〉에서 슬쩍 집어온 비엔나 풍 빵을 먹었다. 침대시트에 빵 부스러기가 떨어졌지만 개의치 않았고, 계란에 담긴 노란 해를 보며 서니 사이드 업(sunny-side up 노른자를 터뜨리지 않고 동그란 해처럼 익힌 계란플라이 : 옮긴이) 을 먹었다.

10시

리자가 자신이 보유하고 있는 CD를 몽땅 침대에 늘어놓더니 가장 좋아하는 노래들을 차례로 들려주었다. 나는 처음으로 라디오헤드의 〈노 서프라이지스 No Surprises〉 기타 리프 연주를 들었다. 퍼지스의 〈킬링 미 소프트리 Killing Me Softly〉 리메이크 곡에 나오는 비터 스위트 심포니(Bitter Sweet Symphony)의 어지러운 반복 후렴구도 처음으로 들었다.

11시

요즘 한창 인기를 얻고 있는 텔레비전 드라마를 시청했다. 소프트한 〈프렌즈〉로 입맛을 돋운 다음 〈사인필드〉 2회 분을 보며 배꼽 빠지게 웃고, 〈이알 ER〉을 보며 의사로 되돌아가 일을 하는 것 같은 향수에 젖어들었다.

14시

나는 리자가 링컨센터에서 공연하게 될 연극의 대사 연습을 도와주었다.

"사랑은 한숨으로 이루어진 연기와 같다네. 연기가 걷히면 연인들의 눈에서 불꽃이 반짝이지. 연기가 짓눌리면 그들의 눈물로 바다가 깊어진다네." 〈로미오와 줄리엣〉, 1막 1장.

16시

주방 선반에서 지난번 시간여행 때 구입했던 요리책을 발견했다. 꿀로 졸인 오리 가슴살 요리를 거의 완벽하게 성공하도록 도와준 책이었다.

나는 리자에게 점심식사로 무얼 먹고 싶은지 묻고는 초인적인 의지를 발휘해 침대에서 빠져나와 길가 모퉁이 식품점으로 장을 보러 갔다. 식료품을 사들고 돌아온 나는 본격적으로 볼로냐 식 라자냐 그라탕을 만들 준비에 착수했다. 내가 만든 라자냐의 맛은 추천할 만큼 성공적이지 못했지만 리자가 어찌나 맛있게 먹는지 기쁘기 그지없었다. 원래 사랑이란 눈뿐만 아니라 미각마저 멀게 하는 듯 리자는 이제껏 먹어본 라자냐 중에서 단연 최고라며 칭찬을 아끼지 않았다.

18시

나막신 모양 욕조에 두 사람이 함께 들어가 목욕을 하기에는 턱없이 좁았지만 바짝 몸을 밀착시키자 마치 혼자 들어간 것처럼 공간이 넉넉하게 남아돌았다. 라디오에서는 록 밴드 텍사스, 가수 알라니스 모리세트, 록 밴드 크랜베리의 노래가 차례로 흘러나왔다. 리자가 거품비누를 잔뜩 풀어놓은 욕조의 모락모락 피어오르는 수증기 속에서 《보그》지 최신호를 훑어보는 동안 나는 《뉴스위크》지와 《타임 매거진 Time Magazine》 지난 호들을 살펴보았다. 최근 몇 달 사이에 벌어진 사건들 가운데 이 시대가 보여주는 편집증적 증세, 이 시대를 대표하는 영웅들의 표본으로 가름할 수 있는 것들을 찾아냈다. 가령 이 시대의 기업인 빌 게이츠, 기후 온난화에 대한 우려, 신비한 인터넷의 세계, 라스베이거스에서 벌어진 총격전으로 사망한 투팍 샤커 Tupac Shakur, 재선에 성공한 빌 클린턴 대통령, 인텔 반도체칩이 경제에 미치는 혁명적인 결과, 경제가 다시금 높은 성장세를 보이기 시작하면서 심화된 불평등 문제 등이 내가 찾아낸 핵심 이슈였다.

20시

내가 녹차를 준비하는 동안 리자는 내 셔츠를 몸에 걸쳤다. 우리는 침대에 나란히 누워 손에 펜을 쥐고 각자 다른 일에 몰두했다.

리자는 등대의 수수께끼를 풀 수도 있지 않을까 하는 희망을 품고 24라는 숫자가 지니고 있는 상징적인 의미(하루는 24시간, 순금은 24캐럿, 1초당 24개의 이미지를 필요로 하는 영화 제작 원리, 성서에서 예수님이 환자를 고친 횟수도 24번, 인간의 몸을 구성하는 24원소)를 노트에 **빼곡하게** 적어 나갔다.

한편, 나는 리자가 나에 대해 좀 더 알아야겠다며 내민 프루스트 질문서에 답을 적어주었다.

23시

아파트에서 두 블록쯤 떨어진 주택가에 자리 잡은 엠파나다 파파스는 찾는 사람이 엄청나게 많아 시끄러운 곳이었지만 오븐에 구운 고기만두의 맛이 그야말로 기가 막혔다. 테이블 하나를 차지하고 앉은 나는 리자가 카운터에서 건네받은 코로나 맥주를 양 손에 들고 사람들 틈을 헤치며 걸어오는 모습을 바라보았다. 해맑은 미소가 드리워진 그녀의 얼굴에서는 우아하고 세련된 기품이 자연스럽게 배어나왔고, 다이아몬드처럼 찬란한 빛을 발했다.

왜 진작 리자를 만나는 행운을 누리지 못했을까? 우리에게는 왜 남들처럼 사랑하며 살아갈 수 있는 충분한 시간이 주어지지 않는 걸까? 어슴푸레한 조명 아래서 리자가 입은 가죽 라이더 재킷과 캐러멜 색 머리카락이 환상적으로 어우러졌다. 리자는 양 손에 들고 온 맥주를 테이블에 내려놓고 내 옆에 앉았다.

나는 하루 종일 우리 두 사람이 같은 장소에서 함께 음식을 먹고, 즐거운 미소를 지으며 행복하게 어우러지고 있는 것에 감동했다. 하지만 벽에 걸린 해골 모양 멕시코 식 시계의 초침이 쉬지 않고 재깍재깍 움직이며 나에게 떠나야 할 시간이 임박해오고 있다는 사실을 상기시키고 있었다.

시간은 속임수를 쓰지 않고도 매번 승리를 거두는 탐욕스러운 노름꾼임을 기억하라! 시간은 곧 법이다.

고교 시절 프랑스어 수업 시간에 공부했던 보들레르의 시구가 이토록 구구절절 와 닿은 적은 없었다.
운명은 어쩜 나에게 이리도 가혹하고 잔인한 형벌을 내릴 수 있단 말인가?

새벽 5시

창백한 달빛이 침실 창틈으로 스며들어오고 있었고, 자명종의 절망적인 울림이 내 귓전을 파고들었다. 나는 아쉬움과 절망감을 떨쳐버리지 못한 가운데 부스럭거리는 소리를 내지 않기 위해 조심하며 자리에서 일어났다. 어차피 떠나야한다면 미리 출발 준비를 해두는 편이 나을 듯했다. 나는 침대에서 내려와 셔츠, 재킷, 바지, 구두를 차례로 착용했다. 나름 조심했지만 등 뒤에서 리자의 인기척이 느껴졌다. 나는 그녀가 깊이 잠든 줄 알고 있었다. 내 몸을 감싸 안은 그녀가 어깨에서 목덜미로 올라오며 부드러운 키스를 했다.
"당신이 곧 떠나야한다는 게 실감나지 않아."
리자가 나를 책상 앞에 놓인 버드나무의자 쪽으로 밀어붙이며 말했다. 그녀가 옷고름을 풀자 입고 있던 얇은 잠옷이 바닥으로 흘러내렸다.

나는 푸르스름한 달빛을 받아 뽀얗게 드러난 그녀의 가슴을 살짝 어루만졌다. 그녀가 손가락으로 내 머리카락을 헝클어뜨려버리며 열정적으로 키스를 퍼붓고 나서 발기한 페니스를 받아들일 자세를 취했다. 나는 엉덩이를 살짝 들어 올리고, 활 모양으로 상체를 뒤로 젖힌 그녀의 몸 안으로 깊숙이 들어갔다. 고개를 한껏 뒤로 젖히고, 내 몸에 찰싹 달라붙은 그녀는 매혹적인 입술을 반쯤 벌린 채 파도치듯 몸을 일렁였다. 내 손은 그녀의 입술을 어루만지다가 젖가슴으로 미끄러지듯 옮겨 갔다.

갑자기 내 머릿속이 혼미해지며 숨을 제대로 쉴 수 없었다. 따끔따끔한 느낌이 점점 더 강해지며 몸을 제대로 움직일 수 없었다. 주변 물체들이 둘로 보이기 시작했고, 내가 그토록 두려워하는 오렌지 꽃향기가 콧구멍을 간질였다.

안 돼! 지금은 안 돼!

내 몸 위에 걸터앉은 리자의 몸짓이 점점 더 빨라지고 있었고, 나는 그녀의 허벅지를 힘껏 움켜쥐었다.

떠나지 않을 수만 있다면 지푸라기라도 잡고 매달리고 싶었다.

다만 몇 분이라도 더 리자와 함께 할 수 있다면 무엇이든 잡고 매달리고 싶어.

리자는 내 시선을 붙잡고 놓아주지 않았다. 절정의 순간, 그녀는 몸을 부르르 떨었다.

"아서!"

리자가 내 이름을 소리쳐 불렀다.

그렇지만 나는 이미 거기에 없었다.

무슨 잘못을 저질렀기에 이처럼 혹독한 대가를 치르는 걸까?

도대체 무슨 죄를 저질렀기에 이처럼 가혹한 형벌을 받아야 하는 걸까?

1998년, 사라지는 남자

사람들은 아무런 위험도 뒤따르지 않는 길에는 허약한 자들만 보낸다. ―헤르만 헤세

0

이번에는 깨어나는 과정이 다른 때보다 매우 부드럽게 진행된 편이다.

나는 콜히쿰, 히스, 장미 따위 꽃향기를 맡으며 눈을 뜬다. 의식을 되찾고 보니 방금 깎아 가지런한 잔디밭에 누워 있다. 나는 두 눈을 비비며 몸을 일으켜 세운 다음 양 어깨를 주무른다. 해가 떠 있지만 아직은 약간 춥다. 내가 입고 있는 바지는 단추가 열린 가운데 발목까지 내려와 있지만 외투에 들어 있던 돈은 그대로이다. 나는 서둘러 바지를 올린다. 가을이라 나무들은 마치 불이 타오르는 듯 울긋불긋한 단풍으로 물들어 있다.

내가 지금 있는 곳은 도심에 위치한 아름다운 주택의 정원이다.

나는 현관 입구로 연결된 계단 위에 떨어져있는 신문을 집어 든다. 신문배달 소년이 몇 분 전 던지고 간 신문이다. 주소는 그래머시 파크 인근이고, 날짜는 1998년 10월 31일로 할로윈데이이다.

나를 평화롭게 하는 목가적인 분위기는 그리 오래 지속되지 않는다. 커다란 불도그 두 마리가 갑자기 맹렬한 기세로 짖어대기 시작하는 순간 평온한 분위기는 삽시간에 깨져버린다. 개들이 나를 향해 돌진해오는 바람에 죽을힘을 다해 철책을 뛰어넘는다. 나는 쿵 소리를 내며 철책 너머 바닥에 떨어진다. 아슬아슬하게 개들을 따돌리긴 했지만 철책에 발을 찔리는 바람에 깊은 상처를 입는다.

1

택시를 타고 암스테르담 대로까지 달린다. 계단을 올라간다. 초인종을 누르고 기다리는 시간이 길게만 느껴진다. 문을 연 리자의 시선에서 놀라움이 감지된다. 아파트 안에 다른 남자가 없다는 걸 확인하고 안도하는 나의 이기적인 안도감이라니…… 우리가 다시 만나기 위해 겪어야 하는 어려움의 일종이다. 우리 두 사람의 삶을 엉망으로 만드는 시간차를 극복해야 하는 어려움, 이 비합리적 상황이 지니는 폭력성을 뛰어넘어야 하는 어려움…….

나는 매번 리자의 입장이 되어보려 애쓰지만 마음처럼 쉬운 일이 아니다. 머리로는 그녀가 충격을 완화시킬 시간이 필요하다는 사실을 잘 알고 있지만 감각에 의존하는 우리의 지각은 절대로 이성적일 수 없다. 그녀는 1년 넘게 나를 보지 못한 반면, 나는 겨우 몇 시간 동안만 그녀와 헤어져 있었다고 느끼는 차이는 크다.

나는 사라지는 남자이다. 미래가 없는 남자, 점선으로 그려지는 남자, 삶에 굶주렸지만 아무런 기약도 할 수 없는 남자이다. 초고속으로 살아야하는 남자, 하루를 살 때마다 롤러코스터처럼 강렬하게 살아야 하는 남자, 떠나고 난 자리를 채워줄 추억다발을 여러 개 만들기 위해

주어진 시간을 최대한 잡아 늘려야 하는 남자이다.

2

나는 사라지는 남자이지만 모든 걸 기억한다. 다른 날들과 마찬가지로 이 날도 눈 깜짝할 사이에 지나간다. 고통 속에서, 긴장감 속에서, 우리 두 사람에게 찾아올 공백기를 커버할 마음속 대비를 하는 가운데 하루가 다 지나간다.

나는 할로윈데이를 맞아 집집의 창문이며 정원을 장식한 찡그린 표정의 호박들을 기억한다.

리자와 에밀리 디킨슨의 시를 함께 읽었던 유니온스퀘어 근처의 한 책방을 기억한다.

베세다 분수 앞에서 〈바이 바이 블랙버드 Bye Bye Blackbird〉를 연주하던 색소폰 주자를 기억한다.

나는 우리가 쉑쉑버거를 맛보기 위해 매디슨파크에서 줄을 섰던 걸 기억한다.

멀버리 가의 철책 두른 운동장에서 나보다 키가 20센티미터쯤 더 큰 사춘기 남자아이와 농구 시합을 벌인 걸 기억한다.

나는 지하철의 지상 구간에서 죽자 사자 싸우던 커플을 기억한다. 싸우긴 해도 서로를 사랑한다는 인상을 준 커플.

나는 코니아일랜드에서 놀이기구를 타며 활짝 웃던 리자의 웃음소리를 기억한다.

이마로 흘러내린 리자의 머리카락을 귀 뒤로 넘겨주었던 걸 기억한다.

바닷가를 따라 쭉 뻗은 숲 속을 산책하던 중 만난 거센 광풍을 기억한다.

바닐라 아이스크림이 담긴 콘을 뜨거운 초콜릿 소스 속으로 풍덩 담그던 상인을 기억한다.

브라이튼 해변에서 지는 해를 바라보며 피우던 담배를 기억한다.

맨해튼으로 돌아오던 우리의 여정을 기억한다.

길을 따라 걸으며 이 집 저 집 대문을 두드리고는 트릭 오아 트릿(Trick or treat 맛있는 걸 내놓지 않으면 장난칠 거야. 할로윈데이에 아이들이 삼삼오오 떼를 지어 집집을 돌며 이 말을 외치면 집안에 있던 어른들이 미리 준비해둔 사탕 등을 나누어준다. : 옮긴이)을 외치던 아이들을 기억한다.

나는 뉴욕에서 가장 맛있는 파스트라미 샌드위치를 판다고 주장하는 컬럼비아 대학 근처의 델리숍을 기억한다.

채플린의 영화들을 상영하던 어퍼웨스트사이드의 오래된 영화관을 기억한다.

나는 오늘 하루가 끝나지 않을 거라고 믿기 위해 기를 쓰던 우리 두 사람을 기억한다.

새벽이 되어 다시 리자의 곁을 떠나야 할 순간, 지난번보다 더 강력한 전류에 의해 내 머릿속이 감전된 것 같다고 느끼는 순간, 내 삶이 앞으로도 이렇게 지속되어서는 안 된다고 생각했던 나 자신을 기억한다.

내 삶뿐만 아니라 리자의 삶도 마찬가지다.

1999년, 유령선

약간의 분별력을 갖춘 사람이라면 시간이 흐르는 동안 사랑도 변화한다는 사실을 알고 있다.
사람들은 사랑에 쏟아 부은 에너지가 얼마나 많고 적은지에 따라 사랑을 간직하기도 하고,
집착하기도 하고, 때론 잃어버리기도 한다. —칼럼 맥칸

0

극지방에서 불어온 찬바람이 내 얼굴을 할퀴고 손발을 꽁꽁 얼어붙게 한다. 얼음장처럼 차가운 공기가 뼛속까지 파고든다.

말린 생선, 미역, 휘발유 냄새 따위가 뒤섞여 코를 자극한다. 생선 비린내 때문에 구역질이 치밀어 오르며 당장 토할 것만 같다. 미처 몸을 일으키기도 전에 구토가 쏟아져 나오며 입안에서 담즙처럼 쓴 맛이 느껴진다. 마치 누군가가 내 목을 조이기라도 하듯 숨이 막히는 바람에 몇 번 헛기침을 한 나는 마침내 몸을 일으킨다. 갑자기 불안감이 엄습해오며 잔뜩 긴장한다. 시간여행에서 돌아올 때마다 나는 늘 똑같은 두려움을 느낀다. 어디에서 깨어날지 알 수 없고, 따라서 내가 어떤 위험에 노출될지 전혀 알 수 없어 늘 불안감에 휩싸인다.

아직 어둡지만 동쪽하늘이 차츰 밝아오고 있다. 내 눈 앞에 광대하고도 황량한 풍경이 펼쳐져 있다. 끝이 보이지 않을 만큼 먼 곳까지 폐

선박들이 끝없이 펼쳐져 있다. 낡고 작은 돛단배, 화물선, 마스트들이 부딪치며 소리를 내는 요트, 트롤선, 수상 택시, 제법 큰 거룻배, 심지어 쇄빙선에 이르기까지, 뻘겋게 녹이 슨 온갖 선박들이 생명을 다한 채 버려져 있다. 고장 나거나 일부가 파손돼 쓸모없게 되어버린 수천 척의 선박들……

1

지금 내가 있는 곳이 어딘지 쉽게 가늠할 수 없었다. 멀리까지 바라보았지만 고층건물이라고는 전혀 보이지 않았다. 운행을 정지한 기중기 몇 대, 정유공장의 굴뚝에서 피어오르는 시뻘건 불길만이 눈에 들어올 따름이었다.

지금 내가 있는 곳은 결코 나에게 우호적인 곳이라 할 수 없었다. 주변에 아예 사람 그림자조차 보이지 않았다. 찰랑거리는 물소리와 삐걱거리는 소리, 밧줄이 부딪치는 소리, 푸른빛 밤하늘을 맴도는 갈매기 울음소리만이 이따금 괴괴한 적막을 깰 뿐이었다.

날씨가 얼마나 추운지 몸이 덜덜 떨리며 이빨이 심하게 부딪쳤다. 내 몸에 걸쳐져 있는 옷이라고는 면바지, 폴로셔츠, 얇은 재킷이 전부였다. 강추위를 견뎌내기에는 지나치게 허술한 옷차림이었다. 얼마나 추운지 얼굴이 불에 덴 듯 얼얼했고, 저절로 솟아난 눈물이 뺨을 타고 줄줄 흘러내렸다.

쉼 없이 어깨를 문지르고 양손에 호호 입김을 불어봤지만 혹독한 추위를 견뎌내기에는 턱없이 미약할 뿐이었다. 이 상태로 가만히 있을 경우 꽁꽁 얼어 죽을 수밖에 없을 듯했다.

내가 발을 딛고 서 있는 곳은 땅이 쑥쑥 꺼져 들어가는 이탄지였다.

부두라고는 그 어디에도 보이지 않았다. 수명이 다한 선박들의 집하장으로 버림받은 배들은 고인 물속에 잠겨 썩어가고 있었다. 이 음울하고 황량한 곳에서 벗어날 수 있는 유일한 방법은 걷는 것밖에 없었다.

나는 유령선들을 뒤로 하고 진흙탕 속을 무작정 걸었다. 1백 미터쯤 걷자 모래 해변으로 건너갈 수 있는 부교가 보였다. 나는 살을 에는 찬바람으로부터 얼굴을 보호하기 위해 고개를 푹 숙이고 달리기 시작했다. 얼마쯤 달렸을까? 추위 때문에 몸의 감각을 전혀 느낄 수 없었다. 숨을 들이쉴 때마다 콧구멍과 기도가 한기 때문에 따가울 지경이었고, 손과 발은 점차 감각을 잃고 마비되어가고 있었다. 얼마나 추운지 머리가 굳어버려 생각하는 것조차 불가능했다.

기를 쓰고 20분 정도 달리자 마침내 페인트칠한 3층짜리 소형 주택들이 줄지어 늘어선 택지 조성지구 입구에 다다랐다. 나는 가장 처음 나온 집 앞에서 뜀박질을 멈췄다. 두꺼운 다운점퍼로 몸을 감싼 노인이 잔디밭 한가운데에서 잔뜩 쌓아올린 낙엽을 태우고 있었다.

"길을 잃었나?"

나를 본 노인이 물었다.

담배 때문에 누렇게 물든 턱수염을 길게 기른 노인은 카우보이 모자를 쓰고 있었다. 나는 몸을 앞으로 굽히고, 양 손을 무릎 위에 올려놓은 채 피를 토하듯 심한 기침을 했다. 현기증이 나며 심장이 터질 듯 두방망이질을 쳐댔다.

"여기가 어디죠?"

나는 가쁜 숨을 몰아쉬며 가까스로 물었다.

카우보이 모자를 쓴 노인은 머리를 긁적이더니 마치 서부영화에 등장하는 인물처럼 잎담배를 한 모금 길게 빨았다.

"여긴 위트 마린 선박 묘지야."

"정확한 위치가 어떻게 되는데요?"

"스테이튼 섬의 로스빌."

"맨해튼은 여기서 먼가요?"

"일단 버스를 타고 페리 호 선착장까지 가는데 한 시간쯤 걸릴 거야. 배를 타고 바다를 건너는데 드는 시간을 더하면 대략 서너 시간은 걸리지 않을까?"

나는 노인의 말을 듣고 망연자실해 그 자리에서 그대로 얼어붙어버릴 지경이었다.

"자네는 추위에 얼어 몸이 안 좋아 보여. 일단 집에 들어가 와인이라도 한 잔 하면서 몸을 녹이는 게 어떤가?"

"그렇게 해주신다면 정말 고맙겠습니다."

"난 자카리라고 해. 사람들은 나를 잎담배라고 부르지."

"저는 아서 코스텔로입니다."

나는 노인을 따라 집 안으로 들어갔다.

"아마 어딘가에 자네에게 맞는 옷이 있을 거야. 아들 녀석 옷이 옷장 가득 쌓여있거든. 내 아들 놈 이름은 링컨이야. 적십자사에서 자원봉사자로 일했는데 2년 전 그만 오토바이 사고로 저세상 사람이 되어버렸지. 그리고 보니 내 아들 녀석이 자네랑 좀 닮은 구석이 있는 것 같아."

"오늘이 무슨 요일이죠?"

내가 현관으로 들어서며 물었다.

"금요일."

"날짜는요?"

노인은 씹고 있던 잎담배를 내뱉더니 어깨를 으쓱했다.

"뉴스에서 듣자하니 오늘이 바로 어느 사이비종교 집단에서 종말의 날이라고 예언한 바로 그날이라더군."

나는 눈썹을 찡그렸다.

노인은 아랑곳하지 않고 말을 계속했다.

"내가 생각하기에 그런 예언은 죄다 아무짝에도 쓸모없는 개소리일 뿐이지."

거실로 들어가 보니 텔레비전이 켜져 있었다. 화면 아래쪽에 흐르는 자막을 보고 나서야 나는 방금 전 노인이 한 말을 이해할 수 있었다.

1999년 12월 31일, 어떤 사이비 종교집단에서 세상의 종말이 찾아올 거라고 예언했던 바로 그 날이었다.

2

리자의 집에 도착해보니 문이 굳게 잠겨 있었다.

나는 스테이튼 섬을 출발해 맨해튼 도심을 가로질러 모닝사이드 하이츠에 도착하기까지 많은 시간을 소요했다. 해마다 연말연시만 되면 늘 그렇듯이 뉴욕은 밀물처럼 몰려든 관광객들에게 점령당하다시피 했다. 1999년 12월 31일은 새로운 밀레니엄을 앞둔 탓에 다른 해보다 관광객이 유난히 많아 도로 사정이 더욱 혼잡했다. 뉴욕시내에는 경찰들이 쫙 깔려 있었고, 타임스퀘어 주변 몇몇 도로는 아예 차량 출입이 통제돼 극심한 교통 체증을 불러 일으켰다.

리자는 어디로 간 걸까?

아니, 리자는 내 시선이 닿는 도처에 있었다. 1999년 연말을 맞은 캘빈클라인 광고판이 뉴욕 시내 도처에 부착돼 있었고, 놀랍게도 모델이 바로 리자 에임스였다.

리자의 시크한 흑백사진이 뉴욕 시내의 모든 광고판을 뒤덮고 있다고 해도 과언이 아니었다. 버스정류장, 공중전화부스, 대형버스 옆면, 택시에까지 리자의 사진이 부착되어 있었다. 사진 속 리자는 햄튼스 해변에서 물기가 가시지 않은 머리카락을 어깨까지 늘어뜨리고, 팔을 이용해 교묘하게 가슴을 가려 한껏 날씬한 몸매를 과시하고 있었다. 리자의 섹슈얼한 사진은 남자들의 시선을 끌어 모으기에 충분했다.

나는 혹시 레밍턴의 야옹 소리가 들릴지도 모른다고 생각하며 귀를 문 가까이 바짝 가져다 댔지만 아무런 소리도 들리지 않았다.

레밍턴을 데리고 외출했나?

나는 생각다못해 여러 차례 문을 쾅쾅 두드렸다.

"계속 문을 두드려봐야 소용없어요. 그 집 아가씨는 집에 없으니까."

이웃집 할머니 레나 마르코비치가 문을 열고나오며 말했다. 레나의 뒤꽁무니를 따라 나온 레밍턴이 재빨리 달려와 내 다리에 몸을 비벼 댔다.

"안녕하세요, 리자의 고양이를 맡아주기로 하셨군요?"

"제법 눈치는 빠르네."

"리자는 어디에 갔죠?"

나는 레밍턴을 품에 안으며 물었다.

"리자는 지금 여행 중이에요. 내가 받는 노인 연금으로는 꿈도 못 꿀 일이지."

"어디로 여행을 갔는데요?"

"어디 머나먼 섬으로 간다고 했는데 기억이 안 나네요."

"잘 생각해보세요, 어느 섬인지?"

"생각이 안 난다니까 그러네."

레나는 성질을 부리는데 일가견이 있는 할머니였다. 친절한 폐선박 무덤지기 자카리와는 성격이 정반대라고 할 수 있었다.

"고양이를 부탁했으면 적어도 연락처 정도는 남겨놓았을 것 같은데요."

나는 쉽사리 물러나지 않았다.

레나는 고개를 저었지만 거짓말을 하고 있다는 느낌이 들었다. 나는 어쩔 수 없다는 듯 양해도 구하지 않고 레나의 집 안으로 들어갔다. 레나가 나를 저지하려 했지만 힘으로 밀고 들어와 재빨리 문을 닫아버렸다. 졸지에 레나는 실내복 차림으로 복도에 홀로 남겨진 처지가 되었다.

레나의 방 두 개짜리 아파트는 오래도록 인테리어를 하지 않고 방치한 탓에 몹시 낡아보였다. 누렇게 변색된 리놀륨 바닥, 기하학적 무늬 벽지, 호마이카 가구, 합성피혁 소파 등, 1970년대에 처음 지어졌을 당시의 모습을 그대로 간직하고 있었다.

전화기가 현관 입구에 놓인 밤색 멜라민 수납장 위에 놓여 있었다. 전화기 옆에 달력과 메모지, 전화번호가 적힌 수첩, 메모를 적어놓은 포스트잇 따위가 어지럽게 널려 있었다.

나는 포스트잇들 가운데에서 내가 알고자하는 정보를 금세 찾아냈다.

리자 에임스, 블루 라군 리조트, 무레아 섬.

리자의 이름 아래에 열두 개의 숫자가 적혀 있었다. 전화번호가 분명했다.

무레아 섬은 프랑스령 폴리네시아에 있으며, 올해가 가기 전에 리자를 만날 가능성이 없다는 사실을 깨닫기까지 약간의 시간이 필요했다.

안 돼!

나는 전화기를 들고 열두 개의 숫자를 눌렀다.

"블루 라군 리조트입니다. 무엇을 도와드릴까요?"

리조트 직원이 프랑스어로 물었다.

"리자 에임스 양과 통화를 원합니다."

"선생님께서는 지금 미국에서 전화를 하고 계시죠? 이곳은 지금 새벽 5시라 손님을 깨우기가 곤란하니 양해해주시기 바랍니다."

"매우 중요한 일입니다. 어서 깨워주세요. 리자가 무슨 일인지 물으면 아서 코스텔로가 급히 통화하고 싶어 한다고 전해주십시오."

"알겠습니다. 일단 리자 에임스 양을 깨워 보겠습니다."

리조트 직원이 리자를 깨우러 간 사이 레나가 계속 문을 흔들어대는 바람에 출입문이 심하게 진동했다. 문에 설치된 렌즈로 살펴보니 레나가 건물 입주자들을 몽땅 데리고 나와 문 앞에 버티고 서 있었다.

사람들은 입을 모아 레나에게 "당장 경찰을 불러요!"라고 조언하는 중이었다.

"아서? 당신 지금 맨해튼이야?"

나는 두 눈을 감았다. 리자의 목소리를 듣는 건 내게 위안인 동시에 고통이었다.

"당신 집에 와 있어. 아니, 당신의 상냥한 이웃인 레나의 집에 와 있다고 해야겠네. 난 네 시간 전에 뉴욕에서 가장 황량한 곳인 스테이튼 섬에서 깨어났어. 내가 당신을 얼마나 보고 싶어 하는지 모를 거야. 하필이면 당신이 집에 없을 때 돌아오다니, 정말이지 실망이 커!"

"당신이 언제 맨해튼에 나타날지도 모르는데 마냥 기다리고 있을 수는 없잖아."

나는 리자의 목소리에서 즉각 뭔가 잘못 되어가고 있다는 느낌을 받았다. 그녀의 맥 빠진 목소리에는 우리의 사랑에 대한 열정이나 애틋한 느낌이 전혀 배어 있지 않았다. 내 간절한 감정이 전혀 그녀의 공감을 받지 못하고 있는 게 분명했다.

"무슨 일로 폴리네시아의 무레아 섬까지 간 거야?"

"연극하는 동료들과 함께 왔어. 새로운 밀레니엄을 강렬한 태양이 쏟아지는 무레아 섬에서 맞이하고 싶었거든."

나는 내심 속이 부글부글 끓어올랐다.

내가 시간여행에서 돌아올 날이 임박해오고 있다는 걸 몰랐나? 아니야, 내가 오든 말든 상관없이 지구 반대편으로 휴가를 즐기러 간 거야. 그러니까 리자는 나를 만나지 못할 수도 있다는 걸 알면서도 무레아 섬으로 떠난 거야.

"당신은 내가 돌아올 때가 되어 간다는 걸 알면서도 여행을 떠난 거야? 일 년에 단 하루뿐인데 나에게 시간을 할애해 주어야 마땅한 거 아니야?"

리자도 지지 않고 목청을 돋우었다.

"당신이 내게 원하는 게 정확히 뭐야? 내 생활을 포기하고 당신만 기다려주길 원하는 거야? 내가 힘들게 쌓은 커리어를 포기하고 집에 틀어박혀 지내길 원해? 난 14개월째 눈이 빠지도록 당신을 기다렸어. 장장 14개월이야."

나는 한숨을 푹 내쉬었다. 이성적으로 생각하자면 리자의 주장은 분명 일리가 있었지만 내 기분은 한없이 추락해가고 있었다.

그때 갑자기 웬 남자의 목소리를 들은 듯했다.

"당신 지금 남자와 같이 있는 거야?"

"내 사생활이야. 당신과 전혀 상관없는 일이라는 뜻이야."

나에게 질투심은 그다지 익숙한 감정이 아니었다. 이제껏 여자들에게 스토커처럼 집착한 적도 없었다. 하지만 이번에는 도저히 참을 수 없었다.

"나와 전혀 상관없는 일이라고? 정말 그렇게 생각해. 난 지금껏 당신이 내 연인인 줄 알았는데 나 혼자 착각하고 있었던 거야? 당신은 나를 사랑하지 않는단 말이지?"

리자는 한참 동안 말이 없었다.

"그래, 난 당신을 사랑하지 않아. 설령 내가 당신을 사랑한다고 해도 우리에게는 함께 할 미래가 없어. 당신과의 사랑을 계속 이어갈 경우 결국 고통스런 결말을 맞아야 하겠지. 차라리 감옥에 갇힌 사람이라면 면회라도 갈 수 있지만 당신은 일 년에 딱 한번만 볼 수 있는 사람이잖아. 군에 입대한 연인이라면 휴가 나오길 기다리면 되지만 당신의 경우는 이도저도 불가능하잖아."

아파트 아래쪽에서 사이렌 소리가 들려왔다. 몸을 굽혀 내려다보니 경찰차 두 대가 출동해 있었다. 정복 차림 경찰 두 명이 차에서 내리더니 아파트 건물로 뛰어 들었다.

기겁할 듯 놀란 나는 리자가 지난번에 만났을 때 했던 말을 상기시켰다.

"당신이 지난번 내가 시간여행에서 돌아왔을 때 했던 말을 상기시켜주지. '나도 당신이 들려준 신기한 등대 이야기의 한 부분이라는 생각이 들어. 그러니까 등대가 우리 두 사람을 만나게 해주었다는 뜻이야.' 라고 했던 말 기억 안 나?"

리자는 더 이상 못 참겠다는 듯 화를 벌컥 냈다.

"그래, 내가 그렇게 말했던 건 분명히 기억해. 그때는 내가 잘못 생각했던 거야. 당신은 지금 내 입에서 무슨 말이 나오길 기대해? 하긴 내가 말도 안 되는 사랑에 집착했던 건 처음이 아니야. 당신도 알다시피 사랑 때문에 죽을 생각까지 한 적이 있잖아."

요란한 발자국소리가 들려왔다. 경찰들이 문을 열라고 소리치며 문을 쿵쿵 두드려 대는 동안 리자가 내 가슴에 대못을 박았다.

"나에게 당신만을 기다려달라고 말하지 마. 앞으로 다시는 당신을 만나지 않을 테니까. 당신 때문에 더 이상 마음 졸이며 괴로워하고 싶지 않아."

그 말을 끝으로 리자는 전화를 끊었다.

단단히 화가 치민 나는 전화기를 호마이카 장을 향해 집어던졌다. 그 순간 문이 열리며 NYPD 소속 경찰 두 명이 집안으로 뛰어 들었다.

나는 아무런 저항도 하지 않고 가만히 서 있었다. 경찰은 나에게 수갑을 채우더니 경찰차를 세워둔 곳까지 데려갔다.

"유치장에서 새해를 맞을 사람이 한 명 더 늘었어."

정복경찰 한 사람이 나를 포드 크라운의 뒷좌석으로 밀어 넣으며 중얼거렸다.

2000년, 러시아 방

그는 눈으로 바다를 끌어안으며 자신이 무한한 고독에 빠져있다는 사실을 깨달았다.
그럼에도 그는 어두운 심연 속에서 여전히 무지갯빛 프리즘을 알아보았다. ―어니스트 헤밍웨이

0

뼛속까지 파고든 추위가 온몸을 얼어붙게 하며 서서히 감각을 마비시키고 있다. 머리부터 발끝까지 온몸이 사시나무 떨 듯 덜덜 떨려온다. 숨 쉬기가 힘겹고, 입술은 차갑게 얼어버린다. 머리카락은 흠뻑 젖은 데다 얼굴은 얼음가루들로 덮여 있다.

나는 눈꺼풀을 끌어 올리며 몸을 일으키려 끙끙 안간힘을 써보지만 눈 쌓인 바닥에 코를 박으며 쓰러진다. 계단의 난간을 붙잡고 겨우 다시 일어선 나는 두 눈을 가늘게 뜨고 도로명을 살핀다.

나는 지금 이스트사이드의 인적 없는 인도 위에 서 있다. A대로와 톰킨스 스퀘어 파크가 교차하는 지점의 모퉁이에 위치한 길이다. 맨해튼에서는 드물게 겪는 정적에 나는 다시 한 번 더 놀란다. 온통 자개 빛깔 시트를 깔아놓은 것 같은 풍경 속에서 도시의 자취가 언뜻 모습을 드러낸다. 두텁게 쌓인 눈 위에 진주 빛깔 하늘이 반사된다. 하늘에

서는 아직 눈꽃송이가 한가롭게 흩날리고 있다.

1

다행히 나는 든든하게 옷을 챙겨 입고 있었다. 적십자사용 두터운 파카에 폐선박 묘지 관리인 자카리가 준 스웨터와 털 부츠를 그대로 착용하고 있었다. 내 머리에 남아 있는 마지막 기억은 그다지 유쾌하지 않았다. 새로운 밀레니엄의 첫날밤을 24구역파출소 유치장에서 술 주정뱅이들, 마약중독자들과 더불어 보내야 했으니까. 난 그날 새로운 밀레니엄을 축복하는 샴페인을 얻어 마시지는 못했지만 엉망으로 술에 취한 사람처럼 머리가 깨질 듯 아픈데다 구토가 심하게 일었다.

나는 지금 내가 서 있는 곳과 수직으로 교차하는 길을 따라 조심스럽게 발걸음을 옮겨놓았다. 헤어숍 직원 하나가 삽을 들고 점포 입구에 쌓인 눈을 치우고 있었다. 나는 귀를 쫑긋 세우고 그가 허리춤에 차고 있는 라디오에서 흘러나오는 뉴스를 들었다.

"북부지역을 강타한 폭설은 지난 5년 간 통계를 비교해본 결과 최고의 적설량을 기록한 것으로 밝혀졌습니다. 오늘 오전에 내린 적설량만 해도 35센티미터로 뉴욕 시 곳곳의 도로가 폐쇄되거나 심각한 정체 현상을 빚고 있습니다. 시 당국은 제설차들을 동원해 주요간선도로에 쌓인 눈을 치우기 시작했다고 발표했습니다. 루돌프 줄리아니 뉴욕시장은 현재 폐쇄 중인 세 개의 공항도 곧 운항을 재개할 것이라고 말했습니다. 브루클린과 퀸스 지역 주민들 상당수가 여전히 정전 사태로 고통 받고 있는 가운데 내일 개최될 예정이었던 다수의 신년 축하 행사들이 정상적으로 진행될 수 있을지 불투명한 상황인 것으로 알려졌습니다."

맞은편 인도에서 더플코트로 몸을 꽁꽁 싸맨 남자가 나에게 손짓을 보냈다. 모피로 만든 귀마개를 쓰고 있는 데다 목도리를 이용해 눈만 빼고 얼굴 전체를 둘둘 감고 있어 언뜻 누군지 알아볼 수 없었다.

남자가 나를 향해 크게 소리쳤다.

"아서, 네 녀석을 다시 만나게 돼 정말 기쁘구나!"

2

우리는 몇 분 가량 서로 얼싸 안고 서 있었다. 설리반 할아버지를 다시 만나 무척이나 기뻤다. 솔직히 고백하지는 않았지만 할아버지와 다투고 나서 많이 후회했고, 무척이나 그립기도 했다.

"3년이라는 시간이 흘렀지만 여전히 젊고 건강해보여 다행이구나. 그래, 언제 돌아왔니?"

할아버지가 내 어깨에 다정하게 손을 올려놓으며 말했다.

할아버지 역시 80세가 넘은 고령이었지만 여전히 건강해보였다. 걸음걸이도 경쾌하고, 허리도 곧은데다 눈빛은 맑고 장난기가 넘쳤다. 숱이 많은 턱수염도 가지런히 잘 정리돼 있었다.

"방금 전에 돌아왔어요. 눈을 떠보니 길 건너편 끄트머리 인도에 벌렁 누워 있더군요. 얼마나 추운지 얼어 죽는 줄 알았죠."

"너도 알겠지만 세상에 우연이란 없어! 나랑 같이 가볼 데가 있으니까 따라 와라. 여긴 너무 춥구나!"

"어딜 가시는데요?"

"오늘처럼 추운 날 뉴욕에서 엉덩이가 얼 염려가 없는 유일한 곳이지."

나는 할아버지를 따라 110번 가에 있는 러시아 터키탕으로 들어갔다. 러시아 터키탕은 문을 연 지 1백년이 넘은 곳으로 로어 이스트사이드의 명물로 통했다. 소문은 많이 들었지만 직접 와본 건 처음이었다.

설리반 할아버지는 러시아 터키탕의 단골손님 같았다. 키가 2미터가 넘는 안내 담당 직원 이고르에게 러시아 어로 반갑게 인사를 건네는 걸 보면 알 수 있었다. 수를 놓은 러시아 전통 린넨 셔츠 차림의 이고르는 길이가 20센티미터쯤 되는 칼로 조각품을 만드는 중이었다. 할아버지를 발견한 이고르가 칼을 목재 카운터에 꽂고 웃으며 다가왔다.

이고르는 우리에게 가운과 수건, 슬리퍼 두 켤레를 꺼내 주고 나서 탈의실로 안내했다. 눈사태 탓인지 터키탕 안에는 손님이 많지 않았다. 나는 설리반 할아버지를 따라 미로처럼 생긴 복도를 지나 요란스럽게 장식된 계단을 올라갔다. 우리는 터키식 탕과 저쿠지, 사우나, 물리치료실 등을 지나 메인 시설이라고 할 수 있는 '러시아 방'에 이르렀다. 뜨거운 자갈을 깔아놓은 바닥과 거대한 화덕이 놓인 방이었다. 사우나에 들어서자마자 곧 건조하면서도 알싸한 열기 때문에 기분이 상쾌해졌다. 고온의 사우나에 있다 보니 피부의 모공이 열리고, 뼈에 뚫린 구멍들은 막히고, 혈액순환이 원활하게 이루어져 온몸에 새로운 활력이 불어넣어지는 느낌이 들었다.

설리반 할아버지는 자갈이 깔린 계단의 가장 높은 곳, 그러니까 최고로 뜨거운 곳에 자리를 잡고 앉았다. 할아버지가 나에게 옆에 와서 앉으라는 손짓을 보냈다.

"리자는 현재 뉴욕에 없어. 베네치아에 화보촬영을 하러 갔지. 보석 브랜드 화보촬영이라고 했는데 이름이 기억나지 않는구나."

리자가 더 이상 내 이야기의 일부가 되길 원하지 않는다고 해도 그녀가 장장 7천 킬로미터나 떨어진 곳에 있다는 소식을 듣자 기분이 우울했다. 내가 말없이 관자놀이를 마사지하는 동안 할아버지가 말을 이었다.

"너희들은 현명한 결정을 내린 거야. 만남이 길어질수록 고통이 가중될 수밖에 없으니까."

"리자는 나에게 이렇다 할 선택의 기회를 주지 않았어요. 일방적으로 헤어지자고 선언했죠."

자갈에서 뜨거운 열기가 피어 올라왔다. 나는 벽에 걸린 온도계를 보았다. 실내온도가 섭씨 90도에 육박하고 있었다.

"사실 난 첫눈에 리자에게 반했었죠. 리자는 어떨 땐 천사처럼 착하고 사랑스럽지만 때론 과격하고, 변덕스럽고, 종잡을 수 없기도 하죠. 리자의 장단점을 가리지 않고 모든 걸 사랑했어요."

리자를 나보다 더 자주 만나본 설리반 할아버지는 내 말에 쓴웃음을 지었다. 리자에 대해 이야기하다 보니 저절로 눈물이 솟았다.

"리자를 다시는 만날 수 없다는 게 도저히 현실로 받아들여지지 않아요."

할아버지는 마냥 지켜보고 있기 민망한 듯 말없이 수건을 내밀었다.

"이제 리자는 잊고 새로운 페이지를 열어야 해."

"잊기가 너무 힘들어요."

난 수건으로 눈물을 닦으며 말했다.

"네 마음을 충분히 이해하지만 리자에게 언제까지 널 기다려달라고 요구할 수는 없잖아? 결말이 나와 있는데 자꾸만 고집을 피우는 건 너나 리자를 위해 좋지 않아."

나는 순순히 백기를 들었다.

"물론 할아버지 말씀이 전적으로 옳다는 걸 인정해요."

나는 잠시 두 눈을 감고 잃어버린 활력을 되찾아주는 사우나의 뜨거운 열기에 몸을 맡겼다.

"하지만 할아버지는 사라와의 사랑을 이어갔잖아요."

설리반 할아버지는 어깨를 으쓱 추어올리더니 깊은 한숨을 내쉬었다. 할아버지는 지난날에 대한 이야기를 할 때면 언제나 두 눈에서 광채가 묻어났다.

"사라는 리자와는 달랐어. 시대도 달랐고, 사랑을 받아들이는 방식도 달랐지. 아무튼 사라와의 관계를 이어온 결과가 어떻게 되었는지 너도 알잖아. 난 결국 사라를 죽게 만들었고, 내 딸 안나도 구하지 못했어."

나는 할아버지의 비극적인 이야기를 이미 들어 알고 있었지만 한 가지 의문이 떠올랐다.

"할아버지는 무슨 수를 썼기에 사라를 끝까지 만날 수 있었죠? 세상 어떤 여자가 일 년에 단 하루밖에 만날 수 없는 연인을 끝까지 사랑할 수 있을까요? 사라 역시 할아버지를 일 년에 한 번밖에 만날 수 없었을 텐데 어떻게 사랑의 감정을 끝까지 유지할 수 있었는지 궁금해요."

할아버지는 자리에서 일어나더니 양 손을 부채처럼 펴들고 바람을 만들었다. 내가 궁금해 하는 이야기를 들려줄 거라 생각했는데 오산이었다. 할아버지는 찬물이 가득 담겨있는 나무통을 번쩍 들어 올리더니 나를 향해 쏟아 부었다.

"찬물을 뒤집어쓰니 정신이 번쩍 들지?"

"할아버지, 어린아이도 아니고, 장난이 너무 심하잖아요?"

내가 고함을 지르며 항변하는데도 할아버지는 껄껄 웃기만 할 뿐 아무 말도 하지 않았다.

내가 할아버지를 노려보는 동안 거구의 남자 두 명이 러시아 방으로 들어섰다. 머리부터 발끝까지 문신을 새겨 넣은 데다 머리를 박박 밀어버린 남자들이었다. 러시아 출신으로 보이는 두 남자는 짧은 바지와 러닝셔츠 차림이었다.

"마사지를 받으러 가야 할 시간이다."

할아버지가 말했다.

나는 여전히 화가 풀리지 않았지만 할아버지가 하자는 대로 따를 수밖에 없었다. 몸을 부드럽게 주물러주는 마사지라고 생각했는데 예상이 빗나갔다. 올리브유를 함유한 비누로 몸을 문지른 다음 참나무와 자작나무 잔가지를 묶어 몸을 살살 때리는 방식이었다. 처음에는 주저했지만 결국 신선한 나무 향에 끌려 기꺼이 '회초리질'을 감수했다. 그러는 동안 옆 테이블에 누운 할아버지와 계속 대화를 이어갈 수 있었다.

"할아버지는 지난 3년 동안 뭘 하고 지내셨죠?"

"돈을 많이 벌었단다."

"증권거래 덕분에요?"

"난 남아 있던 금괴 3개를 모두 처분해 그 돈을 전부 주식에 투자했어. 불과 5년 사이에 나스닥이 다섯 배나 뛰었지. 올해 초, 주가가 폭락했지만 나는 운 좋게도 주식을 몽땅 처분한 뒤였어."

"갑자기 경제위기가 밀어닥친 건가요?"

"그런 건 아니고, 벤처기업들의 거품이 빠진 거야. 충분히 예상 가능한 일이었는데 대비를 하지 못한 셈이지. 케인스가 말하길 '나무들은 절대로 하늘까지 올라갈 수 없다.'라고 했어. 한동안 박스장세가 계속될 거야. 적당히 남들을 따라 하는 투자자들은 대부분 돈을 날리게 되겠지."

할아버지는 혼잣말 하듯 중얼거렸다.

"실체가 없는 주식에 투자해놓고 5년 동안 까마득히 모르고 관망만 하고 있었다는 건 말이 안 되지. 수익구조를 만들어내지 못하면서 장밋빛 청사진만 남발하는 벤처기업들의 실체를 진작 알았어야 해."

"할아버지는 벤처기업의 거품을 알고 있었다는 말씀이시죠?"

"당연하지."

"주식투자로 번 돈은 다 어떻게 하셨는데요?"

"너를 위해 보관해두었어."

난 서글프게 웃었다.

"어차피 난 돈이 필요 없잖아요."

"아서, 돈에 대해 함부로 예단하면 안 돼. 돈이 없으면 자유를 잃을 수도 있으니까. 네 인생이 끝났다고 단정하지 마. 마음에 담아둔 계획을 실행에 옮기고자 할 때 항상 돈이 결정적인 역할을 해주기 마련이지."

3

"자, 네 여권이야. 잘 넣어둬. 반드시 필요할 때가 있을 테니까."

할아버지가 여권을 내밀며 말했다.

내 사진이 부착된 여권을 받아 넣으며 알파벳 시티의 여권 위조 전문가를 찾아갔던 기억이 떠올랐다.

"가짜 여권이네요, 그렇죠?"

"그래, 가짜 여권이지만 얼마나 감쪽같이 위조를 했던지 진짜와 다름없더구나."

저녁 6시 무렵 우리는 이스트휴스턴 가에 있는 이디시 전채요리 식당인 루스 앤 도터 앞에 줄을 섰다. 설리반 할아버지의 말에 따르면 뉴욕에서 가장 맛있는 베이글을 맛볼 수 있는 곳이라고 했다.

우리는 목욕탕에서 나와 할아버지 집으로 돌아왔다. 나는 벽난로 앞에 앉아 텔레비전을 보거나 지난 신문들을 뒤적이며 오후 시간을 보냈다. 프랭크 시나트라, 스탠리 큐브릭, 조 디마지오, 예후디 메뉴힌이 사망했다는 사실을 알게 되었고, 콜럼바인고등학교에서 벌어진 총기난사사건 관련 기사도 읽었다. 빌 클린턴 대통령이 르윈스키 사건으로 탄핵될 위기를 가까스로 넘겼고, 무려 5주 동안 투표지 재개표를 거듭한 끝에 조지 부시가 새로운 미국 대통령으로 선출되었다는 사실도 알게 되었다.

"다음 손님 오세요!"

나는 카운터로 갔다. 뱃속에서 꼬르륵 소리가 날 정도로 배가 고팠다. 연어와 케이퍼, 양파, 크림치즈를 넣은 참깨 베이글 두 개를 산 나는 설리반 할아버지와 출입구 근처 등받이 없는 의자에 자리를 잡았다.

자리에 앉기 무섭게 설리반 할아버지는 테이블 위에 24방위 바람의 등대 설계도를 펼쳤다.

"지난 몇 년 동안 나는 등대를 짓게 된 배경과 건설 과정, 건축학적인 관점에서 본 특징에 대해 공부를 했단다. 등대의 저주가 시작된 원인을 알아내기 위해 발버둥을 친 셈이지."

"그 결과 뭔가를 알아내셨어요?"

"불행하게도 아무런 소득이 없었어. 등대의 저주를 푸는 게 불가능하다는 사실을 다시 한 번 확인했을 뿐이야. 결국 난 인간의 능력으로는 등대의 저주를 풀 수 없다는 생각이 굳어졌어."

"저는 끝까지 포기하지 않을 거예요. 반드시 등대의 저주가 시작된 원인을 밝혀내고 싶어요."

나는 베이글을 한 입 크게 베어 물며 말했다.

"나도 강한 의지를 가진 널 칭찬해주고 싶다만 포커를 칠 때도 패배가 자명한 게임에는 베팅을 하지 않는 법이야. 난 네가 무모한 일에 뛰어들어 소중한 시간을 허비하는 게 과연 옳은 선택인지 확신할 수가 없구나."

할아버지는 식초에 절인 청어를 한 입 먹더니 다시 말을 이었다.

"아무리 생각해도 그 등대는 우리네 인생에 대한 은유 같다는 생각이 들어. 좀 더 구체적으로 말하자면 인간의 운명에 대한 은유라 할 수 있지. 인간은 운명과 맞서 싸워 이길 수 없으니까."

나는 베이글 한 개를 먹어치운 다음 샌드위치에 붙은 참깨를 손가락으로 떼어 먹었다.

"저는 운명 같은 건 믿지 않아요."

"난 지금 너에게 요지부동인 '세상의 질서'에 대해 말하고 있는 거야. 고대 철학자들이 운명에 대해 정의하길 '운명이란 사물의 영원불변한 원리이다. 그 원리에 따라 과거의 사실들이 발생했으며 현재의 사실들이 이루어지고, 미래의 사실들도 이루어지게 된다.'라고 했지."

"저는 인간의 운명이 미리 정해져있다고 생각하지 않아요. 운명이 정해져 있다면 모든 일이 너무 쉽고 간단하게 정리되잖아요. 가령 어떤 불행한 사건이 벌어졌을 때 모든 잘못을 운명의 책임으로 돌리는 것처럼 허망한 일이 어디 있겠어요. 누군가 끔찍한 범죄를 저질러놓고 운명의 탓으로 돌린다고 생각해봐요. 범죄를 저지른 행위에 대한 책임도 없고, 책임이 없으니 죄책감도 느낄 필요가 없고, 특별한 동기도 없었다면 그 모든 불행의 책임은 과연 누가 져야 하죠?"

설리반 할아버지가 내 말을 반박했다.

"일어날 일은 반드시 일어나게 되어 있어. 운명의 장난에 놀아나지 않는 유일한 방법은 운명을 받아들이고 너 자신을 맞춰가는 거야."

설리반 할아버지의 말에 동의할 수 없었다. 나는 할아버지가 뜬구름 잡기 식 운명론을 꺼내 내 정신을 혼란하게 만들고 있다는 느낌이 들었다.

"할아버지, 혹시 우리 두 사람에게 벌어진 일들이 어떤 잘못된 행위에 대한 형벌이라고 생각해본 적 없어요?"

"형벌이라니?"

"어떤 잘못된 행위를 단죄하기 위해 가하는 형벌 말이에요."

할아버지는 창밖으로 시선을 돌려 눈이 하얗게 쌓인 거리를 응시했다. 폭설 때문에 뉴욕은 갑자기 정적인 느낌을 주는 도시로 변모해 있었다.

"어떤 잘못된 행위라니?"

할아버지가 반문했다.

나도 그 잘못된 행위가 뭔지에 대해서는 도저히 알 수 없었다.

4

설리반 할아버지는 집으로 돌아오자마자 벽난로 안에 굵직한 장작을 집어넣고, 우리가 마실 셰리주를 잔에 따른 다음 시가에 불을 붙였다.

할아버지는 저녁 내내 나에게 인터넷의 경이로운 세계를 보여주기 위해 부단히 애썼다. 작고 컬러풀한 디자인의 컴퓨터 앞에서 할아버지는 인터넷 서핑과 이메일을 보내는 방법을 가르쳐주었다. 그런 다음 셰리주를 한 잔 더 마시고 안락의자에 앉아 깊은 잠에 빠져들었다.

나는 헤드폰을 쓰고 인터넷 세계를 탐험하느라 밤을 꼬박 새웠다. 이메일 계정도 만들었고, 최근에 유행하는 노래들, 가령 머리를 띵하게 만드는 카를로스 산타나의 〈마리아 마리아〉, 레드 핫 칠리 페퍼스의 〈캘리포니케이션〉, U2의 〈뷰티풀 데이〉, 에미넴의 〈스탠〉 등을 들었으며, 유력 온라인 신문사 사이트와 토론방에서 여러 시간 머물며 대화를 나누었다. 토론방에서 해리 포터 현상, 유전자연구의 획기적 성과로 일컬어지는 게놈 지도에 대한 신랄한 대화가 오갔다. 내가 좋아하는 보스턴 레드삭스 사이트를 검색하는 동안 아침 해가 떠올랐다.

설리반 할아버지가 마침내 잠에서 깨어났고, 우리는 함께 아침을 먹었다. 식사를 마친 다음 샤워를 하고, 깨끗한 옷과 구두, 적십자사 직원용 파카를 걸쳐 입었다.

"돈을 충분히 넣어둬라. 다음번에 어디서 깨어나게 될지 알 수 없으니까."

할아버지는 금고를 열더니 50달러짜리 지폐 한 묶음을 꺼내 내 파카 주머니에 넣어주었다.

다시 시간여행을 떠나기 위한 만반의 준비를 끝낸 나는 에베레스트 등정을 앞둔 탐험가처럼 잔뜩 긴장하며 소파에 앉았다.

"내년에 다시 볼 수 있길 바란다. 내 나이가 되면 앞날을 장담할 수 없는 법이니까."

"저도 할아버지를 꼭 다시 뵐 수 있길 바라요. 저는 시간이 너무 빨리 지나가는 게 문제죠."

"네가 입고 있는 파카 말이다. 적십자사 직원도 아닌 주제에 꼭 그 파카를 입고 다녀야겠니?"

할아버지가 짓궂은 농담을 했다. 이제 곧 들이닥칠 이별의 안타까움을 달래기 위해 던진 썰렁한 농담에 나는 빙그레 웃음을 머금어줄 수밖에 없었다.

"제가 비록 적십자사 직원은 아니지만 정말 마음에 드는 파카거든요."

오렌지 꽃향기가 콧구멍을 간질이기 시작하더니 곧 뱃속의 장기가 꼬이기 시작했다. 매번 떠나는 순간마다 겪는 슬픔이 밀려왔고, 어디서 깨어날지 알 수 없다는 점에서 비롯된 불안감이 가시지 않았다.

"할아버지가 시간여행에서 돌아와 깨어난 장소 중에서 가장 불쾌했던 곳은 어디였어요?"

"1964년 여름이었는데, 할렘에서 폭동이 일어났어. 대단히 폭력적인 경찰 한 사람이 다짜고짜 나에게 곤봉을 휘두르는 바람에 머리가 깨지는 부상을 당했어. 아직까지도 그때 생긴 흉터가 머리에 남아있지."

할아버지는 기억을 더듬기 위해 머리를 긁적이며 말했다.

온몸이 마구 떨리기 시작할 때 할아버지가 나를 나무라는 목소리를 들었다.

"넌 발가락으로 머리를 빗었냐? 아무리 시간을 성큼성큼 건너뛴다고 해도 머리카락이 제멋대로 뻗친 채로 돌아다녀선 안 돼."

2001년, 쌍둥이 빌딩

두 사람이 삶의 어느 명확한 시점에 똑같은 걸 원하는 경우란 매우 드물다.
인간의 조건이 지니는 보편적 특성을 고려할 때 그런 경우는 가장 보기 드문 현상이기도 하다.
—클레어 키건

1

나는 식도를 따끔거리게 만들며 자꾸만 입으로 역류하는 시큼한 냄새 때문에 불쾌감을 느끼며 잠에서 깨어났다. 눈을 뜨고 시계를 보니 6시 30분이 조금 지나 있었다. 태양이 빗살 덧문 사이로 새벽 햇살을 비추고 있었고, 내 옆에서 세상모르고 잠자는 남자의 코고는 소리가 들려왔다.

필립일 거야. 아니, 어쩌면 다미앵일지도 모르지.

나는 구역질이 나고 머릿속이 뒤죽박죽이었다. 침대에서 살그머니 빠져나와 브래지어와 진 바지, 점퍼를 집어든 다음 방을 나와 욕실로 갔다. 찬물 샤워는 재빨리 정신을 차릴 필요가 있을 때 탁월한 효과가 있었다.

나는 얼굴에 듬뿍 비누칠을 했다. 생기와 에너지를 되찾아야 할 필요가 있었다. 특히 머릿속 생각을 정리해둘 필요가 있었다. 요즘 내 인생은 자꾸만 뒷걸음질 치는 중이다. 나는 궤도이탈을 일삼으며 내 삶을 되는 대로 방치하고 있었다. 습관처럼 과음을 일삼고, 외출이 너무 잦으며, 처음 만나는 남자들과 섹스도 했다.

샤워부스에서 나온 나는 물기를 닦지도 않고 벽장에서 꺼낸 목욕가운을 걸쳐 입었다. 발끝으로 살금살금 걸어 침실로 들어가니 이름조차 가물가물한 남자가 여전히 세상모르고 잠에 취해 있었다. 아침부터 남자가 시시한 말을 붙여오면 몹시 성가실 텐데 코를 드르렁드르렁 골고 있어 천만다행이었다.

거실로 나와 창밖을 보니 디 오데온(The Odeon)이라는 알록달록한 간판이 눈에 들어왔다. 나는 지금 트라이베카 지역의 토마스 가와 브로드웨이가 교차하는 모퉁이 지점에 있었다. 핸드백을 집어 들려는 순간 어젯밤 기억이 조금씩 되살아났다. 어느 화랑에서 열리는 전시회 개막 전야 파티에 초대 받았고, 파티가 끝난 다음 노부 식당에서 저녁식사를 했고, 그 후 근처 바를 돌며 칵테일을 여러 잔 마신 기억이 떠올랐다.

나는 엘리베이터에서 휴대폰을 꺼내 문자메시지를 확인했다.

리자, 생일 축하해!
난 늘 너를 생각한단다.
엄마가

내 생일이란 걸 까마득히 잊고 있었네.
오늘은 내 스물여덟 번째 생일이었다.

2

이제껏 파란 하늘빛이 요즘처럼 찬란하게 보였던 적은 없었다. 나는 카푸치노 잔을 손에 들고 처치 가를 따라 내려가 거리의 진열장에 비친 내 모습을 보며 머리를 매만졌다. 오늘 아침, 나는 배터리파크에서 여성잡지 화보 촬영 약속이 잡혀 있었다.

나는 연극을 계속하기 위해 바쁘게 오디션을 보고 다녔지만 돈은 주로 화보촬영으로 벌고 있었다. 언제까지나 이런 식으로 살아갈 수는 없었다. 오늘이 내 생일이라서인지 새삼 더 이상 이렇게 살아가서는 안 된다는 생각이 절실하게 느껴졌다. 올해는 예년에 비해 휴대폰 벨이 훨씬 덜 울렸다. 패션계는 뉴 페이스를 선호하고, 나는 지금 아슬아슬하게 유효기간 만료를 앞두고 있는 처지였다.

출근 시간이라 인도에 사람들이 새카맣게 몰려 바쁘게 걸어가고 있었다. 사람들이 일터로 향하는 출근 시간이었다. 남자, 여자, 백인, 흑인, 아시아인, 라티노들이 마구 뒤섞이며 사람 물결을 이루고 있었다. 아침 출근 시간은 각기 다른 인종이 공존하는 가운데 역동적인 에너지가 샘솟는 뉴욕의 자취를 집약적으로 보여주고 있었다.

간간이 들려오는 대화를 주목해 보건대 직장, 자녀, 가정, 연애, 섹스에 관한 내용이 압도적으로 많았다. 오전 8시, 각자의 삶이 그대로 한편의 소설이 되는 시간이었다.

나는 약속시간보다 훨씬 일찍 미팅장소에 도착했다. 아침 하늘의 파란빛과 가벼운 산들바람 덕분에 맨해튼 남부에 위치한 이 지역은 숨이 멎을 만큼 아름다운 경치를 자랑하고 있었다.

"안녕, 리자!"

화보촬영을 맡은 오드리 스완이 나를 반갑게 맞이했다. 오드리는 내가 무척이나 좋아하는 여자였다. 우리는 둘 다 뭐든 쉽게 체념하는 스타일이었다. 오드리는 스무 살 시절 종군기자가 되겠다는 꿈을 꾸었고, 나는 메릴 스트립처럼 연기파 배우가 되고 싶어 했다. 오늘날 우리 두 사람은 랄프 로렌 홍보를 위한 화보촬영을 하는 신세가 되어 있었다.

우리는 반갑게 서로를 얼싸안았다.

"뭐야, 혹시 자다가 침대에서 떨어지기라도 한 거야? 왜 이리 빨리 나왔어? 스태프들이 모두 나오려면 아직 30분은 더 기다려야 해."

나는 오드리를 따라 공원 한가운데 세워둔 분장실 대용 텐트 안으로 들어갔다. 오드리는 내 소지품들을 받아 테이블에 내려놓고 커피를 한 잔 따라 주었다.

우리는 커피 잔을 들고 조깅하는 사람들로 붐비는 산책로의 벤치로 가 아침 햇살 아래에서 잠시 수다를 떨었다. 우리를 골치 아프게 만드는 연애문제, 섹스문제 따위가 언제나처럼 중심적인 화제가 되었다. 다시 말해 요즘 우리의 주요 관심사이기도 했다. 바다 위를 유유히 오가는 몇 척의 페리 호와 자유의 여신상, 엘리스 섬이 우리 눈앞에 펼쳐져 있었다.

롤러스케이트를 타던 어떤 남자가 우리 앞에 우뚝 멈춰 섰다. 눈이 부신 듯 손차양을 만들어 해를 가린 남자가 북쪽을 향해 몸을 돌리더니 경악한 표정으로 하늘을 뚫어져라 응시했다.

잠시 후 우리도 남자가 바라보고 있는 곳을 보기 위해 몸을 돌렸다. 월드 트레이드 센터 쌍둥이 빌딩의 북쪽 건물에서 불길이 치솟고 있었다.

3

"아마도 소형 비행기가 월드 트레이드 센터 건물에 충돌한 것 같은 데요."

자전거를 타던 어떤 남자가 장담하듯 말했지만 왠지 신뢰가 가지 않았다. 우리는 15분가량 하늘로 치솟는 검은 연기 기둥을 놀라운 눈으로 바라보고 있었다.

오드리가 그제야 생각났다는 듯 가방에 든 카메라를 꺼내 망원렌즈를 장착하더니 쌍둥이빌딩 정상을 향해 미친 듯이 셔터를 눌러댔다. 쌍둥이빌딩은 우리가 서 있는 곳에서 불과 2백여 미터 떨어져 있을 뿐이었다. 그때까지만 해도 공원에 있던 대부분의 사람들은 그저 단순한 사고라고 생각했다.

그때 하늘에 또 한 대의 비행기가 나타났다. 항로를 벗어난 비행기, 상식 이하의 낮은 고도로 날아가는 비행기를 바라보는 사람들의 눈에 충격과 공포가 어렸다.

항로를 벗어나 방향 선회를 시도한 비행기가 쌍둥이빌딩 북쪽 건물을 향해 그대로 돌진했다. 산책로에 몰려든 사람들의 입에서 절망적인 탄식이 터져 나왔다.

우리가 방금 두 눈으로 목격한 대재앙은 너무도 초현실적으로 느껴졌다. 우리는 한동안 말을 잃고 망연자실한 표정으로 검은 연기를 피워 올리고 있는 쌍둥이빌딩을 바라보고 있었다. 문득 우리는 단순한 구경꾼이 아니라 눈앞에서 벌어지고 있는 비극의 당사자라는 사실을 깨달았다.

사람들이 브루클린 다리가 있는 동쪽으로 달려가기 시작할 때 나는 테러 장소로 향하는 오드리를 따라가기로 결심했다. 카메라를 목에 건 오드리는 회전경광등 불빛과 사이렌 소리가 요란하게 울려 퍼지는 아수라장 속을 누비며 경악과 공포, 비탄에 빠진 사람들의 일거수일투족을 포착해 카메라의 필름에 담느라 여념이 없었다. 구조대원들의 헌신적인 활약, 불안감에 휩싸인 사람들의 망연자실한 눈빛, 불길을 피해 달아나려고 허둥대는 수많은 군중들이 오드리의 카메라 렌즈에 포착되었다.

불에 타고, 살점이 찢어지고, 고통으로 일그러진 표정 그대로 피투성이가 되어 뒹구는 시체가 한둘이 아니었다. 전쟁보다 잔혹하고 끔찍한 사태에 모두들 할 말을 잃은 표정이었다. 마치 맨해튼 한복판이 방금 전 포격을 받은 중동의 한 도시처럼 폐허가 된 느낌이 들었다. 사방에 깨진 유리 조각, 건물 잔해, 금속 파편들이 나뒹굴고 있었다. 수천 장의 종이가 허공에서 너울너울 날아다녔고, 어디를 가든 혼돈과 매캐한 연기로 점철된 재앙이 밀어닥쳐 있었다. 여기저기에서 들리는 비명소리, 절망에 찬 탄식, 애타게 신을 찾으며 기도를 올리는 소리가 끊이지 않고 이어졌다.

어느 순간 사람들이 웅성거리며 동요하기 시작했다. CNN방송의 속보를 통해 항로를 벗어난 세 번째 비행기가 펜타곤에 부딪쳤다는 소식이 전해진 탓이었다. 전대미문의 상황에 당황한 경찰들은 군중들에게 한시바삐 안전한 곳으로 대피하라고 소리쳤다.

나는 눈을 돌려 오드리를 찾아보았지만 그 어디에서도 보이지 않았다. 이름을 불러도 대답이 없었다. 이제껏 나를 비켜간 두려움이 엄습해왔다. 나는 어디선가 어마어마한 굉음이 들려오기 시작할 때 처치가를 향해 달리기 시작했다.

한참 달리다가 호기심을 참지 못하고 몸을 돌린 내 눈에 도저히 믿을 수 없는 광경이 펼쳐지고 있었다. 쌍둥이빌딩 남쪽 건물이 마치 벼락이라도 맞은 것처럼 와르르 무너져 내리는 중이었다. 거대한 건물이 맥없이 주저앉으면서 바닥에서 거대한 먼지구름이 피어올랐다. 수많은 사람들이 먼지 구름 속으로 빨려 들어가고 있었다.

나는 무섭고 겁이 나 미칠 지경이었다. 사람들이 무슨 뜻인지 알아들을 수 없는 고함을 지르며 앞으로 내달렸다. 순식간에 길목을 덮치는 강철과 콘크리트의 잔해를 피하기 위해 사람들은 미친 듯이 질주했다.

나는 무너지고 있는 건물에서 쏟아져 나온 파편들이 비처럼 쏟아지는 광경을 넋 놓고 바라보고 있었다.

나는 곧 죽을 운명이라는 걸 직감했다.

내 인생이 고작 여기에서 끝나기로 예정돼 있었다니…….

4

나는 죽지 않았다. 지금은 9월 11일 저녁 8시, 나는 내 아파트에서 두 블록 떨어진 엠파나다 파파스의 카운터에 앉아있었다.

무너지고 있는 건물의 잔해가 폭풍처럼 나를 덮칠 때 근처 식품점 안으로 내 손을 잡아끄는 오드리의 손길을 느꼈다. 우리는 식품점 냉동기 뒤에 쪼그리고 앉아 두 손으로 머리를 감싸고 몸을 최대한 웅크린 자세로 광풍이 지나가기를 기다렸다. 우리가 피신해 있는 식료품점은 거센 물결에 휩쓸린 자그마한 호두껍데기처럼 도도하게 밀려오는 잔해로 뒤덮였다.

나는 마치 핵폭발의 참화를 당한 폐허의 도시 한가운데 있는 것 같은 느낌을 받았다. 대기는 온통 잿빛으로 물들었고, 납덩이처럼 무거운 공기가 두텁게 내려앉아 있었다.

나는 바의 종업원에게 음료수를 한 잔 더 달라고 청했다. 맨해튼의 북쪽인 이곳은 월드 트레이드 센터와는 상당히 멀리 떨어진 곳이었으나 도시 전체에 통행금지가 내려진 상황이었다.

보통 때라면 사람들로 북적거렸을 바는 텅 비어 있었다. 몇 안 되는 손님들은 하나 같이 시시각각 속보를 전하는 텔레비전 화면을 향해 시선을 던지고 있었다. 친지들의 소식을 알아보기 위해 휴대폰액정만 주시하는 사람, 테러 전문가들이 패널로 나와 비극적 사태의 전모를 분석하고 있는 텔레비전 화면에서 시선을 떼지 않는 사람, 비탄에 젖은 피해자 가족들이 기자와 인터뷰를 나누는 모습을 바라보다가 자기도 모르게 눈물을 글썽이는 사람…….

나 역시 괴로움을 참지 못하고 술을 한 모금 들이켰다.

오늘, 나는 수많은 뉴욕 시민들과 마찬가지로 모든 걸 잃을 뻔했다.

나는 무엇을 잃을 뻔했지? 내 인생? 어떤 인생? 내 사랑? 어떤 사랑?

만일 내가 무너진 건물의 잔해에 깔려 목숨을 잃었다면 오늘 저녁 과연 누가 나를 진심으로 애도해줄까? 물론 부모님이 가장 슬퍼하겠지? 부모님 말고는?

오늘 아침, 콘크리트 잔해에 깔려 죽을지도 모른다는 생각이 드는 순간 내 머릿속에 가장 먼저 떠오른 얼굴이 있었다. 이상하게도 내 엄마나 아버지의 얼굴이 아니었다. 다른 어떤 남자의 얼굴도 아니었다.

왜 하필 아서 코스텔로의 얼굴이 가장 먼저 떠오른 것일까?

아서를 만나지 않은 지 이미 3년이 지났지만 그에 대한 기억이 끊임없이 내 머릿속을 맴돌았다. 비록 짧긴 했지만 그와 함께 했던 시간은 언제나 나에게 기쁨을 주었다. 두터운 신뢰 속에서 심리적인 안정을 찾을 수 있었고, 애정이 듬뿍 담긴 눈길을 주고받으며 내가 있어야 할 자리에 있다는 행복감을 맛볼 수 있었다. 나는 그와 함께 하는 동안 오롯이 성숙한 여인이 될 수 있었다.

하지만 1년에 단 하루만 함께 할 수 있는 남자와 미래를 기약할 수는 없었다. 그는 부모님에게 인사를 시켜줄 수도 없는 남자가 아니던가? 함께 인생의 계획을 짤 수 없는 남자가 아니던가? 지독한 외로움이 밀려오는 날 밤에 몸을 기댈 어깨를 빌려줄 수도 없는 남자가 아니던가?

빌어먹을!

나는 남은 술을 단숨에 들이켰다.

오늘 저녁, 나는 너무나 아서 코스텔로가 그리웠다. 그를 내 삶에 다시 나타나게 할 수만 있다면 무엇이라도 할 수 있을 것 같았다.

나는 두 손을 깍지 끼고 눈을 감은 다음 열 살 때처럼 기도를 하기 시작했다.

하느님, 아서 코스텔로를 저에게 돌려 보내주세요! 하느님, 제발 아서 코스텔로를 만날 수 있게 해주세요!

물론 기적은 일어나지 않았다. 이내 체념한 나는 손을 들어 칵테일을 한 잔 더 주문했다.

그때 갑자기 주방 쪽에서 유리창이 깨지는 소리가 나는 바람에 바 안에 있던 사람들은 하나같이 기겁하며 놀랐다.

누가 접시를 바닥에 떨어뜨렸나?

이윽고 비명 소리가 이어졌고, 바 안에서는 삽시간에 모든 대화가 중단되었다. 사람들의 시선이 바의 뒤편에 집중되었다. 주방문이 요란스러운 소리를 내며 열리더니 하늘에서 떨어졌는지 땅에서 솟았는지 웬 남자가 헐레벌떡 뛰어나왔다.

덥수룩한 머리에 적십자사 파카를 입은 남자, 그는 바로 내가 조금 전 하느님께 한 번만 만나게 해달라고 간절히 기도한 아서 코스텔로였다.

제 **4** 부

코스텔로 집안

2002년, 세 번째 입김

중요한 건 기쁜 일이 언제 우리를 찾아올지 예측할 수 없다는 것이다.
우리는 미처 예상하지 못한 순간에 가장 열렬한 기쁨을 맛보곤 한다.
기쁨은 큰 향수를 불러일으키기 때문에 비참한 순간에 갑자기 기쁨을 맛보았다면,
그 비참함마저도 그리워진다. —앙투안 드 생텍쥐페리

0

도로를 굴러다니는 차들의 익숙한 소음이 들린다. 봄의 숨결이 내 피부를 간질인다. 나는 비교적 안온한 느낌을 받으며 눈을 뜬다. 새벽의 여명이 눈두덩을 자극한다. 나는 나무 아래 철제 벤치에 누워있다. 대로변 인도에는 플라타너스가 줄지어 심어져 있다.

온화한 대기와 따스한 날씨가 기분 좋은 느낌을 자아내고 있지만 난 금세 평소와 뭔가 다른 점이 있다는 걸 간파한다. 왠지 불안해진 나는 지나가는 차들의 번호판을 살피고, 초록빛 나무들로 에워싸인 식당 이름 '라 클로즈레 데 릴라'를 한 글자씩 떼어 읽고, 벤치 옆에 세워진 모리스 기둥(la colonne Morris 파리 시내 곳곳에 세워진 원기둥 모양의 공연 광고탑. 1868년 인쇄업자 가브리엘 모리스가 이 구조물의 운영권을 얻게 돼 모리스 기둥이라는 명칭이 붙게 되었다. 지금은 파리뿐만 아니라 프랑스 곳곳에서 볼 수 있다 : 옮긴이)을 살핀다. 모리스 기둥 덕분에 머지않아 극장에

서 〈스페인 여관〉이라는 영화가 상영되리란 걸 알게 된다. 이번에는 '몽파르나스 대로'라는 길 이름이 적혀 있는 도로표지판에 두 눈을 고정시킨다.

귀를 쫑긋 세우고 주변에서 들리는 대화 소리에 귀를 기울인다. 나는 마침내 내 귀에 들려오는 모든 대화들이 프랑스 어라는 걸 확인한다.

뉴욕이 아닌 곳에서 깨어난 건 처음이다.

난 파리에서 깨어났다!

1

설리반 할아버지에게 전화를 해야 한다는 생각에 나는 공중전화부스를 찾아 거리를 두리번거리며 걸었다. 마침내 노트르담데샹 성당 앞에서 공중전화부스를 발견했지만 하필 노숙자 한 명이 그 안에서 잠을 자고 있었다. 생각해보니 전화를 걸 때 필요한 신용카드도 없었다.

나는 어쩔 수 없이 택시를 잡아타고 공항으로 가기로 결심했다. 택시가 내 앞에서 멈춰 섰고, 택시기사에게 수중에 달러밖에 없는데 공항까지 태워주면 미터기 요금의 두 배를 지불하겠다고 했다. 택시기사는 대답도 하지 않고 달아나버렸다. 다행히 두 번째 택시기사는 내 제안을 받아들였다.

계기판의 시계를 보니 7시 30분이었고, 뒷좌석에 6월 12일자 《르 몽드》지 한 부가 놓여 있었다. 축구선수 지네딘 지단이 《르 몽드》지 1면을 대문짝만하게 장식하고 있었다.

프랑스 월드컵 예선 탈락

1998년 챔피언이었던 레블뢰 군단 덴마크에게 2대0 완패!

나는 아홉 달 만에 뉴욕이 아닌 프랑스에서 다시 깨어났다. 차창 밖으로 내가 지금껏 한 번도 가본 적 없는 곳을 가리키는 도로표지판들이 연이어 지나갔다. 포르트 드 바뇰레, 누아지르세크, 봉디, 올네수부아, 빌팽트……. 다행히 교통량은 그리 많지 않아 택시는 45분 만에 샤를 드골 공항에 도착했다.

나는 택시기사가 친절하게 알려준 대로 터미널 2E에서 내렸다. 택시기사의 말대로라면 터미널 2E에 델타 에어라인의 항공권 판매 카운터가 있다고 했다. 설리반 할아버지의 선견지명 덕분에 주머니에 달러가 두둑하게 들어 있었고, 비록 짝퉁이지만 여권도 지니고 있었다.

10시 35분에 출발하는 뉴욕 행 비행기에 다행히 좌석이 남아 있었다. 혹시 가짜 여권이 발각되지 않을까 우려했지만 무사히 출입국 심사대를 통과했다. 대합실에서 탑승을 기다리며 커피 한 잔과 건포도가 들어 있는 빵 한 개를 먹었다. 전화카드를 사 몇 번씩이나 설리반 할아버지에게 전화를 했지만 받지 않았다. 시차를 고려할 때 현재 뉴욕은 새벽 3시였고, 할아버지가 깊이 잠들었거나 집에 있지 않거나 둘 중 하나인 듯했다. 나는 무엇보다 리자가 지금 뉴욕에 있는지 궁금해 미칠 지경이었다.

나는 를레(Relay)라는 간판이 붙은 신문판매대에서 미국 잡지를 몇 권 구입했다. 조지 W. 부시 대통령이 '테러리즘과의 전쟁'을 선포했다는 소식과 '악의 축'에 대한 응징을 천명한 뉴스가 경쟁적으로 다루어지고 있었다. 마침내 비행기에 탑승하라는 방송이 흘러나왔다.

나는 비행기에 올라 내 자리를 찾아 앉았다. 젖먹이 아기를 안고 있는 엄마와 땀 냄새를 풀풀 풍기며 헤드폰을 머리에 끼고 음악을 듣는 청소년 사이에 낀 자리였다.

내가 탄 비행기가 뉴욕을 향해 날아가는 동안 나는 작년에 일어났던 일들을 차분히 되새겨 보았다. 월드 트레이드 센터가 붕괴되었던 2001년 9월 11일에 나는 엠파나다 파파스 바의 주방에서 깨어났고, 놀랍게도 그곳에 있던 리자를 다시 만났다.

리자는 나를 보자마자 눈물을 펑펑 흘리며 달려와 내 목을 부둥켜 안았다. 9.11테러는 리자에게 영원히 채워지지 않을 삶의 허기를 안겨주었다. 충격적인 사건의 소용돌이 속에서 우리는 다시 만났고, 예전처럼 서로를 사랑하기 시작했다. 우리는 미래에 대해 걱정하거나 시간이 흐르는 것에 대해 안타까워하거나 다시 만날 날에 대한 기약도 없이 서로를 갈구했다.

내가 다시 시간여행을 떠날 때 리자는 침대에서 잠을 자고 있었으므로 미래에 대한 약속을 잡을 사이도 없이 헤어졌다.

리자가 나를 웃는 얼굴로 맞아줄까? 언젠가 그랬듯이 문전박대하지는 않을까?

나는 에어버스 비행기가 JFK공항에 내리자마자 급히 택시를 잡아타고 리자가 사는 모닝사이드 하이츠 아파트 주소를 택시기사에게 말해주었다.

정오 무렵, 리자가 사는 아파트 입구에 도착한 나는 택시기사에게 잠깐만 기다려달라고 부탁하고 조심스럽게 계단을 올라갔다. 초인종을 눌렀지만 안에서는 전혀 반응이 없었다. 나름 조심했는데 어느새 눈치를 챈 이웃집 할머니 레나 마르코비치가 최루가스 스프레이를 손에 들고 밖으로 걸어 나왔다. 레나가 나에게 최루가스 스프레이를 뿌리려는 순간 나는 따질 것도 없이 급히 그 자리를 벗어나 계단을 뛰어 내려 왔다. 지금은 레나를 상대로 실랑이를 벌일 시간이 없었다. 만약 경찰이 출동할 경우 또다시 귀중한 시간을 허비해야 할 것이기에 일단 피하고 보는 게 상책일 듯했다.

나는 기다리고 있던 택시에 올라 워싱턴스퀘어 방향으로 가달라고 했다. 택시에서 내려 설리반 할아버지 집 문을 두드렸으나 역시 아무런 반응이 없었다. 어쩔 수 없이 그냥 되돌아 나오려다가 사자 형상으로 생긴 노커의 발톱에 끼어 있는 봉투 하나를 발견했다.

아서, 잘 지냈니?

나는 지금껏 단 한 번도 신을 믿은 적이 없었지만 어쩌면 그간의 내 판단이 잘못된 것일 수도 있다는 생각이 들더구나. 어쩌면 인간의 운명을 관장하는 절대자가 어딘가에 존재할지도 모른다는 생각을 갖게 되었다. 나는 요즘 운명을 관장하는 절대자가 가끔 놀라운 선물을 주기도 한다는 걸 알게 되었다.

난 네가 오늘 와 준다면 정말 기쁠 것 같구나. 내가 지금으로부터 40년 전에 그랬던 것처럼 너도 그 자리에 오게 된다면 정말 기쁠 것 같다.

나는 여태껏 신을 믿지 않았지만 몇 주 전부터 혼자 방 한 구석에 앉아 기도를 드리고 있다. 신앙을 가져본 적이 없어 기도를 어떻게 해야 하는지도 모른다. 신이 기도를 들어줄 경우 그 대가로 뭘 약속해야 하는지도 모르지만 어쨌든 열심히 기도하고 있다.

시간여행에서 돌아왔거든 단 1분 1초도 지체하지 말고 벨뷰병원 산부인과 병동으로 냉큼 뛰어오너라. 당장 서둘러라. 네 녀석이 곧 아빠가 된다는 말이다.

2

나는 여자 간호사를 따라 병원 복도를 힘차게 달렸다. 8년 전, 어느 날 저녁에 이 병원을 방문한 적이 있었다. 그날 리자는 치사량이 넘는 수면제를 위스키와 함께 삼키고, 칼로 양 손목을 그어 스스로 목숨을 끊으려 했는데 오늘은 새로운 생명을 탄생시키기 위해 병원에 와 있었다.

인생의 수레바퀴는 계속 돌고 있었다.

인생이 가하는 타격을 감내할 수 있어야 해. 참을성 있게 견뎌야 해. 맷집을 키워야 해. 폭풍우나 대홍수가 밀어닥쳐도 살아남아야 해. 대개의 경우 고통을 견뎌내면 저울이 반대쪽으로 기울기 마련이니까. 종종 전혀 예기치 않은 행운이 찾아와 우리를 기쁘게 하는 일이 있으니까.

나는 마침내 810호 병실 문을 열었다. 리자가 분만대 위에 누워 있었고, 산파 한 명과 설리반 할아버지가 곁을 지키고 있었다. 리자의 몸은 특급모델로 활약하던 때와 달리 살집이 많이 붙어 있었지만 내 눈에는 더욱 아름답고 근사하게 보였다. 180도로 달라진 리자가 나를 보자마자 소리를 지르며 눈물을 쏟았다.

"당신이 와주기를 얼마나 고대했는지 몰라!"

우리는 서로 얼싸안고 함께 눈물을 흘렸다. 한참 동안 울고 난 후 나는 설리반 할아버지를 품에 안았다.

"난 이렇게 될 거라는 사실을 진작부터 알고 있었지!"

설리반 할아버지는 나를 힘주어 끌어안으며 말했다. 할아버지 역시 눈에 눈물이 그렁그렁했다. 나는 할아버지가 지금처럼 행복해하는 모습을 본 적이 없었다.

"이번에는 어디서 깨어났니?"

"파리에서요. 나중에 차차 말씀드릴게요."

나는 부풀어 오른 리자의 배를 바라보며 과연 내가 꿈을 꾸고 있는 건 아닌지 의심했다. 내가 아빠가 된다는 게 도무지 믿어지지 않았다.

"분만 과정이 문제 없이 잘 진행되고 있습니까?"

내가 산파에게 물었다.

"10시쯤부터 진통이 시작되었어요. 한 시간 전에 양수가 터졌고, 자궁 경부가 6센티미터 가량 벌어졌습니다."

"마취전문의가 무통분만 조치를 취했습니까?"

"마취주사를 맞아서인지 다리를 움직이지 못하겠어."

리자가 산파 대신 말했다.

"마취 상태가 풀리면 다리를 보다 쉽게 움직일 수 있을 거야. 그때 분량을 줄여 마취주사를 한 번 더 맞아야 하지."

산파 베티와 할아버지가 잠시나마 우리 둘만 남겨두고 자리를 비켜주었다. 리자가 나에게 여러 장의 초음파 사진을 보여주었다.

"아들이래! 당신이 와줘서 얼마나 기쁜지 몰라. 아기 이름을 지어야 하는데 당신이 없어서 걱정했어."

우리는 한 시간 동안 각자 아기의 이름을 짓느라 머리를 굴렸다. 설리반 할아버지도 한 몫 거들었다. 우리는 마침내 아기 이름을 벤자민이라 짓기로 결정했다.

"다음번에 올 때 엉뚱한 집으로 가면 안 돼."

"집을 옮겼어?"

"그 비좁은 아파트에서 우리의 아기를 키울 수는 없잖아. 설리반 할아버지가 도와줘서 넓은 집으로 이사했어!"

설리반 할아버지가 주머니에서 폴라로이드 사진 몇 장을 꺼내 나에게 건넸다. 그리니치빌리지에 위치한 예쁜 벽돌집을 찍은 사진들이었다. 나는 금세 코르넬리아 가와 블리커 가를 알아보았다. 1995년에 할아버지가 굴을 먹자며 데려갔던 식당 근처였다. 벌써 아기 침대, 기저귀를 가는 테이블, 서랍장, 유모차, 아기 바구니, 아기 의자 등이 구비된 사진을 보자 나는 가슴이 뭉클해졌다. 설리반 할아버지가 주식거래를 통해 번 돈이 얼마나 유용하게 쓰였는지 새삼 알 수 있었다.

돈이 없으면 자유를 잃을 수도 있으니까.

"의사선생님이 곧 오실 겁니다."

산부인과 의사가 도착하기를 기다리는 동안 산파 베티는 리자의 두 발을 받침대 위에 올려놓으며 진통이 올 때의 행동 요령과 어떻게 호흡을 해야 하는지 알려주었다. 리자는 비로소 본격적인 분만이 시작된다는 사실을 깨달은 듯 얼굴에 긴장감이 어렸다.

"진통이 찾아올 때마다 아기를 힘껏 밀어내야 합니다."

산부인과 의사가 병실에 나타나자마자 리자에게 한 마디 던졌다.

나는 리자의 손을 잡고 윙크도 보내고, 고갯짓도 하고, 썰렁한 농담도 던지며 용기를 북돋아주었다. 잠시 후 진통이 시작되었고, 모든 상황이 순조롭게 진행되었다. 오래지 않아 아기의 머리가 보이기 시작했다.

나는 산부인과에서 잠시나마 일한 경험이 있어 산모가 아기를 몸밖으로 밀어낼 때 얼마나 고통스러운지 잘 알고 있었다. 리자가 잡고 있던 내 손을 놓으며 비명을 질러댔다. 리자는 숨을 헐떡이면서도 마지막 남은 힘을 그러모아 막바지에 이른 출산을 끝내기 위해 안간힘을 쓰고 있었다.

마침내 아기의 몸이 밖으로 모두 빠져 나왔다. 아기는 팔다리를 떨며 리자의 가슴 위에서 울음을 터뜨렸다. 거의 보랏빛에 가까운 자그마한 몸이지만 울음소리만큼은 우렁찼다.

나는 탯줄을 자르고 아기 쪽으로 몸을 숙였다. 리자가 애처로운 눈으로 나를 물끄러미 바라보았다. 나도 감정이 북받치며 눈물이 흘러내렸다. 이제부터 우리는 둘이 아니라 셋이었다.

3

베티와 설리반 할아버지가 지켜보는 가운데 나는 처음으로 내 아들의 몸을 씻겨주었다. 이제야 차분한 시선으로 아기를 살펴볼 수 있었다. 아기의 손발이 마치 장난감처럼 아주 자그마했다. 녀석은 벌써 머리숱이 제법 많았고, 약간 째진 두 눈도 볼수록 매력적이었다.

"할아버지, 집을 마련해주신 것에 감사해요."

나는 아기 몸에 묻은 물기를 닦아주며 설리반 할아버지에게 감사 인사를 건넸다.

"가진 게 돈밖에 없는데 그 정도는 해야 하지 않겠니? 네가 집을 비운 동안 내가 네 가족을 잘 보살필 테니까 걱정하지 마라."

"할아버지, 건강은 괜찮으세요?"

"내 건강은 아직 최상이야. 손자가 태어나는 바람에 힘이 나서인지 회춘한 느낌이 들 정도야!"

베티와 할아버지가 자리를 비운 사이 나는 벤자민을 품에 안고 창가 근처에 놓인 의자에 앉았다. 창밖으로 햇살을 받은 도시의 지붕들이 보였다. 아기의 보드랍고 여린 살갗의 느낌이 내 품에 닿았다.

나도 모르게 또다시 눈물이 흘러내렸다. 나는 눈물을 흘리며 아들과 단둘이 앉아 있었다. 테러의 공포가 세상을 뒤덮던 날 잉태되어 내게로 온 작은 생명이 보면 볼수록 가슴을 뭉클하게 만들었다.

이 아이는 어떤 성격을 갖게 될까? 이 아이는 과연 온갖 위험이 가득한 이 세상에서 어떻게 살아갈까? 나는 옆에 있을 수 없는데 어떻게 내 아내와 아들을 사랑하고 보호해줄 수 있을까?

나는 손등으로 눈물을 훔쳤다. 아빠가 되었다는 묵직한 책임감과 행복한 감정이 서로 뒤엉켰다. 나는 몇 시간 후면 떠나야 할 처지였다. 나는 이전보다 더 단단하고 균형 잡힌 사람이 되었다는 걸 느꼈다.

나는 잠든 아기를 바라보았다. 한없이 여리고 작은 존재가 나에게 무한한 힘을 주고 있었다. 나는 비로소 빙그레 미소를 지었다.

나는 지금껏 내가 겪은 숱한 고비들을 떠올렸다. 앞으로도 계속 무수한 고난을 겪어야만 할 것이다. 아기를 다시 보기 위해서라도 반드시 참을성과 맷집을 더 길러야 한다고 생각했다.

언젠가는 이 지긋지긋한 등대의 저주도 끝나겠지.

오늘은 나에게 아주 특별한 날이었다. 고난은 앞으로도 계속될 테지만, 나는 굉장히 중요한 승리를 기록한 셈이었다.

앞으로는 모든 게 예전 같지 않으리라.

나에게 이전과는 다른 삶이 시작되었다.

2003년-2010년, 시간의 전진

그는 나쁜 기억은 지워버리고, 좋은 기억은 한층 더 아름답게 미화하는 과정을 통해
우리가 과거를 받아들이게 된다는 사실을 알기엔 아직 너무 어렸다. —가브리엘 가르시아 마르케스

1

시간여행은 원래의 흐름을 되찾았다. 나는 여전히 일 년에 하루씩 깨어나고, 늘 맨해튼이나 뉴욕 주 어딘가에서 눈을 떴다. 때로는 28번가 꽃시장, 캠벨 아파트의 푹신한 소파, 여름날 아침 라커웨이 비치 해수욕장처럼 기분 좋은 곳에서 깨어나기도 했고, 때로는 하트 아일랜드, 뉴욕의 공동묘지, 세인트 파트리크 행렬로 발 디딜 틈이 없는 5번가의 군중들 사이, 베드포드 스타이베선트 지역의 허름한 호텔 방에서 아직 피를 흘리고 있는 시체를 목격하며 깨어나기도 했다.

나는 내 방식대로 일종의 습관을 만들었다. 우선 시간여행을 떠날 때는 언제나 따뜻한 옷과 튼튼한 구두, 손목시계 그리고 충분한 돈을 구비해 출발했다. 매번 깨어날 때면 즉시 택시를 타고 가족이 있는 곳으로 달려갔다.

벤자민은 쑥쑥 잘 자라고 있었다. 리자가 일 년 내내 모아둔 사진들

과 동영상들을 통해 벤자민이 어떤 일을 겪으며 살아가고 있는지 자세히 알 수 있었다.

벤자민이 처음으로 아빠, 브라보, 까꿍, 굿바이 같은 말을 하는 순간도 놓치지 않았다. 앞니 두 개가 나는 바람에 만화영화에 등장하는 토끼 바니를 닮은 얼굴이 된 사진, 넘어질 듯 뒤뚱거리며 첫 걸음마를 내딛는 동영상도 보았다. 그림책을 읽고, 인형과 함께 놀고, 퍼즐을 맞추는 동영상도 있었다. 변덕을 부리며 화를 내는 모습, 음악을 들으며 우스꽝스럽게 엉덩이를 흔드는 장면도 동영상을 통해 확인했다. 처음으로 완벽한 문장을 만들어 말하는 모습, 운동장에서 공놀이를 하는 모습, 사람과 집을 도화지에 그리는 모습도 보았고, 카우보이로 변장하거나 세발자전거를 타는 모습도 보았다.

나는 벤자민이 처음 학교에 가던 날 집에 없었고, 학년말 학예회 때도 참석하지 못했다. 녀석에게 그림책을 보며 색에 대한 개념을 알려준 사람도 내가 아니었고, 알파벳을 깨우쳐주거나 두발 자전거의 보조 바퀴와 수영장에서 팔에 차던 튜브를 떼어준 사람도 내가 아니었다. 하지만 일 년에 한 번씩 집에 돌아올 때마다 아빠 역할을 하기 위해 최선을 다했다. 나는 녀석에게 굵은 실선이 아니라 점선으로만 존재하는 아빠, 늘 예기치 않던 순간에 갑자기 나타났다가 순식간에 연기처럼 사라져 버리는 아빠였다.

2

그럼에도 우리 가족 모두가 완벽한 행복감을 느낀 날들도 더러 있긴 했다. 몇 시간 동안이나마 우리가 이 세상 사람들이 모두 부러워하는 가족이 되어 행복을 맛본 날들……

2006년, 코니아일랜드에서 맞은 독립기념일에 나는 네 살이 된 벤자민을 무등 태우고 돌아다녔다. 햇볕이 쨍쨍 내리쬐는 날, 리자와 벤자민의 손을 나눠 잡고 해변을 따라 이어진 나무데크 산책로를 걸으며 9년 전 추위가 절정일 때 이곳에 왔던 추억을 더듬어보기도 했다. 우리는 가족끼리 수영을 하고, 노점상에서 핫도그를 사먹고, 회전 카와 청룡열차도 탔다. 우리는 저녁에 설리반 할아버지와 함께 이스트 강에서 쏘아 올리는 불꽃놀이를 구경하기도 했다.

2007년 10월의 어느 일요일, 나는 집에서 겨우 수십 미터 떨어진 크리스토퍼 가의 가로등 아래에서 깨어났다. 내가 집의 문을 두드린 때는 정오 무렵이었다. 설리반 할아버지가 문을 열어주었고, 언제나 그랬듯 우리는 오랫동안 서로를 끌어안았다.

"아서, 마침 잘 왔다."

설리반 할아버지는 영문을 몰라 미간을 찌푸리는 나를 식당으로 데려 갔다. 나는 그 자리에서 처음으로 리자의 부모님을 만났다.

"벤자민의 아빠가 실제로 존재한다고 말씀드렸잖아요."

리자가 내 품에 안기며 말을 이었다.

"엄마, 아빠, 이 사람이 바로 제가 말한 아서 코스텔로예요."

그날, 나는 마치 오래 전부터 알고 지낸 사이처럼 허물없이 장인어른 장모님과 하루를 보냈다.

2008년 5월 말 저녁 8시, 맨해튼 거리는 낙조를 구경하기 위해 몰려나온 사람들로 인산인해를 이루었다. 일명 맨해튼 헨지(Manhattan-henge)라 일컬어지는 날이었다.

리자와 벤자민은 집 앞에 나와 있었다. 벤자민은 자전거를 타고 있었고, 리자는 등을 보이고 있어 내가 다가오는 걸 모르고 있었다.

"아빠다!"

나를 먼저 알아본 벤자민 녀석이 크게 소리쳤다. 녀석이 미친 듯이 페달을 밟기 시작하자 리자도 깜짝 놀라며 몸을 돌렸다. 그녀는 두 번째 아이를 임신했고, 8개월째였다.

"이번에는 딸이래."

리자가 내 어깨에 고개를 살며시 기대며 말했다.

나는 첫아이 때만큼이나 마음이 벅차왔다.

"이번에는 내가 너무 일찍 왔으니 어쩌지?"

리자는 어쩔 수 없는 일이라는 듯 양 팔을 넓게 벌리며 어깨를 으쓱했다.

"당신이 일찍 왔으니 둘째 아이 이름을 미리 정해두어야겠어. 소피아가 좋을 것 같은데 당신은 어때?"

2009년 여름의 어느 토요일 아침, 리자가 가염 버터와 누텔라를 잔뜩 바른 토스트를 먹는 동안 나는 기타를 들고 레너드 코헨의 〈소 롱 마리안 So Long Marianne〉을 연주했다. 유아용 의자에 앉은 소피아가 숟가락으로 플라스틱 접시를 열심히 두드리며 박자를 맞춰주었다. 인디언 복장을 한 벤자민 녀석은 주방 테이블 주위를 맴돌며 기우제 춤을 추느라 야단법석을 떨었다.

주방 탁자 위에 벵골 산 호랑이 사진으로 표지를 장식한 《타임 매거진》 한 부가 놓여있었다. 제목이 호랑이 사진을 거의 반으로 가르고 있었다.

기후 변화로 다양한 생물들 멸종 위기!

나는 내 자식들을 바라보며 흐뭇한 미소를 지었다. 아이들 덕분에 지금까지 잘 버티고 있다고 해도 과언이 아니었다. 아이들은 내가 포기하지 않고 미래에 대한 믿음을 가질 수 있도록 힘을 주는 존재들이었다. 내 눈길이 아이들에게 머물 때마다 나는 등대 금속판에 새겨져 있던 글귀를 떠올리지 않을 수 없었다.

'24방위 바람이 지나가고 나면 아무것도 남지 않으리라.'

설리반 할아버지가 경고했던 말도 떠올랐다.

'등대의 진정한 저주라 할 수 있지. 말 그대로 그 24년이란 시간이 그저 네 머릿속에서만 존재했던 것처럼 아무런 실체도 남지 않게 된다는 뜻이야. 네가 24년 동안 만난 사람들 가운데 어느 누구도 널 기억하지 못하게 되고, 네가 그 기간 동안 이루어놓은 모든 일들이 마치 실존하지 않았던 것처럼 되어버린다는 뜻이야.'

나는 행복에 취해 그 경고의 말을 잊고 있었던 게 아니었다. 다만 나는 등대의 저주가 언제나 똑같은 방식으로 반복되지는 않을 거라고 믿으며 살기로 결심했을 따름이었다. 허구한 날 석방되는 날까지 며칠이 남았는지 세는 죄수처럼 나 또한 시간여행이 앞으로 몇 번 남았는지 손꼽아 헤아리고 있었다. 그날은 나에 대한 최후의 심판이 벌어지게 될 것이다.

2010년 어느 봄날 저녁, 나는 벤자민을 안고 침대로 데려갔다. 녀석은 온 식구가 거실 소파에 옹기종기 모여 앉아 함께 〈아바타〉를 보던 중 잠이 들었다.

나는 벤자민을 침대에 눕히고 침대 가장자리에 걸터앉아 녀석을 잠시 끌어안았다. 나는 내년까지 버틸 만큼 녀석의 체취를 충분히 저장해두기라도 하듯 녀석의 몸에서 코를 떼지 않았다. 내가 방을 나서려는데 녀석이 내 옷소매를 붙잡았다.

"아빠, 이제 갈 거야?"

"그래, 이 녀석아."

나는 슬그머니 녀석의 침대에 다시 걸터앉았다.

"아빤 어디로 가는 거야?"

"아무 데도 가지 않아. 우린 벌써 그 이야기를 끝낸 걸로 아는데, 아니었어?"

벤자민은 침대에서 몸을 일으키더니 베개를 매만졌다.

"혹시 아빠의 다른 가족을 보러가는 게 아니야?"

벤자민이 불안감이 가득 묻어나오는 목소리로 물었다.

"벤자민, 그게 무슨 말이야? 아빠에게는 다른 가족이 없어. 엄마, 너, 소피아, 할아버지가 전부야."

나는 장난스럽게 녀석의 머리를 마구 헝클어뜨렸다. 녀석은 여전히 수긍하지 않고 고집을 부렸다.

"아빠는 늘 우리와 함께 있지 않고 다른 어딘가에 가 있잖아! 아빠가 가 있는 곳이 없다는 건 이해가 안 돼!"

나는 녀석의 어깨에 손을 얹어놓았다.

"벤자민, 네가 이해하기 힘든 일이라는 건 나도 알아. 하지만 아빠에게는 시간이 다른 방식으로 적용되고 있어. 엄마가 이미 여러 번 설명해주었을 텐데 아직도 이해가 안 되니?"

벤자민은 한숨을 푹 내쉬더니 또 다시 물었다.

"언젠가 모든 게 다 정상적으로 된다는 게 사실이야?"

"아빠도 그렇게 되길 바란단다."

"언제쯤 그렇게 되는데?"

"5년 후, 그러니까 2015년이면 그렇게 될 거야."

녀석은 부지런히 암산을 하기 시작했다.

"2015년이면 내가 열세 살이 되는 때야."

"그래, 맞아. 아직 먼 얘기니까 오늘은 어서 잠자리에 누워."

"나도 아빠가 사라지는 걸 보면 안 될까?"

"네 마음은 이해하지만 그건 안 돼. 게다가 아빠는 당장 출발하지는 않아. 네 엄마와 함께 있을 시간이 아직 좀 남았으니까."

나는 아이의 볼에 입을 맞추었다.

"아빠가 없는 동안 너만 믿는다. 소피아랑 싸우지 말고, 엄마를 잘 보살펴야 해, 알았지?"

녀석은 고개를 끄덕이더니 큰소리를 쳤다.

"아빠가 집에 없을 때는 내가 이 집을 지키는 가장이야!"

"벤자민, 가장은 엄마야. 넌 이 집을 지키는 사나이야. 아빠 말이 무슨 뜻인지 알지?"

"알았어."

3

시간은 쏜살같이 흘러갔다.

벌써 2010년도 막바지에 접어들었다. 미국은 조지 부시 대통령이 임기를 마친 후 버락 오바마 시대가 열렸다.

나는 시간여행에서 돌아올 때마다 세상의 변화를 유심히 관찰했다. 인터넷이 여가 시간에 음악, 책, 영화를 즐기던 사람들의 습관을 바꿔버렸다. 이제 사람들은 3분 만에 한 번 꼴로 휴대폰 화면에 눈길을 주고 있었다. 사람들은 트위터, 페이스북을 통해 네트워크를 형성하고,

편지 왕래, 친구들과의 대화도 디지털 공간에서 이루어졌다.

나는 사람들의 대화에서 자주 언급되는 내용을 다 이해하기가 버거웠다. 새롭게 주목받는 배우나 뮤지션들을 알지 못했고, 그들이 왜 유명세를 타고 있는지 그 이유를 알지 못했다.

1980년대 초, 내가 워크맨의 이어폰을 귀에 꽂고 몇 시간 동안 음악을 듣던 시절에 아버지가 했던 말이 떠올랐다.

'저 망할 놈의 기계가 앞으로 몇 세대에 걸쳐 무수히 많은 멍청이들과 귀머거리들을 양산할 거야.', '마돈나는 창녀이고, 에릭 크랩튼은 마약 중독자야.' 라는 독설······.

이젠 내가 사춘기 시절 그토록 경멸하던 꼰대들처럼 행동하고 있었다. 나는 일 년에 단 하루만 세상으로 돌아오는 시간이 계속되면서 어느 세대에도 속하지 못한 사람이 되었다.

나는 시시각각 변천하고 있는 유행어나 코드를 알지 못했다. 모든 시대로부터 벗어나 있는 사람이었고, 현실과 괴리가 큰 생각을 가진 사람이었다. 나는 점점 더 나와 무관해지는 세상으로부터 멀어지고 있었다. 내 가족 이외의 세상은 이제 나에게 낯선 곳이 되어가고 있었다.

2011년, 일그러진 마음

인생을 방해하는 건 사랑이 아니라 사랑의 불확실성이다. ―프랑수아 트뤼포

0

난방이 잘 된 방의 포근한 온기와 뺨에 와 닿는 벨벳의 감촉이 느껴진다. 편안한 의자, 목덜미를 받쳐주는 푹신한 등받이, 어디선가 낯설지 않은 노래 소리가 들려온다. 청아하고 경쾌한 목소리로 연인들의 이별과 실연의 상처, 우울에 대해 이야기하는 발라드풍 노래이다. 몇 초 동안 노래의 멜로디에 귀를 기울이다가 비로소 예전에 내가 많이 듣던 노래라는 걸 깨닫는다. 아바의 〈더 위너 테이크스 잇 올 The Winner Takes it All〉이다.

나는 극장 한가운데에 놓인 안락의자에 앉아 있다. 수백 명의 청중들이 무대에서 펼쳐지는 공연에 몰입해 있다. 나는 뮤지컬 〈맘마미아〉를 공연하는 극장에 와 있다.

나는 눈을 위로 치켜뜨고 무대를 살핀다. 높은 천장, 메자닌 형태의 관람석을 보는 순간 언젠가 한 번 와본 적이 있는 극장이라는 생각이

든다. 이제 보니 브로드웨이의 윈터 가든 극장이다. 엄마가 돌아가시기 전 뮤지컬 〈캣츠〉의 공연을 보기 위해 왔던 곳이다.

나는 의자에서 일어나 주위에서 쏟아지는 비난을 무릅쓰고 옆 사람들을 밀쳐가며 열에서 빠져나온다.

1

브로드웨이, 저녁 시간

극장 밖으로 나가보니 수많은 군중과 노선버스, 핫도그 파는 포장마차 등으로 둘러싸여 매우 혼잡스러운 타임스퀘어가 나타났다. 광고판에서는 보석 메이커들의 로맨틱한 광고들이 줄줄이 이어지고 있었다. 인도에서는 노점상들이 하트 모양 헬륨풍선이나 이미 시들어버린 꽃다발들을 팔기 위해 애를 쓰고 있었다. 저녁 7시가 조금 넘은 시각으로 2011년 2월 14일, 밸런타인데이 저녁이었다.

택시를 잡으며 문득 1992년 7월에 제프리 웩슬러가 나를 유치장에서 빼내준 아침을 떠올렸다. 그때 이 근처에서 자동차를 렌트한 이후한 번도 방문한 적이 없었다. 지난 20년 동안 이곳은 지붕 없는 거대한 유흥지역으로 변모해 있었다. 디즈니 스토어와 가족을 위한 상점들이 핍쇼와 포르노영화관을 몰아냈다. 노숙자들, 마약중독자들, 매춘부들이 떠난 거리는 여러 나라에서 몰려온 관광객들의 차지가 되어있었다.

포드 이스케이프 하이브리드 한 대가 내 앞에 멈춰 섰다. 나는 잽싸게 택시에 올라탔다. 10분 후, 블리커 가의 꽃가게에 들러 리자에게 줄흰색 난초와 장미 꽃다발을 샀다.

나는 꽃다발을 손에 들고 문을 두드렸다. 리자와 아이들을 다시 만

나게 되어 몹시 기쁘고 행복했던 내 기분은 문을 열어준 낯선 여자를
보는 순간 삽시간에 가라앉았다.

"안녕하세요, 어쩐 일이시죠?"

스톡홀름 스쿨 오브 이코노믹스라는 글자가 새겨진 셔츠를 입은 스
무 살짜리 금발 아가씨가 나에게 물었다.

"리자는 지금 어디에 있죠?"

"선생님은 누구시죠?"

"그런 당신은 누구시죠?"

나는 목소리를 높여 물었다.

아가씨는 겁을 집어먹은 듯 활짝 열었던 문을 조금 닫았다.

"저는 베이비시터인데 벤자민과 소피아를 돌봐 주고 있어요."

"아빠!"

벤자민이 달려 나와 내 품에 안겼다. 나는 녀석을 번쩍 들어 올린 다
음 공중에서 빙글빙글 맴을 돌렸다.

"벤자민, 잘 있었니? 이 녀석, 어느새 많이 자랐구나!"

소피아는 거실에 없었다. 꽃다발을 테이블 위에 올려두고 소피아의
방으로 올라갔더니 침대에서 쌔근쌔근 잠들어 있었다.

"소피아가 언제 잠들었죠?"

내가 뒤따라온 베이비시터에게 조용히 물었다.

"소피아는 오늘 몸이 좀 아파 일찍 잠들었어요."

베이비시터가 내 눈치를 살피며 말했다.

"소피아가 아프다뇨?"

"기관지염, 비염, 중이염이 복합돼 있어요."

나는 소피아를 깨우지 않고, 뺨에 입을 맞춘 다음 손을 이마에 올려

놓았다.

"열이 있네요."

"열이 있다는 건 알고 있었지만 일단 잠을 재우는 게 나을 것 같았어요. 잠에서 깨어나면 해열제를 먹일 거예요."

나는 주방으로 내려왔다.

"벤자민, 엄마는 어디 갔니?"

벤자민은 고개를 저었다.

"애들 엄마는 어디 갔죠?"

나는 베이비시터에게 물었다.

"저도 몰라요. 사실 저는 리자가 결혼했다는 사실조차 몰랐어요. 아무튼 리자는 어디에 간다는 행선지를 밝히지 않고 외출했어요."

나는 이미 베이비시터의 말이 귀에 들어오지 않았다. 리자는 만일의 경우에 대비해 연락처를 남겨두었을 것이다. 나는 전화기 근처에 놓아둔 메모지철과 외출했다 돌아왔을 때 주머니에 든 소지품을 꺼내 보관하는 작은 함을 살펴보았지만 아무것도 찾을 수 없었다. 그러다가 냉장고에 자석으로 붙여둔 메모지를 발견했다. 메모지에 레스토랑 불리, 뒤안 가 163번지라는 주소와 함께 전화번호가 적혀 있었다.

레스토랑 불리? 밸런타인데이 저녁에 누굴 만나러 간 거야?

"리자가 혹시 어딘가에서 저녁을 먹는다고 하지 않던가요?"

"모른다고 말씀드렸는데 왜 자꾸 물으시죠?"

"빌어먹을! 궁금하니까 물어보죠."

나는 베이비시터를 쏘아보며 투덜거렸다.

벤자민이 내 옷소매를 잡아끌었다.

"아빠, 욕하면 안 돼!"

나는 녀석과 키를 맞추기 위해 무릎을 꿇었다.

"벤자민, 네 말이 맞아. 아빠가 나가서 엄마를 데려올 테니까 소피아를 잘 보살피고 있어, 알았지?"

"나도 아빠랑 같이 가면 안 돼?"

"삼십 분 안에 돌아올 테니까 같이 갈 필요 없어. 얌전하게 앉아 있으면 아빠가 돌아와 맛있는 라자냐를 만들어줄게."

"난 벌써 저녁 먹었어."

"디저트는 어때? 캐러멜과 볶은 아몬드 토핑을 곁들인 아이스크림!"

"엄마는 내가 아이스크림을 먹는 걸 좋아하지 않아. 너무 달고 지방이 많아 과체중이 된다고 했어."

나는 녀석의 머리를 까치집처럼 헝클어뜨리고는 한숨을 내쉬었다.

"금방 돌아올게, 아들!"

2

교통량이 너무 많기도 했지만 트라이베카 지역은 그리 멀지 않아 택시를 타지 않고 걸어가도 충분한 거리였다. 나는 맥두걸 가, 6번가, 브로드웨이를 거쳐 두안 가까지 뛰어갔다.

"예약하셨습니까?"

나는 이마에 땀이 송골송골 맺힌 가운데 마치 9주희 놀이에 뛰어든 강아지처럼 가쁜 숨을 몰아쉬며 레스토랑 불리로 들어섰다. 손님들 대부분이 정장과 드레스 차림이라 내가 입고 있는 빨간 색 파카와 진바지가 유난히 도드라져 보였다.

"제 아내가 이 식당에 와있는지 확인하러 왔습니다."

"여기서 기다리시면 제가 부인을 모셔다드리겠습니다. 부인의 존함이 어떻게 되시죠?"

레스토랑 지배인이 컴퓨터를 들여다보며 말했다.

"감사합니다만 제가 직접 들어가 찾아보겠습니다."

"선생님은 예약을 하지 않아 여기서 기다려야 하는데요."

나는 지배인의 말을 무시하고 레스토랑 입구를 지나 메인 홀로 들어갔다. 밸런타인데이라 레스토랑을 찾은 손님들 대부분이 모두 커플이었다.

레스토랑 불리는 분위기가 굉장히 로맨틱한 곳으로 알려져 있었다. 화려한 샹들리에와 둥근 돔 천장이 인상적이었고, 프랑스 프로방스 지방을 연상시키는 그림이 붙어 있었다.

나는 홀 한 가운데 자리 잡은 석재 벽난로 근처의 테이블에 앉아있는 리자를 발견했다. 우아하고 여유 있는 자세를 취하고 있는 리자가 등을 보이고 있는 남자와 마주 앉아 있었다.

나를 발견한 리자의 얼굴이 표 나게 굳어졌다. 리자는 냅킨을 접더니 서둘러 내게로 걸어왔다.

"아서, 여긴 어떻게 알고 왔어?"

"당신이야말로 여긴 왜 왔지?"

"난 지금 비즈니스를 하는 중이야. 아이들을 먹여 살리려면 일자리를 구해야 하니까."

"밸런타인데이 저녁에 고급 레스토랑에서 저녁을 먹는 게 비즈니스란 말이야? 당신, 나를 너무 우습게 보는 거 아냐?"

웅성거리던 대화소리가 멈추더니 비난을 담은 시선들이 우리 두 사람에게로 쏟아졌다. 지배인이 달려와 우리에게 로비로 나가 대화를 나눠달라고 요청했다.

"이제껏 사는 동안 단 한 번도 밸런타인데이를 기념한 적 없었어. 다시 한 번 말하지만 난 지금 비즈니스를 위해 이 식당에 온 거야. 제발 부탁인데 괜한 시비로 날 힘들게 하지 마."

"당신과 함께 앉아 있는 남자는 누구야?"

"니콜라스 헐이야. 대단히 유명한 시나리오 작가이지. 니콜라스가 나에게 드라마 배역을 맡아달라고 제안했어."

"당신은 누군가가 배역을 준다고 하면 언제나 강아지처럼 쪼르르 달려 나간단 말이지?"

"제발 나를 모욕하지 마!"

"세 살짜리 딸이 아파 누워 있는데 돌볼 생각은 하지 않고 밖으로 나돌아 다닌다는 게 말이 돼."

"지금은 2월이야. 소피아는 뉴욕에 사는 아이들 90퍼센트가 앓고 있는 감기에 걸렸을 뿐이야. 당신은 집에 없으니까 잘 모르나본데 아이들은 종종 감기를 앓으면서 크는 거야."

"나도 집에 오고 싶은 마음이 간절하지만 뜻대로 되지 않는다는 걸 잘 알잖아? 내가 겪고 있는 악몽이 얼마나 끔찍한지 몰라?"

"당신뿐만이 아니라 나에게도 악몽이야. 여자 혼자 아이들 둘을 키운다는 게 말처럼 쉬운지 알아?"

싸우는 동안 바닐라와 바이올렛 향이 섞인 리자 특유의 체취가 내 코를 자극했다. 내 시선이 비단결처럼 부드러운 머리카락 아래로 드러나 있는 리자의 어깨와 검은 레이스로 가린 가슴위에 멎었다. 두 개의 팔찌가 리자의 손목에서 찰랑거렸다. 누군가를 위해 적어도 몇 시간 동안 공을 들여 몸을 치장한 게 분명했다.

리자는 언제나 자신의 매력이 남자들에게 통하는지 확인해보고 싶어 하는 편이었다. 화려한 드레스 차림에 유난히 공들여 화장을 하고 나온 걸 보면 오늘도 분명 누군가를 유혹하려는 게 분명했다.

아까 같은 테이블에 마주앉아 있던 남자가 오늘의 유혹 대상이겠지?

나는 갑자기 미칠 것처럼 서글픈 생각이 들었지만 애써 분노를 감추려고 노력했다. 나에게 주어진 시간은 겨우 24시간이 전부였다.

지금이라도 상황을 돌려놓을 수 있을 거야.

나는 천진하게도 그렇게 생각했지만 착각이었다.

"리자, 나와 함께 집으로 돌아가자."

"안 돼, 당신 먼저 들어가 있어. 난 니콜라스와 이야기를 끝내야 해. 이번만큼은 반드시 배역을 따내고 싶어."

그 순간, 나는 참을성을 잃었다.

"시간여행을 떠났다가 일 년에 딱 하루 돌아오는데, 당신은 눈썹 하나 까딱하지 않고 다른 남자와 식사를 마치고 오겠다고? 그와 일 이야기를 나누는 게 나와 저녁시간을 보내는 것보다 더 중요하단 말이지?"

"두 시간 안으로 끝날 거야. 끝나자마자 집으로 돌아갈 테니까 제발 화내지 말고 돌아가서 기다리고 있어."

"내가 당신을 이대로 두고 갈 것 같아?"

내가 손을 잡자 리자가 고함을 지르며 뿌리쳤다.

"남들 구경거리가 되는 게 그리 좋아? 난 당신한테 허락을 구한 게 아니야. 내가 당신 마음대로 하는 물건이라도 돼? 내가 당신 소유물이라도 된다고 생각해?"

"리자, 자꾸 고집을 부리면 나도 더 이상 참지 않아!"

"참지 않으면 어쩔 건데? 한 대 치기라도 할 거야? 머리채를 잡고 집에까지 질질 끌고 가기라도 할 거야? 아니면 나를 떠날 거야? 하긴 당신이 가장 잘하는 게 바로 그거네. 당신은 언제나 나를 떠나는 남자니까."

리자는 니콜라스가 앉아 기다리는 테이블로 돌아갈 태세로 발길을 돌렸다.

"당신 마음대로 해. 난 내 마음대로 할 테니까!"

리자가 메인 홀 쪽으로 걸어가며 말했다.

3

나는 분이 풀리지 않아 씩씩거리며 식당을 나왔다. 주체하기 힘들 만큼 슬픔이 밀려왔다. 레스토랑의 주차 담당자가 새로운 고객을 맞아들이는 중이었다. 긴 생머리에 허벅지까지 올라오는 가죽 부츠를 신은 여자였다. 주차 담당자가 여자 손님을 위해 차 문을 열어주었다.

그 순간, 나는 여자에게 달려들어 주차 담당자에게 건네려던 차 열쇠를 낚아챘다.

"이봐요!"

운전석에 올라탄 나는 끼익 소리가 나도록 요란하게 달리기 시작했다. 허드슨 강을 거슬러 올라가다 맨해튼을 벗어난 나는 보스턴으로 가는 주 고속도로로 접어들었다.

네 시간 동안 가속페달에서 발을 떼지 않고 계속 달렸다. 운전법규 따위는 깡그리 무시하고 최대한 속도를 높였다. 나는 리자가 보인 뜻밖의 반응에 충격을 받은 나머지 열에 들떠 도망치는 중이었다. 그동안 공들여 쌓은 둑이 한꺼번에 무너지고 있다는 걸 느꼈다.

분명 내 삶인데 뜻대로 되는 게 아무것도 없었다. 나는 그저 당하기만 하는 존재였다. 지난 20년 동안 내 실존은 내 영향력이 미치지 않는 곳에 있었다. 나름 최선을 다하며 오늘날에 이르렀다. 전투든 뭐든 마다하지 않았지만 적이 누구인지조차 알지 못하는 상황에서 싸움을 지속하기란 쉽지 않았다.

보스턴에 도착해 찰스타운의 도로변에 차를 세운 다음 예전에 단골로 드나들었던 아일랜드 식 펍 맥퀼란의 문을 밀고 들어갔다.

아직 세상에는 변하지 않은 곳이 있다는 생각이 절로 들었다. 19세기에 처음 문을 연 맥퀼란은 말굽 형태 카운터, 선술집 같은 분위기, 바닥부터 천장까지 온통 목재로 장식한 인테리어에 이르기까지 아직 내가 스무 살 시절 드나들던 때와 똑같은 모습을 간직하고 있었다.

벽에 붙여놓은 세피아 색 사진들이 술집의 과거를 상기시켜 주었다. 바닥에 떨어진 톱밥자국들이 서부개척시대의 술집 분위기를 느끼게 해주었다.

나는 카운터 앞 등받이 없는 의자에 앉아 맥주와 위스키를 주문했다. 주로 남자들만 드나드는 이 술집을 처음으로 내게 소개시켜준 사람은 아버지였다. 맥퀼란의 고객들은 여자에게 작업을 건다거나 친구와 대화를 나누기 위해 오는 게 아니었다. 이 집에 오는 사람들은 대부분 화끈하게 술을 마시기 위해 왔다. 일, 부부, 정부, 자식, 부모에게 치여 고단하게 보낸 하루를 잊기 위해, 거나하게 취하기 위해, 녹초가 되어 나가떨어지기 위해 이 술집을 찾았다.

나는 맥주와 위스키 잔을 연거푸 비웠다. 몸이 기진맥진해질 때까지, 혀가 꼬여 말 한 마디 제대로 할 수 없을 때까지, 머리가 어질어질해 몸의 중심을 잡을 수 없을 때까지 마셨다. 술집이 문을 닫는 시간에 비틀거리며 밖으로 나와 차를 세워둔 곳까지 걸어갔다.

4

나는 해가 높이 솟아오를 무렵 술이 깼지만 실제로 나를 깨운 건 아침 해가 아니라 매서운 추위였다. 턱이 덜덜 떨릴 정도로 춥고, 정신이 혼미한 가운데 차의 시동을 켜고 히터를 최대한으로 올렸다.

남쪽으로 방향을 잡고 달리다가 하버드다리를 건너 자메이카 플레인까지 내쳐 달렸다. 내가 포레스트 힐스 공동묘지에 차를 세운 시간은 아침 7시 무렵이었다. 이른 시간이라 철책이 굳게 닫혀 있었지만 높이가 조금 낮은 쪽 담장을 훌쩍 뛰어넘었다.

공원묘지는 서리가 하얗게 덮여 오솔길의 경계선이 사라져버리고 없었다. 풀들은 추위에 얼어버렸고, 분수 물 또한 꽁꽁 얼어붙어 있었다. 서리 맞은 조각상들은 마치 왕성하게 활동하다가 북풍을 맞아 그대로 얼음이 되어버린 사람들 같았다.

숙취 탓에 머리가 깨질 듯 아팠지만 오르막 경사 길을 힘겹게 올라갔다. 차가운 공기를 한껏 들이마시자 그나마 숙취가 조금은 해소되는 느낌이었다. 공원묘지 능선에 올라선 나는 나무들이 꽉 차게 들어선 언덕과 파란 하늘을 고스란히 담고 있는 호수 표면을 마주할 수 있었다.

나는 무덤과 납골당으로 이어지는 자갈길을 걸어 내려갔다. 아버지의 묘비 위로 옅은 안개가 끼어 있었다.

프랑크 코스텔로 1942년 1월 2일~1993년 9월 6일
나는 지금의 당신이었으며, 당신은 지금의 내가 될 것이다.

"날씨가 제법 차네요. 그 동안 잘 지냈어요?"

내 인생을 망쳐놓은 아버지에 대한 회한이 이는 한편 대화를 나누고 싶은 마음이 간절했다.

"경치가 좋은 곳이긴 한데 다들 죽어 있으니 심심하겠어요. 무덤에 우두커니 누워 있으면 하루가 정말 길죠? 아버지도 정말 따분하죠?"

나는 울타리 담장 위에 앉아 계속 혼잣말을 중얼댔다.

맥퀄란에서 술을 마실 때 산 담뱃갑과 성냥갑이 주머니에 그대로 들어 있었다. 나는 담배 한 개비에 불을 붙여 물고 연기를 한 모금 길게 빨아들였다.

"담배를 그렇게나 좋아하더니 이제는 피울 수 없겠네요. 아, 그러고 보니 담배가 아버지를 죽인 범인이었네요."

"결국 아버지 말이 맞았어요. 살다 보니 믿을 사람이 아무도 없긴 하더군요. 아무도 믿어서는 안 된다는 말을 그렇게 일찍 가르쳐주시다니 눈물이 나도록 고마워서 어쩌죠? 아버지가 그렇게 일찍 가르쳐준 교훈을 제대로 써먹지도 못하고 이 모양 이 꼴이 되었으니 정말 아이러니하지 않아요?"

풀숲에 숨어 있던 새 한 마리가 날갯짓을 하며 하늘로 날아오르는 바람에 간밤에 풀에 내려앉았던 서리들이 공중에 흩뿌려졌다.

"아버지가 할아버지가 되었어요. 아홉 살짜리 벤자민과 세 살짜리 소피아의 할아버지죠. 저는 그 아이들의 아빠이고요. 주어진 여건이 좋지 않아 비록 좋은 아빠는 될 수 없지만 나름 최선을 다하고 있어요."

나는 담장에서 일어나 대리석 묘석 앞으로 다가갔다. 묘비엔 아무 장식도 되어 있지 않았다. 꽃다발이나 화분, 기념 명패 같은 것도 없었다.

"아버지의 친자식들은 묘지를 자주 찾아오나요? 제가 생각하기에는 그리 자주 올 것 같지 않군요. 솔직히 아버지를 많이 미워했어요.

저를 전혀 사랑하지 않는다고 생각했죠. 알고 보니 내 생각이 틀렸더군요. 아버지는 친자식들조차 사랑하지 않았으니까요."

나는 또 다시 담배연기를 길게 빨아들였다. 첫 모금 때보다 훨씬 텁텁한 맛이 났다. 나는 피우던 담배를 발 아래로 던지고 힘껏 밟아 껐다.

"아버지는 왜 자식들을 사랑하지 않았죠?"

묘석으로 가까이 다가가던 나는 풀뿌리에 걸려 하마터면 넘어질 뻔했다가 겨우 중심을 잡았다.

"아버지가 왜 자식들을 사랑하지 않았는지 곰곰이 생각해봤어요. 이제 조금이나마 해답을 얻었죠. 아버지는 자식들을 사랑하게 되면 허약한 존재가 될 수도 있다는 생각에 일부러 피했던 게 아닐까요? 저도 자식을 갖게 되는 순간 깨달았어요. 누구나 자식을 낳게 되면 혹시라도 잃지 않을까 두려워하게 되죠. 자식이 생기는 순간, 우리가 평생 쌓아올린 요새는 힘없이 무너져버리죠. 완전히 무장해제가 돼 나약한 존재가 되어버리는 겁니다. 누군가가 우리를 골탕 먹이려고 할 경우 직접적으로 공격할 필요조차 없죠. 그러니까 세상의 모든 아버지들은 허약한 존재일 수밖에요."

어느 틈에 안개가 자취를 감춘 대신 아침 햇살이 머리 위로 따사로이 쏟아지고 있었다.

"아버지는 남들처럼 허약해지는 걸 거부했죠. 혼자서 늘 난공불락이고자 했어요. 혼자가 되는 한이 있더라도 자유롭길 원했던 거죠. 내 분석이 전혀 틀리진 않았죠? 아버지는 약자의 위치에 서고 싶지 않아 자식들을 사랑하지 않았던 거죠. 아버지는 결국 자기 자신을 보호하기 위해 자식들을 사랑하지 않았던 거예요."

잠시 나는 아버지의 대답을 기다렸지만 대답은 들려오지 않고 갑자기 바람이 심하게 일었다. 그때 바람에 실려 온 듯 전혀 계절과 어울리지 않는 따뜻한 봄날의 향기가 나를 급습했다.

오렌지 꽃향기였다. 안 돼, 이대로 떠날 수는 없어!

팔다리가 요동치고 두 다리에서 힘이 빠져나갈 때까지 나는 도대체 어찌된 영문인지 이해하려고 안간힘을 썼다. 이제 겨우 아침 7시였다. 내가 깨어난 지 열두 시간밖에 되지 않았다는 의미였다.

이대로 떠날 수는 없어!

하지만 전기에 감전된 듯 머릿속이 찌릿찌릿했다.

발밑의 언 땅이 푹 꺼지며 나는 다시 시간의 늪 속으로 사라졌다.

2012년, 짝 없이 지내기

고독은 이미 습관처럼 익숙해졌다. 고독보다 더 고약한 건 나 자신에 대한 증오심이다. – 존 어빙

0

상큼하면서 톡 쏘는 라벤더 향기, 나무향이 밴 송진 냄새, 오래되어 낡은 LP 판에서 흘러나오는 감미로운 노래가 들린다. 부드럽고 포근한 목소리의 소유자 딘 마틴이 부른 〈볼라레 Volare〉이다.

나는 심장이 빠르게 뛰고 진땀이 난다. 눈꺼풀을 들어올리기가 매우 힘들다. 목구멍이 따끔거리는 게 마치 입안에 모래를 잔뜩 머금고 있는 느낌이다. 숙취가 심할 때처럼 머리가 깨질 듯 아프다. 배에서는 연신 꼬르륵 소리가 나고, 몸을 움직이려 해보지만 근육통 때문에 꼼짝할 수가 없다.

갈증을 해소해야겠다는 강렬한 생리적 욕구가 내 눈을 뜨게 만든다. 주위는 벌써 환하고, 차츰 정신이 번쩍 든다. 손목시계는 오후 4시를 조금 지난 시간을 가리키고 있다.

나는 낡은 체스터필드 소파에 반쯤 누워 있다. 이제 보니 지금 내가

있는 곳은 1950년대 느낌이 나는 상점 안이다.

나는 이스트 할렘의 한 이발소에서 눈을 뜬 것이다.

1

"여기 앉을 텐가?"

등 뒤에서 들려온 목소리의 주인공이 물었다.

소스라치게 놀란 나는 그제야 뒤를 돌아보았다. 회색 수염에 중절모자, 셔츠, 조끼, 멜빵으로 고정시킨 줄무늬 바지 차림의 나이든 흑인남자가 서 있었다. 그는 나에게 뒤로 젖힌 빨간 가죽 의자에 앉으라고손짓했다.

"난 자네가 안으로 들어오는 소리를 듣지 못했어. 솔직히 내 귀가요즘 잘 들리지 않거든!"

이발사는 계면쩍은 듯 껄껄거리며 웃었다.

"죄송합니다만 부탁할 게 한 가지 있는데요."

"나를 지브릴이라고 불러 주게."

"지브릴, 제가 지금 목이 너무 말라서요. 물 한 잔과 아스피린 한 알만 주시겠습니까?"

"그래, 곧 가져다주지."

나이든 이발사는 장담하며 내실로 모습을 감추었다.

햇빛을 반사시키는 아카시아 목재 원형 탁자 위에 잡지들이 아슬아슬하게 균형을 이루며 수북하게 쌓여 있었다. 가장 최근호는 2012년 2월 24일이라고 찍힌 《엔터테인먼트 위클리》지였다. 짧은 금발에 눈빛이 강렬한 여자가 표지를 장식하고 있었다.

리자 에임스

**최근 신드롬을 불러일으키고 있는 드라마, 〈패스트 포워드 Past Forward〉
의 여주인공을 만나다.**

내가 기억하고 있는 모습보다 훨씬 더 날씬해지고 도발적인 데다
차가운 도회적 이미지를 풍기는 리자의 사진이었다. 나는 대각선 방
향으로 대충 기사를 읽어 내려갔다.

기어이 원하던 배역을 따냈군. 난 미안하다고 사과라도 해야 할 판
인가?

"자, 물과 아스피린을 가져왔네."

다시 나타난 지브릴이 셀츠 상표 생수 한 병과 파라세타몰을 내밀
며 말했다. 두통약 두 알을 삼키고, 생수 세 잔을 벌컥벌컥 들이켜고
나서야 나는 비로소 살 것 같았다. 비록 여전히 얼굴이 부스스하긴 해
도 한결 머리가 맑아졌다.

거울 속의 내 모습을 바라보고 경악했다. 마흔 여섯 살이라는 연륜
이 얼굴에 고스란히 묻어나 있었다. 음영이 짙어진 두 눈의 아래쪽으
로 반달 모양 다크 서클이 뚜렷하게 자리 잡혀 있었고, 움푹 들어간 눈
가엔 잔주름이 자글자글했다. 머리카락도 어느새 반백이 되어 있었
고, 이마에는 깊은 주름살이 파여 있었다. 목에도 주름이 잡힌 데다 살
이 쳐져 있었고, 핏기라고는 없이 안색이 창백한데다 얼굴의 전체적
인 윤곽도 두루뭉술해져 있었다. 한 마디로 전혀 활력이 느껴지지 않
는데다 개성마저 몽땅 사라져버린 얼굴이었다. 게다가 콧구멍 근처에
서 시작되어 수직으로 뻗은 두 개의 팔자 주름이 입술까지 이어져 볼
이 툭 불거져 보이게 만들고 있었다.

나는 허물어지듯 의자에 털썩 주저앉았다. 지브릴이 박하 향이 나는 뜨거운 수건을 내 얼굴에 덮었다. 그가 면도칼을 가는 소리가 들려왔다. 내 얼굴에 거품을 풍성하게 바른 그가 뺨에서 목 쪽으로 면도칼의 날을 들이밀었다. 그의 노련한 손길에 몸을 맡기고 있는 와중에도 나는 간밤에 느꼈던 환멸감을 떠올리지 않을 수 없었다.

리자와 말다툼을 벌이는 바람에 삶의 좌표를 잃었고, 아이들과 보낼 수 있었던 소중한 하루를 쓸 데 없이 허비하고 말았다. 지브릴이 미지근한 물로 얼굴을 닦고 나서 면도한 부분에 명반석을 문질렀다. 그는 내 얼굴과 눈두덩에 박하 향 나는 뜨거운 수건을 얹으며 면도를 마무리했다. 나는 두 눈을 감고 있던 중 초인종 소리를 들었다. 손님이 들어왔다는 걸 알리는 소리였다. 내가 잠시 꼼짝도 하지 않고 누워 탈진한 힘을 최대한 비축하는 동안 귀에 익은 목소리가 들려왔다.

"면도를 하고 싶은 마음이 생기더냐?"

나는 깜짝 놀라 얼굴을 덮고 있던 수건을 벗었다. 설리반 할아버지가 내 옆 자리에 앉아 있었다. 할아버지는 그 사이 몸이 많이 야위었고, 이마의 주름도 한층 뚜렷해져 있었다. 할아버지는 피곤한 기색이 역력했으나 반짝거리는 눈동자에 여전히 장난기가 가득 담겨 있었다.

"할아버지를 다시 만나 뵙게 되어 정말 기뻐요. 지난번에 왔을 때는 미처 찾아뵙지 못해 죄송해요."

나는 할아버지를 한참 동안 얼싸안았다.

"네 녀석이 얼마나 한심하게 굴었는지 리자가 다 이야기하더구나."

"리자도 그리 잘한 건 없어요. 쌍방이 다 잘못했죠."

설리반 할아버지는 끝내 못마땅하다는 듯 구시렁거리다가 지브릴에게로 몸을 돌려 나를 소개했다.

"내 손자 녀석이야. 내가 아마 자네한테 이 녀석에 대해 이야기한 적이 있을 거야."

나이든 흑인 이발사는 또 다시 껄껄대며 웃었다.

"이 젊은이가 바로 사라지는 남자로군요?"

"그래, 바로 이 녀석이지!"

지브릴이 내 어깨에 한 손을 얹었다.

"내가 1950년부터 자네 할아버지의 면도를 해드렸다는 걸 알고 있나? 설리반과 나는 벌써 60년째 알고 지내는 사이라네!"

"벌써 60년이나 되었다니 정말 놀라운 인연이지. 축하주라도 나누게 위스키라도 한 병 가져와 보게."

"마침 20년 된 부시밀스가 있어. 한 모금 마시고 나서 감상을 말해 줘!"

지브릴이 다시 내실로 사라졌다.

설리반 할아버지는 전화할 사람이 있는 듯 주머니에서 휴대폰을 꺼내 번호를 눌렀다.

"리자에게 전화하는 거야. 지금은 촬영 때문에 캘리포니아에 가 있지."

그 말을 듣고 나는 크게 실망했다. 앞으로 다시는 소중한 하루를 망치지 않겠다고 단단히 마음먹고 있었고, 리자를 달래 다시 이전처럼 시간을 보낼 계획이었는데 이번에도 가족들을 만나지 못하고 떠나야 할지도 모른다는 생각이 들어 더할 수 없이 마음이 초조했다.

"소피아는 리자를 따라 갔고, 벤자민은 뉴욕에 남아 있어."

설리반 할아버지가 내 마음에 잔뜩 끼어 있는 안개를 걷어주려는 듯 묻기도 전에 그렇게 말했다.

리자와 몇 마디 안부 인사를 주고받은 할아버지는 나에게 휴대폰을 건네주었다.

"잘 지냈어, 아서?"

리자의 솔직하고도 단호한 목소리는 언제나 활력이 넘쳤다.

"안녕, 리자. 지난번에는 내가 미안했어."

"당신 입장이라면 충분히 그럴 수도 있으리라 생각해. 그날 밤, 난 밤새도록 당신이 돌아오길 기다렸어. 벤자민 역시 당신을 눈이 빠지게 기다렸지."

나는 휴대폰을 귀에 대고 이발소를 나와 길을 걸었다. 아무도 듣는 사람이 없는 곳에서 리자와 단둘이 대화를 나누고 싶었다.

"당장 당신을 보러 캘리포니아로 갈까? 지금 즉시 공항으로 가면 당신을 만날 시간이 있을 거야."

"나도 당신을 보고 싶지만 굳이 그럴 필요 없어. 우린 다음에 올 때 만나고 이번에는 벤자민과 많은 시간을 보내주면 좋겠어."

"벤자민은 잘 지내지?"

왠지 이상한 느낌이 들어 그렇게 물었다.

"잘 지내지 못하니까 하는 소리야. 벤자민은 전혀 잘 지낸다고 말할 수 없어. 학교에서 공부는 하지 않고, 툭하면 아이들과 싸우고 돌아오기 일쑤야. 벌써 몇 번이나 절도를 저질렀고, 가출도 여러 번 했어. 벤자민이 무엇에든 집중하게 만들면 좋겠는데 나로서는 도저히 불가능한 일이었어. 집에서도 제법 난폭하게 굴 때가 많아. 내 힘으로는 도저히 어떻게 해볼 도리가 없는 실정이야. 설리반 할아버지만 유일하게 벤자민을 잘 다루지. 그렇지만 설리반 할아버지는 가끔씩만 만날 수 있으니 아이를 근본적으로 변화시키는데 한계가 있어."

리자의 목소리에 배어 있는 깊은 절망감이 내 마음을 얼어붙게 만들었다.

"그 정도면 심리 상담을 받게 해야 하지 않을까?"

"벤자민은 벌써 여러 달째 심리 상담을 받고 있어. 사실은 학교 선생님이 심리 상담을 받게 해야 한다고 충고해주었지."

"담당 의사는 뭐래?"

"벤자민의 뒤틀린 행동은 일종의 도움을 요청하는 의미로 해석할 수 있대. 그 아이가 부모가 처한 상황 때문에 얼마나 힘들어 하는지 의사가 아니라도 알 수 있을 거야. 아니, 당신이 처한 상황이라고 해야 더 정확하려나?"

"물론 전적으로 내 잘못이야. 당신은 아이가 그 지경이 됐는데 어떻게 4천 킬로나 떨어진 곳으로 떠날 생각을 했지?"

"난 적어도 일주일에 한 번은 벤자민을 만나. 난 페넬로페가 아니야. 수면제와 우울증 치료제를 입안에 털어 넣고 당신만 기다리며 살아갈 수는 없어."

나는 맞은편 인도를 지나가는 행인들을 바라보았다. 지난 20년 사이 할렘 거리는 무척이나 많이 바뀌어 있었다. 인종 간 혼합이 보편화되었고, 가족끼리 산책에 나선 사람들을 자주 볼 수 있었고, 아이들의 웃음소리를 이전에 비해 훨씬 많이 들을 수 있었다.

"3년만 지나면 모두 끝날 거야."

난 확신에 찬 어투로 그렇게 말했다.

"3년 후에 무슨 일이 벌어질지는 아무도 몰라."

"리자, 우리에게 주어진 시간이 얼마 되지도 않는데 싸우면서 허비하지는 말자. 우린 서로를 사랑하고, 또 우리는……"

"당신은 나를 있는 그대로 사랑하지 않았어. 당신이 상상 속에서 만들어낸 나를 사랑했을 뿐이지. 당신이 상상한 모습과 실제의 나는 다르다는 걸 알아야 해."

나는 즉각 반박하려 했지만 리자는 나에게 기회를 주지 않았다.

"이제 촬영장에 가봐야 해."

냉랭하게 가라앉은 말투였다.

통화는 거기서 끝났다.

2

"한 잔 쭉 들이켜. 기분이 좋아질 테니까."

설리반 할아버지가 위스키 잔을 내밀며 말했다.

내가 거절하자 할아버지는 집요하게 술을 권했다.

"네 몸 안에 흐르고 있는 아일랜드 피를 모르는 척하면 안 되지. 아일랜드에서는 두 가지 경우에만 위스키를 마신다는 속담이 있어. 목이 마를 때와 목이 마르지 않을 때, 그렇게 두 경우야."

나는 지브릴 쪽을 돌아보았다.

"혹시 커피는 없습니까?"

"여긴 바가 아니라 이발소야. 손님들이 원하는 대로 다 제공할 수는 없어."

설리반 할아버지는 주머니를 뒤적거리더니 빳빳한 판지로 된 표 두 장을 꺼내 내 눈앞에 펼쳐놓았다.

"뉴욕 닉스와 클리블랜드 캐벌리어스의 농구시합이 오늘 저녁 매디슨 스퀘어 가든에서 열리기로 되어 있어. 지브릴과 농구를 보러 가려고 표를 사두었는데 네가 벤자민을 데리고 다녀와."

"두 분이 가시려고 구입한 표를 제가 받을 수야 없죠."

지브릴이 끼어들었다.

"설리반과 나는 레드 로우스터에 가서 카레로 요리한 고기나 실컷 먹을 테니까 걱정하지 말게. 124번가에 있는 스트립 바에 가서 술을 한 잔 걸쳐도 괜찮겠지. 내가 지금부터 뭘 하려는지 아나? 자네가 마실 커피를 한 잔 준비해주겠네!"

나는 설리반 할아버지와 단둘이 남게 되었을 때 마음을 무겁게 하고 있는 걱정거리를 털어놓았다.

"지난번에 돌아왔을 때 문제가 좀 있었어요. 아주 큰 문제라 할 수 있죠."

할아버지는 길게 한숨을 내쉬더니 주머니를 뒤적여 럭키 스트라이크 담뱃갑을 꺼냈다.

"예전보다 시간이 짧게 끝났어요. 24시간이 아니라 그 절반인 12시간 만에 저는 다시 시간여행을 떠나야했죠!"

설리반 할아버지는 라이터를 켜 불길이 높이 치솟게 만들었다.

"나도 그랬는데 너 역시 그런 일이 있었구나."

설리반 할아버지가 담배에 불을 붙이며 말을 이었다.

"나도 마지막 네 번의 여행은 시간이 턱없이 짧았어."

"그게 무슨 말씀이죠?"

"시간여행에서 돌아올 때마다 매번 주어진 시간이 반으로 줄어들었지. 처음에는 열두 시간, 그 다음에는 여섯 시간, 그 다음에는 세 시간이 되었어."

"그럼 가장 마지막에는 얼마나 시간이 주어졌죠?"

"겨우 한 시간 정도였지."

방안 가득 무거운 침묵이 내려앉았다. 나는 할아버지가 방금 전에 털어놓은 사실을 도저히 믿을 수 없었다.

"왜 이제야 그런 말을 해주시는 거죠?"

나는 화가 나 주먹으로 거울 앞 탁자를 내리치며 버럭 고함을 질렀다. 할아버지는 피곤한 듯 눈꺼풀을 비볐다.

"미리 말해줘 봐야 무슨 의미가 있겠니? 괜히 네 녀석 힘만 떨어뜨릴 뿐이지."

나는 탁자 위에 놓인 농구티켓을 집어 들고 이발소를 나섰다.

악몽은 여전히 진행 중이었다.

3

벤자민이 다니는 초등학교는 그린 가와 워싱턴 광장이 교차하는 구역에 자리 잡은 갈색 벽돌 건물로 뉴욕대학 바로 옆에 위치해 있었다.

나는 학교 건물 맞은편 벽에 기대 교문 밖으로 나오는 아이들을 유심히 관찰하고 있었다. 학교를 벗어난 아이들은 뭐 그리 즐거운지 왁자지껄 떠들어대거나 깔깔대고 웃으며 무리지어 인도로 흩어졌다. 아직 열 살도 안 된 아이들인데 벌써부터 어른처럼 차려 입은 여자아이들도 있었고, 간혹 불량배 흉내를 내는 남자 아이들도 더러 눈에 띄었다.

나는 벤자민을 보고도 하마터면 못 알아볼 뻔했다. 벤자민은 내가 보지 못한 사이에 몰라볼 정도로 많이 자라 있었다. 녀석은 길게 자란 금발에 진 바지와 깃에 모피를 댄 항공조종사들이 입는 점퍼를 입고 있었고, 내가 그 나이 때 신던 스탠 스미스 운동화를 신고 있었다.

"아빠가 어쩐 일이야? 설마 나를 데리러 학교까지 일부러 온 거야?"

벤자민이 정문 앞에 세워둔 스쿠터를 끌고 오며 퉁명스럽게 물었다.

"당연하지. 아빠가 널 데리러 오니까 기분 좋지?"

나는 벤자민을 품에 안으며 짐짓 쾌활하게 말했다. 녀석은 기어이 내 품에서 빠져 나가더니 재빨리 스쿠터를 타고 공원 쪽으로 달리기 시작했다.

"오늘 저녁에는 너와 나 단둘이 즐거운 시간을 보내는 거야. 아빠한테 뉴욕 닉스팀 농구티켓이 있으니까 같이 보러 가자."

내가 벤자민을 급히 뒤따라가며 소리쳤다.

"난 농구는 별로니까 아빠 혼자 가."

벤자민은 한층 더 속력을 높이며 툴툴거렸다.

"너도 막상 매디슨 스퀘어가든에 가 농구 경기를 보면 재미있을 거야."

나는 저만치 앞서 달려가는 녀석을 향해 소리쳤다. 벤자민은 내가 마지막으로 보았을 때와 많이 달라져 있었고, 나는 녀석이 얼마나 변했는지 아무것도 모르고 있었다.

매디슨 스퀘어가든에서 농구시합이 진행되는 동안 벤자민을 지켜본 나는 가슴이 먹먹했다. 녀석은 심드렁한 표정으로 내 눈길을 피하며 나를 낯선 사람 취급했다. 내가 질문을 던지면 마지못해 단답식 대답을 해주고는 이내 무심한 표정으로 돌아갔다.

늘 집을 비운 아빠에 대해 나름 톡톡히 대가를 치르게 하려는 심산인 듯했다. 나는 녀석의 태도를 얼마든지 이해할 수 있었다. 일 년에 한 번씩 녀석을 볼 때마다 곧 돌아가야 한다는 생각 때문에 조바심이 일어 애정을 나눌 마음의 여유가 없었다. 잠깐씩 돌아올 때에도 내 마음의 절반 정도는 늘 현실의 저편에 있었다고 해도 과언이 아니었다. 그러다보니 벤자민과 마음을 터놓고 길게 이야기를 나눈 적이 없었다. 나에겐 늘 시간이 부족했으니까. 우린 진정한 의미에서의 가족이 아니었고, 나는 벤자민에게 인생의 험로를 헤쳐 나가는 데 필요한 최소한의 인생설명서조차 보여준 적이 없는 아빠였다.

내 아버지 또한 나에게 세상을 부정적으로 바라보는 시선 말고는 나에게 물려준 게 없었다. 세상에 믿을 사람 하나 없다는 교훈을 각인시켜주기 위해 다섯 살짜리 아들을 2층 침대에서 뛰어 내리게 한 다음 잡아주지 않았던 아버지의 아들이었다. 이제 보니 나 역시 벤자민에게 물려줄 자산이 아무것도 없는 아빠가 되어 있었다.

뉴욕 닉스가 클리블랜드 인디언스팀을 120 대 103으로 이겼다. 바깥 날씨가 몹시 추운데도 벤자민은 집에까지 걸어가겠다고 고집을 부렸다. 집 앞에 이르렀을 때 나는 손목시계를 들여다보고 나서 벤자민에게 제안했다.

"로브스터 롤을 먹으러 가지 않을래?"

벤자민은 잘 생긴 얼굴을 내게로 돌리더니 처음 보는 무서운 눈길로 나를 노려보았다.

"아빠가 내 기분을 좋아지게 할 수 있는 게 한 가지 있는데 뭔지 알아?"

"뭔지 말해봐."

나는 최악을 각오했다.

"아빠가 시간여행을 떠나 다시는 돌아오지 않는 거야. 아빠가 우리 가족의 눈에서 영원히 사라져버리는 거라고!"

각오했던 대로 벤자민의 입에서 매정한 말이 쏟아져 나왔다.

벤자민은 여전히 화가 풀리지 않는다는 듯 그간 참았던 말을 다 토해냈다.

"차라리 우릴 그냥 내버려둬. 아예 우리를 잊으란 말이야! 엄마를 더 이상 슬프게 하지 마. 그동안 아빠가 우리에게 해준 거라고는 우리 가족을 슬프게 만든 것밖에 없어."

벤자민의 입에서 쏟아져 나온 말에 내 가슴은 갈가리 찢어졌다.

"아빠도 네 기분을 이해하지만 너무 심한 말인 것 같구나. 적어도 아빠가 원해서 그런 일들이 벌어진 건 아니잖아."

"이제 아빠 탓이 아니라는 말은 그만해. 나도 아빠의 잘못을 따지려는 게 아니야. 아무튼 아빠는 우리 집에 없잖아. 나에게는 그것만이 중요해. 한 가지만 더 말해줄까? 엄마는 소피아를 혼란스럽게 하지 않으려고 한 번도 아빠에 대해 이야기해주지 않았어!"

벤자민의 말이 구구절절 다 옳았기에 나에게는 더욱 견딜 수 없는 고통으로 다가왔다.

"벤자민, 네가 우리에게 주어진 상황을 이해하고, 지금 같은 환경 속에서 살아간다는 게 얼마나 힘든 일인지 아빠도 어느 누구보다 잘 알아. 조만간 모든 상황이 달라지게 될 거야. 언제까지 지금 같은 상황이 계속되지는 않을 거란 뜻이야. 이제 3년만 기다리면 모든 게 다 정상적으로 돌아가게 될 테니까 조금만 더 참아."

"아빠가 지금 거짓말을 하고 있다는 걸 다 알아."

"거짓말이라니? 아빠는 절대로 거짓말은 안 해."

벤자민의 눈에서 터져 나온 눈물이 뺨을 타고 흘러내렸다.

나는 녀석을 품에 안았다.

"3년 후, 소피아와 나는 죽을 거라고 했어."

벤자민이 내 귓가에 대고 흐느꼈다.

"아니야, 절대로 그럴 리 없어. 누가 너에게 그 따위 소리를 했니?"

"설리반 할아버지가 다 말해주었어."

나는 끓어오르는 분노를 억누르며 벤자민을 오이스터 바로 데려갔다. 식당의 테이블은 반 이상이 비어 있었다. 우리는 구석자리 빈 테이블에 앉아 샌드위치와 콜라를 주문했다.

"설리반 할아버지가 무슨 말을 했는지 아빠에게 다 털어놔 봐."

"설리반 할아버지는 몇 달 전부터 건강이 안 좋아. 기침을 많이 하면서도 매일이다시피 술을 마시지. 어느 날 저녁, 엄마가 크레이프를 만들더니 할아버지에게 전해주고 오라고 해서 혼자 할아버지 집에 갔어. 내가 아무리 노크를 해도 할아버지는 문을 열어주지 않았어. 어쩔 수 없이 집으로 돌아오려다가 손잡이를 돌려보고는 문이 잠겨 있지 않다는 걸 알게 되었지. 집안으로 들어갔더니 할아버지가 술에 취해 거실 바닥에 누워 있는 거야."

"그때가 언제쯤이었니?"

벤자민은 두 눈을 깜박이며 지나간 기억을 더듬었다.

"아마 세 달 전이었을 거야. 내가 거실 바닥에 누워 있는 할아버지를 일으켜주었는데 술 냄새가 장난이 아니었어. 할아버지에게 왜 그렇게 술을 많이 마셨는지 물었더니 두려움을 잊기 위해서라는 거야. 뭐가 그리 두려운지 물었더니 할아버지는 지난 날 무슨 일을 겪었는지 이야기해주고 나서 아빠에게도 똑같은 일이 벌어질 거라고 했어. 아빠가 스물네 번째 시간여행을 끝내는 날 모든 게 사라진다는 거야. 아빠가 마지막으로 깨어날 때 엄마는 아빠를 알아보지 못할 테고, 소피아와 나는 아예 이 세상에 존재하지도 않은 사람이 될 거라고 했어."

나는 냅킨으로 벤자민의 뺨을 타고 흘러내리는 눈물을 닦아주며 녀석을 안심시켰다.

"설리반 할아버지에게 그런 일이 일어난 건 분명하지만 우리에게도 똑같은 일이 벌어지게 될 거라고 단정할 수는 없어."

"지금까지 똑같은 일이 벌어졌잖아. 아빠는 어떻게 그런 일이 일어나지 않을 거라고 단정할 수 있지?"

"우리 가족은 서로를 사랑하니까. 셰익스피어가 말하길 '사랑은 걸어 다닐 수 없을 땐 기어 다닌다.'라고 했어. 그 말이 무슨 뜻인지 아니?"

"사랑은 언제나 다른 무엇보다 강하다?"

"그래, 아빠는 사랑의 힘을 믿어. 그러니까 미리부터 겁을 집어먹을 필요는 없어."

셰익스피어의 말이 벤자민을 조금이나마 안심시킨 느낌이 들더니 다시 냉혹한 현실이 찾아왔다.

"아빠가 보기에는 엄마가 아직 아빠를 사랑하는 것 같아?"

벤자민이 감자튀김을 집어먹으며 물었다.

"당연하지. 엄마는 아빠를 사랑해."

"내가 보기에 엄마는 다른 남자를 좋아하는 것 같던데? 니콜라스 아저씨 말이야."

"니콜라스? 글쓰는 사람 말이야?"

나는 애써 슬픔을 감추며 녀석에게 물었다.

벤자민이 인상을 찌푸리며 고개를 끄덕였다.

"니콜라스 아저씨가 집에 올 때마다 엄마는 늘 밝게 웃어. 니콜라스 아저씨가 엄마를 잘 돌봐주겠다고 약속하는 말을 들었어."

"벤자민, 엄마가 진심으로 사랑하는 남자는 아빠밖에 없어. 내가 너와 소피아의 아빠니까. 아빠가 돌아오게 되면 매일이다시피 엄마를 활짝 웃게 만들 자신이 있어."

나는 벤자민의 눈을 똑바로 쳐다보며 말했다.

벤자민은 그제야 조금 안심하는 눈치였다. 식욕을 되찾은 녀석은 로브스터 롤을 맛있게 먹었다.

식사를 마친 우리는 베이비시터가 기다리는 집으로 돌아왔다.

벤자민이 어릴 때처럼 우리는 욕실에서 함께 이를 닦았다. 그런 다음 녀석을 침대에 눕히고 잘 자라는 인사를 해주었다.

"앞으로 남은 3년을 잘 견뎌야 해. 우리는 잘 해낼 수 있을 거야. 앞으로 네가 비뚤어진 행동을 하지 않는 게 아빠를 도와주는 거야. 아빠 말이 무슨 뜻인지 알겠지?"

"무슨 말인지 알아. 아빠가 없는 동안 내가 이 집을 지켜야 하는 사나이니까."

"그래, 당연하지."

"엄마는 항상 아빠를 사라지는 남자라고 불러."

"엄마 말대로 아빠는 사라지는 남자니까 그렇지. 앞으로 3년 남았어."

그때 내 몸이 요동치기 시작했다.

"벤자민, 잘 자."

나는 몸을 떠는 모습을 녀석에게 보여주고 싶지 않아 불을 끄며 말했다.

"아빠도 잘 자."

벤자민의 방을 나서는 동안 눈물이 하염없이 쏟아졌다. 방에서 나온 직후 첫 번째 계단을 내려서기도 전에 나는 사라졌다.

나는 도대체 무슨 짓을 했기에 이토록 값비싼 대가를 치러야 하는 걸까?

도대체 난 어떤 과오를 저질렀단 말인가?

2013년, 비의 계절

인생은 하나로 묶여진 결별의 연속이다. ―찰스 디킨스

0

소곤거리는 소리, 가죽 냄새와 낡은 책 냄새가 나며 누군가 책장을 넘기는 소리가 이따금씩 들린다. 숨죽인 기침 소리, 손가락으로 키보드를 두드리는 소리, 마룻바닥이 삐걱거리는 소리도 들린다.

나는 왁스 냄새가 나는 바닥에 얼굴을 기대고 있다. 눈을 뜬 나는 깜짝 놀라며 얼른 몸을 일으킨다. 내 양팔이 의자 팔걸이를 따라 덜렁거린다. 종류별로 분류된 수천 권의 책들이 선반에 꽂혀 있다. 선반의 길이를 다 합할 경우 적어도 수 킬로미터는 족히 될 듯하다. 섬세하게 조각된 화장대, 기념비적인 샹들리에, 길이 들어 반질반질한 책상, 은행 직원들이 즐겨 썼다던 황동 프레임에 녹색 갓을 씌운 스탠드에서 하얀 불빛이 새어나오고 있다.

나는 지금 뉴욕시립도서관 열람실에 있다.

1

나는 여전히 정신이 멍한 상태로 의자에서 몸을 일으킨 다음 주변을 둘러보았다. 중앙 출입문 박공에 걸린 벽시계를 보니 12시 10분을 가리키고 있었다. 점심시간이라 그런지 열람실에는 빈자리가 많았다.

나는 신문보관대를 지나며 일간지들의 1면 기사 제목을 훑어보았다. 인도주의적 지원이 시급한 시리아에 대한 기사가 있었고, 뉴타운에서의 총격 사건 이후 상원에서 총기 관리에 관한 법안 표결이 진행되었다는 기사도 있었다. 날짜를 보니 2013년 4월 15일 월요일 자 신문이었다.

이제 두 번의 여행을 마치고 나면 끝이었다. 두 번의 여행과 그 후 펼쳐질 미지의 세계가 내게 두려움을 안겼다. 열람실 한 구석에는 이용자들이 컴퓨터를 자유롭게 사용할 수 있는 디지털 공간이 마련되어 있었다. 문득 한 가지 생각이 떠올랐다. 컴퓨터 화면 앞에 앉은 나는 인터넷에 접속을 시도했다. 인터넷 검색을 하려면 비밀번호를 쳐야했고, 도서관 출입증을 가진 회원에게만 제공되는 권리였다.

나는 잠시 시간을 들여 주변에서 작업 중인 사람들의 컴퓨터를 면밀히 관찰했다. 마침 컴퓨터로 작업 중이던 어떤 사람의 휴대폰이 진동하기 시작했다. 휴대폰의 주인여자는 통화를 하기 위해 자리에서 일어나더니 로그아웃을 하지도 않고 출입문 쪽으로 사라졌다.

나는 그 틈을 놓치지 않고 여자가 사용하던 컴퓨터 앞에 앉아 새 창을 열고 검색엔진을 가동시켰다. 몇 번 클릭을 하자 위키피디아에 수록된 니콜라스의 경력사항이 내 눈 앞에 펼쳐졌다. 니콜라스의 사진은 없고, 그동안 활동해온 사항이 간략하게 소개되어 있었다.

니콜라스 스튜어드 헐.

1966년 8월 4일 보스턴에서 출생한 니콜라스 헐은 미국 출신 문필가이자 시나리오 작가이다. 듀크대학을 졸업한 그는 버클리와 시카고에서 문학을 가르쳤다.

1991년부터 2009년까지 3부작 〈더 다이브 The Dive〉를 집필해 어마어마한 성공을 거두었다. 그는 그 작품으로 일약 세계적인 명성을 얻게 되었다.

2011년에는 드라마 〈패스트 포워드 Past Forward〉가 AMC 방송의 전파를 탔다. 그는 직접 드라마 제작과 배급까지 맡았고, 역시 큰 성공을 거두었다.

내가 연관된 항목들을 검색하려고 할 때 힐난하는 목소리가 들려왔다.

"지금 내 자리에서 뭘 하는 거죠?"

통화하러 나갔던 여학생이 열람실로 돌아와 있었다. 나는 얼른 사과하고 나서 열람실을 빠져 나와 브라이언트공원으로 이어진 계단을 통해 도서관을 나왔다.

내가 익히 잘 아는 동네였다. 15분 후, 나는 워싱턴스퀘어를 가로질러 집으로 돌아가기 전 설리반 할아버지 집에 먼저 들러 우리 집 분위기가 어떤지 알아보기로 했다.

설리반 할아버지 집 문 앞에 선 나는 사자 모양 장식 발톱에 끼어 있는 봉투를 발견했다.

지난번에는 벤자민의 출생을 알리기 위한 편지였지만 이번에는 안 좋은 소식이었다.

아서

널 만나지 못한 지 오래되었다. 많이 보고 싶구나. 할아비를 만나고 싶거든 벨뷰병원으로 오너라. 너무 오래 기다리게 하면 아마 다시는 나를 만나지 못할 수도 있으니 명심해라. 내 육신이 늙고 병들어 얼마나 더 살지 장담할 수 없구나.

2

인생의 마지막 여정에 동행해주는 호스피스 병동은 내가 아는 병원에서는 모두 예외 없이 특별한 곳이었다. 의료진은 환자들에게 편안한 휴식과 치료를 제공해주어야 할 뿐만 아니라 생을 마무리하는 과정에서 갖게 되는 의문, 두려움, 마지막 소원 등에 대해 세심한 배려를 해주고 있었다.

나는 간호사를 따라 병실 문을 밀고 들어갔다. 밝고 조용해 명상이나 내면의 성찰을 하기에 적합해 보이는 방이었다. 부드러운 햇살이 방안을 고루 비추는 가운데 환자의 마지막 가는 길을 품위 있고 고통 없이 보내주기 위해 최소한으로 제한된 의료장비만이 비치돼 있었다.

침대에 누워 있는 설리반 할아버지는 알아볼 수 없을 만큼 몸이 수척해 있었다. 살점이라고는 남아 있지 않은 얼굴은 회색빛을 띠고 있었고, 피부는 쭈글쭈글했다. 뼈마디가 불거져 나온 몸은 예전에 비해 형편없이 쪼그라든 상태였다.

폐암 말기, 할아버지도 내 아버지 프랑크를 데려간 몹쓸 병을 앓고 있었다. 두 사람 다 지독하게 담배를 좋아했기에 가족력이라기보다는 가족의 연속성이라고 해야 옳을 듯했다.

설리반 할아버지는 내가 온 걸 알아챈 듯 힘겹게 한 쪽 눈을 떴다.

"기억하는지 모르겠다만 우리가 처음 만난 곳도 병실이었는데 작별

인사도 병실에서 하게 되었구나."

할아버지가 숨을 헐떡이며 말문을 열었다.

목이 메어 오며 눈물이 솟았다. 나는 눈물로 시야가 흐려진 가운데 고개를 끄덕였다. 우리는 둘 다 마지막으로 대면하고 있다는 걸 잘 알고 있었다.

할아버지는 뭔가 더 말을 하려다가 갑자기 발작적인 기침을 토해냈다. 기침은 한동안 계속되었다. 간호사가 할아버지 등 뒤에 베개를 괴어 주고 병실을 나갔다.

"죽기 전에 널 꼭 봐야 한다고 생각했다."

할아버지는 가쁜 숨을 몰아쉬며 말을 이었다.

"너를 만나보고 떠나려고 그동안 기운을 최대한 아껴두었지."

나는 죽음을 앞둔 환자들이 마지막 순간에 잠시나마 활력을 되찾는 현상에 대해 잘 알고 있었다. 환자가 누군가를 기다리거나 마지막 의지를 관철시키려고 할 때 남은 힘을 결집시키는 현상이었다.

설리반 할아버지는 목이 막히는지 연거푸 기침을 한 다음 말을 이어갔다.

"너에게 고맙다는 말을 전하고 싶었다. 네가 나를 지옥 같은 블랙웰 정신병원에서 도망치게 해준 덕분에 기대하지 않았던 20년을 더 살수 있었지. 나에게는 그야말로 엄청난 보너스였어."

내 뺨 위로 굵은 눈물이 주르르 흘러내렸다.

설리반 할아버지가 내 손을 잡고 단호하게 말했다.

"이만하면 잘 살았고, 네 도움이 아니었다면 불가능한 일이었지. 20년 전, 우리가 처음 만났을 때 난 이미 죽은 목숨이나 다름없었단다. 네가 나를 다시 부활시켜 세상으로 돌려보내 준 거야. 네 덕분에 나는 새로운 삶을 살 수 있었고, 충분히 행복한 생활을 누릴 수 있었지. 네 덕분에 리자도 만났고, 그 덕분에 증손자를 둘이나 얻을 수 있었어."

주름진 할아버지의 뺨 위로 눈물이 흘러내렸다. 나는 할아버지가 조금이나마 몸을 일으킬 수 있도록 부축했다.

"아서, 나는 비록 말년에 만족한 삶을 누렸지만 네 녀석 때문에 걱정이 이만저만 큰 게 아니야. 마음이 내키지는 않겠지만 끔찍한 미래와 대면할 용기를 가져야 해. 등대의 저주에 절대로 굴복하지 않겠다고 마음속으로 단단히 각오를 다져야 해."

나는 열에 들떠 벌겋게 충혈된 할아버지의 두 눈을 바라보았다. 피로감이 가득 들어찬 두 눈이 쉴 새 없이 깜빡이고 있었다.

"24방위 바람이 지나가고 나면 너에게 아무것도 남지 않게 될 거야."

할아버지는 마치 만트라를 암송하는 사람처럼 말했다.

"네가 내 말을 믿으려 하지 않는다는 걸 잘 알고 있지만 일어날 일은 반드시 일어나게 돼 있어. 스물네 번째 날 아침, 네가 마지막으로 세상에 돌아올 때면 너를 기억하는 사람이 아무도 남아 있지 않게 될 거야."

나는 천천히 고개를 저으며 오히려 할아버지를 안심시키기 위해 애썼다.

"저는 그렇게 될 거라고 생각하지 않아요. 아버지는 JFK공항에서 할아버지를 만난 사실을 분명히 기억하고 있었어요. 할아버지가 금단의 문을 벽돌로 막으라고 했다는 말도 또렷하게 기억하고 있었죠. 그것만 봐도 할아버지가 이 세상에 남긴 흔적이 완전히 사라지지는 않았다는 게 증명되잖아요."

할아버지는 안타깝다는 듯 고개를 휘휘 내저었다.

"넌 여전히 기대를 버리지 않았구나. 하지만 네가 이 세상에 구축해 놓은 모든 인간관계는 결국 무로 돌아가게 될 거야. 리자의 눈에 넌 낯선 사람으로 보일 테고, 네 아이들은 사라지겠지. 그리고……."

할아버지는 또다시 물에 빠졌다가 방금 전 살아난 사람처럼 발작적인 기침을 터뜨렸다. 가까스로 기침을 멈춘 할아버지는 다시 말을 이어나갔다.

"물론 너에게는 상상할 수 없을 만큼 엄청난 고통이 가해질 거야. 넌 정말 억울하다는 생각이 들 테고, 충격을 다스리지 못해 엄청난 실수를 저지르게 될지도 몰라."

할아버지가 가쁘게 숨을 몰아쉬었다.

"내가 이미 겪은 일이라 그 고통이 얼마나 끔찍한지 잘 알고 있단다. 절망감이 극에 달하면 사람은 스스로 목숨을 끊으려 하거나 미쳐버리게 되지. 넌 절대로 그렇게 되어서는 안 돼. 운명의 장난이 널 참혹하게 무너뜨리도록 내버려두어서는 안 돼. 무슨 일이 있더라도 반드시 살아남겠다는 집념을 가져야 해."

할아버지는 숨을 쉬기 곤란한 듯 한동안 내 손에 매달려 호흡 조절을 했다.

"아서, 무슨 일이 있더라도 혼자 살아가서는 안 돼. 혼자가 된다는 건……."

할아버지는 잠시 말을 멈추고 마지막 남은 힘을 모두 그러모은 다음 한 마디씩 끊어 말했다.

"혼자가 되면 죽는 거야."

할아버지가 남긴 마지막 말이었다.

나는 한동안 할아버지의 머리맡에 앉아 꼼짝도 하지 않았다. 오랜

지 꽃향기가 나고 내 팔다리가 요동칠 때까지 나는 할아버지 곁을 떠나지 않았다.

나는 시간여행을 떠나기에 앞서 할아버지가 침대 머리맡에 놓아둔 사진 한 장을 발견했다. 2009년 어느 여름날, 우리 가족 다섯 명 모두가 모여 찍은 사진이었다. 눈부시게 아름다운 리자, 호랑이가 그려진 잠옷을 입고 익살스러운 표정을 짓고 있는 벤자민, 이제 막 돋아난 앞니 두 개를 내보이며 천진난만한 표정을 짓는 소피아, 내 어깨에 손을 올려놓고 미소 짓는 설리반 할아버지가 한군데 모여 있었다. 우리는 한 가족이었고, 영원한 시간 속에 고정된 완벽한 순간에 자리를 함께하고 있었다. 경련이 시작되는 동안 나는 그 사진을 재킷 주머니에 집어넣었다.

시간여행을 떠나기 직전 할아버지에게 마지막 인사를 했다.

설리반 할아버지는 언제나 옆에서 나를 도운 분, 끝까지 나를 실망시키지 않은 유일한 분이었다. 나를 한 번도 배반한 적이 없는 유일한 분이기도 했다.

2014년, 진짜는 상대방이다

누구에게나 내면에 두 명의 개인이 존재한다. 그 중에서 진짜는 상대방이다.
—호르헤 루이스 보르헤스

0

사람들이 왁자지껄 떠들어대는 소리가 들려온다. 요란한 북소리,
팡파레, 징소리, 펑펑 터지는 폭음탄 소리가 울려 퍼지고, 염장한 건어
물의 퀴퀴한 냄새, 이국적인 향신료 냄새, 튀김 냄새, 훈제한 고기 냄
새가 널리 진동한다.

만신창이가 된 나는 힘들게 정신을 차린다. 쇠봉 하나가 광대뼈를
짓누르고 있고, 다른 하나는 가슴을 압박하고 있다. 매우 불안정한 상
태로 허공에 둥둥 매달려 있는 것 같은 느낌이다. 허공에 매달려 있던
몸이 갑자기 아래로 떨어진다.

빌어먹을!

비로소 눈을 뜬 나는 실제로 쇠 난간에 매달려 아래로 미끄러지고
있다. 나는 행운의 여신을 향해 팔을 활짝 펼치고 떨어지지 않기 위해
안간힘을 다한다. 비로소 추락을 멈춘 내 눈에 거대하고 위협적인 빨

간 용의 머리가 보인다.

1

용과 사자, 말들이 내 눈앞에서 물결치듯 움직인다. 사람들이 동물 모양으로 분장을 하고 있는 모습이다. 나는 바닥으로부터 불과 몇 미터쯤 떨어진 허공에서 양 팔을 늘어뜨리고 거꾸로 매달려 있다가 겨우 바닥에 발을 딛고 선다. 나는 건물 외부 비상계단 층계참에 서 있다. 건물 정면에 설치된 화재 대피용 비상계단이다.

거리는 온통 흥분의 도가니를 이루고 있다. 알록달록한 색상의 수레와 원색의 깃발들, 곡예사들, 무용수들, 한지로 만든 거대한 동물 모형이 활력 넘치는 퍼레이드를 펼치고 있다.

나는 낙후된 건물들과 한자로 된 네온간판이 달린 작은 상점들이 줄지어 늘어선 이 거리를 잘 알고 있다. 차이나타운의 모트 가에서 음력설을 축하하기 위한 축제가 열리고 있다. 주위는 온통 잔치 분위기이다. 형형색색 리본이 바람에 휘날리고, 하늘에서는 색종이 조각들이 눈송이처럼 날아다닌다. 귀신을 몰아내 준다는 폭음탄 소리도 곳곳에서 들려온다.

나는 계단을 성큼성큼 내려가 비로소 인도에 발을 내딛는다. 건물 기둥에 부착해놓은 포스터에 2014년 2월 2일 일요일에 축제 행렬이 지나가는 경로가 자세히 기록되어 있다. 워스 가, 이스트 브로드웨이, 루스벨트 공원 등등…….

나는 겹겹이 밀집해 있는 군중들 사이를 겨우 빠져나와 행렬에서 벗어났다. 멀버리 가를 따라 내려오던 나는 지붕에 돔 형태 광고판을 부착하고 다니는 택시들을 여러 대 보았다. 니콜라스 헐의 최신작《러버 LOVER)의 출간이 임박했다는 걸 알리는 광고판이었다.

나는 차이나타운의 허파라고 할 수 있는 콜럼버스 공원에서 잠시 걸음을 멈추었다. 그나마 공원은 거리에 비해 훨씬 조용했다. 청명한 하늘에 정신이 확 들게 만드는 찬바람이 불어왔지만 뉴욕의 겨울치고는 제법 포근한 날씨였다. 정오의 태양이 앙상한 나뭇가지들 사이로 따스한 햇살을 뿌려주고 있었다.

중국인 노인들이 공원의 석재 테이블을 중심으로 둘러앉아 마작이나 도미노 게임을 즐기고 있었다.

"아빠!"

나는 느닷없이 들려온 소리에 깜짝 놀라며 몸을 부르르 떨었다. 소리가 나는 쪽으로 몸을 돌린 나는 무릎에 스케치북을 펼쳐놓고 나무 벤치에 앉아 있는 어린 소녀를 발견했다. 그 아이가 나를 향해 미소를 짓고 있었고, 내 심장이 쿵쿵거리며 뛰기 시작했다.

그 아이는 바로 나의 딸 소피아였다!

우연히 공원에서 소피아를 만날 수 있는 확률은 백만분의 일이 될지 말지였다. 설리반 할아버지의 말대로 스물네 번이나 이어진 시간 여행은 결코 우연이 아니었다. 각각의 여행들은 한 가지 논리에 따라 진행되고 있었다.

"잘 지냈어, 우리 딸?"

나는 소피아의 옆에 앉으며 물었다. 난 불행하게도 소피아가 커가는 모습을 옆에서 지켜보지 못했다. 소피아가 갓난아기일 때 몇 번 본적이 있었지만 긴 금발에 자개 빛깔 핀을 꽂고, 깜찍스러운 플랫칼라가 달린 원피스를 입고 있는 어엿한 꼬마 숙녀는 처음 보았다.

"나는 잘 지냈어. 아빠도 잘 지냈어?"

10미터쯤 떨어진 벤치에 앉아 있는 스웨덴 출신 베이비시터의 시선은 오로지 휴대폰 화면에 가 있었다.

"소피아, 널 본 지 오래 되었는데 내가 아빠라는 걸 어떻게 알았니?"

"엄마가 아빠 사진을 자주 보여줘서 얼굴을 정확하게 기억하고 있으니까."

나는 걷잡을 수 없이 솟아오르는 눈물을 억제할 수 없었다.

"아빠가 널 만나 얼마나 기쁜지 모를 거야!"

나는 소피아의 손을 잡고 베이비시터로부터 차츰 멀어졌다.

"아빠가 맛있는 거 사줄게."

나는 노점상이 있는 곳으로 아이를 데려가 카푸치노 한 잔과 오렌지 탄산수 한 병 그리고 생강 절임, 말린 과일, 홍콩식 웨하스, 연근 칩스 등 중국식 후식을 한 세트 주문했다.

"엄마와 벤자민은 잘 지내니?"

나는 철제 테이블 위에서 포장을 뜯으며 물었다.

"잘 지내는 편이야."

소피아는 과자를 한 입 베어 물며 자신 있게 대답했다. 이윽고 소피아는 사인펜과 스케치북을 테이블 위에 늘어놓더니 그림을 그리기 시작했다.

"벤자민과는 사이좋게 잘 지내지?"

"벤자민 오빠는 착해."

"엄마는 자주 집에 있니?"

"아니, 자주 일하러 가."

나는 커피를 한 모금 마셨다.

"엄마가 요즘도 니콜라스 아저씨를 만나니?"

"당연하지. 우리 가족 모두가 아저씨 집에 살아."

소피아가 눈을 들어 나를 보며 대답했다.

그 말을 듣는 순간 나는 얼마나 기가 막히던지 미치고 펄쩍 뛸 판이었다.

"이젠 내 방이 생겼어. 아빠 몰랐지?"

"언제부터 니콜라스 아저씨 집에서 살기 시작했지?"

"벌써 몇 달 되었어. 추수감사절 전부터였으니까."

나는 한숨을 내쉬며 손으로 머리를 감싸 쥐었다.

"아빠, 너무 슬퍼하지 마."

나는 커피 잔을 비웠다.

"엄마는 지금도 아빠한테 화가 나 있니?"

소피아는 이상한 걸 묻는다는 듯 나를 힐끔 쳐다보았다.

"그런 것 같아."

소피아가 오렌지 탄산수 병을 흔들어대며 대답했다.

"하지만 엄마는 아빠도 어쩔 수 없었다는 걸 잘 알고 있어."

나는 딸아이의 고운 머리카락을 쓰다듬었다.

"이제 곧 모든 게 끝날 거야. 우린 내년부터 보고 싶을 때 언제든지 볼 수 있어."

소피아가 가만히 고개를 저었다.

"난 그럴 것 같지 않아."

"왜 그런 말을 하지?"

"벤자민 오빠가 그러는데 우린 곧 죽을 거래. 설리반 할아버지가 그렇게 말했대."

"소피아, 결코 그런 일은 벌어지지 않을 테니까 걱정하지 마. 바보 멍청이들이나 그런 소리를 하고 다니는 거야!"

"아빠 방금 전에 욕한 거 알아?"

"욕한 건 잘못이지만 아빠는 그 말을 취소하고 싶지 않아. 너희들은 결코 죽지 않는다는 뜻이야."

"그래, 알았어."

아이는 내 말을 믿지 않지만 듣기 좋으라고 거짓으로 대답하는 것 같았다.

나는 오렌지 탄산수를 종이컵에 따라 소피아에게 내밀었다.

"네가 보기에 엄마는 아빠를 사랑하는 것 같아?"

"잘 모르겠어."

소피아는 거북스러워하는 표정을 지으며 대답을 회피했다.

"그럼 엄마는 니콜라스 아저씨를 사랑하는 것 같아?"

"아빠, 모르겠어. 난 겨우 여섯 살이잖아!"

'소피아'를 부르는 소리가 들려왔다. 베이비시터가 그제야 소피아가 사라진 걸 알아차리고 찾아 나선 모양이었다. 나에게는 시간이 그리 많지 않았다.

"니콜라스 아저씨의 집은 어디에 있지?"

"난 잘 몰라. 집 주소를 잊어버렸어."

"잘 생각해봐."

"엘리베이터를 타고 33을 눌러야 해."

소피아는 심각한 표정으로 생각에 골몰하더니 말했다.

"어느 동네인지는 알아?"

"몰라."

"건물에서 나오면 걸어서 어디에 갈 수 있는지 말해봐."

"가끔 햄버거를 먹으러 더 오데온이라는 식당에 가."

"아빠도 그 식당이 어디 있는지 알아. 트라이베카라는 동네에 있는 식당이지. 니콜라스 아저씨의 집이 있는 건물은 어떻게 생겼어?"

"완전 새 건물이야. 사람들은 그 건물을 젠가타워라고 불러!"

"그 정도면 아빠도 찾을 수 있을 것 같구나."

나는 손으로 아이의 머리를 헝클어뜨리며 말했다.

"소피아, 넌 정말 똑똑한 아이야."

마침내 베이비시터가 우리를 찾아냈다. 나는 의자에서 일어나 소피아와 입을 맞췄다.

"내년부터 아빠에게 시간이 많아질 거야. 그때가 되면 아빠랑 많은 걸 함께 할 수 있어."

"알았어. 자, 이 그림 받아. 아빠를 주려고 그린 거야."

소피아가 예쁜 미소를 지어보이며 말했다.

나는 딸아이가 종이에 그린 그림을 받아 주머니에 집어넣고 북쪽 출구를 통해 공원을 나섰다.

2

높이 250미터 건물 꼭대기에 좁다랗고 길쭉한 크리스털 조각이 놓여 있었다. 워스 가와 브로드웨이가 교차하는 지점에 위치한 트라이베카 C4 타워는 2000년 이후 맨해튼의 하늘을 향해 우후죽순처럼 솟아오른 호화스러운 주거용 빌딩 가운데 하나였다. 트라이베카 C4 타워는 각기 다른 크기와 형태의 유리 집들을 포개놓은 집합체라 할 수 있었다. 각 층이 저마다 차별화되도록 설계된 탓에 멀리에서 보면 금방이라도 쓰러질 것처럼 위태롭게 쌓아올린 책 더미 같았다. 건물이 불안정하게 보인다는 이유로 거부감을 표하는 사람들도 더러 있었지만 개성 있고 독특한 형태를 취하고 있어 이 지역의 오래된 건물들과 뚜렷한 대비를 이루고 있었다.

무슨 수로 건물 안까지 들어가지?

택시가 트라이베카 C4 타워 앞에서 멈춰 섰을 때 나는 어떻게 하면 건물 안으로 들어갈 수 있을지 생각에 골몰해 있었다. 제복 차림 남자 두 명이 택시 문을 열어주기 위해 달려왔다.

나는 애써 당당한 태도를 취하며 차에서 내린 다음 아무렇지도 않은 척하며 고층 타워 안으로 걸어 들어갔다. 다행히 나를 제지하는 사람은 없었다. 천장 높이가 10미터쯤 되어 보이는 건물 로비는 유리벽에 걸린 추상적이면서 미니멀한 그림과 무수히 많은 분재 화분이 비치돼 있어 공항대합실과 현대미술관 전시실의 중간쯤 되는 분위기를 풍겼다.

기념비적인 반투명 구름다리를 건너가자 아파트로 연결되는 엘리베이터가 나왔다. 엘리베이터에 급히 올랐지만 움직이게 하려면 비밀번호나 지문인식이 필요하다는 사실을 깨달았다. 어쩔 수 없이 다시 내려서려 할 때 유명상표가 찍힌 쇼핑상자들을 양팔 가득 얹어놓은 벨보이가 안으로 들어서며 나에게 인사를 건네더니 비밀번호를 누르고 나서 타워의 가장 꼭대기 층에 위치한 펜트하우스들 가운데 하나의 버튼을 눌렀다.

그가 이내 나에게 질문을 던졌다.

"몇 층에 가시죠?"

"33층에 갑니다."

그가 내 대신 33층 버튼을 눌렀다. 몇 초 후, 나는 니콜라스가 사는 아파트 앞에 섰다.

문이 반쯤 열려 있었다.

아서, 우연이란 없어.

설리반 할아버지가 내 귀에 대고 속삭이는 듯했다.

아파트 안으로 들어선 나는 모던한 스타일로 꾸민 거실로 갔다. 늦은 오후의 따스한 햇살이 비쳐들고 있어 거실은 초현실주의적인 분위기를 자아내고 있었다. 부드러운 황금빛 햇살이 마치 살아 있는 생명체처럼 내 주위에서 넘실거렸다. 마치 먼지처럼 작은 금빛 알갱이로 이루어진 보아 뱀 같았다.

나는 망설이지 않고 거실의 커다란 통 유리창을 향해 걸어간 다음 수정 유리로 울타리를 친 발코니로 나갔다. 이스트 강, 브루클린 다리, 황금 왕관처럼 늘어선 시청 청사, 눈부시게 햇빛을 반사하고 있는 월드 트레이드 센터가 한눈에 들어왔다. 마치 마법에 걸린 듯 대단한 풍광이었다. 전망이 근사한 위치가 분명했지만 뭔가 석연치 않은 구석이 있었다. 온통 유리로 되어 있는 이 건물은 현실의 삶과 지나치게 동떨어져 있다는 느낌이 들었다. 사람들, 길거리에서 벌어지는 소란, 정겨운 인간관계, 사람 사는 냄새 등, 내가 평소 좋아하던 모습들과는 완전히 격리되어 있었다.

나는 다시 집 안으로 들어갔다. 벽에 활짝 웃는 모습으로 포즈를 취한 리자와 아이들의 사진이 걸려있었다. 필름에 포착된 행복한 순간이었다. 나 없이도 내 가족의 삶이 이어져 왔다는 반증이었다. 내가 리자와 아이들에게 반드시 필요한 존재가 아니라는 증거이기도 했다.

나는 소피아의 사진 앞에서 걸음을 멈추었다. 방금 전, 공원에서 소피아를 우연히 만나 벅찬 감동을 맛보았지만 또다시 아이가 보고 싶었다. 나는 거실을 둘러보며 주머니 속에 들어 있는 소피아의 그림을 매만졌다.

서재의 한 구석을 차지하고 있는 호두나무 책상 위에 작가의 사인을 기다리고 있는 책들이 무더기로 쌓여 있었다. 얼굴을 하얀 시트로 가린 남자와 여자가 키스하는 장면을 그린 마그리트의 그림이 제법 두툼한 책의 표지를 장식하고 있었다. 은색 활자로 처리한 제목 위로 작가의 이름이 선명하게 보였다.

《러버》
니콜라스 스튜어트 헐

나는 주머니에 소중하게 넣어두었던 소피아의 그림을 꺼내 펼쳐보았다. 소피아는 분명 나를 위해 그림을 그렸다고 했었는데 손으로 적은 글자들뿐이었다.

아빠, 내가 비밀 한 가지를 알려줄까?

나는 온몸에 전율을 느끼며 종이를 뒤집었다.

작가는 아빠야.

나는 소피아가 무슨 말을 하려는 건지 금세 이해가 되지 않았다.

내 시선이 다시 소설의 표지로 옮겨졌다.

러버
니콜라스 스튜어트 헐

갑자기 현기증이 나며 내 머릿속에서 글자들이 제멋대로 자리를 바꾸더니 전혀 다른 단어를 만들었다.

아서 설리반 코스텔로
ARTHUR SULLIVAN COSTELLO

내 몸이 순간적으로 휘청거렸다. 경악한 나는 책을 한 권 집어들고 뒷면을 살펴보았다. 뒤표지에 니콜라스 헐에 대한 간략한 소개 글과 사진이 실려 있었다.

그 사진 속 인물이 바로 나였다.

3

"설마 나를 보고 놀랐다고 하진 않겠지?"

방에 들어온 누군가가 말했다. 뒤를 돌아보니 나와 똑같이 생긴 도플갱어가 서 있었다. 시니컬한 표정, 진지하면서도 걱정이 많은 성격, 오래 전부터 내 발목을 잡고 심신을 갉아먹던 불안감을 모두 벗어던진 나의 도플갱어가 물끄러미 나를 쳐다보고 있었다.

"넌 누구야?"

나는 놀랍고 두려운 마음을 애써 가라앉히며 크게 소리쳤다.

"난 바로 너야."

도플갱어가 내게로 다가오며 대답했다.

"지난 24년 동안 넌 이런 해결책을 한 번도 고려해보지 않았지?"

"이런 해결책이라니?"

도플갱어는 피식 웃더니 책상 위에 놓여 있는 럭키 스트라이크 담뱃갑을 집어 들었다.

"네 아버지 말은 틀렸어. 네 아버지는 인생에서 아무도 믿어서는 안 된다는 말보다 더 중요한 게 있다는 사실을 몰랐지."

나의 도플갱어는 성냥을 그어 담배에 불을 붙이더니 말을 이어갔다.

"내가 인생에서 배운 가장 중요한 교훈이 뭔지 말해줄까? 우리의 유일한 적은 바로 자기 자신이라는 거야."

나의 도플갱어는 술병들이 가득 놓여 있는 테이블을 향해 걸어가더니 위스키를 한 잔 따랐다.

"등대의 진실을 알고 싶나?"

나는 어안이 벙벙해진 가운데 아무 말도 하지 못하고 그의 일거수일투족을 주시했다. 그가 묵묵부답인 나를 향해 계속 떠들어댔다.

"무엇이든 절대로 돌이킬 수 없다는 게 등대의 진실이야. 아무리 지우려고 해도 지울 수 없어. 그렇기 때문에 주어진 대로 그냥 살아가면서 더 이상 실수를 저지르지 않도록 조심하는 수밖에 없지. 그게 바로 진실의 전부야."

내 이마에 땀방울이 송골송골 맺혔고, 눈에서 분노가 너울처럼 일렁거렸다.

"등대의 진실이 나와 무슨 상관이야?"

그는 담배연기를 길게 내뿜었다.

"넌 나를 바보 취급하는 게 아니라면 그동안 진실을 알고 싶어 하지 않은 거야."

나는 그처럼 애매모호한 말은 딱 질색이었다.

내 눈은 아까부터 책상에 놓인 페이퍼 나이프에 고정되어 있었다. 상아를 상감해 넣은 사무라이 검 가타나의 축소판 칼이었다. 나의 도플갱어가 감히 내 인생에 대해 다 아는 척을 하는 것에 화가 치밀었다.

나는 칼을 집어 들고 놈을 향해 천천히 다가갔다.

 "너는 왜 내 인생을 도둑질하려고 하지? 네 놈을 가만두지 않겠어. 나는 반드시 리자와 아이들을 되찾을 거야. 난 절대로 가족들을 포기할 수 없어."

 도플갱어는 입 모양을 보기 흉하게 일그러뜨리더니 기분 나쁜 웃음을 지었다.

 "네 가족들을 잃고 싶지 않다고? 넌 이미 네 가족들을 잃었어!"

 나는 도플갱어가 마음대로 떠들어대는 걸 더는 지켜볼 수 없어 페이퍼 나이프로 놈의 복부를 여러 차례 찔렀다. 그는 피를 흘리며 금빛 마룻바닥에 쓰러졌다.

 나는 잠시 꼼짝도 하지 않고 조각상처럼 서있었다. 내 이성으로는 도저히 설명이 불가한 상황이었지만 어떡하든 이해를 해보려고 애썼다. 이내 어린 시절 보던 낡은 TV화면처럼 눈앞이 흐려졌다. 몸이 찌릿찌릿해지며 갑자기 진통이 찾아왔다. 내 힘으로는 도저히 통제할 수 없는 진통이었다. 내 몸은 곧 축 늘어졌고, 설탕 태우는 냄새 속으로 녹아들며 현실에서 이탈했다.

 다음 순간 마치 소음기로 소리를 죽인 것처럼 둔중한 폭발음이 들려왔다. 증발하는 순간 내 머릿속에 리자와 아이들의 이미지가 뚜렷하게 각인되었다.

 바로 그 순간, 너무나 명백한 진실이 예리하게 내 눈을 후벼 팠다. 내가 이제껏 믿고 있었던 것과 달리 사라지는 건 내가 아니라 바로 내 가족들이었다.

2015년, 스물네 번째 날

밤, 아무도 없다. 그것이 그의 지평선이었다. 그는 혼자였다. 혼자라는 말의 동의어는 죽음이다.
—빅토르 위고

0

나는 눈을 뜬다.

나는······.

제 **5** 부
미완성 소설

기사 모음(2012년-2015년)

픽션이란 거짓말이 감추고 있는 진실이다. -스티븐 킹

아서 코스텔로
아동문학을 시도하다
퍼블리셔스 위클리 Publishers Weekly **2012년 10월 8일 자**

스릴러와 판타지 작품으로 널리 알려진 베스트셀러 작가 아서 코스텔로가 다음 주 《멀버리 가의 소녀》라는 신작소설을 들고 독자들을 찾아온다. 이 소설은 그가 어린이 독자들을 위해 쓴 첫 번째 작품이다.

아서 코스텔로의 신작은 그간 축적한 작품 목록에서 단연 독보적인 자리를 차지할 것으로 예상된다. 꾸준히 아서 코스텔로의 작품을 출간해온 더블데이 출판사에서는 《멀버리 가의 소녀》가 10월 15일 월요일에 서점에 깔릴 것이라 예고했다.

아서 코스텔로는 기자회견을 통해 '아들 벤자민의 열 살 생일을 기념해 특별한 선물을 해주고 싶었고, 이 책을 쓰기로 결심했다.'라고 밝혔다. 실제로 이 소설은 사춘기에 접어든 소녀 오펠리아가 집안 대대로 사용해오던 다락에서 비밀의 문을 발견하고, 그 문을 통해 시간여행을 하게 된다는 이야기를 동화처럼 풀어내고 있다. 시간여행으로 특별한 힘을 갖게 된 덕분에 '거울의 반대쪽'으로 건너간 오펠리아는 불안한 기운이 감도는 마술 같은 세계를 발견하게 된다. 루이스 캐럴의 《이상한 나라의 앨리스》와 쥘 베른의 《미래로의 귀환》 중간쯤에 위치한 이 성장소설은 열 살 이상 아이라면 충분히 흥미를 갖고 읽을 수 있을 것으로 보인다. 청소년들, 심지어 어른들까지 충분히 매료시킬 수 있는 소설이기도 하다.

1966년 생인 아서 코스텔로는 의학공부에 필요한 비용을 마련하기 위해 일찍부터 글을 쓰기 시작했다. 그는 1986년부터 1989년 사이에 두 권의 추리소설과 한 권의 SF소설을 선보였다. 그가 응급의학과 인턴으로 근무하던 1991년에는 3부작 《더 다이브 The Dive》를 출간해 전 세계적인 성공을 거두었다.

아서 코스텔로는 《더 다이브》의 성공을 발판으로 의학 공부를 접고 글쓰기에 전념하기 시작했다. 지난 20년 동안 그는 판타지, 스릴러, 미스터리, 테크노-스릴러 등 다양한 장르를 아우르는 왕성한 창작 활동을 펼쳤다. 대표작으로는 《로스트 앤 파운드 Lost & Found(2001년 에드가 알란 포 상 최우수 소설상 수상)》, 《강박관념 Hantise(2003년 로커스 상 수상)》, 《잠들지 않는 도시 La Ville qui ne dort jamais》를 비롯해 친구 톰 보이드와 공동으로 집필한 《쌍둥이 Les Gémeaux》 등을 꼽을 수 있다.

아서 코스텔로의 소설은 40여 개국에서 번역 출간되었으며 세계적으로 7천만 부 이상이 팔려 나갔다. 그의 소설들은 그가 직접 시나리오로 각색해 영화 또는 텔레비전 드라마로 제작되기도 했다.

아서 코스텔로

《멀버리 가의 소녀》로 위고 상 수상

커커스 리뷰 Kirkus Review – 2013년 8월 9일

이미 브람 스토커 상 최우수 아동문학상을 수상한 바 있는 아서 코스텔로가 지난 몇 주 동안 베스트셀러에 올라 있는 소설로 위고 상을 수상하게 되었다.

아서 코스텔로는 아동문학으로의 방향전환이 일회성 사건으로 그칠 것인지 묻는 질문에 다음과 같이 대답했다.

"제 아들의 열 살 생일을 기념해 이 소설을 썼습니다. 아들이 아빠가 쓴 책을 한 권도 읽을 수 없다는 사실이 저로서는 안타깝게 생각된 것이죠. 고민 끝에 저는 아동문학에 도전해보기로 결심했습니다. 솔직히 내 책들은 어린 아이들이 읽기에는 폭력적이고 끔찍한 장면이 많이 나오거든요. 내 딸 소피아는 다섯 살로 이제 막 글을 배우기 시작했는데, 자기보다 책을 많이 읽는 오빠에 대해 질투를 하는 것 같더군요. 소피아가 저에게 말하길 제발 자기도 읽을 수 있는 책을 써달라는 겁니다. 아무튼 아동문학 독자들은 앞으로도 한동안 저를 몰아낼 수 없을 것 같습니다."

*

아서 코스텔로

아서 코스텔로는 일련의 창작 드라마 집필과 관련해 케이블 TV 채
널 AMC와 계약을 완료했다. 그가 이 드라마의 제작과 진행을 모두 총
괄하게 되었다.

지난 금요일, AMC 방송국은 아서 코스텔로가 수년 전부터 준비해
온 수사물 연작을 제작하기로 합의했다고 발표했다. 《패스트 포워드
Past Forward》라는 제목의 이 수사물은 뉴욕의 한 형사 집안이 시간여
행이 가능한 연쇄살인범과 여러 세대에 걸쳐 대결하는 내용을 선보일
예정이다.

현재 출연배우 캐스팅과 제작 계획에 대해 전혀 알려진 바가 없지만
AMC 측은 이 드라마가 최대한 빨리 시청자들과 만나게 될 수 있기를
희망한다고 밝혔다. 이 계획에 대단히 열광적인 반응을 보여 온 케이
블방송사 측은 벌써부터 시즌 1의 8회 분량에 대한 계약을 완료했다.

*

윌렘 데포와 브라이스 댈러스 하워드에 이어 리자 에임스도 AMC
에서 방영될 예정인 연작 드라마에 합류하기로 결정되었다. 그녀가

어떤 배역을 맡게 될지는 아직 정해지지 않은 상태다.

리자 에임스는 줄리아드 공연예술학교 출신으로 캘빈 클라인의 전속모델로 활약한 바 있고, 브로드웨이의 연극과 뮤지컬 무대에서도 왕성하게 활동해왔다. 그녀는 이번 연작 드라마의 제작과 진행을 총괄하게 된 아서 코스텔로의 부인이기도 하다.

*

시가모어 다리에서 일어난 참극
본 데일리 뉴스 Bourne Daily News **웹사이트 – 2014년 6월 11일**

지난 수요일 오후 3시 경 충격적인 사고가 빚어졌다. 코드 곶 방향으로 달리던 자동차 한 대가 갑자기 도로를 이탈하며 시가모어 다리 난간을 들이받는 사고가 발생했다. 충돌 당시의 충격으로 난간이 부서지며 차는 곧장 운하의 물속으로 추락했다. 교통경찰과 소방대원들, 잠수대원들이 즉시 사고 현장으로 출동해 구조활동을 펼쳤지만 현재 남자 아이 한 명과 여자 아이 한 명이 사망한 것으로 확인되었다. 차를 운전한 마흔 살 가량의 여성운전자는 다행히 현장에서 구조되었다. 구조 당시 여성운전자는 의식을 잃고 있었지만 즉시 병원으로 이송돼 치료를 받고 있다.

16시 속보. 경찰에 따르면 차를 운전한 여인은 여배우이자 베스트셀러 작가 아서 코스텔로의 부인인 리자 에임스인 것으로 밝혀졌다.

뉴욕에 거주하고 있는 그들 부부는 코드 곶 지역에서 자주 휴가를 보내 그 일대 지리에 익숙한 것으로 알려졌다. 잠수대원들이 긴급 투입돼 그들 부부의 자녀들인 벤자민(12세)과 소피아(6세)의 시신을 건져냈다. 아서 코스텔로는 사고차량에 탑승하지 않았던 것으로 밝혀졌다.

23시 30분 속보. 의료진에 의하면 리자 에임스의 생명엔 지장이 없는 것으로 확인되었다.

*

자살 시도, 여배우 리자 에임스 구사일생으로 사망 위기 넘겨
ABC News – 2014년 7월 3일

두 자녀의 생명을 앗아간 비극적인 자동차사고가 발생한 지 3주 만에 여배우이자 모델로 활동해온 리자 에임스가 어젯밤 약물 과다 복용 후 손목을 그어 자살을 시도한 것으로 알려졌다.

리자의 남편 아서 코스텔로가 그리니치빌리지에 위치한 자택 욕조에서 부인을 발견하고 구조대를 불러 가까스로 목숨을 건질 수 있었다. 의사로 일하다가 베스트셀러 작가로 변신한 아서 코스텔로는 부인에게 적절한 응급치료를 한 후 구조대를 불러 맨해튼 소재 벨뷰병원으로 이송한 것으로 알려졌다.

의료진에 따르면 리자는 현재 중태이지만 생명에는 지장이 없을 거라고 발표했다.

*

아서 코스텔로 폭행 사건으로 경찰에 검거
뉴욕 포스트 New York Post 지 – 2014년 11월 17일

어젯밤 지하철 웨스트 퍼스 가의 워싱턴스퀘어 역 플랫폼에서 폭행 사건이 빚어졌다. 만취 상태의 유명 작가 아서 코스텔로가 MTA(뉴욕 시 교통 담당국) 직원에게 여러 차례 폭력을 가해 물의를 빚었다. 감시카 메라에 잡힌 동영상 자료에 따르자면 아서 코스텔로는 열차가 역으로 들어오는 순간 선로로 뛰어내리려 했으나 젊은 역무원 마크 어빙이 마지막 순간에 극적으로 붙잡은 덕분에 돌이킬 수 없는 비극을 모면 한 것으로 추정된다. 목숨을 구조한 역무원 마크 어빙에게 불만을 품 은 아서 코스텔로는 그를 난폭하게 구타하다가 신고를 받고 달려온 경찰에 의해 검거되었다.

소속 노동조합이 강력한 이의제기를 했지만 마크 어빙은 아서 코스 텔로를 고소할 의사가 없는 것으로 알려졌다.

*

유명 작가 아서 코스텔로 정신병원 입원
뉴욕 포스트 New York Post 지 – 2014년 11월 21일

지난주, 자살을 기도해 세상을 깜짝 놀라게 한 유명작가 아서 코스 텔로가 본인의 요청에 따라 스테이튼 섬에 위치한 블랙웰정신병원에 입원했다고 그의 매니저 케이트 우드가 발표했다.

케이트 우드는 "아서 코스텔로는 자녀들의 죽음, 부인과의 이혼 등으로 매우 힘든 시기를 보내고 있습니다. 저는 그가 비극적인 사건이 가한 충격을 이겨내고 한층 강한 사람이 되어 돌아올 것이라 확신합니다."라고 덧붙였다.

*

유명 작가 아서 코스텔로, 정신병원에서 퇴원
메트로 뉴욕 Metro New York – 2015년 1월 5일

오늘 아침, 베스트셀러 작가 아서 코스텔로가 블랙웰정신병원에서 퇴원했다. 교통사고로 두 자녀를 잃고 실의에 빠져 자살을 기도했던 그는 지난 한달 동안 정신병원에 입원해 우울증 치료를 받아왔다.

아서 코스텔로의 매니저 케이트 우드는 그가 머지않아 다시 소설을 쓰기 시작할 거라고 강조했다. 그러나 작가 자신은 집필 재개에 대한 의사를 확인해주길 거부했다.

*

KateWoodAgency@Kwood_agency. 2월 12일
아서 코스텔로 신작소설 《사라지는 남자》 봄에 출간될 예정!
#BonneNouvelle!#Hâte

*

아서 코스텔로의 신작 출간이 멀지 않았다?

더 뉴욕 타임스 북 리뷰 The New York Times Book Review 지─ 2015년 2월 12일

얼마 전부터 소문만 무성했던 아서 코스텔로의 신작소설 출간 소식이 그동안 그의 책을 전담 출판해온 더블데이와 매니저 케이트 우드의 소셜미디어를 통해 사실로 확인되었다. 아서 코스텔로의 신작소설은 다가오는 봄에 전격 출간될 예정이다. 그의 두 자녀가 비극적으로 숨진 사건 이후 처음 선보이는 작품이다. 그의 매니저 케이트 우드는 소설 제목이 《사라지는 남자》라는 사실까지 언급했지만 끝내 줄거리는 귀띔해주지 않으면서 "신비스러운 등대가 우뚝 솟아있는 코드 곶의 바위 언덕 위에서 시작되는 소설이라는 것만 말씀드리겠다."라고 했다.

같은 날 저녁, 작가이자 아서 코스텔로의 절친인 톰 보이드는 아서의 신작소설 발표 소식을 부인했다. 캘리포니아 출신의 작가 톰 보이드는 "오늘 오후에 아서와 통화했는데, 그 친구가 저에게 제발 신작소설 출간 소식은 사실이 아니라는 해명을 부탁하더군요."라고 말했다.

천사들의 3부작 시리즈 작가 톰 보이드는 이어서 "아서가 다시 글을 쓰기 시작한 건 분명한 사실이지만 아직 출판 운운하기에는 시기상조라는 겁니다. 아서는 출판사 측에 어떤 약속도 해주지 않았답니다. 여러분들이 제 의견을 물으신다면 더블데이 출판사와 매니저 케이트 우드가 상황을 빨리 진척시키고 싶은 마음에 악수를 둔 거라 말씀드리죠."라고 말했다.

치료와 병

아마도 우리 인생에서 가장 좋은 일들은 언제나 과거에 속하는 것 같다. -제임스 샐리스

2014년 12월 29일

블랙웰정신병원

스테이튼 섬

엘리베이터 문이 8층에서 열렸다. 하얀 가운을 단정하게 입은 에스더 해지엘 박사가 엘리베이터에서 내렸다. 잿빛이 도는 금발을 짧게 자른 에스더 해지엘 박사는 체구는 작지만 에너지가 넘치는 의사였다. 동그란 뿔테안경이 지성과 호기심으로 반짝반짝 빛나는 그녀의 초록색 눈동자를 한층 더 돋보이게 했다. 그녀는 두꺼운 파일을 옆구리에 끼고 복도 끝에 위치한 712호 병실을 향해 걸어갔다.

에스더 해지엘 박사는 712호실로 걸어가는 도중에 8층 전체를 책임지는 담당 간호사와 마주쳤다. 병원 사람들은 보디빌딩으로 다져진 우람한 체격의 간호사를 두 얼굴의 사나이라 불렀는데, 그의 얼굴 반쪽에 화상 자국이 남아 있기 때문이었다.

"미안하지만 문 좀 열어줄래요?"

"당연히 열어드려야죠. 박사님도 잘 아시겠지만 712호 환자는 양처럼 유순해 보이지만 정신질환자들 대부분이 일정한 행동패턴을 보이지는 않는다는 점을 염두에 두셔야 합니다. 혹시라도 문제가 생길 경우 지체하지 마시고 긴급 호출 버튼을 누른 다음 크게 고함을 치세요. 하긴 고함을 친다고 해도 일손이 부족해 아무도 듣지 못할 수도 있습니다."

에스더가 째려보자 두 얼굴의 사나이는 순순히 뒤로 물러섰다.

"농담을 진담으로 받아들이셨군요."

두 얼굴의 사나이가 어깨를 으쓱하며 미소를 지었다. 병실 문을 연 그는 에스더가 안으로 들어가자 이내 밖에서 문을 닫았다. 에스더는 환자가 누운 침대 쪽으로 발걸음을 옮겼다. 철제침대 하나, 뒤뚱거리는 플라스틱 의자 하나, 바닥에 고정시켜 놓은 시멘트 탁자 하나가 가구의 전부인 작은 병실이었다.

아서 코스텔로는 등에 베개를 괴고 상체만 약간 들어 올린 자세로 침대에 누워 있었다. 얼굴이 수척해지긴 했지만 40대 중년의 아서는 여전히 미남 축에 들어갈 만한 외모였다. 훤칠한 키에 우수에 젖은 눈빛을 가진 갈색머리 남자는 뼈마디가 불거져 보일 만큼 마른 몸 때문에 입고 있는 바지의 통이 지나치게 넓어 보였고, 저지 소재의 티셔츠도 헐렁해보였다.

의사가 병실로 들어섰지만 아서는 꼼짝도 하지 않고 초점 없는 눈길로 창밖만 응시하고 있었다. 그는 몽상에 빠져 머릿속으로 혼자 다른 곳을 헤매고 있는 듯했다.

"안녕하세요, 저는 에스더 해지엘 박사입니다. 이 병원 정신과 과장이죠."

아서는 여전히 대리석처럼 누워 묵묵부답으로 일관했다. 아니, 정신과의사가 병실로 들어와 그의 눈앞에 있다는 사실조차 알아차리지 못한 것 같았다.

"제가 퇴원허가서에 사인을 해야 당신은 병원 문을 나설 수 있습니다. 당신이 이 병원을 나가기 전 저는 더 이상 아무런 위험요소가 없는지 확인해야 하죠. 당신 자신과 다른 사람들을 위해 반드시 필요한 절차입니다."

아서가 갑자기 입을 열었다.

"난 여기서 나갈 마음이 전혀 없습니다."

에스더는 의자를 당겨와 침대 옆에 앉았다.

"사실 저는 당신에 대해 아는 게 별로 없습니다. 당신이 유명작가라는 건 이미 들어서 알고 있지만 아직 당신이 쓴 소설을 한 권도 읽어보지 못했거든요. 다만 당신의 병원기록은 꼼꼼하게 읽어보았습니다."

에스더가 손에 들려 있는 파일을 침대 옆 탁자 위에 내려놓으며 말했다. 그녀는 잠시 기다렸다가 다시 말을 이었다.

"환자 본인이 직접 자초지종을 들려줄 경우 치료에 큰 도움이 되죠."

아서는 처음으로 에스더를 쳐다보았다.

"혹시 담배를 가지고 있습니까?"

"이미 잘 아시겠지만 규정상 병실에서의 흡연은 금지되어 있습니다."

에스더가 손가락으로 연기탐지기를 가리키며 말했다.

"그럼 더 이상 볼 일이 없으니까 당장 나가주세요."

에스더는 한숨을 푹 내쉬며 어쩔 수 없이 항복했다. 그녀는 가운 주머니를 뒤져 라이터와 박하 향 나는 담배를 한 개비 내밀며 말했다.

"당신이 직접 이야기해보세요. 아이들이 사고로 죽던 날 무슨 일이 있었나요?"

아서는 담배 한 개비를 귀 뒤에 꽂았다.

"난 이미 당신 동료들에게 몇 번씩이나 그 이야기를 털어놓았어요."

"저도 잘 알고 있습니다만 당신이 나에게 직접 털어놓는 이야기를 듣길 원합니다."

아서는 한동안 눈꺼풀을 문지르다가 깊이 숨을 들이 마신 다음 입을 열었다.

"벤자민과 소피아는 2014년 6월 11일에 교통사고로 사망했습니다. 그 무렵 저는 아주 힘든 시간을 보내고 있었죠. 여러 달 동안 글이라고는 단 한 줄도 못 쓰고 있던 때였으니까요. 그해 초에 할아버지가 돌아가신 후 저는 심하게 망가졌죠. 저에게 독서와 글쓰기의 기쁨을 가르쳐준 분이 할아버지였거든요. 저에게 최초로 타자기를 사준 분도 할아버지였고, 제가 처음 글을 쓰기 시작할 때 조언을 해주신 분도 할아버지였죠. 그 반면 저는 아버지와는 사이가 좋지 않았습니다. 설리반 할아버지만이 유일하게 저를 지지해주셨죠. 저를 절대 배반하지 않은 유일한 분이기도 하죠."

"부인과는 어떻게 지내셨나요?"

"부부 사이란 게 늘 그렇듯 우리에게도 좋은 날과 나쁜 날이 있었습니다. 작가의 부인들이 대부분 그렇듯 리자 역시 저에게 지나치게 세상과 단절되어 산다고 잔소리를 했죠. 아이들과 충분한 시간을 보내지 않는다는 잔소리를 늘어놓기도 했고요. 리자는 내가 너무 일을 많이 한다며 내 머릿속 상상의 세계가 내 현실생활을 집어삼킨다고도 했어요. 리자가 저에게 '사라지는 남자'라는 별명을 붙여준 것도 그런 이유 때문이죠."

"당신은 왜 '사라지는 남자'가 되었죠?"

"소설에 등장하는 인물들을 만나기 위해 나는 자주 서재로 사라졌죠. 리자는 그런 나에게 가족을 방치하는 파렴치한이라며 자주 나무랐어요. 아이들 학교에서 학부모 회의가 있을 때나 축구시합, 학예회 같은 행사에도 제대로 참석하지 않았죠. 그 당시에는 그런 일들을 그냥 대수롭지 않게 여겼어요. 지금 하지 못하면 나중에 할 기회가 있을 거라고 믿었죠. 사람들은 흔히 잃어버린 시간을 되찾을 수 있다고 생각하지만 절대로 그렇지 않다는 걸 그때는 몰랐어요."

에스더는 잠시 침묵하다가 다시 아서의 입을 열게 만들었다.

"교통사고가 발생할 무렵 당신은 가족들로부터 멀어져 있었다는 말인가요?"

"사실 난 그때 리자가 몰래 바람을 피우고 있다고 믿었어요."

"그렇게 생각한 근거가 있었나요?"

아서는 막연하게 손을 휘휘 내저었다.

"내가 방에 들어가면 리자가 전화통화를 하다가 갑자기 멈춘다거나 이유 없이 집을 비우기도 하고, 휴대폰 비밀번호를 자주 바꾸기도 했으니까요."

"그 정도 이유로 부인이 바람을 피우고 있다는 의심을 했단 말이죠?"

"저는 그 정도면 사설탐정을 고용해야 한다고 생각했어요."

"실제로 사설탐정을 고용했겠군요?"

"난 자카리 던칸과 접촉했어요. 오랫동안 형사로 일하다가 경호업체로 옮긴 사람인데, 내가 추리소설을 쓸 때마다 자문을 얻기도 했죠. 자카리 던칸은 허구한 날 적십자사 파카를 입고, 스테슨 운동화를 신고 다녔어요. 입고 다니는 옷차림은 추레해 보이지만 뉴욕에서 가장 유능한 수사관 가운데 한 명이죠. 그 사람에게 리자를 미행해달라고 부탁했어요. 우리가 처음 만나 일을 논의하고 합의를 본 지 일주일쯤 지났을 때 자카리가 나에게 몇 가지 증거를 제시했어요. 난 그가 제시한 증거를 확인하고 내 의심이 사실로 증명됐다고 생각하며 상심이 컸죠."

"예를 들자면 어떤 증거였는데요?"

"대부분 리자가 보스턴 중심가의 호텔 로비에서 니콜라스 호로비츠라는 남자와 함께 있는 사진들이었어요. 자카리의 말로는 두 사람이 일주일에 세 번씩 만나는데 두 시간 넘게 시간을 끈 적은 없었다더군요. 자카리는 수사가 모두 끝날 때까지 기다렸다가 리자와 이야기해보라고 했지만 내가 보기에는 니콜라스 호로비츠가 아내의 애인이 틀림없어 보였어요."

아서는 침대에서 일어나 창가로 다가갔다. 아스토리아 쪽으로 흘러가는 뭉게구름이 그의 눈길을 끌었다.

"나는 바로 그 다음날 리자에게 말했어요. 토요일이었는데, 그날은 마침 우리가 휴가를 떠나기로 했던 날이었죠. 우리는 해마다 코드 곶의 24방위 바람의 등대가 있는 곳으로 휴가를 떠나곤 했어요. 내 눈에는 노후화된 등대가 너무나 매력적으로 보였거든요. 심지어 그 등대에서 기분을 좋게 해주는 파장이 나온다고 믿을 정도였죠. 24방위 바람의 등대를 보고 돌아오면 '영감'을 받아 글이 잘 써지곤 했으니까요. 하지만 그날 아침 등대로 출발하기 전 리자에게 화를 벌컥 내며 내 안에 담아두고 있던 말을 다 쏟아내 버렸어요. 나는 아침식사를 마치자마자 리자에게 사진들을 보여주며 어떻게 된 일인지 빨리 설명해보라고 다그쳤죠."

"당신 부인은 어떤 반응을 보이던가요?"

"내가 사설탐정을 고용해 뒤를 캤다는 사실을 알고 불같이 화를 내며 아무런 설명도 하지 않겠다고 고집을 부렸죠. 나는 리자가 그토록 화를 내는 걸 처음 보았어요. 결국 리자는 아이들에게 차에 타라고 말하고는 나만 쏙 빼놓고 자기들끼리 코드 곶으로 출발했어요. 바로 그날 끔찍한 교통사고가 빚어졌죠."

아서의 목소리는 어느새 잔뜩 풀이 죽어 있었다. 눈물범벅이 된 기침소리가 한동안 이어지다가 긴 침묵이 뒤를 이었다.

"당신은 부인이 코드 곶으로 떠나고 나서 뭘 했는데요?"

"온몸이 마비라도 된 것처럼 아무것도 할 수 없었어요. 오렌지 꽃향기가 나는 리자의 향수 냄새에 갇힌 느낌이었죠."

"알고 보니 당신 부인은 몰래 바람을 피운 적이 없었죠?"

에스더가 넘겨짚었다.

"리자는 나를 위해 깜짝 선물을 준비 중이었어요. 유명 방송국 드라마에 출연하기로 확정돼 큰 액수의 개런티를 받게 된 리자는 그 돈으로 나를 위해 24방위 바람의 등대를 매입했던 거죠. 난 그 사실을 나중에야 알게 되었어요."

"부인이 그 등대를 매입해 당신에게 선물하려 했군요?"

아서는 고개를 끄덕였다.

"리자는 내가 그 등대에 얼마나 큰 애착을 가지고 있는지 누구보다 잘 알고 있었어요. 할아버지가 돌아가신 이후 침체기에 빠져있던 내가 24방위 바람의 등대에서 영감을 얻어 다시 글을 쓸 수 있게 되기를 바랐던 거죠."

"니콜라스 호로비츠라는 남자는 누구죠?"

"그 사람은 리자의 애인이 아니라 보스턴의 사업가인데 뉴잉글랜드 지방에 다수의 호텔 체인과 게스트하우스를 가진 사람이었습니다. 그가 바로 24방위 바람의 등대를 소유한 호로비츠 집안의 상속자였어요. 그는 보스턴의 유서 깊은 집안 자손인데 등대를 파는 걸 원치 않았답니다. 리자는 호로비츠 집안사람들을 설득하기 위해 이메일이며 전화통화를 자주 했고, 직접 찾아가 만나보기도 했던 겁니다. 그들에게 등대를 팔라고 설득하기 위해서였죠."

아서는 입을 꾹 다물더니 담배에 불을 붙였다. 에스더도 잠깐 동안 말없이 앉아 있다가 이내 추운지 몸을 덥히기 위해 양 손으로 어깨를 문질렀다. 한 겨울이었고, 병실 안은 얼음장처럼 추웠다. 라디에이터 안에서 돌고 있는 온수 소리가 들려왔지만 어찌된 일인지 온기는 전혀 감지되지 않았다.

"앞으로는 무얼 하며 지낼 생각이죠?"

에스더는 애써 아서의 눈길을 잡으려고 노력하며 물었다.

"당신은 자식을 둘이나 죽인 놈에게 미래가 있다고 생각하십니까? 난 이제……."

에스더가 단호하게 아서의 말을 끊었다.

"왜 비약해 이야길 하죠? 당신은 자식들을 죽이지 않았고, 그 사실은 당신 자신이 더 잘 알고 있잖아요?"

아서는 물끄러미 창밖을 바라보며 신경질적으로 담배를 한 모금 빨았다.

"당신은 지금 병원에 있어요, 여긴 호텔이 아니라고요."

아서는 여의사 쪽으로 몸을 돌렸다. 영문을 모르겠다는 표정이었다.

"이 병원에서 치료를 받고 있는 대부분의 환자들은 원인을 알 수 없는 병으로 고통 받고 있습니다. 그들과 달리 당신의 경우에는 분명한 원인이 있잖아요. 정신적 고통이 당신을 송두리째 파괴하도록 내버려 두지 말아요. 차라리 정신적 고통을 승화시키는 일에 매진해 봐요."

아서는 기가 막힌다는 표정을 지으며 반발했다.

"빌어먹을! 도대체 나더러 뭘 승화시키라는 말입니까?"

"당신이 가장 잘 할 수 있는 일이 뭐죠? 글을 쓰란 말입니다."

"무엇에 대해 글을 쓰라는 겁니까?"

"당신을 집요하게 괴롭히고 있는 정신적 고통에 대해 글을 쓰세요. 괴롭겠지만 그 고통을 다시 한 번 되새김질하며 글을 써야만 해요. 당신의 고통을 마음속에 꾹꾹 눌러 담아두지 말고 언어로 표현해보라는 뜻입니다. 마음 안에서 당신을 무겁게 짓누르는 짐을 밖으로 꺼내놓으세요. 글쓰기가 분명 당신을 고통에서 벗어나게 해줄 겁니다. 당신의 경우 글쓰기가 치료이자 병이니까."

아서는 고개를 저었다.

"당신은 지금 내가 소설을 대하는 개념과 상반되는 말을 하고 있어요. 나는 내 감정을 독자들에게 강요하고 싶지 않아요. 글쓰기는 치료 행위가 될 수 없어요."

"그럼 당신이 생각하는 글쓰기는 뭔데요?"

아서의 얼굴에 아연 생기가 돌았다.

"글쓰기는 삶을 미리 살아보는 것이라고 할 수 있죠. 작가의 경험에 상상력을 더해 개성 있는 인물들을 창조해내기도 하고, 삶에 대한 성찰의 결과를 글을 통해 구현내기도 하죠. 글쓰기는 언어를 수단으로 하는 작업이기에 문장에 생명력을 부여하고, 고유한 리듬과 호흡을 살려 새로운 스타일을 창조해내기도 하죠. 요컨대 음악가가 새로운 작품을 작곡할 때와 유사한 과정을 거쳐 가치 있는 글이 탄생하게 되는 것입니다. 글쓰기는 치유를 위한 방편이 될 수 없어요. 작가는 자신의 몸을 돌보지 않고 글쓰기에 집착하죠. 미안하지만 당신과 나는 같은 길을 가는 사람이 아니란 말입니다."

에스더는 탁구공 넘기듯 그의 말에 반박했다.

"작가는 억압, 두려움, 고통, 환상 같은 질료를 바탕으로 작업을 한다고 생각하는데, 아닌가요?"

"당신은 내가 글을 쓸 경우 고통스런 인생의 한 페이지를 무사히 넘길 수 있다고 생각합니까?"

"난 당신에게 인생의 한 페이지를 무사히 넘기라고 권한 적이 없어요. 당신을 억압하는 고통스런 상처를 픽션으로 승화시켜 거리를 두고 바라보라는 뜻으로 말했을 뿐이죠. 소설을 통해 현실에서는 도저히 받아들이기 힘든 문제를 받아들일 수 있는 것으로 만들어 보란 말입니다."

"나에게 그런 능력은 없어요."

에스더는 탁자 위에 놓아둔 파일에서 복사한 종이 몇 장을 꺼냈다.

"이 자료는 2011년 당신의 소설을 영국에서 출판하기로 결정되었을 때 《데일리 텔레그래프》지와 나눈 인터뷰 내용입니다. 내가 대신 읽어볼게요. '픽션이 지닌 환상적인 면의 이면엔 항상 일말의 진실이 감춰져 있다. 하나의 소설은 거의 언제나 자전적이라고 할 수 있는데, 작가가 감정과 감수성이라는 프리즘을 통해 자신이 경험한 일을 들려주기 때문이다.' 조금 더 뒤로 가면 이런 말도 있어요. '흥미로운 인물들을 창조하기 위해 나는 그들과 공감할 필요가 있다. 나는 차례로 내 등장인물이 되어 본다. 프리즘을 통과하는 빛처럼 나는 내 등장인물들의 내면으로 깊숙이 들어간다.' 좀 더 읽어 볼까요?"

아서 코스텔로는 더 이상 에스더의 시선을 감내할 자신이 없어 그저 어깨를 으쓱했을 뿐이었다.

"언론과의 인터뷰에서 가당찮은 이야기를 늘어놓는 작가가 어디 나 한 사람뿐입니까?"

"물론 인터뷰의 속성상 입에 담기 좋고, 독자들이 듣기 좋은 말을 하기 마련이죠. 하지만 적어도 이 인터뷰에서 당신은 진심으로 생각하는 바를 말하고 있다고 보는데, 아닌가요?"

그때 연기탐지 경보기가 요란스럽게 울려 퍼졌다.

얼마 후, 두 얼굴의 사나이가 병실로 달려왔다.

탁자에 놓인 담배꽁초와 담뱃갑을 본 그는 벌컥 화를 냈다.

"의사 선생님, 당신은 병원의 규정을 지키지 않았습니다. 당장 병실에서 나가주시기 바랍니다."

사랑은 하나의 등대

사랑은 영원을 위해 세워진 등대
폭풍우가 몰려오는 것을 지켜보지만
그 때문에 동요하는 법은 없지 —윌리엄 셰익스피어

오늘

2015년 4월 4일 토요일

찬란하게 떠오른 태양이 지평선 너머에서 하늘에 불을 지르고 있었다. 곡선으로 둥그스름하게 마무리된 보닛과 크롬 그릴이 돋보이는 쉐비 픽업 한 대가 윈체스터 만 북쪽 끝으로 이어지는 흙길로 들어서고 있었다. 오랜 세월, 세찬 비바람에 단련되어 거칠고 야성적인 느낌을 풍기는 그곳은 사방이 대양과 절벽으로 가로막혀 있었다.

리자는 24방위 등대 주변을 에워싼 자갈길 한쪽에 차를 세웠다. 덩치가 몹시 큰 래브라도 리트리버 종 사냥개 한 마리가 차 밖으로 쏜살같이 뛰어 내리더니 맹렬하게 짖어댔다.

"조용히 해, 레밍턴!"

리자가 픽업의 문을 닫으며 레밍턴을 나무랐다.

하늘을 향해 눈을 들어 올리던 그녀는 점판암 기와로 덮인 뾰족지붕을 이고 있는 돌 집 옆에 우뚝 선 팔각형 모양의 등대를 힐끗 바라보았다.

리자는 조금 망설이는 걸음으로 돌집 대문으로 이어지는 계단을 걸어 올라간 다음 파카 주머니에서 열쇠뭉치를 꺼내 문을 열고 안으로 들어섰다. 거실 한 면을 온통 차지하고 있는 대형 통유리를 통해 광활한 바다가 한 눈에 들어왔다. 거실에는 책장과 옷장이 각각 하나씩 비치되어 있었고, 희끗희끗하게 칠한 목재선반들이 여러 개 놓여 있었다. 선반에는 그물과 밧줄, 다양한 크기의 램프, 나무에 니스를 칠해 만든 바다가재 잡이용 통발, 불가사리, 병 속에 갇힌 돛단배 미니어처 등이 어지럽게 널려 있었다.

리자는 벽난로 근처 소파에 쓰러져 있는 아서를 발견했다. 깊이 잠들어 있는 아서의 옆에 텅 빈 위스키 병이 나뒹굴고 있었다.

리자는 벤자민과 소피아가 사고로 숨을 거둔 이후 한 번도 아서를 만나지 않았다. 체중이 10킬로그램 이상 빠진 그는 길게 자란 머리와 덥수룩하게 자란 턱수염에 얼굴이 반쯤 가려져 있었다. 눈 아래의 짙은 다크 서클 때문에 눈이 한층 더 움푹 들어가 보였다. 그야말로 아서는 거의 알아보기 힘들 만큼 변해 있었다.

설리반 할아버지가 아서의 열다섯 살 생일 날 선물했다는 타자기가 원목책상 위에 놓여 있었다. 하늘색 알루미늄 케이스에 든 올리베티 레테라였다.

리자는 골동품에 가까운 타자기를 발견하는 순간 호기심이 발동했다. 아서는 타자기로 소설을 쓰지 않은 지 아주 오래 되었다. 그녀는 타자기의 실린더를 돌려 기계장치에 의해 고정되어 있던 종이를 빼냈다.

2015년, 스물네 번 째 날

밤. 아무것도 없다. 그것이 그의 지평선이었다. 그는 혼자였다. 혼자라는 말의 동의어는 죽음이다.
—빅토르 위고

0

나는 눈을 뜬다.

나는

원고는 거기서 중단되어 있었다. 무슨 뜻인지 짐작할 수 없는 말이었다. 리자는 곧 타자기 옆에 쌓여 있는 두꺼운 종이 뭉치를 발견했다. 떨리는 손으로 원고를 집어든 그녀는 그 자리에 서서 첫머리를 읽었다.

우리가 지닌 두려움에 관한 이야기

1971년
"겁내지 마, 아서. 아빠가 받아줄 테니까 어서 뛰어내려."
"정말이지, 아빠?"

나는 다섯 살이다. 나는 두 다리를 허공에 대롱대롱 드리우고 형과 함께 쓰는 이층침대의 위쪽 매트리스에 앉아 있다. 아빠는 양 팔을 벌리고 미더운 눈길로 나를 바라보며 2층 침대에서 아래로 뛰어내리라고 재촉하고 있다.

"아서, 얼른 뛰어내리라니까!"

"아빠, 난 무서워."

열 줄밖에 읽지 않았는데 리자의 눈에서는 벌써 눈물이 샘솟고 있었다. 아예 등나무 의자에 자리를 잡고 앉은 그녀는 마음을 다잡고 다시 원고를 읽어 내려갔다.

*

두 시간 후, 리자는 마지막까지 원고를 다 읽었다. 눈이 빨갛게 충혈되고 목이 메었다. 아서가 쓴 새 소설은 두 사람의 삶을 토대로 형상화한 한 편의 우화였다.

리자는 3백 페이지 남짓한 글 속에서 자신의 삶을 발견했다. 1990년대 초, 리자는 뉴욕의 줄리아드 공연예술학교 학생이던 시절 학비를 마련하기 위해 언더그라운드 술집에서 일할 때 처음으로 아서를 만났다. 그 후, 두 사람이 함께 살며 겪은 기쁨과 고통이 고스란히 등장하는 소설이었다. 파리로 떠났던 신혼여행, 벤자민과 소피아의 출생, 네 사람이 한 가족을 이루고 살며 맛보았던 아름답지만 한편으로는 복잡했던 사랑의 감정 등이 픽션의 형태를 빌려 약간씩 비틀리고 윤색되어 그려지고 있었다. 한 줄 한 줄이 지나간 날들에 대한 향수 어린 구절들이었다.

리자는 두 뺨에 흘러내린 눈물을 닦았다. 원고를 읽는 동안 그녀는 아서가 느낀 죄책감과 후회에 대해 절실히 공감했다. 그녀는 자신의 죄책감과 후회만큼이나 감당하기 힘든 그 감정을 공유할 수 있었다. 그녀가 원고를 한 장 한 장 넘길 때마다 아서에 대한 유대감이 자라나기 시작했다. 그녀는 교통사고의 원인을 제공한 책임이 아서에게 있다고 몰아붙였고, 결국 그를 절망에 빠뜨렸던 일을 가슴 깊이 후회했다.

리자는 원고를 다 읽고 나서 고개를 들었다. 통 유리창을 통해 거실 깊숙한 곳까지 파고든 햇살 때문에 실내가 온통 은은한 황금빛 물결 속에 잠겨 있었다. 여전히 소파에서 잠들어 있던 아서가 깊은 한숨을 토해내며 눈을 떴다. 깜짝 놀라며 몸을 일으킨 그는 그제야 책상 앞 등나무 의자에 앉아 있는 리자를 발견하고 한동안 꼼짝도 하지 않았다. 그는 예기치 않았던 리자의 출현에 얼마나 놀랐던지 마치 유령을 본 사람처럼 완전히 넋이 나가 보였다.

"안녕, 아서."

리자가 먼저 입을 열었다.

"여기에 온 지 오래 되었어?"

"두 시간쯤 되었어."

"진작 나를 깨우지 그랬어?"

"당신이 쓴 원고를 읽었어."

아서가 고개를 천천히 끄덕이고 있을 때 레밍턴이 컹컹 짖어대며 그에게로 달려와 손을 마구 핥아댔다.

"아직 끝마무리가 안 되었네."

리자가 덧붙였다.

아서는 양 팔을 벌리고 어깨를 으쓱했다.

"소설이 어떻게 마무리될지 당신도 잘 알잖아? 어차피 사람은 운명을 거스를 수 없으니까. 세상에는 돌이킬 수 없는 일이 있는 법이지."

리자가 그에게로 다가갔다.

"이 소설, 끝내지 마, 아서!"

리자가 강력하게 요청했다.

"우리 아이들을 두 번 죽게 하지 마. 제발 부탁이야."

"그냥 픽션일 뿐이야."

아서가 시큰둥한 표정을 지으며 반발했다.

"당신은 픽션의 힘을 누구보다 잘 알잖아. 당신은 이 글을 쓰는 동안 내내 벤자민과 소피아를 다시 살려냈어. 당신이 우리 모두를 다시 살아나게 했지. 당신은 우리에게 투지를 불러 일으켰어. 제발 우리를 또 다시 망가뜨리지 말아줘. 단 몇 줄의 글로 모든 걸 침몰시키지 말아달란 뜻이야. 당신이 소설을 끝낼 경우 우리를 영영 잃게 될 거야. 당신의 죄책감을 되살리지 마. 우리가 이미 겪은 비극을 굳이 또 다시 겪어야 할 필요는 없잖아."

리자는 통유리 창 앞에 서 있는 그에게로 한 걸음 더 다가갔다.

"이 소설은 우리가 겪은 고통이자 비밀이야. 이 소설을 세상에 내보이지 말자. 남의 일을 몰래 훔쳐보길 좋아하는 사람들은 이 소설을 읽으며 디테일마다 의미를 부여하는 데 골몰할 거야. 그들은 우리의 삶을 제멋대로 재단해가며 소설을 읽겠지. 우리의 삶은 그보다 더 나은 대접을 받을 권리가 있어."

아서는 통 유리창을 활짝 열어젖히더니 바다를 굽어볼 수 있는 테라스로 나갔다. 리자도 원고를 겨드랑이에 끼고 그를 따라 나갔다. 주인을 뒤따라 나온 레밍턴이 바위를 깎아 만든 계단을 훌쩍 뛰어 내려 해변으로 달려갔다.

리자는 오랜 시간 험한 날씨를 견디느라 페인트칠이 군데군데 벗겨져나간 테이블 위에 원고를 내려놓았다.

"이리 와, 아서."

리자가 아서를 향해 손을 내밀었다. 아서는 미처 예상하지 못한 강력한 힘으로 그녀가 내민 손을 꼭 쥐었다.

리자의 피부를 통해 전해지는 따뜻한 온기, 그에게 완전히 내맡겨진 그녀의 손가락들이 그에게 새로운 힘을 주었다. 그가 영원히 잃어버렸다고 생각했던 힘이 새롭게 용솟음쳤다.

두 사람이 바닷가로 나갔을 때 리자가 말했다.

"예전처럼 다시 네 명이 될 수는 없겠지만 다시 둘이 될 수는 있어. 우린 많은 시련을 겪었어. 이번이 가장 큰 시련이었지만 이렇게 함께 있잖아. 우린 어쩌면 다시 아이를 갖고 싶다는 희망을 품을 수도 있을 거야. 우리가 늘 원했던 일이니까, 안 그래?"

아서는 리자의 옆에서 수 킬로미터나 이어진 해변을 걷는 동안 아무 말이 없었다. 바람이 일며 두 사람의 얼굴에 찬 기운이 감돌았다. 파도가 은빛으로 부서지며 두 사람의 발을 간질였다.

리자와 아서는 눈앞에 펼쳐진 막막하고 원초적인 풍경에 감사했다. 그들의 눈앞에 펼쳐진 풍경이 그들에게 살아있다는 느낌을 갖게 해주었다.

다시 세찬 돌풍이 불어와 모래바람을 불러 일으켰다. 몸을 돌린 아서는 손으로 챙을 만들어 절벽 위 테라스를 살폈다. 거센 바람에 휩쓸린 그의 원고가 허공으로 흩뿌려지고 있었다. 공중으로 흩어진 수백 장의 원고가 갈매기들 사이에서 잠시 선회하다가 어느새 먼 바다 혹은 젖은 모래 위로 떨어졌다.

그 순간, 아서와 리자는 서로의 얼굴을 바라보았다. 등대의 전설이 옳았다. 24방위 바람이 지나가는 길엔 아무 것도 남지 않는다는 걸 방금 전 두 눈으로 확인했다. 어쩌면 아주 잘 된 일인지도 몰랐다. 중요한 건 바람이 지나가고 난 뒤 이어지는 일이기 때문이었다.

리자와 아서는 뒤에 무슨 일이 이어지든 함께 헤쳐 나가자고 뜻을 모았다.

〈끝〉

감사의 말

잉그리드에게.
에디트 르블롱, 베르나르 픽소, 그리고 알랭 쿠크에게.
실비 엔젤과 알렉상드르 라브로스에게.

브뤼노 바르베트, 장-폴 캉포, 이자벨 드 샤롱, 카트린 드라루지에르, 스테파니 르 폴, 캬롤린 리폴, 비르지니 플랑타르, 발레리 타유페르에게.

자크 바르톨레티, 피에르 콜랑주, 나디아 볼프, 쥘리앵 뮈소, 그리고 캬롤린 레페에게 감사드립니다.

옮긴이의 말

고작 24일을 살았을 뿐인데 실제로는 24년이란 세월이 흘렀다면? 그게 무슨 말도 안 되는 소리냐고? 이야기꾼 기욤 뮈소가 내놓은 12번째 작품 《지금 이 순간》의 주인공 아서와 리자에게 그처럼 말도 안 되는(그런데 진짜로 말이 안 되는 일일까? 15분이 마치 세 번의 가을, 즉 3년 같이 길다는 뜻을 지닌 '일각이 여삼추'라는 옛말만 보더라도, 시간의 길고 짧음은 그것을 대하는 자의 주관에 따라 달라짐을 우리들 대부분은 자주 경험하지 않던가?) 일이 일어난다.

아서가 코스텔로 집안에서 대를 물려가며 별장으로 애용하던 등대와 그 등대에 딸린 조촐한 살림집을 유산으로 물려받은 것이 발단이었다. 유산을 물려주면서 아버지는 지하실 문을 절대로 열어서는 안 된다고 누누이 강조했지만, 하지 말라면 더 하고 싶어지는 것이 인지상정, 금지된 문을 기어이 연 아서는 엄청난 바람에 휩싸이며 자신의 의사와 전혀 무관하게 시간여행을 강제 당하게 된다. 24방위에서 불어오는 바람을 한 번씩 다 맞아야 끝나는 신비한 여행이다. 바람이 실어다주는 곳에서 눈을 뜨고 그곳에서 하루 정도의 시간을 보내면(그가 하루라고 믿었던 시간은 다른 사람들에게는 1년이다) 다시 바람이 찾아와 그를 어디론가 데려간다. 아서는 매번 자신이 어디에서 눈을 뜨게 될지 짐작조차 할 수 없다(덕분에 독자들은 비교적 덜 알려진 뉴욕의 구석구석을 발견하는 즐거움까지 덤으로 누린다). 한 곳에 머물러 있는 하루 정도의 시간 동안 리자를 만나 사랑하게 되고, 아이도 낳는다. 하지만 그렇게 하루만에 훌쩍 떠나버리는 '사라져버리는 남자' 아서를 리자는 1년씩이나 기다려야 다시 만날까 말까 하는 실정이다.

어차피 24방위 바람을 한 번씩 다 맞아야 한다면, 그 24번의 강제 여행이 끝난 다음엔 어떻게 될까?

기욤 뮈소가 우리에게 시간과 공간을 넘나드는 판타지를 들려주는 건 처음이 아니다. 아니, 지금, 여기가 아닌 다른 시간, 다른 공간에서 벌어지는 사랑 이야기는 어쩌면 그의 작품 전체를 관통하는 중심 화두라고 해도 과언이 아니다.

죽은 여인의 노트북을 이용해 살아생전의 그 여인과 이메일을 주고받는다는 설정의 《내일》은 물론, 알츠하이머병에 걸린 여주인공이 자꾸만 지워지려 하는 시간과 공간의 기억에 필사적으로 매달리는 《센트럴파크》에서도 보듯이, 뮈소는 제한된 시간과 공간이라는 인간의 조건을 넘어 보고자 끊임없이 다양한 시도를 해왔다.

그러니만큼 또 한 번의 시간여행을 전면에 내세운 이번 작품의 제목이 《지금 이 순간》이라는 사실은 예사롭지 않은 무게로 다가온다. 이제껏 조바심치며 이리 비틀고 저리 틀어가며 먼 길을 돌아왔건만 결국 중요한 건 '지금 이 순간'이라고 인정하는 듯한 허탈감과 안도감이 묻어나오니 말이다. 하루 24시간 동안 1년 365일을 살아야한다면 얼마나 밀도 있게, 단 한 순간도 허투루 낭비하지 않고 알뜰하게 살아야 하겠는가? 그야말로 일촌광음 불가경이 아니겠는가? 내일로, 다음 날로 미루는 게 애초부터 불가능한 상황에서라면, 어느 한 순간인들 애틋하고 소중하지 않겠는가? '지금 이 순간'이 귀중하며, 따라서 '지금 이 순간'에 집중해야 함을 깨달은 사람에게는 어쩌면 제한된 시간과 공간이라는 인간의 조건이 더 이상 제한이나 속박으로 작용하지 않을지도 모른다.

자, 그렇다면 기욤 뮈소는 다음 책에서도 계속 시간 탐구를 계속할 것인가? 그의 다음 행보가 기대된다.

양영란